車

騎虎の将 太田道灌[下]

幡 大介

徳間書店

目次

那須資持
下野
宇都宮等綱
宇都宮
鬼怒川
思川
唐沢山城
小山持政
小山城
足利学校
佐野
小栗城
結城合戦
結城城
結城成朝
立林城
常陸
久慈川
那珂川
小田持家
小田城
涸沼
鹿島灘
筑波山
国府
桜川
小貝川
古河城
足利成氏
騎西城
蔵
関宿城
簗田持助
香取内海
牛久沼
鹿島社
岩付城
太田資忠
上杉氏
境根原
蕨城
手賀沼
印旛浦
香取社
下総
赤塚城
江古田
市川城
臼井城
国府
本佐倉城
椿海
江戸城
利根川
太日川
太田道灌
馬加城
千葉
馬加輔胤
孝胤
九十九里浜
小机城
多摩川
国府
磯部城
江戸内海
上総
鶴岡八幡宮寺
鎌倉
江ノ島
真里谷城
武田信長
N
0
25
50km
安房
洲崎
野島崎
関東方面の主力武将配置

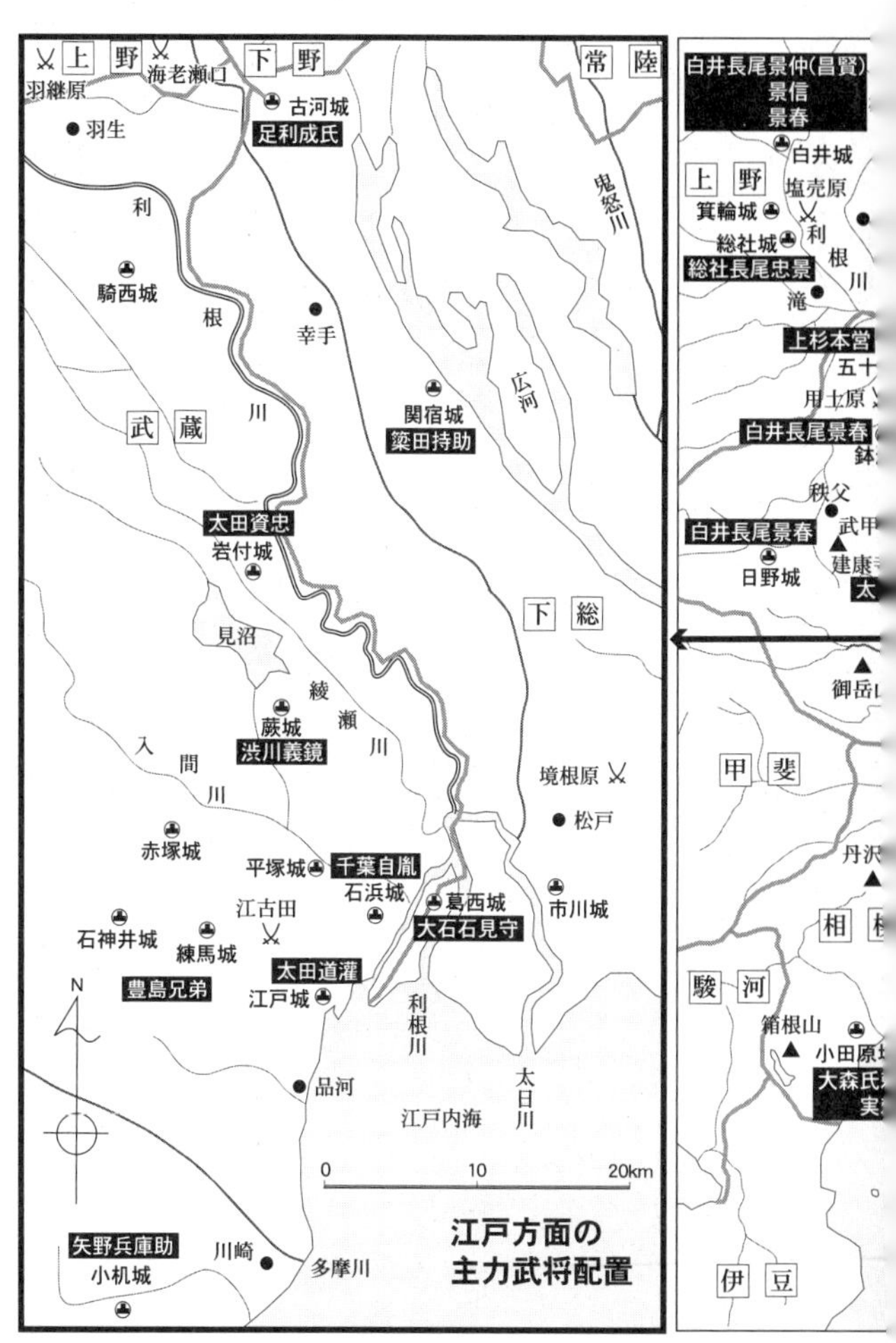
江戸方面の
主力武将配置
上野
下野
常陸
武蔵
下総
羽継原
海老瀬口
古河城
足利成氏
羽生
利根川
騎西城
幸手
鬼怒川
広河
関宿城
簗田持助
太田資忠
岩付城
見沼
綾瀬川
蕨城
渋川義鏡
入間川
境根原
松戸
赤塚城
平塚城
千葉自胤
石浜城
葛西城
大石石見守
市川城
江古田
石神井城
練馬城
太田道灌
豊島兄弟
江戸城
品河
江戸内海
太日川
0
10
20km
矢野兵庫助
小机城
川崎
多摩川
白井長尾景仲(昌賢)
景信
景春
白井城
塩売原
箕輪城
総社城
総社長尾忠景
滝
上杉本営
用土原
白井長尾景春
秩父
白井長尾景春
日野城
御岳山
甲斐
丹沢
駿河
箱根山
小田原
伊豆

地図／エバンス

〈主要登場人物〉

太田資長（静勝軒道灌） 扇谷上杉家家宰太田氏の跡取り。江戸城を築いた。

太田道真 扇谷上杉家家宰、相模国守護代。

太田大和守資俊 道真の弟にして資長の叔父。

太田図書助資忠 資長（道灌）の弟。

英泰 太田家の陣僧。資長とは足利学校の学僧時代からの縁。

熱川六郎 資長の郎党。

饗庭次郎 資長の郎党。

山内上杉房顕 憲実（長棟）の次男。八代将軍義政の近臣として仕え、兄憲忠が足利成氏に討たれたのち関東管領に任じられ、成氏征討軍の大将として関東へ下向する。

足利成氏 関東公方は鎌倉を追われ古河公方と呼ばれるようになる。関東を二分し、上杉勢とは因縁の対立を続ける。

足利義政 室町幕府八代将軍。

足利政知 六代将軍足利義教の子。義政の庶兄で義政により関東公方に任じられ関東下向する。これにより成氏は「朝敵」に。堀越公方。

総社長尾修理亮忠景 山内上杉家の重臣。武蔵国守護代。昌賢入道の子で白井長尾景信の実弟。

白井長尾昌賢　山内上杉家の家宰にして白井長尾家の隠居。両上杉（山内・扇谷）を主導する実力者。

長尾左衛門尉景信（かげのぶ）　山内上杉房顕の家宰に。上野国守護代。白井長尾家の当主。太田家、特に資長との仲は良くない。

長尾左衛門尉景春（かげはる）　景信の嫡男。資長の甥にあたり、資長とは馬が合っていた。

渋川左衛門佐義鏡（よしかね）　関東探題として下向。足利政知の副将。末子の義廉が幕府管領家斯波氏を継ぐ。

板倉頼資（よりすけ）　渋川義鏡の家人。能吏である。

犬懸上杉治部少輔教朝（のりとも）　謀叛の末に滅亡した**上杉禅秀**の子。結城合戦に勝利し、関東内に所領を得たが、足利義教の暗殺で京に追い返されていた。足利政知に従って再び関東に。

於蔦（おつた）　太田資長の正妻。白井長尾昌賢の娘。

伊勢貞国　室町幕府政所の前執事。

伊勢新九郎盛時　伊勢貞国の孫と称す。

細川右京大夫勝元　室町幕府管領。

山内上杉顕定（あきさだ）　**越後上杉房定**（ふさだ）の子で、山内上杉家に養子入りし関東管領に。

扇谷上杉持朝（もちとも）（道朝）　扇谷上杉家当主。

上杉顕房（あきふさ）　持朝の跡取り。分倍河原合戦で戦死。

上杉政真（まさざね）　顕房の子。

上杉定正（さだまさ）　道朝の子。政真の叔父。政真戦死の後、扇谷上杉の家督を継ぐ。

武田右馬助信長　禅秀の義兄弟。流浪の末に相模半国の守護となるがじきに失う。両上杉の宿敵。

曾我兵庫助　太田家の家人。

第九章　二人の関東公方

一

　江戸城の完成によって関東の戦場に第二戦線が形成されることとなった。足利成氏（あしかがしげうじ）は兵力を関東南部にも配さねばならなくなり、得意の戦力集中戦術を行使し難くなった。これによって両上杉（うえすぎ）は五十子陣（いかっこじん）の失陥を免れることができたのだ。

　さらに両上杉軍は、足利方の属城、岩付城（いわつき）を奪取した。防衛線をより強固にするためだ。利根川（とねがわ）沿いに五十子陣、岩付城、江戸城が連なる。敵が攻めてきた際には、三つの城の後背地にある河越城（かわごえ）から援軍を出して対処する。いかにも〝守勢に強い上杉〟ならではの綿密な戦略であった。

　だがしかし、この支城網の構築には功罪があった。利根川を水堀に見立てることで格段に防衛しやすくなったのであるが、逆に、敵の支配地域に侵攻し難くもなったのだ。

利根川の河口から五十子陣に至るまで二十里（約八十キロメートル）を越える戦線が伸びる。足利公方、両上杉ともに戦線の維持が手一杯。攻勢のための軍勢を抽出して対岸に攻め込むことなど、できたものではない。

戦線は膠着した。小規模な合戦は幾度となく繰り返されたが、決定的な勝利にも、致命的な敗北にも、繋がらない。

利根川の西と東とでの睨み合いと小競り合いが続き、月日は流れて長禄二年（一四五八）の夏となった。

太田資長は足音も荒々しく、江戸城の回廊をのし歩いてきた。

「京から新しい関東公方が来るぞ！」

主殿の広間に踏み込むと、居並ぶ武将たちの間をのし歩いて奥の壇上に向かう。一同は慌てて平伏した。

資長は壇上にドッカリと座った。

「享徳の変（先代関東管領の山内上杉憲忠が足利成氏に暗殺された事件）から四年じゃ」

その間に分倍河原の大合戦があり、足利成氏の鎌倉失陥があり、江戸城の築城があった。元号は享徳から康正へ改められ、さらに康正は長禄に改元された。

太田資長は二十七歳（満二十六歳）になっている。

京の室町将軍足利義成は、足利義政へと改名した。

打ち続く戦乱の原因は、将軍たる自分の名に〝戈〟のつくりが入っているからではないのか――と、心配になって成の字を捨てたのだ。

戈は古代中国の武器であり、たしかに禍々しい文字ではあるのだが、そんな迷信に凝っている暇があるのなら現実の対処をしてもらいたい。世間の誰もがそう考えたし、義政自身も同じ考えだったのに違いない。

昨年の十二月十九日、庶兄の足利政知を左馬頭に叙任させ、二十四日、関東に向けて出陣させた。

足利政知は、室町六代将軍義教の子である。生母が正室でなかったために将軍職を継ぐことができずに天龍寺（足利尊氏が開基の禅寺）の僧侶となっていた。

将軍義政は、この兄を還俗させて『政』の一字を授け、新しい関東公方として送り出したのである。鎌倉府を復活させて関東に静謐をもたらそうとの考えであった。

去年の十二月に京を発った新公方が、晩夏の今になってようやく関東に到着する。なにゆえそれほど時間がかかっていたのかといえば、朝廷より〝天子御旗〟が下賜されるのを待っていたからだ。

新公方足利政知が天子御旗を手にしたことで、古河の足利成氏は改めて〝朝敵〟に指定されたのだ。

「ようやくにございまするか」

弟の図書助資忠が笑顔を見せた。

「鎌倉府の再興がなったならば、皆の忠勤も報われまするな」

広間に集っているのは、資長とともに戦ってきた者たちである。

頼もしき青年武将へと成長を遂げた千葉七郎実胤。元服を果たした千葉次郎自胤。落武者から太田家の伴類へと引き立てられたひげ面の武者、饗庭次郎。同じく浪人あがりの熱川六郎などなど。戦乱で主家を失った者たちが太田資長の羽振りと気っ風のよさに惹かれて集まっている。広間の隅には陣僧の英泰の姿もあった。

皆、戦場で勲功を立てながらも、公方がいないがゆえに、論功行賞が沙汰止みとなっている者たちだ。『鎌倉府が再興された暁には知行を沙汰する』と約束された感状ばかりが溜まっている。

足利政知が下ってきて関東公方に就任したならば、感状を証拠として恩賞や領地が与えられるはずだ。図書助資忠が喜んだのには、そういう理由があった。

千葉兄弟も大きく頷きあっている。兄弟はあの後、馬加康胤を攻めて自害に追い込んでいる。ところがそれでも千葉本宗家の旧領回復は成し遂げていない。足利成氏の軍勢が下総国を制圧しているからだ。

戦乱が始まってからの四年間、東関東における足利成氏の権勢は磐石であった。二百二十年間にわたって関東を支配してきた関東公方家の五代目という金看板は衰えを見せない。

関東公方家の五代が、かつてどれほど横暴で無法であったろうとも、二百二十年もの間、関東の支配者であり続けたことによって〝神がかって〟見える。

成氏自身も猛将だ。不利な戦況をも蛮勇を振るって覆してしまう。武士は戦に強いことが第一だ。足利成氏に対する信頼はますます磐石となってゆく。

しかし、京から〝本物の関東公方〟が下ってくるというのであれば、話は変わる。成氏に与している東関東の大名たちも改心して、上杉方に靡いてくるに違いない。

実際に、新田岩松持国が寝返りの気配を見せている。

乱の初頭から無二の成氏方として奮戦してきた忠臣が、朝敵・足利成氏を見捨てる動きを見せている。新田岩松領は上野国に食い込んだ〝楔〟だった。足利成氏勢が攻め込む際には回廊の役目を果たす。両上杉は新田岩松氏に散々悩まされてきた。

その新田岩松を味方につけることができれば、五十子陣への圧力は消え去り、逆に、古河城の前まで軍勢を進めることができるのだ。これで戦は勝ったも同然だ、と、誰もが明るい気持ちとなった。

「わしは五十子陣に行って参る」

資長は言った。

「公方を迎える用意じゃ。図書助、留守(るす)を頼むぞ」

いまや我が右腕とまで頼むようになった弟に江戸城の守備を言いつけると、腰を上げた。


太田資長が築いた江戸城はふたつの高台の上に縄張されていた。

ひとつは日比谷入り江に突き出した岬で、この岬の中ほどを掘割（地面を削って造った人工の谷）で区切って実城(みじょう)（本丸）としている。

岬の西には天然の深い谷がある。谷の向こうに吹上台と呼ばれる高台があり、資長はその周辺にも堀を造って、台地そのものを二ノ曲輪(くるわ)とした。

ふたつの高台はそれぞれが独立の城として活動できる。敵が攻めてきた際には、片方の曲輪から兵を出して敵の背後を突くこともできる。どちらか片方が攻め落とされた後も、もう片方の曲輪が城として機能し続ける。双頭の毒蛇だ。太田資長が構想した江戸城の姿がそれであった。

しかしそれで終わらないのが資長という男の面白さである。兵法達者の武将であると同時に、当代一流の教育を受けた学生(がくしょう)でもあった。

資長は城内に三つの庵(いおり)――風雅を楽しむ余暇の場所――を建てさせた。静勝軒(せいしょうけん)、泊船軒、含雪軒である。

資長は三つの庵を気ままに巡る。紅葉山(もみじやま)や吹上台から内海や平野を遠望し、酒杯を傾けながら管弦の音を愉しみ、漢詩のひとつもひねり出しつつ、敵の侵攻を見張るという、優雅なのか、緊迫しているのか、よくわからぬ毎日を過ごしていた。

波の音が崖の下から聞こえてくる。満潮時には城の直下まで波が寄せてくる。

饗庭次郎と熱川六郎が資長の馬を引いてきた。浪人あがりの二人はいつの間にか資長の郎党に収まっている。

彼らは太田家から俸禄をもらっての奉公ではなかった。厳密にいえば郎党ではない。彼らを養う元手は浅草寺の銭である。門前町の商人たちが納める冥加金によって養われていた。

資長は馬に跨がった。

「お前たちの奉公にも、ようやく報いることができよう」

資長は馬上から二人に声を掛けた。手柄を立てれば恩賞を出すと約束してから二年。

「このわしを不甲斐ない旗頭だと見て、呆れておったことだろう」

饗庭次郎はひげ面を歪めて笑った。

「太田様ご自身が貧乏守護代様でござる。『我らに恩賞を』と申しても、多くは望めぬことぐらい、端からわかっており申す」

熱川六郎もうっすらと笑っている。この男は滅多に口を利かない。喋るのはもっぱら饗庭次郎の役割だ。

「殿様も新しい公方様の下で大名に取り立てて頂くとよろしゅうござる。我らの所領は、その後のこと」

「手厳しい物言いだ。口が悪い」

資長が苦言を呈すると、饗庭次郎が言い返す。

「殿の下で働いておれば、どうしても口の悪さが移ろうと申すものじゃ」

熱川六郎は声もなく笑った。

扇谷上杉家は相模国の守護。太田家は守護代だが、彼らは〝大名〟ではない。なぜなら、相模国に大封を所持していないからだ。

上杉家も太田家も、室町幕府の役人として相模国の役所に赴任している。領地は丹波国（京の北西部）にある。

領地と離れた任地に赴任しているのだ（現代にたとえれば農家の子が国家公務員になって、実家の田畑から遠く離れた土地に赴任しているようなものだ。珍しくもない話であろう）。

一方、大名と呼ばれた武士たちは、平安時代に関東の原野を開拓し、大農園を造って経営した者たちの子孫である。大きな領地を地元に所有していて、下野守や千葉介など役人に朝廷から任じられている。朝廷や幕府は〝地元の有力者〟を役人に登用したのだ。

この違いは大きい。両上杉家と東関東の大名たちがまったく相いれない原因がここにある。彼らは〝同じ武士〟ではないのだ。腹を割って話し合っても、擦り合わせもできず、落としどころも見出せない。社会的身分の相違が原因となって対立してゆくばかりだ。

饗庭次郎も熱川六郎も、この難問が関東の地に横たわっていることを理解している。だから二人は「新しい関東公方に頼んで、太田家も関東の大名にしてもらうのがいい」と勧めたのだ。

資長は「うむ」と頷いた。

「新しい関東公方様によって、新しい世が築かれる。わしも、お前たちも、身が立つようになるであろう」

資長は馬を進めて城門を出た。饗庭、熱川の二人と、雑兵たちの数十人が警固のために従った。

二

五十子陣は利根川の東岸の丘陵の上に築かれてあった。

陣とは〝大将が、なにかの用事があって仮に腰を据えている場所〟のことをいう。〝本来の居場所ではない〟という意味が籠められている。

両上杉の総大将は山内上杉房顕。彼の居館は鎌倉の山内にある。本来ならば鎌倉で政務を執るべき身なのだ。今は戦のために五十子に出陣している。だから五十子は〝陣〟である。

五十子陣は、〝陣〟という言葉から想起される規模とは大きく異なる。東国に未曾有の巨大城郭だ。

関東管領が政務を執る政庁があり、武将の屋敷や兵たちの長屋が建ち並び、彼らの生活を支えるための市場と商家があり、兵糧米や生活物資を運び入れるための街道が造られ、荷船が泊まるための湊が造られてあった。

両上杉の面々は康正元年（一四五五）より五十子への在陣を開始した。それから二年と半年の歳月が流れている。万を越える人々が二年半の時間を城づくりと町づくりに費やせば、それは見事な城と城下町が建設できる。もはや陣などと呼称される規模ではないのだ。

「鎌倉の住民が、残らず五十子に移り住んでおる」

五十子陣に通じる街道に馬を止め、陣の喧噪を遠望しながら資長が言った。

「いまや鎌倉に残っておるのは、鶴岡八幡や鎌倉五山の僧侶たちばかりよ」

寺だけは移すことができないので、僧侶だけが置いてきぼりをくらっている。人気の絶えた鎌倉に読経の声だけが虚しく響いていた。

太田家は相模国守護代。資長も鎌倉の寂れぶりを日頃から見聞きしているだけに、五十子の華やぎがよけい鮮烈に感じられた。

資長は馬を進めた。一行は太田家の家紋〝丸に桔梗〟を目立つように掲げていたのだが、木戸を守っていた一隊が押し出してきて道を塞いだ。

「太田の若殿の御前に立ちはだかるとは何事。無礼な！」

熱川六郎が激昂したが、資長は「これで良い」と頷いた。

軟弱な家風で知られた両上杉家だが、ようやく乱世の武士らしい心構えを身につけている。

鎧のきらびやかさだけが自慢だった上杉の将兵も、泥や返り血で真っ黒になった甲冑を着け、眼光を鋭くさせている。資長は「頼もしい」と感じた。

「かつての両上杉の兵ならば、典礼ばかり重んじて、低頭して我らを通したであろう。じゃが今は戦の最中じゃ。それではいかんのだ」

兵を指揮する騎馬武者が駆け寄ってきた。

資長は例によって、相手の口上や挨拶を待たずに声を掛けた。

「おう、孫四郎ではないか」

騎馬武者は鐙から足を放して低頭した。

「御着陣、大慶至極に存ずる！」

資長は「うむ」と頷いた。その若武者は山内上杉家の家宰、白井長尾昌賢入道の嫡孫、孫四郎景春であった。上野守護代白井長尾景信の子である。

資長は白井長尾景信と仲が悪い。昔から反りが合わない。

ところが不思議なことに景信の嫡男の景春とだけは、妙に馬が合うのだ。

(どういうわけがあって景信のごとき愚物から、かくも心ばえの涼やかな男児が生まれたのであろうかな?)

などと考えている。

景春は嘉吉三年(一四四三)生まれの十六歳(満十五歳)。資長より十一歳若いが、すでに背の高さでは追い越されている。特筆すべき美丈夫だ。

子供の頃から利発であった。資長も面白がって学問の指南をしてやったことがある。資長は足利の学校に学んだ大学生だ。

資長は、景春は真っ直ぐにひねくれている、と感じた。素直ではないが、意味もなく反抗するでもない。

――表面だけ人格者を気取る上杉家中の面々とは正反対だな。

面白い、と資長は感じた。

――このひねくれた気性を、ひねくれたままに育ててやらねば。

無闇に矯めようとすれば、父親の景信の如き愚物になってしまう。

資長は五十子陣の本営に向かった。景春が馬に乗ったままついてきた。

「いよいよ新公方様の御着陣にございまするる。京より大軍を率いて参られるとか。古河の仇敵を一掃なさいましょう。今から武者震いがいたしまする」

足利政知が関東に入り次第、合戦となる。若い景春にとってはこれが初陣だ。無二の大会戦が初陣とは、武士として名誉な話ではある。

「新公方様は、拙者にも官途名を授けてくださるとお約束くださいました」

公方の推挙によって、朝廷より官位が下される。田舎武士にとってはたいそうな名誉であった。

「源六郎様（資長）にも、官途名が下される運びだと、父が言っておりました」

資長は首を横に振った。

「このわしに、ナニナニのカミだの、ナニナニのダイブだのになれと申すか。嫌なことだ」

実はこれまでにも何度か官位が授けられる話はあった。資長は理由をつけて断って、いまだに通称は源六郎のままだ。

「父は、源六郎様が無位無官のままでは上杉一門の面目にもかかわる、と考えておるのでございます」

貴族になるのを嫌がる人間がこの世にいるとは思わない景春は、笑顔でそう言った。

自分の父親が資長に〝良いこと〟をしてくれたことが嬉しいのだろう。

景信は上杉の体面しか考えていないのだが、そんな話を景春に指摘しても仕方がない。

「お主の父御らしい〝お心遣い〟だ」

資長は苦笑しながら言った。景春の目には、資長が景信に感謝しているように見えたに違いない。

五十子陣の本丸。掘割と土塁（どるい）が造られて厳しく防備が固められている。城柵（じょうさく）と高櫓（たかやぐら）で守られた中に関東管領の政庁があった。

広い庭には家臣たちの姿が見える。

厩（うまや）に並んだ馬は、客将たちが乗ってきたものだ。お供をして来た小者（こもの）たちが小屋にたむろして暇つぶしをしている。手柄話や、博打（ばくち）や、喧嘩（けんか）だ。

主殿の他にも、家臣たちが侍（はべ）る侍所（さむらいどころ）、来客の家臣が入る遠侍（とおさぶらい）、団欒（だんらん）や会議に使われる会所などが見える。正面からは見えない屋敷奥には奥御殿や台所が建っているはずだ。

景春が大声を張り上げて、庭にたむろする雑兵（ぞうひょう）や平侍たちを追い払う。

「退（の）け退け！　太田源六郎様の御着到なるぞ！　道を空けよ、無礼するなッ」

若者らしい張りきりように、資長は思わず微笑（ほほえ）んだ。

資長は関東管領の政庁に入った。ズカズカと足音をひそめることもせずに廊下を歩んで主殿に向かう。

主殿には両上杉の首魁たちが集まっていた。

白井長尾家の隠居にして山内上杉家の家宰、両上杉を主導する実力者、昌賢入道。

扇谷上杉家の家宰にして相模国守護代を兼任する資長の父、太田道真入道。

白井長尾家の当主で上野国守護代、左衛門尉景信。

山内上杉家の重臣、武蔵国守護代、総社長尾修理亮忠景。

他にも、山内上杉家の有力被官の大石遠江守や、扇谷上杉家の有力被官、難波田左衛門尉や上田蔵人佐などが臨席していた。

どうやらこの席は、上杉家の家臣だけで、上杉一門の今後についてを会議する場として、しつらえられたものであるらしかった。

資長は一同の顔を不躾に眺めた。

――新公方が来るというのに、揃って陰気な顔をしておる。

なにやら難問が持ち上がったらしい。それも、主だった家臣たちを招集せねばならないほどの大事だ。資長は腰を下ろした。

「揃ったか」

白井長尾景信が厳めしげな目で一同を睥睨した。父親の昌賢入道が健在で実権を握っているとはいえども、四十六歳（満四十五）の壮年だ。昌賢が異常な長生きでなければとっくに関東管領山内家を主導している立場であった。ここで会議を仕切ることに関しては、誰も不服を表さなかった。

四角い顔で瞼が厚く、目は細い。大きく肥えた身体つきで押し出しが良い。景信は一同の顔をじっくりと見て、最後に資長を見た。

「本来、この場は、一家の家長のみが集まる場だ。そなたはいまだ太田家を継いでおらぬ。じゃが、江戸城の城主であることを重く見て、格別に臨席を許すことにいたした」

皆に目を向けて、

「ご一同、ご異存はあるまいな?」

と確かめた。

これで資長に恩を売ったつもりなのか。それとも『本来、発言の権利はないのだから黙っていろ』と資長に釘を刺したのか。

いずれにしても資長とすれば業腹な話だ。

――前置きなどいらぬから、さっさと本題に入れ。

と、心の中で罵った。

「京より新しき公方様が下って参られる」

景信が言った。

「渋川左衛門佐義鏡殿が関東探題として乗り込んで参られることも決まった」

渋川家は足利将軍家の連枝(分家)である。将軍義政の命を受け、新公方の関東下向の副将を務める。

「京都様（将軍義政）は、万を越える大軍をお寄越しくださるとのお約束じゃ」

皆は「おおっ」と歓喜の声を上げた。その大兵力で一気に古河の足利成氏を覆滅できる。

ところがここで景信は、さも忌ま忌ましげな顔つきとなった。

「しかれども、新公方の、輔翼の臣が、問題なのじゃ」

一同の顔つきを確かめるように見回す。

「犬懸上杉の治部少輔（教朝）が、新公方に従って、関東に乗り込んで来ると決まった」

途端に一同の顔つきが変わった。

「犬懸が」

「なにゆえ今更……」

重臣たちが私語を交わす。唖然とし、目を見開いたりなどした。

犬懸上杉家は上杉一門の筆頭をなす家柄で、かつては関東管領に就任していた。

しかし犬懸禅秀の乱によっていったん滅亡し、犬懸家の権力は山内上杉家と扇谷上杉家に二分された。かくして両上杉家は、関東武士の頂点に君臨している。

一方、犬懸上杉家の生き残りたちの悲願は、元の家運を取り戻すことにある。関東で何か政変が起こるたびに東下してきて戦乱に関与してきた。大手柄を立てて、敵の領地や職権を奪ってやろうと目論むのだ。

二年前の分倍河原の合戦でも、犬懸上杉憲秋（のりあき）は、上杉勢の先陣を切って奮戦し、足利成氏勢の五百人を討ち取った。しかし反撃にあって戦死した。

その犬懸上杉家が、性懲（しょうこ）りもなく、またもや関東に下ってくるというのだ。しかも新公方の重臣として。

資長も渋い顔となる。

京都の将軍義政は、関東の事情には疎い。そこで関東に詳しい犬懸上杉家を重用したのに違いないわけだが、

——犬懸上杉の口から、どのような妄言が上様のお耳に吹き込まれておるかもわからぬ。

犬懸上杉家にとってのみ都合の良い嘘が将軍の耳に届けられ、将軍がそれを信じてしまっているのだ。

将軍義政が関東の事情に通じおるのならば、新公方に犬懸上杉家をつけて寄越すことなどありえない。犬懸上杉家は関東の武士たちからの信望を、とうの昔に失っている。

「犬懸上杉だけではない」

白井長尾景信はさらに難しい顔で続ける。

「宇都宮等綱（うつのみやひとつな）も新公方様に従って参るとのことじゃ」

宇都宮等綱は下野国宇都宮の大名だったが、成氏方から上杉方に寝返ろうとして、親族衆や家臣団の総反発をくらい、追放された。人心を得ぬ、情けない男だ。

その後は京の将軍の許で匿われていたらしい。新公方に従って旧領回復を果たそうとしているのだろう。

——援軍というよりは、厄介者だな。

京都から厄介者を押しつけられた恰好である。

——このぶんでは、関東から逃げ出していた落武者どもが大勢、したり顔をして戻ってくるのに相違ないぞ。

白井長尾景信はさらに恐ろしい話を始めている。

「新公方の奉公衆、すなわち御馬廻りの旗本たちは、皆、上方では家を立てられぬ次男坊や三男坊、あるいは末子ばかりだとの説（情報）もある」

家を継ぐのはたいてい長男で、それ以外の男児は別の生き方を見つけなければならないわけだが、こうした冷や飯食いたちが、新公方の東下を奇貨と見て取り、大挙して従って来るという。

名門武家の子供たちといえども、宿無しの浪人者に等しい。そんな連中に押し寄せてこられても、この東国には分けて与える領地などない。京都で暮らす者たちは関東平野を未開の原野だとでも思い込んでいるのであろうが、実際には、細かな条里の一筋にまで、持ち主が定められている。

これまた困った問題だ。面倒事が増えるばかりだ。

白井長尾景信は、さらにもっと容易ならぬことを口にした。

「新公方と奉公衆は『鎌倉に入り次第、関東公方府を再興する』と息巻いておる」

ついに耐えかねて上田や難波田、大石たちが膝を立てた。

「なんと！」

「我らが五十子に在陣している間に、鎌倉に御所を建てるとの仰せか！」

「我らの働きを無にするに等しき暴挙ぞ！」

両上杉の軍兵は五十子陣から離れられない。鎌倉に公方府が再興されたからといって、皆で鎌倉に戻ったならば、古河の足利成氏と東関東の大名たちが進軍してくる。上野国と武蔵国とを制圧されてしまうのだ。両上杉の重臣たちは両国に広がる領地と権益を喪失する。

それならば。両上杉の諸将が五十子陣に踏み留まり続けたならば、どうなるのか。

鎌倉に関東公方府を作った足利政知とその取り巻きたちは、手前勝手にお手盛りで、領地や権益を自分たち自身に授け始めるのに違いないのだ。

上杉禅秀の乱では、山内上杉家も扇谷上杉家も、犬懸上杉家を滅亡させるために働いた。そして犬懸上杉家の領地と権益を強奪した。

犬懸上杉家はその怨みを忘れていない。山内上杉家と扇谷上杉家から〝かつての自分の領地と権益〟を取り戻そうと図るに違いない。新公方に取り入れば、それが叶う。

犬懸上杉家の勝手なふるまいを防ごうと思えば、両上杉家が新公方を取り込んで御所の動きに目を光らせるしかない。

だが、それはできない。五十子陣を離れて鎌倉に赴けば、古河の足利成氏軍が攻め込んでくる。

堂々巡りだ。

「我らにとっては存亡の秋(とき)じゃ！」

大石遠江守が悲鳴を上げた。この場のすべての者たちが同じく悲鳴を上げたかったであろう。

資長は歴々の顔を見つめている。長老の昌賢入道も、父の道真も、険しい表情で黙り込んでいる。

昌賢が目をショボショボとさせた。この老人は昔から、何事か重大な決意を固めると、瞼を微妙に瞬(しばたた)かせる癖があった。

昌賢が口を開いた。

「新公方とその奉公衆が扶持(ふち)する土地は、荒川の向こう側よりお分けする。そのように心得ていただくより他にない」

荒川の向こう側とは、古河の成氏に与する大名領のことだ。下野国、常陸(ひたち)国、下総(しもうさ)国、上総(かずさ)国、安房(あわ)国である。

「上方よりおいでになった援軍には、即座に敵地に攻め込んでいただく。成氏に与する者たちの土地ならば、誰がどこに強入部（横領）しようと、我らの知ったことではない。新公方様のご威勢が盛んとなって、ますます結構な話だ」

敵の領地を攻め取ってくれるのであれば、両上杉にも文句はない。

昌賢は目を遥か西の方角へと向けた。

「新公方と渋川様の尻は、京都様（将軍義政）に叩いていただく。『鎌倉などに尻を落ち着けずに古河を討伐せよ』との御教書を出していただくのだ。さすれば新公方も鎌倉に御所を建てている暇もなくなる。京都様には、わしより一筆、献言申し上げる」

東国の第一人者、白井長尾昌賢の頼みなら、室町将軍とて無下にはできない。管領（室町幕府の大老）の細川勝元は両上杉に親しい。細川勝元の口添えも期待できるはずだ。

「新公方を鎌倉に入れさせぬことが大事だ。次に、新公方が率いてきた軍兵の矛先を古河に向けさせること。このふたつが我らの急務じゃ。皆、心して事にあたってもらいたい」

昌賢は、老人特有の聞き取りにくい口調ながら、明晰に下知した。智嚢の衰えはまったく感じさせない頼もしさであった。

一同は「ハッ」と低頭して、昌賢に応えた。

資長が主殿を出て庭を歩いていると、

「待て」

背後から声をかけられた。振り返ると叔父の大和守資俊が立っていた。

「これは叔父上。いつもながらご立腹のお顔つき。なによりのことと存ずる」

「立腹もする。わしの顔を横目にしながら挨拶もなく立ち去るとは何事ッ」

「左様でござったか。……いずこかのご老体がおるな、とは思い申したが、まさか叔父上であったとは。すっかり白髪頭となってしまって、見分けがつきませなんだ」

大和守は資長の顔を睨んだ。

「その悪口、いい加減に慎め。朝廷より官位が授けられると申すに、行儀が悪すぎるぞ」

「官位とは、ああ、白井長尾殿の恩きせがましい――」

「新公方様、関東御入府の祝いじゃ。関東の主立った武将に官位が下されることになった。お前の官途名は左衛門大夫じゃ。どうだ。嬉しかろう」

「嬉しゅうございまする」

「ぜんぜん嬉しそうではない」

大和守は甥の顔をジロジロと見た。

「何を企んでおるのだ」

「何をとは？」

「お前のそのツラ、何事か、悪戯を思いついた時のツラつきじゃ。わしの目は誤魔化せぬぞ」

「左様なことは、何も――」

「何を考えておったのか、申せと言うに」

「新公方を鎌倉に入れさせぬようにするには、どうするのが良かろうかと思案しており申した。関東の地は足利家の御曹司が入部するたびに、おかしくなり申す」

「まるで足利の御曹司に『来るな』と言いたげな無礼な物言い！　足利様は将軍家。我ら武士の主ぞ」

「そういえば、古河の公方様は、叔父上が信濃より関東へお連れしたのでござったな。それこそがとんだ悪戯でござった。皆、迷惑しており申す」

「馬鹿を申すなッ。なにが悪戯か！　あの時はそれが最良と誰しもが思っておったのだ！」

「二度も同じ過ちを繰り返してはなりませぬ。新公方を関東に入れるべきではないと心得まする。それでは叔父上、ご壮健で」

資長は大和守に背を向けて厩へと歩んだ。饗庭次郎と熱川六郎が資長の馬を引いてきた。

資長は馬の首を撫でてやり、馬具の着け具合を確かめる素振りをしながら、二人に向かって言った。

「お前たちに、やってもらわねばならぬ役目ができた。お前たちにしか、命じることができぬ」

饗庭次郎が問い返す。

「内密の御下命にございましょうか」

「そのとおりだ。露顕したなら太田家は潰される」

「お引き受けいたしましょう」

饗庭次郎は即座に請けた。熱川六郎も低頭することで同意を示した。

資長は腹中の策を話して聞かせた。二人は黙って聞き取った。

「以下の通りじゃ。お前たちの正体も隠し通さねばならぬ。もしも捕まったならば、自ら死を選んでもらわねばならぬぞ。それでもこの役目を請けるか」

「お請けいたしましょう」

饗庭次郎が答え、無口な熱川六郎はまたも低頭で答えた。

「ならば行け。要り用な銭があるならば英泰に言え。銭の出るように計らっておく」

「心得ました。我ら二人にお馬を拝借」

「おう。そうであったな。徒歩(かちある)きではできぬ役目だ。ついて参れ」

資長は二人を連れて城下の市場に向かった。馬商人が軍馬を売っていた。農耕馬とは違い、戦で怯(おび)えぬように馴らしてある。資長は商人に歩み寄ると、

「足の速いのを二頭寄こせ」

と命じた。

熱川六郎は馬の見立てには一家言あるらしい。馬の身体のあちこちを見て回って、二頭の馬を選んだ。

「それが良いか」

資長の問いに六郎が頷く。その横では馬商人が愛想笑いを浮かべている。

「二頭でしめて銀二十両になりまする」

資長は懐から紙を出して差し出した。

「浅草寺の手形だ。浅草寺門前の竹河屋が銀に替えてくれよう」

大金を持ち歩くのは面倒だし危険だ。この時代にはすでに、為替（かわせ）の制度が確立されていた。

馬商人は手形を受け取って、押された割り印を確かめた。

「へい確かに。三十両の手形をお預かりいたしました」

「釣り銭の十両で馬具を寄こせ」

「馬具もお買い上げで？　ありがとうございます」

馬に轡（くつわ）や鞍（くら）、鐙が取りつけられた。饗庭次郎と熱川六郎が飛び乗った。

「役目が終わったら、お返しにあがります」

饗庭次郎がそう言うと、資長は首を横に振った。

「返すに及ばぬ。ただ今よりお前たちには騎乗を許す」

徒武者ではなく騎馬武者への出世を命じたのだ。

「聞いたか六郎！　ますます役儀に励まねばならんな！」

饗庭次郎は濃いひげ面を綻ばせて笑った。六郎も澄まし顔ながら嬉しそうだ。

二人は馬を駆けさせて、南へと走った。

三

新しい関東公方――足利政知とその行列は伊豆国の国府に達した。

政知は輿に乗せられて旅をしてきた。つい先頃まで僧侶だったので馬術を身につけていない。万が一、落馬する姿を庶民に見られでもしたら、新公方の権威が大きく損なわれる。そのうえ不吉だ。輿を使うのが無難であった。

政知は永享七年生まれの二十四歳（満二十三歳）。足利六代将軍義教の子として生を受けながら、母親が正室でなかったばかりに、幼少期から寺に入れられた。体のいい口減らしであった。

生涯を僧侶として生きていくのだと思っていたところへ、降って湧いたように関東下向が決まった。関東で〝武家の棟梁〟になるのだという。

政知は伸ばし始めたばかりの髪を撫でた。この僥倖を無にしてはなるまい。足利成氏を討伐して名実共に関東の支配者となるのだ。若い政知の胸には希望が膨らんでいた。

伊豆は関東公方の分国（支配地域）である。足利政知はとうとう自らの任地に足を踏み入れたのだ。感慨は一入であった。

とはいえ——伊豆の平野は関東にではなく駿河国に向かって開けている。国府が置かれている場所も駿河国と平地で繋がっているが、関東平野とは繋がっていない。関東との間には箱根の山という、天下に知られた難所が立ちはだかっていた。

政知の行列は国清寺に入った。伊豆国府の北側にある名刹だ。

国清寺は上杉一門の菩提寺で、山内上杉憲実（長棟）が隠棲した寺だ。

隠棲といえば聞こえは良いが、政務を放棄して引き籠もったのだ。その結果、関東の政局は取りかえしがつかないほどに混迷した。

政知は輿を下りた。狭い箱の中に一日閉じ込められて揺られていた。ホッと安堵の心地だ。

国府の町が冬の夕陽に染まっている。そのたたずまいが伊豆の豊かさを示している。寺院や富豪の屋敷の建ち並ぶ様などは、京都の一部が切り取られて移されたのか——と錯覚するほどだ。

伊豆は小国だが、飛鳥、天平の昔から材木の伐り出しが盛んであった。伊豆の原生林から伐り出された木が京畿に運ばれて寺院や御殿となる。古い寺に残された帳簿には伊豆より取り寄せた材木の本数が記録されている。

材木を運ぶのは海上の船だ。伊豆には大小の湊がつくられた。湊に落とされる銭も莫大であった。

「関東は、いかほど草深い田舎であろうかと案じておったが、案に相違する都邑であるな。余は満足であるぞ」

政知は顔を綻ばせた。

箱根の山の彼方には、もっともっと素晴らしい天地が広がっているのであろう。

政知は犬懸上杉教朝を呼んだ。

「この近在には良き温泉があると聞いた」

教朝は政知の御前に拝跪して答えた。

「長岡や畑毛に、湯が湧いておりまする」

「頼朝公ご愛顧の名湯じゃとの評判であるな。是非とも余も浸かりたい。宿所の湯屋に移してくれ」

湯を運んで来いとの命令だ。鎌倉以来の歴史と、数々の逸話に富んだ名湯である。疲労回復と縁起担ぎのために入浴したいという気持ちは、わからないでもない。

しかしこの足利政知、京の将軍義政の御前では、さも慎ましく振舞っていた。ところが己の分国に入った途端に我が儘を言い出した。この先が思いやられる。

犬懸上杉教朝は苦労人である。貴人の我が儘に振り回されるのも、武家の奉公のうちだと割り切ることができた。

父の禅秀が反乱を起こして殺されたのが四十一年前。それ以来ずっと犬懸上杉家は虐げられてきた。四十一年前には子供であった教朝も、いまや五十過ぎの老年である。

この歳になってようやく巡ってきた好機なのだ。足利政知の政権を確立させれば、犬懸上杉家は上杉一門の筆頭に返り咲き、教朝も関東管領に就任することができるはずだった。

それを思えば湯を運ぶぐらい、どうということもない。なんなら自分で担いで運んでやりたいぐらいだ。

「畏まってございまする。ここは御所様の御分国なれば、御所様の御意のままに従いましょうぞ」

「うむ。嬉しく思うぞ」

犬懸上杉教朝は、さっそく湯を運ぶ仕事に取りかかった。近在から大きな盥を集めて湯を汲み入れ、男手を雇って運ばせるのだ。

当時の入浴法はかけ湯であるから、政知は、近習たちに小桶で湯をかけさせて名湯を堪能したのに違いない。湯壺（ゆつぼ）がある場所（源泉）に行くことを勧める者はいなかった。警固が面倒になるからだ。

「まこと良き湯であった。今後も通いたいものよな」

鎌倉に御所を据えてからも箱根を越えて伊豆に行きたいなどと言い出した。

犬懸上杉教朝とすればこの場は笑顔で頷いているより他に仕方がない。

国清寺には山内上杉憲実が生活していた屋敷が残されていた。その屋敷を仮の陣所とする。政知は御座所で盃（さかずき）を傾けつつ寛（くつろ）いでいる。渋川左衛門佐義鏡と、犬懸上杉教朝の他、京より従ってきた奉公衆が十人ばかり陪席していた。

これからはこの場の面々で関東公方府を仕切っていくのだ。関東の沃野（よくや）を切り取り勝手に支配して、段銭（たんせん）（軍用金）や棟別銭（むねべちせん）（固定資産税で武士の収入となる）を吸い上げてくれるのである。

皆、名門武士の家に生まれながらも困窮を強（し）いられていた者たちばかり。欲望は果てしなく膨らんでゆく。

政知は盃をグイッと干した。上機嫌な赤ら顔を皆に向けた。

「鎌倉は東国一の都邑。さぞ豊かな町であろうな」

支配者の許には毎日財貨が届けられる。政知はそんな夢想をした。

「否、否。御所様」

それは違うと言い返したのは渋川義鏡であった。

「今の鎌倉は住む者も少なく、夏草の生い茂る荒れ地にござる」

今川軍による鎌倉奪還の際に焼け野原となった。足利成氏と両上杉が鎌倉を放棄したので再建をする者もいない。

渋川義鏡はへつらい笑顔で身を乗り出した。

「ただ今、東国でもっとも豊かな町は浅草寺の門前でござる。御所様におかれましては、なにとぞ浅草寺を手中にお納めなさいますよう、進言つかまつる!」

寺の門前町が市場であり、富の集積地であることは、寺育ちの政知は当然に理解している。

「浅草寺であるか。して、その門前町の地頭を務めておるのは、何者か」

「扇谷上杉家の家宰、太田家にございまする」

「あいわかった。太田には罷免(ひめん)を申しつける。渋川よ、浅草寺はそなたが余に代わって代官をいたせ」

渋川義鏡は笑み崩れながら「ハハッ」と低頭した。

守護、守護代、郡司、地頭、下司、別当などは、皆、役人である。領主ではない。役人には異動がつきものだ。任免権を持っているのは公方であった。関東であれば関東公方の足利政知が一存で役人たちの任命と罷免ができる。役所とは今も昔もそうしたものだ。室町幕府は巨大な役所なのである。

大名であれば広大な私有地を持っているので、罷免されても没落することはないが、上杉家や太田家のような役人は、罷免された瞬間に権益のすべてを失う。丹波国の小領主に戻らなければならない。

逆に、新たに任命される者たちにとっては、我が世の春の到来だ。この場のすべての者たちが（面白くなってきた）と胸を弾ませた。

その時――、遠くから何か重々しい轟音が伝わってきた。

「あの物音は、なんじゃ？」

政知が首をよじって音の聞こえる方角に目を向ける。渋川義鏡が答えた。

「雷鳴……、ではないかと」

轟音はますます大きくなって近づいてくる。床に置かれた盃がカタカタと音を立てた。

「山崩れか？」

「御所様、お逃げになられたほうが……」

奉公衆の若者たちが腰を浮かせかけたその時、何者かが御殿の階を踏んで駆け上がってきた。正面の扉が断りもなく押し開けられる。皆、仰天して目を向けた。

扉の外にいたのは甲冑姿の宇都宮等綱であった。等綱は膝をついた。

「危急の時ゆえ、無礼の段、平にご容赦！　敵襲にございまするッ」

皆、ますます茫然となる。一人、犬懸上杉教朝だけが反応した。

「古河の朝敵が攻め寄せてきたと申すかッ」

一同の中で戦乱に身を置いた経験があるのは宇都宮等綱と犬懸上杉教朝だ。事態を呑み込んでいるのも、この二人だけである。

政知は僧侶。政知の奉公衆は大名家の次男坊や三男坊で、御殿暮らしを送ってきた若君ばかり。渋川義鏡にいたっては、なんと歌人である。武者としてではなく歌人として高名な男だった。

おぞましい馬蹄の振動によって館全体が揺れた。戦の経験のない歌人と若君たちは、今ここで何をしなければならないのかがわからない。

足利政知も目を泳がせている。

「敵じゃと……？　治部少輔、なんとする」

ようやくに犬懸上杉教朝（治部少輔）に諮問した。

「戦のお支度を！」

教朝は自ら、狩衣の右袖の括紐を引いて絞った。左の袖は邪魔になるので腕を出し、片肌脱ぎとなった。

「誰ぞ、弓を持てッ」

足利家の家来に命じる。自らは戸口をぐぐって外に出た。

「宇都宮殿、貴殿は宿直の兵を率いて迎え撃たれよ！　我ら奉公衆が守りを固める時を稼ぐのじゃ」

「心得申したッ」

宇都宮等綱は警固のため宴には参加せず、甲冑姿で外にいた。油断はない。大声を発して兵を呼び集めながら寺の外へと走り出ていった。

犬懸上杉教朝は弓を片手に、腰には箙を下げると、物見のために外へ走った。

「敵じゃあーッ」

「お助けッ」

情けない声が裏山から聞こえてくる。さらには馬の駆け回る音と柵が蹴り破られる音がした。兵の悲鳴が続けて聞こえた。

国清寺の周囲には篝火を焚かせてある。その炎がひときわ明るく燃え上がった。

——篝火の火を僧坊に移されたか。

放火である。教朝は即座に察した。城ならば放火への備えも万端だが、ここは寺だ。火には弱い。

敵を迎え撃つためには国清寺に踏み止まらなければならないが、放火された寺の中に踏み止まっていたなら焼け死んでしまう。

——急ぎ、公方様をお落とし申し上げねば！

新公方の政知は〝掌中の珠〟だ。これを失っては元も子もない。

教朝は宿所に戻って階を駆け上がった。政知と奉公衆たちは、まるで若い娘たちのように身を寄せ合って震えていた。

「治部少輔、外はどうなっておるのじゃ……？」

足利政知が震え声で質す。その時、遠くから恐ろしい罵声が聞こえてきた。

「我らは古河の公方の手勢！」

「贋公方の足利政知はいずこッ。その首、討ち取って我が手柄としてくれん！」

「関東は我らのもの！　上方者の勝手は許さぬぞ！」

「政知はいずこじゃ！　いざッ、見参せん！」

地獄の鬼のように恐ろしい声であった。政知は激しく震え上がった。歯と歯も合わぬ有り様だ。

「やはり……、古河の成氏が、余を殺しに参ったのじゃ！」

教朝に言わせれば、なにを今更――という話である。足利政知のほうから足利成氏と殺し合いをするために関東に乗り込んできたのではなかったのか。

――しかし。

と、考え直した。この情けない若者たちを、一人前の公方と武将に鍛え上げることこそが老将の務めだ。

——初陣の時は、誰もがみんな臆病者じゃ。

そう考えて自分を励ます。ならばこそ、ここで教朝が気張らなければならない。

「これより西へお走りいただきまする」

「逃げろと申すか」

政知はこんなところにだけ、武士の矜持を感じているらしい。

教朝は乱世を生き抜いてきた男だ。恥を気にしていたら生き残れないことを知っている。

乱世においては上手に逃げることも武勇のうちだ。

「頼朝公の故事を思い出しくだされ。頼朝公も石橋山の旗揚げの際に敗れて逃げ申した。

これはかえって吉事にございまするぞ！」

「なるほど！」と立ち上がったのは渋川義鏡であった。

「ここは韮山。頼朝公旗揚げの地。まさに吉兆！　公方様、頼朝公に倣ってここはいったん引き上げましょうぞ」

逃げ出す口実ができたことが嬉しい——と言わんばかりの顔つきだった。

犬懸上杉教朝は進言し続ける。

「駿河国には精強なる今川勢がおりまする。駿府までお逃げ下されば大事はござらぬ！」

今川軍は東国最強を謡われていた。実際に足利成氏軍を粉砕して鎌倉を占領した。

足利政知は同意して宿所の外へ向かった。政知を護るという口実で、奉公衆がもつれ合うようにして続く。厩に向かっても、どれが誰の馬なのかもわからず、罵り合いや摑み合いを始める有り様だ。

犬懸上杉教朝は渋川の馬に走り寄った。

「公方様をお頼み申す。拙者はこの場にて敵を防ぎ申す！」

「心得た」

渋川義鏡は足利政知を促して走り出た。新公方と奉公衆は闇の中を逃げて行った。

翌朝、今川軍の軍兵に護られながら足利政知とその奉公衆が伊豆の国府に戻ってきた。町の一部は放火の火も消えやらず白煙を立ち上らせている。煙が政知の目にしみた。

足利政知が京より率いてきた将兵も、まったくの無能というわけではなかった。曲者を撃退するべく奮戦した。ところが兵を率いた宇都宮等綱の話では、

「敵は神出鬼没。さながら影のように捉えがたく、闇の中を縦横に駆け回って、手がつけられませなんだ」

とのことであった。

犬懸上杉教朝は、渋川義鏡と宇都宮等綱を国清寺の僧坊に招いて、急遽会議を開いた。

「箱根の山を越えるのは危うい」

開口一番、犬懸上杉教朝は指摘した。

「箱根の山の深さは、伊豆の山の比ではござらぬ。古河の朝敵に与する者どもが昨夜のように襲ってきたならば防ぎきれぬ」

山道は細い。馬一頭ぶんの道幅しかない所もある。足利政知が一人で進まなければならない。そこを横から襲いかかられたならば警固の馬廻りをどれほど配しても防ぎようがない。

「ならば、いかにせよと申すのか」

渋川義鏡が犬懸上杉教朝の顔を覗（のぞ）きこんでくる。その顔つきから察するに、自らは妙案がないらしい。教朝は答えた。

「公方様には、しばらくこの地にお留（とど）まりいただく。今川勢の援軍が留まれるは、この地までじゃ。公方様は今川勢に護っていただき、我らのみにて東国に向かう。山内、扇谷に命じて、迎えの軍勢を寄越させる。両家の大軍で箱根の山を押さえさせれば安心できる」

「なるほど、それは良策」

渋川義鏡は同意した。宇都宮等綱にも異論はない様子であった。

「されば、まずは我らのみにて鎌倉に入り、公方府造りの地均（じなら）しをいたしたく存ずる」

二人は「異存はない」と答えた。三人は手持ちの兵を纏（まと）めると、箱根を越えて関東に入った。

四

三人が鎌倉に到着して早々に目にしたのは、焼き討ちを受けて白煙を上げる〝かつての鎌倉の町〟の姿であった。

「なんたることぞ」

渋川義鏡は愕然（がくぜん）としている。

「鎌倉にまで古河の兵が入り込んでおるのか！」

犬懸上杉教朝も暗澹（あんたん）としている。

「ご覧あれ。これこそが今の関東の有り様にござるよ。敵か味方か判然とせぬ者たちが、いたるところに潜んでおるのでござる」

先行して物見に出ていた宇都宮等綱が馳せ戻ってきた。

「昨晩〝古河の味方〟を名乗る群盗どもが火を放ったとのこと。このような地に公方様をお連れすることはできませぬぞ。それどころか、我らの命すらも危うい」

渋川義鏡が憤然となった。

「ならば、どこへ落ち着けと申すのか。我らはいまだ関東に城を持たぬ」

犬懸上杉教朝が答える。

「ひとまず五十子陣に身を寄せるより他にございますまい」

「両上杉に借りを作れと申すか」

「我らは古河の朝敵を征伐するために下って参ったのでござる。古河の成氏を討ち平らげることが先決かと思料いたす」

　同意しない渋川に、宇都宮等綱がにじり寄った。

「京の将軍様より御教書も下されておりまするぞ。ここは成氏討伐に専念いたしましょうぞ。成氏と与党の大名どもを攻め潰しさえすれば、関東は我らの思いのままとなりまする」

　頼みの二人にそう言われれば、渋川義鏡としては、いつまでも嫌だとは言っていられない。犬懸上杉教朝と宇都宮等綱には関東の地縁があるが、渋川義鏡はまるきりのよそ者なのだ。二人の協力が必要なことは理解していた。

「あいわかった！　ならば我ら三人、御教書を高く掲げて五十子陣に乗り込まん！」

　三人は煙を上げる鎌倉を後にして、北武蔵の五十子陣を目指した。

「新公方の直臣のお歴々は、五十子陣に向かいましてござる」

　江戸城本丸の主殿の階の下で饗庭次郎が報告した。その横では熱川六郎が拝跪している。

　資長は濡(ぬ)れ縁(えん)に大胡座(おおあぐら)をかいて聞いている。

「ご苦労だった。京都様の御連枝といえどもこの関東では両上杉を頼るより他にないと合点がいったのであろう」

饗庭次郎たちを走らせて〝古河公方の味方〟を名乗らせ、さんざんに脅すように命じたのは資長である。主従揃って素知らぬ顔で、新公方と直臣団の苦境について語り合っている。

「おまけにこれだ」

資長は懐から書状を取り出した。

「鎌倉の寺のいくつかから段銭と共に贈られてまいった。『古河に与する群盗が鎌倉を荒らし、恐ろしくてかなわぬので討伐してくれ』との依頼だ。我らは相模国守護代。群盗を討伐して、坊主たちの心を安んじてやらねばならぬ」

まったくなんの冗談か、と皮肉屋の資長でさえ、首を傾げたくなる。

饗庭次郎は人の悪そうな笑みを浮かべた。

「それがし、本物の群盗の根城に覚えがござる。その者どもを討ち取って刑場に首を並べてくれれば、お寺の上人様がたも安堵なされることと存じまする」

「群盗に罪を擦り付けるのか」

「たちの悪い凶賊どもにござれば、御心を痛めることはございませぬ。悪党のご成敗は相模国守護代様のお務めにございまするぞ」

「抜かしおったな」

資長は噴き出した。

「よきに計らえ」

資長は主殿に入った。庭の二人は立ち上がり、次の仕事に取りかかるべく駆けだした。


京の将軍義政が関東に派遣した〝幕府軍〟は、総大将の足利政知を伊豆国府に残したまま五十子陣に着到した。

五十子陣の諸将は、互いに異なる思惑を秘めていたが、この時点では古河公方足利成氏を征伐し、東関東の諸国を制圧するという思いで一致していた。

両上杉家は『新公方の取り巻きたちには東関東に侵攻してもらいたい』と考えている。西関東（上野国、武蔵国、相模国）の権益を譲り渡すつもりなどないからだ。

宇都宮等綱は、宇都宮家の謀叛人たちを成敗して、宇都宮家の当主に返り咲きたい。

犬懸上杉家の元の知行地は、主に上総と下総にあった。犬懸上杉教朝は、両国の守護職に就任することが目標だ。

渋川義鏡と京都から来た奉公衆も、古河公方と取り巻きの大名を打倒すれば、彼らの領地をそっくり頂戴できると考えている。

かくして長禄二年（一四五八）十月下旬、それぞれが擁した軍勢は、呉越同舟といった様相で利根川を越えた。古河城で足利成氏勢と激突する。合戦の結果は政知勢の敗北。成氏勢の勝利であった。

古河城は、上野国より流れこむ利根川と、下野国より流れ込む渡良瀬川とに守られている。周辺の一帯は湿地帯で、兵も馬も進退極まってしまった。兵が少ないはずの古河公方勢に翻弄され、良いところもないままに退却を余儀なくされたのだ。

期待された成氏配下の大名たちの寝返りは、新田岩松持国一人のみに留まった。おまけに新田岩松家内部で「やはり古河公方様に忠勤を尽くすべきだ」と意見する者たちが続出し、新田岩松家も、ふたつに分裂した。

新公方足利政知とその与党は、戦略の練り直しを強いられることとなったのだ。

五

それから丸一年が過ぎた。

長禄三年（一四五九）九月。太田資長は浅草寺門前町の竹河屋にいた。

奥座敷に入り、秋の庭を眺めつつ、だらしのない恰好で寝そべっている。竹河屋の女主が団扇で風を起こして蚊を追っていた。

「お殿様は、五十子陣に行かずともよろしいのですか」

いよいよ政知の奉公衆と上杉勢が大攻勢を開始する。商人たちに隠し立てはできない。大量の兵糧米、秣、武器、甲冑、馬が注文されるからだ。土倉衆は上を下への大騒動になっている。五十子陣に向かう荷船もひっきりなしに、遡上と帰港を繰り返していた。

資長は面倒臭そうに答えた。

「わしには、この地を守る役目が課せられておる」

「大事なお役目でございまするか」

「そうに決まっておろうが。利根川の舟運を敵方に奪われてしもうたならば、五十子陣に集まる将兵は、たちまちにして飢える。戦どころではなくなる」

両上杉が江戸と河越に城を造り、岩付城を奪取したのも、詮ずるところ、舟運を確保するためであった。

「戦の成否は、我らの働きいかんにかかっておると思え」

「我ら、とは？」

「お前たち浅草寺の商人と、浅草寺を守る太田家だ」

「それにしては、ずいぶんと悠長になさっていますこと」

「悠長にもなるわ」

資長はムックリと起き上がった。

「渋川と犬懸は、京より斯波の軍勢が下って来なければ戦はできぬと言い張っておる。その斯波勢がやって来ぬ」

斯波家は室町幕府の管領家である。管領は将軍の次に大きな権力を持っている。斯波義敏は、越前国、尾張国、遠江国の三カ国の守護を兼任していた。三カ国から兵を動員することができるのだ。この大軍勢をもって一気に古河公方と配下の大名を攻め潰す、というのが、室町将軍義政の企図であった。

ところがである。斯波義敏は重臣である甲斐常治と内紛を引き起こし、東国派兵どころではなくなってしまった。

それでも斯波軍が到着するまで政知と奉公衆はのんびりと待ち続けた。一年が過ぎたころ「どうやら斯波家は来そうにもない」と合点がいって「ならば我らのみで戦おう」という話になった。

大軍勢を動かすためには大量の兵糧米が必要なので、出陣は秋の収穫の後、という話になり、ようやく今、大量の米が五十子陣へ商人の手で送られ始めたのだ。

「愚かな話だ。こちらが用意を整えるために必要な刻は、相手にも偏りなしに与えられる。敵は古河城を堅固に修築し直して、我らを待ち構えておるであろうよ」

憤りを見せる資長の目の前で、女主がニンマリと笑った。

「それは、よろしゅうございましたなぁ」

「なにを申すか」

「戦は長引きそうにございまする。戦で儲ける商人にとっては、なによりのお話にございます」

「業突張りめが。地獄に堕ちるぞ。今度という今度は決して負けぬ。上杉方は敵に三倍する兵を集めたのだ。負けるはずがない」

普段は叔父や父に対して皮肉ばかり言っている資長なのに、竹河屋の女主に皮肉を言われて、つい、武家がましい物言いとなった。

「いいえ。すんなり勝ってしまわれては、面白うございませぬ」

女主が白い顔をニュウッと近づけてきた。

「こんな物言いは、地獄堕ちだと申されましたな」

「申したが、なんだ」

「あなた様も同じ罪にございまする。太田様は南関東の地において羽振りを利かせていらっしゃる。相模でも南武蔵でも、あなた様の言いつけに逆らうことのできる者はおりませぬ。それはなにゆえでございましょう？」

「なにゆえだと申すか」

「東国武士のお歴々が、皆様揃って、五十子陣と古河城に行ってしまわれたからではございませぬか」

「このわしを、空き巣狙いのコソ泥だと申すか」

「いっそこの隙に相模国を盗んでおしまいなされ」

「なんと申すか」

資長は憤然として、美しい女主を睨みつけた。

「わしは扇谷上杉家の家宰となる身じゃ。主家を差し置いての下克上など考えたこともないわ！　甲斐常治ごときと一緒にするな」

「おや。お怒りにございまするか」

「当たり前であろうが」

「……つまらぬ男」

女主は冷たく言い捨てて、見世の奥へと去ってしまった。

「な、なんじゃ、その物言いは！」

資長は叫んだ。


深夜、英泰が一人で馬を走らせて江戸城内に戻ってきた。資長との目通りを願い出た。

「負けただとッ？」

会所で英泰を引見した資長は、寝間着姿のままで仰天した。

英泰は「はっ」と畏まって報告する。

「十月十四日より二日間にわたって、上野国の太田荘、羽継原、海老瀬口において両軍が激突、しかして上杉勢は総崩れにございまする」

　ものに動じない資長ですら茫然となった。

「どういうわけだ。なぜ負けた？」

「古河の朝敵、足利成氏は、御自ら太刀をとって奮戦し、上杉方の諸隊を切り崩し、追い散らし、まさに当たるところ敵無しのお働きぶりでございました」

「敵を褒めてどうする」

「成氏配下の大名衆も獅子奮迅の働き。公方様奉公衆などは逃げまどうのに精一杯の有り様――」

　資長は言葉を失った。

　足利政知の奉公衆と、犬懸、山内、扇谷の上杉一門は、用意周到に準備を重ね、敵を調略で切り崩し、そのうえで三方向から古河城に迫ったのだ。上野国からの二街道に加えて、常陸国からも小田氏や真壁氏などの勢力が攻め込む手筈となっていた。

「いつもの流れだ」

　資長は顔をしかめた。

　上杉方は必勝の態勢を構築して古河公方成氏を締めあげる。ところが成氏にはなんの痛痒も与えられない。成氏は比類なき武勇を発揮して上杉方の包囲網を突き崩す。最後の局面で上杉方は、成氏の武勇に圧倒されてしまうのである。

「総崩れと申したな? 味方はどうなっておるのだ」

「四条上杉家の教房様がお討ち死に」

四条上杉は犬懸上杉の分家で、政知と一緒に京から下ってきた。

「四条教房は犬懸の本陣にいたはずだ。それが討ち死にということは、犬懸の本陣にまで攻め込まれたか」

成氏と配下の大名衆は、凄まじい猛攻を繰り広げたのに相違ない。

英泰は報告を続ける。

「お味方は敗残の兵を纏めると五十子陣に引き上げました」

「利根川の水嵩(みずかさ)が低くて良かったな。増水の季節であったなら川を渡れず、川岸で大勢が討ち取られたところだ」

「勢いに乗った敵勢が江戸にも押し出して来るやもしれませぬ」

「うむ。兵どもを起こせ。篝火を焚いて警戒を絶やすな」

「心得ました」

英泰は闇の中へと戻っていった。

「なんたることだ」

資長は空を見上げた。

「いったい何倍の兵を集めれば、古河の公方に打ち勝つことができるのだ……」

足利成氏の武勇がある限り、この戦はいつまでも終わらない。

「無間地獄だ」

江戸城内の兵たちに急を報せるための鐘が鳴らされ始めた。

第十章　扇谷上杉家の失脚

一

新公方（くぼう）、足利政知（あしかがまさとも）による古河城攻めは無惨（むざん）な失敗に終わった。

足利成氏（しげうじ）征伐は八代将軍義政（よしまさ）の御代初めの快挙となるはずであった。万にひとつの失敗もないように準備を重ねていただけに、足利幕府と上杉一門が受けた衝撃は大きかった。

将軍義政はこれまで三管領に政務を委ねていたが、二十歳を過ぎて政（まつりごと）に取り組むようになった。若さゆえの覇気に満ちた青年将軍は、鋭意、関東の難題に取り組んだのだ。庶兄の政知を関東公方に任じたのが長禄元年（一四五七）の十二月。将軍義政二十二歳（満二十一）の時だ。

今回の大攻勢が長禄三年十月半ば。なんと政知の出陣から三年近くも準備の時をかけている。

それだけの時間を費やして堂々たる大勝利を企図した。ところが政知と幕府奉公衆、上杉一門の連合軍は惨敗した。将軍義政の面目は潰れた。

将軍義政は激しい屈辱に苛(さいな)まれた。若い将軍は、繊細な感受性の持ち主であった。自らが主導した軍略が失敗したのだ。「そら見たことか。三管領に任せておけばよかったものを」と皆が後ろ指を差しているような気がする。恥ずかしくて幕閣に顔を向けられない。

屈辱は怒りとなって発現した。こたびの敗因は斯波義敏(しばよしとし)の出陣命令無視にあったのだと責任を転嫁した。

確かに、将軍の命令が公然と無視されたことは問題である。将軍義政は義敏の廃嫡(はいちゃく)（大名家当主の座から強制的に隠居をさせる刑）を命じた。

この一事からも室町時代の殿様が、異動と罷免(ひめん)がある〝役人〟であったことがわかる。任命権を持つ将軍に罷免や左遷(させん)を命じられることもありえる立場だ。

ともあれ斯波義敏は追放されて、将軍義政は、少しばかりの溜飲(りゅういん)を下げた。

だが、結果から見ればこの仕置きは義政痛恨の失策であった。斯波義敏は、斯波宗家の権力を固めるために奮闘していたのである。自分の言いつけに従わぬ（つまりそれは幕府の言いつけに従わぬことでもある）不忠者を成敗し、斯波家の権力を一元化しようとしていたのだ。そのために忙しく、関東へ出陣できなかったのだ。

将軍義政が斯波義敏を廃嫡したことにより、斯波家内の下克上を制する者がいなくなった。斯波家中の野心家たちが解き放たれた。この時から越前の朝倉氏や尾張の織田氏が好き勝手に暴れ始めるようになる。

斯波家は幕府を支える管領家だった。幕府は大きな屋台骨を失うことになる。だがしかしそれはまだ少し先の話だ。

将軍義政は親政への熱意を失った。命令を無視されて恥をかかされるのは御免だ。負け軍の総大将になるのも真っ平だった。

失敗を恐れるあまりに義政は「何もしないのが一番良い」という境地に達してしまった。自尊心ばかりが高い人間が陥る魔境だ。

将軍義政は芸術の世界に引きこもり始めた。政務は放り出して、省みようともしなくなった。

長禄三年十月、関東――。

古河の成氏との戦いに敗れた新公方政知の軍勢が、南関東に逃げ戻ってきた。

今度の会戦で戦場となった場所には、利根川、荒川、渡良瀬川（下流は太日川と呼ばれる）が流れていた。川は江戸内海へと注いでいる。大量の兵が退却するには兵船を使うのが一番早い。

兵を満載した船が数珠つなぎに利根川を下ってきて浅草の湊に接岸される。血まみれで泥まみれ、鎧も千切れた兵たちが桟橋に降り立った。疲労で痩せこけた顔貌で、目をギラギラと光らせている。おぞましい殺気を放って周囲を睨みつけながら荷揚げ場に踏み込んできた。

浅草門前町の商人たちは皆、顔色を失っている。土倉衆の一人、長老格の商人が泡を食った様子で竹河屋へと走り込んできた。

「これは宮川屋さん。どうしました」

女主が奥から見世に出てくる。

「大変や、湊に落武者が押し寄せて来とる。何百、何千いう大人数やで。湊で雇った男衆では、捌くことが叶わん！」

竹河屋の女主も、容易ならぬ事態を覚った。

「湊から聞こえる騒ぎはそれでございましたか」

「急いで太田様にお報せしておくれ！　こういう時のために太田様には冥加金を奉っとるんや」

「わかりました」

女主は宮川屋を送り出し、文机に向かって筆を取った。手短に一文を認めると折って封じて、見世の若い者に託した。

「江戸城まで走っておくれ」

「合点しやした」

若い者は書状を懐にして駆けだした。女主が見送りがてらに表道に出ると、すでに町中は雑兵でごったがえしていた。

「腹が減ったぞ！　飯を出せッ」

「わいらは関東公方様の奉公衆やぞ！」

町人たちを脅している。駆けつけてきた浅草寺の行人（僧兵）たちと揉み合いになった。多勢に無勢で行人たちが取り囲まれ、殴られ蹴られし始める。

――なんということ！

女主は眉根をひそめた。

湊から敗軍の将がやって来る。なんと馬に跨がったままであった。門前町とはいえどもここは浅草寺の支配地だ。仏が鎮座する聖地である。馬から降りて仏と僧侶に敬意を示すのが当然であろう。

にもかかわらずその武将は蹄の音を鳴らしながら町の中にまで踏み込んできて、大音声を放った。

「町の者、慎んで承れッ。本日よりこの地は、関東公方執事、渋川左衛門佐様の御支配地となった！」

寺院の土地と領地（荘園）は、武士が管理して、治安維持と徴税を担当している。浅草寺はここ数年、太田家が別当（代官）を務めていた。それが今日からは渋川左衛門佐義鏡に代わるというのだ。

「関東公方様のご下命であるぞ！　慎んで承れッ！」

伊豆国府の関東公方、足利政知が書いた御内書一枚で、支配者の首がすげ替えられたのだ。現地の実情をかえりみない、あまりにも乱暴な政治である。

「間もなく渋川左衛門佐様の御叔父、伊予守様がお着きになられる！　土倉衆の者ども、湊まで出迎えに参れッ」

湊にお着きになられる——とは、ものの言い様で、ようするに負け軍の戦場から逃げてくるのだ。

しかし、泣く子と地頭には勝てない。女主は下女を呼んで晴れ着を出すように命じた。

新しい地頭、渋川伊予守なる人物を迎えなければならなかった。

「渋川伊予守俊詮か」

浅草門前町からの報せと、物見からの報告を受けた資長は憤然となった。

江戸城本丸の主殿の前庭に陣僧の英泰が控えている。

「いかがなさいましょう」

「兵を集めろ。追い払ってくれる！」

英泰は承服しかねる顔つきだ。

「渋川伊予守様は敵にあらず。伊豆の公方様の奉公衆にございまするぞ」

「わしの許には伊豆の公方からの御内書は届いておらぬ。浅草の地頭はわしじゃ。浅草に押し寄せてきた不逞の者どもを追い払う！」

弟の図書助資忠や熱川六郎など、一族郎党が集まってきた。

「兵を出すぞ！　強入部は許さぬ！」

皆で「おう！」と気勢を上げていたところへ饗庭次郎が駆け込んできた。

「申し上げまする。浅草湊に更なる兵船が入りましてございまする。新田岩松持国様と、その手勢が落ち延びて参られました。兵数はおよそ三百！」

これを聞いて資長は目を剝いた。

「上州の、新田岩松までもが逃げて来たのか。なにゆえ彼奴めらが武蔵国に逃げてくる。上野国の地侍であろうが」

英泰が答える。

「新田岩松持国様は、古河の公方に与した家来衆によって所領より追われてござる。ご自身の城には戻れまするまい」

新田岩松持国は、伊豆の新公方側に寝返ったのだが、それによって家中の分裂を招いた。

今回の合戦に勝利できれば良かったのだが、負けてしまったので古河方に与する家臣たちが勢いづき、持国を追い出してしまったのだ。

　資長は歯ぎしりをする。

「すぐにも追い払ってくれる。浅草を乗っ取られてからでは遅い！」

　饗庭次郎が「お待ちくだされ」と続ける。

「浅草湊の落武者の数は三百ではござらぬ。渋川勢と合わせて千を優に越えまするぞ」

江戸城の太田勢と、近在の上杉与党――千葉兄弟や豊島兄弟など――をかき集めても、五百ほどの兵にしかならないことを饗庭次郎は知っていた。

　英泰も緊迫しきった顔で身を乗り出した。

「軽挙はなりませぬぞ！　戦に打って出て、勝てればよろしいけれども、負けたならば太田家は朝敵の汚名を被せられ、相模国守護代の地位を追われまする」

「ならばなんとする。『浅草を譲ってやれ』とでも申すか」

「古河公方を追い落とすまでのご辛抱にござる。東関東を攻め取ったならば、伊豆の公方の奉公衆は必ずや――」

「彼奴めらが東関東を手に入れて、我ら上杉は西関東を安堵されると申すのであろう。聞き飽きたわッ。新公方の奉公衆が関東に乗り込んできて、三年だぞ！」

　三年もの間、両上杉家は、上方から来た援兵に無駄飯を食わせ続けてきた。

「怠惰な上方者どもめ、次の合戦は何年後のことになるかわからぬ！　さらに申せば彼奴めらが古河の公方に勝てるとは、とうてい思えぬ！」

このまま西関東――ことに武蔵国南部と相模国――に居すわり続けるのではあるまいか。

二

この頃、扇谷上杉家の当主、道朝（俗名は持朝）は、武蔵国河越城に居館をおいている。

道朝は法衣の長袖を揺らしながら奥へ下がった。太田道真と資長の親子は、平伏して見送った。

道朝は応永二十二年（一四一五）生まれの四十五歳（満四十四歳）。

病死、戦死、暗殺が相次いで、ほとんど根絶やし状態になった上杉一門の中では、珍しくも長命を保っている。永享の乱（一四三八年。足利成氏の父の持氏が室町幕府・上杉連合軍に殺された事件）にも関与したほどの古株だ。東国の内乱がどういう理由で始まったのかを知っている、数少ない人物であった。

壇上で灯火が揺れている。たった今まで評定を行っていた会所に、道真と資長だけが残された。秋の風が吹き抜ける。ますます冷え冷えとして感じられた。

「無茶をしでかしてはならぬぞ」

道真は息子に釘を刺した。

「御屋形様（道朝）の裁可は下されたのだ。我らは御屋形様のご内意に従うのみ。お前も悔しかろうが、御屋形様はもっとお悔しいのだ。ここは堪えねばならぬぞ」

太田道真（備中守資清（びっちゅうのかみすけきよ））は五十歳を越えた。めっきり皺（しわ）の深くなった瞼（まぶた）をきつく閉じた。

伊豆の公方、足利政知は、浅草から蕨にかけての一帯を、渋川義鏡と関東公方奉公衆に知行させると宣告してきた。

享徳の乱の勃発（ぼっぱつ）当初から、それらの地を押さえて守ってきたのは扇谷上杉家と太田家だ。関東の人々の暮らしが維持できたのは我らの奮闘があったらばこそ、という自負もあるし、もちろん利権も恣（ほしいまま）にしてきた。太田家としては納得できる話ではない。しかし、足利政知の意向に従わないなら謀叛となる。

「上方の軍勢が古河の朝敵を討ち果たすまでの辛抱だ」

道真は言った。資長は険のある目で父親を見た。

「それはご本心からの物言いにございましょうか。渋川は、関東で最も富裕なる浅草を手に入れました。いずれは武蔵国すべてを領有してくれようという魂胆に相違ございませぬぞ。伊豆の公方の近臣たちは我欲を隠そうともいたしませぬ」

抵抗し得るのは関東管領の山内家だけだが、五十子陣から動けない。それを良いことに渋川たちはジワジワと食指を伸ばして、両上杉家の権益を奪い取っていく。

「……五十子陣の軍兵を養う米と銭とは、どうなさる」

資長は浅草湊から段銭や冥加金を取っていたが、私腹を肥やしていたわけではない。五十子陣に送り届けて、長期滞陣の元手としていた。

両上杉は三年ものあいだ戦い続けていたが、それを可能としたのは関東の富を上手に集めて運用できていたからこそだ。

「五十子陣は、古河城の敵の手によってではなく、足元から崩されまする」

「わかっておる」

道真は目を開いた。息子を凝視する。

「扇谷上杉家は相模守護職である。武蔵国の守護職は山内様である。我らは守護の家臣としての任を果たすことで、足りない兵糧(ひょうろう)をかき集める。策はある」

道真は秘策を息子に授けた。話を聞き終えた資長は、この男にしては珍しいことに、渋い表情となった。

「世間は我らを、強欲かつ非道、と罵(ののし)りましょうなぁ……」

「やり遂げねばならぬのだ。扇谷上杉家のため、関東管領(かんれい)山内様のためだ」

「心得ました」

資長は低頭した。

頭を下げたまま父の秘策を実行するための手筈を考えている。

三

鎌倉の鶴岡に八幡宮寺が建っている。

源頼朝（みなもとのよりとも）が岩清水八幡宮の神体をこの地に勧請（かんじょう）した。若宮大路の最北正面に鎮座している。鎌倉という町の一番の上座に南面しているのだ。どう見ても、鶴岡八幡宮寺の本尊が鎌倉の〝主君〟に見える。鎌倉幕府も関東公方府も、鶴岡八幡宮寺に〝仕えるかのように〟大路の左右に置かれるのが常であった。

本尊仏は八幡大菩薩。八幡神（やわたのかみ）と同体とされている（本地垂迹説（ほんじすいじゃくせつ））。日本の神と天竺（インド）由来の仏は同じもので、それぞれの民族が別の名で呼んでいるのだ——とする考え方だ。

ありがたい神仏が、特定の地域や民族でのみ信仰されているのは不自然だと昔の人は考えた。結果、「同じ神仏を日本人とインド人がそれぞれの言語で呼んでいるのだ」という結論に達したのだ。

というわけで鶴岡八幡宮寺では、八幡神を八幡大菩薩に見立てたうえで、僧侶がお経を唱えて仕えている（明治三年の廃仏毀釈令で神社とされるまで鶴岡八幡宮は寺であった。鶴岡八幡宮寺と呼ばれていた）。

鶴岡八幡宮寺の〝住職〟は別当と呼ばれる。当代の別当は第二十六代、雪下殿定尊だ。この人物は、古河公方、足利成氏の実弟で、兄に従って古河に入城した。僧籍にありながら兄譲りの武勇の持ち主で、自ら弓を取り、騎乗して戦場を駆ける。

ともあれ今の鶴岡八幡宮寺に別当はいない。空位ではなく外出中である。仕方がないので幹部の僧侶たちの合議で寺を運営することになった。〝供僧二十五坊〟と称された二十五人の僧がその任に当たった（実際には廃れた僧坊もあり、定尊に従って古河に下った僧侶もいるので、二十五人に満たなかった）。

供僧は〝任命者が誰なのか〟によって、大きく三つに分けられる。

室町幕府によって任命された供僧。

関東公方によって任命された外方供僧。

別当によって任命された進止供僧。

それぞれが室町幕府、関東公方、別当の意志を代弁するので派閥ができる。

外方供僧の一人に香象院珍祐という人物がいた。荘園（寺領）からの年貢の管理を担当している。

鶴岡八幡宮寺は関東の一円に広大な荘園を持っている。珍祐も関東のほうぼうを走り回って、百姓や地頭との掛け合い（交渉）をせねばならない。なかなかに難儀な役目だ。

珍祐は塔頭（幹部僧侶の住居）の明るい窓辺に文机を据えて、帳合に励んでいた。

ここ数年来の飢饉と戦乱によって年貢は減る一方だ。全盛期の二割も米が納められれば良い方だった。

そこへ執行の下部がやってきた。庭に跪く。執行とは寺の政務を実行する僧侶のこと。下部はその家来だ。武家風に言い変えれば〝奉行とその家来〟といったところか。

「塔頭様に申し上げます。佐々目郷で争論が起こってございまする」

珍祐は帳面に落としていた目を庭に向けて、面倒臭そうに下部を見つめた。

「またしてもか。先年、鎮めたばかりではないか」

「下司の座を巡って、平川左衛門と二位房が口論しております」

「やれやれ。放っておくことはできぬな」

珍祐は立ち上がろうとして「あいたた」と腰をさすった。老体に長時間の机仕事はきつかったのだ。

「塔頭様、お加減が、お悪いので……？」

「大事ない。輿を用意しなさい」

下部の気遣いを煩わしげに遮る。下部が走り去った後で、

「輿に揺られて行くのは、さぞ辛いであろうなぁ」

と、痛む腰をさすりながら嘆息した。

武蔵国佐々目郷は鶴岡八幡宮寺が所持する最大の荘園である（戸田市笹目）。この荘園は足利尊氏によって寄進された。

足利尊氏は物惜しみをしない、気前の良すぎる人物だった。正月などに大名たちが御所に挨拶に訪れると、屋敷じゅうのお宝をすべて下賜してしまい、夕刻には何もない広間にポツンと座っていることが常だったといわれている。

そんな足利尊氏が、東国制覇でより一層気が大きくなっている時期に寄進してくれた土地が佐々目郷だ。その広大さと徴収可能な年貢の量が想像できようというものだ。

年貢の徴収と本所（荘園の持ち主）への輸送は、武装した者たちにしか務まらない。そこで本所は武士と契約を交わして荘園の管理と年貢の納入を依頼した。

佐々目郷の管理を請け負う公文（鶴岡八幡宮寺では代官をこう呼ぶ）の座を巡って、平川左衛門と二位房なる者が争っている。平川左衛門は武蔵の地侍。二位房は行人（半俗半僧の僧兵）であった。

巨大な荘園であるだけに定得分（年貢を扱う手数料。年貢米から引かれて代官の収入となる）は莫大な額に及ぶ。だから公文の座を巡っての争いになる。

珍祐を乗せた輿は佐々目郷の政所（公文の役所）に入った。四方を堀と土塁で囲っている。攻め寄せてきた敵に矢を放つための櫓も建てられてあった。こうまでして厳重に守られているのは米倉だ。漆喰で壁を固めた建物が五棟ばかり建っていた。

珍祐来訪の報せはすでに届いていたらしく、地侍の集団と僧兵の集団が庭の左右に分かれて出迎えた。

輿が下ろされて珍祐は地面に降り立った。先触れとして来ていた下部が駆け寄ってきて、目の前で膝をついた。

「太田左衛門大夫様がお越しになっておられまする」

チラリと横目を向ける。つられて珍祐も目を向けた。庭の隅に鎧を着けて小旗を背負った武士が立っていた。その男は太田左衛門大夫本人ではない。お供の家来だ。小旗の紋は〝丸に桔梗〟であった。太田家の家紋だ。

珍祐は資長との面識があった。ただ今の相模国を守っているのは相模国守護代の太田家だから当然だ。

珍祐は、表情には出さなかったものの、内心では、

――面倒な話にならなければよいが……。

と案じた。ともあれ政所の主殿に入る。部屋は二つしかなく、戸口をくぐった直後に資長と顔を合わせた。

「お待たせいたした」

待ち合わせの約束をしてあったわけではないが、礼儀としてそういう物言いをして、珍祐は敷居を跨いだ。公文の下部が席をしつらえる。珍祐は資長と向かい合って座った。

資長が微笑みかけてきた。

「お久しいのう香象院殿。ご壮健にてなにより。鎌倉からここまで駆けつけてこられるとは頼もしい。武家にも率爾にはできかねる壮挙にござる」

「過分なお褒め、痛み入る。左衛門大夫殿こそ昨今ますます高まる武名、大慶至極に存ずる」

資長はカラカラと乾いた声で笑った。

「武名とは名ばかりの困窮ぶりでござってな。かくも追い使われておる。本日は佐々目郷の諍いの仲裁じゃ」

ここで珍祐は首を傾げた。

「太田家中は相模国の守護代。佐々目郷は武蔵国の内。御支配違いと心得るが……？」

「その儀ならば」

資長はますます朗らか——にみえる——笑顔となった。

「武蔵国守護の山内上杉様、ならびに守護代の総社(そうじゃ)長尾の修理亮(しゅりのすけ)殿は、五十子陣での戦に掛かりきりで、とてものこと、武蔵国の仕置きに専念できる状況にあらず……との話でござってな。我らが一肌脱ぐことになったのでござる」

「太田様におかれては、篤いお志しでござるな」

「武蔵国の安寧は両上杉の願いじゃ。さて香象院殿。我らはともに忙しい身。手早く片づけることにいたしたい。いかに？」

「異存はござらぬ」

「しからばここに吹挙状（推薦状）をしたためて参った。衆中（供僧二十五坊の会議）にご披露を願いたい」

資長は封をした書状を懐から出して、部屋の隅に控えていた下部に向かって差し出した。下部が膝行してきて受け取って、珍祐の許に運んだ。

珍祐は書状を手にして、資長に質す。

「太田殿の御家中は、どちらを吹挙なさるのでございまするか」

「二位房である」

なにゆえ、とは、珍祐は問い返さなかった。正直なところ鶴岡八幡宮寺としては、誰が公文を務めてもかまわない。年貢がきちんと納入されれば、それでいい。

「二位房の働きを、太田殿の御家中が支えてくださると仰るのですかな」

二位房に不始末があった時には、太田家が責任を負ってくれるのか。

「確かに請け合う。公方（年貢のうちの本所の取り分）は必ず鶴岡八幡宮寺に納めさせる。

もしも約定に違うようならば、二位房は太田家の手で仕置きをいたす」

二位房が太田家の家来であるかのような物言いだ。実際にそうなのだろう。

太田家と二位房との間で主従の契約が結ばれたのに違いない——と珍祐は推察した。あとで下部に命じて探りを入れさせ、確かめねばなるまい。

資長は笑みを引っ込めると、いかにも深刻そうな顔を向けてきた。

「香象院殿」

声までひそめる。

「これは我らが調べたことゆえ、ご内密に願いたい。平川左衛門には、伊豆の公方の息がかかっており申すぞ。平川に佐々目郷の政所を委ねるのはよろしくない。年貢米を伊豆に横流しされまする」

「……なんと！」

鶴岡八幡宮寺も〝上方から押し寄せてきて関東に居すわる大軍〟には迷惑している。

さっさと古河公方を討滅し、関東に平穏をもたらしてくれるのならば段銭（軍用金）も差し出すが、伊豆公方の軍勢は戦をしないで無駄飯ばかり食っている。彼らが食った分だけ、関東で暮らす人々の食料が減っていく。

「香象院殿。御存じの通りに、伊豆の公方と渋川殿ならびに犬懸上杉殿は、このたびの戦に負け申した。伊豆の公方様方にとっては『当てがはずれた』思いでござろう。東関東に領地を得ることができなくなった。となれば、かの御仁たちは、相模と武蔵に領地を作るしかござらぬのだ」

「由々しき事態にござるな」

珍祐も難しい顔つきとなって頷いた。

鶴岡八幡宮寺は相模と武蔵にいくつもの荘園を所有している。鎌倉時代には鎌倉幕府とその御家人たち、室町時代には室町幕府と関東公方府が寄進してくれた土地だ。

「香象院殿。両上杉家と太田家は、これまで長い年月、鶴岡八幡宮寺を守護して参った。我らの働きを、お認めくださいましょうな?」

「無論のこと。この戦乱にあって、鶴岡八幡宮寺が保たれておるのは、扇谷上杉ならびに太田御家中のご尽力のおかげじゃと感謝しており申す」

少なくとも今までは、上杉一門とその守護代たちは、鶴岡八幡宮寺の荘園を守ってくれていた。年貢も届けられるように努力はしていた。

しかし伊豆公方と奉公衆が同じように振舞うかどうかはわからない。『背に腹は換えられない』からだ。伊豆公方の軍勢は、皆、飢えに苦しんでいる。

「両上杉は、今後も鶴岡八幡宮寺を守護し奉ることをお約束いたす。衆中とお計らい下され。伊豆の公方と、我ら両上杉の、どちらを頼りとなさるのか。賢明なるご返答をお待ちしており申す」

珍祐は頷き返した。そして鶴岡八幡宮寺に戻り、供僧二十五坊を集めて会議に入った。

鶴岡八幡宮寺にも困った事情がある。最高責任者である別当の雪下殿定尊は古河公方足利成氏の実弟で、上杉一門と対立している。二十五坊のうち、外方供僧と呼ばれる面々は定尊によって任命された、定尊の〝家来〟だ。

思惑は一致しないが、珍祐は衆中を纏めあげて、佐々目郷の公文を二位房とすることに決した。

「二位房とは何者だ」

なおも反対する供僧もいたが、

「二位房は下部。有体の公文は太田左衛門大夫殿にござる」

そう言って押し切った。

太田資長が一時、浅草寺を守護していたことは、皆、知っている。浅草寺は大金の上納を義務づけられたが、資長はもらった銭に見合った働きを見せた。浅草寺と門前町、湊の平穏を見事に維持して、ますます商業を発展させたのだ。

「この乱世。鶴岡八幡宮寺が頼りにできる人物は太田左衛門大夫殿をおいて他にはない」

珍祐は駄目押しの熱弁を振るって、衆議を一決させた。

四

翌長禄四年（一四六〇）の春、鶴岡八幡宮寺の境内で忌まわしい事件が勃発した。

執行よりの報せを受けた珍祐は、塔頭の香象院を走り出た。長い袖を振り乱し、焚きしめた香の匂いを振りまきながら庫裏へと向かった。

庫裏とは倉庫のことだ。先年の秋に納められた年貢米が収蔵してある。

さらに当時の鶴岡八幡宮寺は、他人から荷物や米を預る仕事もしていた。土倉業だ。保管の手数料を取ることの他に、質草を担保にしての金融業もやっていたに違いない。

何棟も並び建つ庫裏の前に、小別当（寺の警備を担当する武士）と執行、下部たちが集まっていた。皆、困惑しきった顔つきであった。

珍祐は庫裏に目を向けた。扉が開けられている。執行が額に冷や汗を滲ませながら告げた。

「米を盗まれました」

珍祐は暫しの間、言葉も出てこなかった。

――八幡宮の神米に手をつけた痴れ者がおると申すか……！

鶴岡八幡宮寺は東国のすべての人々の帰依を集める名刹である。仏の持ち物を盗む者などいてはならない。村の鎮守の賽銭を悪餓鬼がくすねるのとは違うのだ。

——なんという罰当たりな！

季節は春。春窮の季節ではある。一年でいちばん飢える時期なのだが、それだからといって、昨年の秋に採れた米や作物を食いつくし、麦の収穫時期にはまだ間がある。

「こともあろうに鶴岡八幡宮寺の米が盗まれるとは何事か！」

叫んだ珍祐に、小別当が困った顔で答えた。

「盗まれたのは、預かり物の米でございました。仁木方（地名）の田中という地侍より預った米でして……」

珍祐はそれを聞いて、

——仏の持ち物が盗まれたのではなかったのか。

ちょっと安堵した心地となったが、

——いや、まてまて。

と思いなおした。鶴岡八幡宮寺に盗賊が入った事実に変わりはない。

「なんとしても捕らえるのだ」

珍祐が命じると、小別当が決然と顔を向けてきた。

「香象院様に申し上げまする。見廻りを厳重にいたしておりましたゆえ、盗難に素早く気付くことが叶い申した。手前、境内のすべての門を閉じさせ、下部を配して見張らせておりまする。盗まれた米俵は外へは運び出されておりませぬ。盗賊によって寺内のいずこかに隠されておるものと思われまする」

「それで、何が言いたい」

　小別当は鋭い眼を上げて珍祐を見た。

「八幡宮寺のすべての建物への検断をお許しくださいますよう、お願い申し上げまする」

「なんじゃとッ？」

　それは大変に面倒なことになる――と珍祐は直感した。八幡宮寺は供僧の二十五人によって運営されている。彼らの住まいは塔頭といって、鶴岡八幡宮寺の境内にあるけれども、独立した寺だ。

　仏教寺院には奈良や平安の昔から〝検断不入の権〟が付与されている。警察権を持つ役人の立ち入りが禁じられているのだ。小別当や執行の下部がズカズカと乗り込んでいったならば供僧は立腹する。激しい論争となるだろう。

　供僧二十五坊は足利幕府に任じられた僧と、関東公方に任じられた僧、別当の定尊に任じられた僧がいて派閥争いをしている。

「検断などもってのほかじゃ！　ろくなことにならんぞ！」

「なれど香象院様。盗賊の跳梁跋扈（ちょうりょうばっこ）を許すことはできませぬ。この悪行は八幡宮寺の御仏に仕える何者かによって引き起こされたのでござる」

「なぜそう言い切れる」

「八幡大菩薩に納められた年貢米ではなく、地侍より預った米俵のみが、選ばれて盗まれたのでござる。盗賊は仏罰を恐れておりまする。そして、己が盗んだ米の持ち主が地侍であることを知っておったのです。この寺の倉の事情に通じた者だとしか考えられませぬ」

さすがに由緒ある大寺院の小別当を務めるだけあって、なかなかの検断ぶりだ。

「罰当たり者を見つけ出さねば、その者は、今後も素知らぬ顔つきで御仏に仕え続けることになるのですぞ」

珍祐は「ううむ」と唸った。寺の中に紛争が起こるのも恐ろしいが、罰当たり者をそのままにしておくのも恐ろしい。

「お前の物言いは道理である。なれども……なんとする。小別当のお前がなにを申したところで、衆中（供僧の二十五人）が『うん』とは言うまいぞ」

小別当など、供僧二十五坊から見れば〝身の回りの世話をさせている使用人〟に過ぎない。小別当に『検断いたす』と言われて『するがよい』とは絶対に言わない。

小別当は意を決した様子で言葉にいっそうの力を籠めた。

「太田左衛門大夫様を頼るより他にございませぬ」

珍祐は目を剝いた。

「守護代を引っ張りだして、検断をさせよと申すか……！」

「鶴岡八幡宮寺の庫裏が暴かれるなど、あってはならぬ凶事。許してはおけぬ重罪にございまする。鶴岡八幡宮寺の御面目を踏みにじり、八幡大菩薩の尊顔を汚す悪行！」

「それは、お前の言うとおりじゃが……」

「太田様に検断を願うしかございませぬ。なにとぞ衆中にお説きくださいますよう、願い奉りまする！」

　珍祐は考え込んでしまった。


　供僧二十五坊の僧侶たちは、当然に難色を示した。

　しかし今も境内に盗賊が隠れたままでいる、というのは気持ちが悪い。さらにいえば、彼らも困窮に悩まされている。各地の荘園が戦場となり、百姓も逃げ散って、年貢が届かなくなったからだ。

　今回盗まれたのは預かり物だが、次に盗まれるのは僧侶が食べる米かもしれない。ただでさえ少ない年貢米を盗まれたのではかなわない。供僧二十五坊は、検断不入の建前はいったん棚上げにして、太田家の検断を黙認することにした。

　この時代、警察官の仕事をしていたのは武士である。かつては日本に刑部省と弾正台という組織があったのだけれども朝廷の意向で廃止された。代わって武士が台頭し、警察官と、軍人と、徴税吏を兼務しはじめた。

鶴岡八幡宮寺に乗り込んできた太田資長は眼を怒らせた。

「八幡大菩薩に不敬を働く者は許しておけぬ！　皆の者ッ、合戦のつもりで事に当たれ！」

鋭意、検断を指揮し始める。普段は軍人として合戦をしている〝警察官〟が乗り込んできたのだ。寺の高僧たちから見れば『地獄の鬼か』と錯覚するほどの恐ろしさだ。供僧二十五坊の僧侶たちは自分たちで検断を許しておきながら大慌てに慌てた。

若宮大路を、さらなる軍兵の群れが押し寄せてくる。太鼓橋を渡って境内に踏み込んできた。

寺の入り口には川が配されていることが多いが、この川は〝三途の川〟を見立ててあるのだ。境内は〝あの世〟の神仏が支配する世界だ。だからこそ世俗の権威による検断を拒否できるのだが、そこへ、世俗の汚らわしい権威の筆頭である武士が、血の染みついた鎧姿で入ってくる。

供僧二十五坊衆は太田資長に詰め寄った。

「太田殿！　この狼藉は何事！」

資長は慎んで答える。

「検断のご依頼に応え、盗賊を捕らえに推参いたした。ご安心めされよ。盗賊は必ず見つけ出しまする。奪われ、隠された米も取り戻してくれましょうぞ！」

そんな返答を聞きたかったのではない。供僧の一人がなおも詰め寄った。

「まるで戦ではないか！　八幡宮寺で戦を始めるつもりかッ」

資長はカッと眼を怒らせた。

「いかにも戦でござるッ。我ら武士にとって盗賊の成敗は戦と同じ！　仏に仇なす盗賊どもを梵天帝釈に代わりて成敗いたす！　まさに戦、仏の国の戦にござる！」

梵天帝釈は仏を護る軍隊だ。

資長は自らを仏の軍勢だと位置づけたのだ。仏の軍であるならば、仏の国に入っても、悪びれることはない。

「とんだ方便……」

資長の屁理屈に呆れたのだろう。供僧の誰かが呟く声が聞こえたが、資長は軽く聞き流して、

「かかれッ」

と、兵に命じた。

二十五坊の塔頭にくまなく兵が踏み込む。米俵のように大きな物を隠しておける場所は限られている。間もなく発見されて、隠し持っていた下部の二人が捕縛された。

香象院の庵に資長が座っている。その正面には珍祐がいた。

「寺のこととて、酒はござらぬ。白湯をしんぜましょう」

珍祐は下部に命じて湯をもってこさせた。

この時代はまだ茶というものが普及していない。客のもてなしは酒か料理で行われる。

しかし料理を出す時刻でもない。

資長と珍祐は無言で見つめ合っている。下部の足音が十分に遠ざかってから、資長が口を開いた。

「我らが捕まえし盗人の主人は、伊豆の公方に近しい僧でござった。おそらくは、伊豆の公方の奉公衆に唆されての悪行と推察いたす」

そう吟味（取り調べ）の結果を伝えた。珍祐は眉をひそめた。

「公方方の逼迫ぶりは、それほどのものでござったか」

「いかにも飢えてござる。伊豆の公方の手勢は上方での食い詰め者。関東の戦に加われば、せめて兵糧米にはありつけるだろうと目算しての東下でござる。しかし関東にも余り米などござらぬ。となれば、盗っ人に身を堕とす者が出てくるは必定」

「伊豆の公方様の逼迫ぶりに心を痛めた僧が、救いの手を差し伸べようと考えて、庫裏の米をいっとき借りようとしただけかもしれぬ……」

「そうかもしれませぬ。しかれども今は、今起こったことのみを吟味すべき。鶴岡八幡宮寺の下部どもを唆した者がいて、悪巧みに乗った下部がいる。香象院殿、焦眉の急と我らは考えまする」

火事の炎が眉毛が焦げるほどに近づいてきた――との謂(い)いは、ただ今の鶴岡八幡宮寺の危機を表すためにある言葉だと資長は指摘した。

資長は険しい面相を珍祐に近づけ、声を潜める。

「南関東の地において、最も多くの荘園を抱えておわすのは鶴岡八幡宮寺でござる。伊豆の公方とその奉公衆は、今後も続々と鶴岡八幡宮寺の荘園に手を出してまいりましょう。今回の一件は、その端緒でしかない」

「我らの公方米（年貢米）が横取りされる、とのお考えか」

「伊豆の公方は、僧や荘園の公文を唆してまいりましょう。籠絡(ろうらく)に乗った者どもが、鶴岡八幡宮寺にお仕えするふりをしながら米の横流しをすれば、悪事を暴くことは難しゅうござる」

帳簿ごと改竄(かいざん)されたら手も足も出ない。

「あるいは『公方米を運ぶ途中で悪党に襲われ、根こそぎ奪われた』などと嘘の報告を寄越すかもしれませぬ」

「あり得そうな話じゃ。今の関東はどこもかしこも戦乱の地でござるから嘘か真(まこと)か糾(ただ)すこともできぬ」

「いかにも」

「そこをなんとかしてくれるのが、相模守護職と守護代の務めではござらぬか」

「言われるまでもなく、懈怠なく務め申す。されど——」

「されど、なんでござろう」

「今度の一件のように、鶴岡八幡宮寺の中に悪者が潜んでおったのでは、我ら武士では、どうして差し上げることもできぬ。今回の検断は特例でござるぞ。検断を受けたそちらも業腹とお察しいたすが、検断をした我ら太田家も不本意でござる。『仏を蔑ろにする罰当たり者』との悪評を、世間に立てられてはかないませぬ」

「い、いかにも……とんだ迷惑をかけた……」

「香象院殿。鶴岡八幡宮寺を護るためには、我ら二人が手を携えてゆくより他にないと心得申す。香象院殿が供僧二十五坊に目を光らせ、伊豆の公方に与する者をとり除く。我ら太田家は外から鶴岡八幡宮寺を守護し奉る。荘園の公文役を果たし、街道には大軍を配して公方米が奪われるのを防ぎまする」

「う、うむ……。相模国において、その大役が果たせるは、太田殿の御家中をおいて他にはござるまいな」

「八幡大菩薩の御前にて誓いましょうぞ！　我らは一心同体。鶴岡八幡宮寺の弥栄のために粉骨砕身いたすと！」

「……う、うむ。望むところにござる」

珍祐は資長の手を握った。資長も力強く握り返した。

今回の事件で米の持ち出しを企んだのは室町幕府に任命された供僧の下部であった。京からやってきた足利政知のために努めるのは、ある意味では当然であった。

一方、香象院珍祐には『関東のため』を思う心が第一にある。伊豆の公方に対しては余所者（そもの）であるとの認識を持っている。伊豆の公方が関東のしきたりを踏みにじるのであれば、断固として抵抗するのだ。

五

この後も鶴岡八幡宮寺の荘園を巡って、伊豆の公方と太田家の暗闘は続いた。佐々目郷に続いて深沢郷の荘園でも、公文の座を巡っての諍いが起こった。

ここでは珍祐は一芝居を打った。わざわざ太田資長の許まで折衝に赴いたのだ。

鶴岡八幡宮寺の供僧が自ら出向いてみせた。身をもって「鶴岡八幡宮寺の荘園を守護しているのは太田家なのだぞ」と、世間に示したのである。

翌年、太田資長は佐々目郷に段銭を課した（警察署の維持費用と警察官の給料となる予算を住民から徴収するに等しい）。珍祐が背後から根回しをして百姓たちを説得し、段銭は首尾よく整えられて上納された。

佐々目郷は鶴岡八幡宮寺最大の荘園であり、経済基盤だ。足利尊氏に寄贈された大事な土地だ。

段銭を受け取ったうえに、供僧二十五坊から「荘園を頼むぞ」と託された太田家の評判は、関東一円はおろか、遠く上方にまで伝わった。

関東には伊勢神宮の社領（荘園）が多い。御厨（みくりや）と呼ばれている。伊勢神宮より神官が下ってきて、太田家に御厨の維持と回復とを依頼してきた。

関東の地において頼りとするなら太田家に限る。伊勢神宮もそう判断したのだ。

「おのれ小癪（こしゃく）な太田め！　関東公方たる我が君と、執事たるこのわしを蔑ろにしおって！」

伊豆国、堀越の館に渋川義鏡の怒声が響いた。

足利政知は関東に下ってきたものの、箱根の坂を越えることを怖がって伊豆に留まっている。本来ならば鎌倉に御所を構えるべきなのだが、鎌倉の周辺を支配しているのは扇谷上杉家で、目下、関東公方府の最大の政敵である。相模国などに本拠を構えたら、何をされるかわからない。

そう考えて、足利政知は伊豆、堀越の地に御所を建設した。これ以降、政知は堀越公方と呼ばれるようになる。

義鏡は今まで読んでいた書状を床に叩きつけた。それでも気が済まずに拾い上げると散り散りに引き裂いた。

「こうしてくれる！　こうしてくれる！」

千切った書状を床に散らして踏みにじる。家人たちが控えていたが、この振舞いにはいささか呆れ顔だ。

「おのれ太田左衛門大夫め！　我らが伊豆と五十子陣とを行き来している間に、勝手放題に南関東を横領しおった！」

鶴岡八幡宮寺の荘園の公文には次々と太田家の手の者が就任している。義鏡から見れば、資長の振舞いは強入部以外のなにものでもない。

伊豆の公方府にとっては運の悪いことに、浅草を占領させた渋川伊予守俊詮が病死した。新田岩松持国も昨年、暗殺された。

持国の暗殺は、持国が再び古河公方に帰参しようとしたことに先手を打っての誅殺である。親族の新田岩松家純が持国を殺し、岩松家を統一したうえで、上野国新田郷に帰還した。今は古河公方勢の侵攻に抵抗し、奮闘している。

堀越公方府にとっては悪い展開ではなかったはずだが、渋川義鏡は、

――どうにも臭い。この一件、両上杉が裏で糸を引いておるのではないか。

と疑っている。

堀越公方府と渋川義鏡に近しかった新田岩松持国が殺され、両上杉に近しい家純が台頭した。両上杉にとってのみ好都合すぎる結末ではないか。持国の裏切りが事実だったのかどうかも怪しいと義鏡は疑っていた。

ともあれ味方であるはずの両上杉がもっとも目障りな敵となって堀越公方府の覇業の前に立ちはだかっている。

渋川義鏡は広間の隅に控える男に怒りをぶつけた。

「なんぞ打つ手はないのかッ」

理不尽に怒りの矛先を向けられたその男は、しかし、まったく表情を変えずに端座している。よく陽に焼けた肌で眉はキリッとしている。整った目鼻だちだが能面のごとくに無表情だ。伏目がちの目は、どこか床の一点を見つめていた。

「打つ手は、ないことも、ございませぬ」

「もったいをつけずに申せ、板倉！」

その男、板倉頼資は渋川家の家人である。足利政知の東下に従って関東に乗り込んできた。渋川伊予守俊詮を補佐して浅草の代官を務めていた。渋川義鏡の手持ちの臣の中では一番の能吏といえた。

板倉は冷ややかな眼を上げて義鏡を見た。

「我らの掌中には珠がござる」

「珠とは？」

「他ならぬ関東公方様にござる。公方様に御内書を認めていただければよろしいかと愚考いたします」

「なんと認めていただく」

「扇谷上杉家の相模国守護職を停止し、相模国を公方様ご自身の公領（直轄領）と定めればよろしかろうと存ずる」

「扇谷上杉家より守護職を取り上げよ、と申すか？」

渋川義鏡は驚き、動揺している。

板倉頼資はまったく表情を変えない。有能な官吏に特有の冷ややかさだ。常に理詰で物事を考える。

「そもそも。相模、武蔵の両国は関東公方足利家の領国にございました。関東公方様と奉公衆を扶持する田畑も相模と武蔵にあったはず」

「そんなものがあるのなら、公方様と奉公衆は、かくも不自由な暮らしを強いられておらぬ」

「公方様の公領を両上杉が押領しているからにございまする」

「無法を働いておるのであれば、見つけ次第に仕置きいたせばよかろう」

「ところが無法ではないのでございまする。両上杉による押領は、公儀の法度に背いてはおりませぬ。闕所裁断権は、一国の守護職と守護代に与えられており申す」

相模国と武蔵国にはかつて、関東公方足利家と、相模国守護犬懸上杉家の領地があった。関東公方足利家は持氏の代にいったん滅亡し、鎌倉の周辺に存在していた足利領の管理者はいなくなった。

犬懸上杉家も上杉禅秀の乱で改易となった。禅秀の子供たちは関東の領地を手放して京都へ逃れた。

このようにして放棄された土地を『闕所』と呼ぶ。

闕所は空き地や荒野ではない。農村が広がり、田圃があって米が採れる。年貢を受け取る領主だけがいない。誰かが領主として乗り込んでゆけばそっくり年貢を受け取ることができる。棟別銭や冥加金も徴収できる。

そんな闕所なら誰でも欲しい。ならば誰に闕所を渡すのか。それを決めるのが守護と守護代なのだ。

いつの時代でも〝任命権を持つ者〟が権力者と呼ばれる。

両上杉は、相模と武蔵の守護であるのをよいことに、自分自身を闕所の領主に任じていった。両上杉が東関東の大名と戦ができるほどの大軍を養うことのできた理由がこれだ。

さらには強欲な武士たちが大勢、闕所を拝領したくて両上杉の許に集まってくる。強欲な者ほど戦場でよく働く。両上杉の軍勢はますます膨れあがり精強になっていく。千葉の実胤、自胤兄弟のような落武者も頼ってきて、寄騎として活躍する。

　両上杉の側にも言い分はある。西関東を守るためには兵糧米と軍兵がいる。闕所を手に入れるより他に、古河の朝敵と戦う術はない。

「両上杉は、関東公方家と犬懸上杉家の闕所を私することで、権勢を手に入れたのでござる」

「許せぬな！」

「今日まで関東を守り抜いた両上杉は、ご苦労なことではございました。しかし関東公方様と奉公衆が東下してきた今、闕所は元の持ち主たる関東公方足利家に返還されるべきなのでござる」

　すると突然に、渋川義鏡の顔色が変わった。

「否、それはまずいぞ」

「なにゆえにございましょう」

「強欲な関東武士どもが、いったん手に入れた土地を手放すと思うか。一所懸命の謂いもある。彼の者どもから土地を奪い取ろうとすれば命懸けで歯向かってくる。一方、今の我らには、上杉ほどの兵力はないぞ。戦になれば勝てぬ」

渋川義鏡は愚物ではない。関東武士を〝野蛮な者ども〟と見下してはいるが、彼我の戦力差が隔絶していることも認めている。

「この関東で物を言うのは武力じゃ」

渋川義鏡は足利家の分家で、武人ではなく貴人として育てられた。歌詠みの才能で世に知られた男だ。いざとなると踏ん切りがつかない。戦を恐れる。

「ううむ……。斯波殿の軍勢が来援してくれたなら、こうも悩むことはないのだがなぁ」

斯波家で内紛が発生し、斯波義敏が廃嫡されたことで、足利政知と渋川義鏡の計画は大きな齟齬をきたしている。

「急いては両上杉を怒らせて、古河の朝敵の側に寝返りを打たれる、という恐れもあるぞ。乱暴な振舞いはできぬ」

板倉は冷たい目で渋川義鏡を見ている。

「乾坤一擲、公方様の御内書を掲げて相模国に乗り込めば、東国の国衆ならびに一揆（地侍の集団）は、必ずや公方様にお味方いたしましょう。大切なのは、時の勢いでござる」

大義名分と勢いの双方が揃えば勝機はある。板倉はそう考えている。

それでも渋川義鏡は首を横に振った。

「いいや、上杉と争うは時期尚早じゃ。勝機が巡り来るのを待つ」

思慮深そうな顔つきで臆病を取り繕って、そう言った。

「この芥は、下人に命じて片づけさせておけ」

　怒りに任せて千切った書状を恥ずかしそうに一瞥すると、歌人らしく静々と足を運んで広間から出ていった。


　渋川義鏡の言う〝勝機〟は、この世の誰もが想像し得なかったほどに素早く訪れた。渋川義鏡自身、仰天してしまったほどであった。

「わ、わしの悴が斯波家の家督を継ぐじゃとォ？」

　驚きのあまりに声が裏返る。

　義鏡の末子の義廉が、三管領の斯波家の当主に就任する運びとなったのだ。

　報せを受けた渋川義鏡は堀越の屋敷で目を剝いている。広間の下座には板倉頼資が平伏していた。

「京都様（将軍義政）直々のお口利きにございまする。内々に、殿のご意向を伺うようにとの、京都様よりのお言葉にございまする」

「お断りいたそうはずがあるまい！」

　渋川義鏡は欣喜雀躍した。小躍りして喜んだ。扇を開いて舞いはじめた。

　斯波義敏は、八代将軍義政の命に服さなかったがゆえに、義政の怒りを買って廃嫡（大名の身分を剝奪される処分）された。

斯波家も渋川家も足利家の分家である。渋川家の子が養子に入って斯波家を継ぐことに不足はない。

「わしの子が管領か！」

斯波家は越前国と尾張国と遠江国の守護を兼ねている。

「わしの子が斯波家の当主となれば、三国の軍勢は、わしの手中に収まったも同然だ。三カ国の大軍をもって、古河の朝敵を一蹴してくれようぞ！」

「打倒すべきは、古河の朝敵のみにはございませぬぞ。両上杉も打倒せねばなりませぬ。三カ国の大軍を関東に招き入れるには、大量の兵糧米を用意せねばなりませぬ。相模と武蔵で採れる米が要るのでござる。にもかかわらず両上杉が闕所を私有して米を寄越しませぬ」

「うむ、それだ。やはり両上杉は邪魔だな」

「殿！　先日の策を進める時がやって参りました。扇谷上杉家の相模国守護職を停止なさいませ。さすれば相模国より採れる米を斯波軍の兵糧として使うことができまする」

板倉頼資の目が怪しく光っている。

「専横を極める両上杉とて、斯波家三カ国の大軍を目の前にしては、臆して黙り込むより他にございますまい」

渋川義鏡も気持ちが大きくなっている。

「よかろう！　公方様（関東公方政知）に進言いたせ」

板倉頼資は、口の端で微笑んだ。

「大慶至極に存じあげまする」

六

早馬が泥を蹴立てて走ってきた。江戸城内には海側からではなく、西の台地を通って入る。資長の江戸城大手門は西（武蔵府中の方向）に向かって開けられていた。

早馬は二ノ曲輪に駆け込んでくる。陣僧の英泰が慌てて飛び出してきた。

「何事かッ」

早馬の武者は、ほとんど落馬同然に馬から降りて、地に這いつくばった姿で答えた。

「鎌倉に、軍兵が雪崩込んで参りましたッ」

資長が足音も荒々しく主殿に出てきた。

「戸はすべて取り払え！　戦支度じゃ。篝火も用意しておけッ」

自身も鎧を身につけている。「はっ」と答えて郎党と雑兵たちが走っていく。資長は広間の真ん中に据えてあった床几にドッカと座った。

「間もなく千葉の兄弟が来る。豊島郡の勘解由左衛門尉と平右衛門尉も『兵馬を整え次第に参陣する』との使いを寄越して参った」

太田家の伴類に伝えたつもりであったのだが、

「……この場におるのは、お前だけか」

広間には英泰一人が黒衣の袖を広げて控えているのみだ。

「これでは戦評定にならんな」

「ご家来衆のほとんどは、鶴岡八幡宮寺様の荘園を守るために配されておりますれば……」

一族郎党のことごとくを寺領の公文(代官)に任じたのは資長である。土地を守ろうと思うなら将兵を常駐させておかねばならない。

「そうであったな。こういう時に困る。兵がすぐに集まらぬとは」

弟の図書助資忠が鎧を鳴らしながら駆け込んできた。資長の前に座る。

「兄上！　ただいま着到」

「着陣ご苦労」

図書助は英泰に顔を向けた。

「鎌倉に攻め寄せて参ったのは、いずこの軍勢か」

「いまだ判然といたしておりませぬ。その数は五百。いずれも美々しく着飾った甲冑(かっちゅう)姿であった、とだけは、報せにございました」

「すると群盗の類ではなさそうだな。鎌倉は、今川様の軍兵が守護する約定となっておったはず。今川勢はどうしたのだ」

その問いには英泰ではなく、資長が答えた。

「今川様の御家中は遠江（とおとうみ）の一件が心配であるらしい。駿河（するが）に引き上げた」


遠江国は今、斯波家の守護任国となっているが、それ以前には長きにわたって今川家が守護を務めてきた。今川家の私有地（代官として管理する他人の荘園ではなく、今川家が一職支配している土地）もあって、分家の今川範将（のりまさ）が領有していた。

この今川範将は、斯波家が遠江守護になったので斯波家の支配下に入らねばならぬこととなった。国衆の一人として、遠江国守護職の命に服さねばならない。

今川家は足利家の分家。斯波家の家臣となるのは屈辱だ。範将は片意地張りな性格だったらしい。謀叛を起こした。そして斯波氏に討伐された。ここまでは駿河の今川本家も『謀叛を起こしたのだから仕方のない顛末だ』と諦める気持ちがあった。

範将の領地は闕所となった。範将の領地は駿河の今川本家から分与されたものである。今川家は当然、その土地は今川本家に返還されるのだろうと考えていた。ところが斯波家は家臣の狩野七郎右衛門に闕所を与えたのだ。

遠江国守護の斯波氏から見れば今川範将は謀叛人。謀叛人の財産は討伐で勲功があった者に与えられる。古来よりの武士の習いで、駿河の今川家にとやかく言われる筋合いはない――と筋目論を楯に突っぱねる。

今川家とすれば、筋目はともあれ、暗黙の了解で互いの面目を立て合うのが大名同士のつきあいであるはずだ、と、立腹した。

かくして遠江の斯波家と駿河の今川家は一触即発の事態に陥った。

今川家にとって遠江の守護職回復は悲願だ。大軍をもって遠江に攻め込む気勢を見せる。

鎌倉の防衛どころではなくなって、鎌倉に駐留させていた軍勢には帰還を命じた。

この時期に、東海地方でこんな大事件が起こっていたのだ。

資長は口惜しそうにしている。

「鎌倉が手薄なことは、わかっておった。だが、我らには手持ちの兵が少ない。鎌倉にまでは手が回りかねる」

浅草寺を奪われたことで勝手向き（資金繰り）が悪くなり、銭で集めた兵（牢人や食いつめた百姓）を解雇せねばならなくなった。新たな資金調達法として鶴岡八幡宮寺の荘園の代官になったが、荘園（農園）経営は手間がかかるうえに、収入は秋まで待たねばならない。

「悔やんでおっても仕方がない。鎌倉を護る。我らは相模守護代じゃ。千葉と豊島の兄弟たちの着到を待って出陣する」

「ははっ」と図書助資忠と英泰が平伏した。

ところがである。千葉兄弟と豊島兄弟の援軍が来るより前に続報が鎌倉より届けられた。書状を目にした資長はカッと激怒した。

「鎌倉に入った軍兵は、渋川義鏡の手勢であった！」

図書助資忠と英泰も驚いた。

書面を読みくだす資長の手が怒りで震える。

「してやられたぞ！　堀越公方に鎌倉を押さえられたのだ。渋川の代官を名乗る板倉頼資なる者が、鎌倉に禁制を掲げたとのことだ！」

禁制は、為政者が町の保護や治安維持のために掲げる定書きだ。

「板倉殿か……」

英泰は呟いた。板倉頼資のことはよく知っている。主君の命令を実行する官吏どうしだ。折衝や根回し、意見の擦り合わせのために会合したことが何度もあった。

冷たい顔つきの、感情を決して表に出さない男であった。折衝相手として手強(てごわ)いと英泰は常々思っていた。

「兄上！」

図書助資忠が身を乗り出す。

「戦の手筈は、いかがなさいまするか」

資長は「ふんっ」と鼻息を噴いた。

「渋川勢は敵ではないッ。戦はできぬ！」

渋川家も扇谷上杉家も、ともに堀越公方の臣下である。裏では互いの権益を奪い合う仇敵同士なのだが、表向きには味方だ。

「戦支度は解け！　わしは河越に行ってくる」

河越城には扇谷上杉家の当主の道朝と、家宰の太田道真がいる。資長だけでは対処のしようがない大問題だ。

「馬を引けッ」

資長は叫びながら外へ走り出ていった。

資長と馬廻りの武士たちは甲冑姿で、手には弓や薙刀（なぎなた）を携えて河越へ向かった。こうした非常時には群盗が出没する。油断はできない。

重い甲冑を着けて進む一行を、何度か早馬が追い抜いて行った。河越城の扇谷上杉道朝や五十子陣の山内上杉房顕へ説（情報）を伝えに行くのであろう。資長も、早馬には道を譲った。

　河越城でも大きな騒動となっていた。鎧こそ身に着けていないが、大勢の家臣たちが血相を変えて門を出入りしている。

　資長は城内に入り、馬を降りると主殿に向かった。

　主殿の広間には、父の太田道真が一人で座っていた。

「父上、左衛門大夫、ただいま河越城に着到いたしました」

　挨拶をして座る。道真は陰鬱な顔つきで黙り込んでいる。無言の時間が延々と流れた後で、ジロリと目を向けてきた。

「江戸城の守りは、どうなっておる」

　久しぶりに顔を合わせたのだが、久闊の挨拶もない。資長は答えた。

「図書助と英泰に委ねて参りました」

「堀越の公方は、なんぞ申しつけて参ったか」

「いいえ何も。……拙者が城を発ってから後のことは、わかりませぬが」

　そう答えてから資長は、目を広間の四方に向けた。

「御屋形様（扇谷上杉家道朝）は、いずこにおわしまするか。申し上げたき儀がござる」

「五十子陣に行っておられる。山内様や、白井長尾の父子とも談判せねばならぬからな」

　道真は懐から書状を出して広げて、息子の方に投げてきた。物を投げて寄越すとは、道真らしからぬ乱暴な振舞いで、資長は少しばかり驚いた。

資長は腰を浮かして書状を拾い上げる。

「これは？」

「堀越の公方からの御内書の写しだ。読んでみよ。『扇谷上杉家の相模守護職を停止する』

と書かれてある」

「なんと！　ち、父上……！」

資長は仰天した。父親の顔と書面とを交互に見た。

「相模国は堀越公方の公領となるのでございまするか！」

「そうじゃ。扇谷上杉家と太田家は、この関東に居場所はなくなった」

「堀越の公方は、我らに、どうせよとの仰せなので」

「丹波の本領に戻ればよい、との、お考えであるらしい」

資長は言葉を失った。

第十一章　山吹問答

一

太田家の軍兵が五十子陣に向かって進んでいく。

資長の父、道真法師が、法衣の下に鎧をつけて馬に跨がっていた。馬首を並べて資長が進む。道真は息子に向かって語りかけた。

「河越と江戸に城を造っておいたことが、もっけの幸いであったな」

扇谷上杉家は相模国の守護職だが、山内上杉家の手伝い戦で、武蔵国内に拠点を築いて在陣している。

「山内様の守護任国にわしらが城を造ってやるなどと、迷惑千万と思ぅておったが、こうとなれば話は別だ。河越城と江戸城のお陰で我らは野垂れ死にを免れておる。二つの城がなかったならば、今頃いったいどうなっておったことか」

扇谷上杉家も太田家も、私領を所持する〝大名〟ではない。京都の幕府から関東に派遣されてきた行政官だ。彼らの本領は丹波国にあった。

守護や守護代は、幕府によって罷免されたなら、守護所を明け渡して帰国せねばならない。扇谷上杉家と太田家の〝役所〟は、鎌倉の扇谷と相模国の糟屋にあったのだが、それらはすべて堀越公方に奪われた。

中世の武士は、近代の役人とは違い、役所の職員を全員、私費で養っている。〝一族郎党〟と呼ばれる。一国の守護を務めるために集めた人員のすべてを丹波の領地で養うことなど不可能だ。扇谷上杉家と太田家の一族郎党は、あわや野垂れ死に寸前の危機に陥っていた。

そこで一時、河越と江戸に借り住まいしようという話になったのだ。道真は、まずは一安心、という顔つきであったが、息子の資長は渋い表情だ。

「うかうかとしてはおられませぬぞ父上。このままでは扇谷家は、山内様の家来となってしまいまする」

「そうならぬよう、御屋形様に踏ん張っていただくしかない」

五十子陣が霞の向こうに見えてきた。〝竹丸両飛〟の軍旗が揺れている。資長は質した。

「山内様と、白井長尾、総社長尾との仲は、相変わらずお悪いのでござろうか」

「悪い」

道真が即答した。それから少し思案の様子で、

「ならばこそじゃ。扇谷の御屋形様にも浮かぶ瀬がある。山内様の御立場の悪さに付け込んで、上杉一門の総領面をしていただくのだ」

「そんな図々しい真似が、人の好い御屋形様にできましょうか」

上杉一門の宗家は山内上杉家であったが、当主の病死、暗殺、戦死が相次いだ。若年の当主が続いて屋台骨が揺らいでいた。扇谷上杉家は分家の扱いであったのだが、道朝が上杉一門で唯一の壮年世代だ。相模守護を罷免された身ではあるのだが、一門の総大将としての働きが期待されていた。

そこにつけこもうというのだ。

「できるかできぬかではない。やっていただくのだ」

その時であった。「わーっ」と喚声が聞こえてきた。騎馬の一団による蹄の音も轟いた。

道真と資長は野原に目を向けた。砂塵が激しく巻き上がっていた。

時ならぬ轟音に驚いて太田家の武者が血相を変えて集ってきた。

「古河の朝敵どもが攻め寄せてきたのでしょうか」

資長は蔵の上で伸び上がって遠望してから、答えた。

「合戦ではあるまい。旗が立っておらぬ。犬追物であろうぞ」

犬追物は騎馬武者が犬を的にして矢を射る競技だ。流鏑馬に似ているが、的（犬）は走

って逃げ回る。どこまでも追いかけて仕留める。巧みな馬術と弓術が必要とされる。

もちろんただの遊びではない。一種の軍事演習だ。一時に犬を大量に放ち、その群れを敵の軍勢に見立てて包囲や追撃の訓練をすることもあった。

「ずいぶんたくさんの騎馬武者を集めておるな。誰が催したかは知らぬが、熱心なことだ」

太田家の手勢は犬追物を横目にしながら、五十子陣に入った。

陣とはいえども五十子は巨大な城であり、城下町を有していた。相模国鎌倉の官僚機構と住民たちがそっくり遷移している。両上杉が五十子に砦（とりで）を構えたのは利根川対岸の古河に布陣する足利成氏（あしかがしげうじ）に対抗するためであったのだが、滞陣が長引くにつれて首都の機能が整えられていったのだ。

乗ってきた馬は厩舎（きゅうしゃ）に繋がねばならない。馬場に入ると一人の若侍が走り寄ってきた。資長の馬の横に立つ。資長を見上げる目つきが眩（まぶ）しげだ。資長は「うむ」と頷き返して馬から下りた。

「孫四郎か。久しいの」

手綱（たづな）は馬丁（ばてい）が引いて行く。資長と、長尾孫四郎景春（かげはる）とが向かい合った。

「昨今ますますのご活躍。この孫四郎、左衛門大夫（さえもんのたいふ）様のお噂を耳にするたびに、胸のすく思いがいたしておりまする！」

なにゆえかは知らぬが、この若侍は資長に憧憬の念を抱いているらしい。資長にとっては面映(おもはゆ)い話だ。

「なにが活躍であろうか。骨折り損の草臥(くたび)れ儲けばかりさせられておるのだぞ。扇谷家が守護代を務めた相模一国、まるごと堀越の公方にぶん取られた」

「それしきのことでへこたれる左衛門大夫様ではございますまい」

　景春は白い歯を見せて笑っている。

　――なにを笑っているのだ、と資長は訝(いぶか)しく思った。

「わしのことなどどうでも良い。そなたの父上は、いかがしておる」

　孫四郎景春の父は、山内上杉家の家宰(かさい)、白井長尾景信である。官途名は左衛門尉(さえもんのじょう)。上野(こうずけ)国の守護代でもあった。

「武蔵(むさし)の一揆を集めて、犬追物をしておりまする」

　この一揆とは地侍たちの結盟集団のことだ。〝党〟とも呼ばれる。

「あれは、そなたの父上が催した犬追物であったのか」

「父は、御味方の取り集めに奔走しております」

「味方な……」

　犬追物や巻狩などを通じて、号令一下、手足のように動く軍勢をつくり上げていく。そういう魂胆であるらしい。

「我らは、古河の朝敵に加えて、堀越公方という難敵をも抱えておりまする。『味方の数を揃えるのが第一である』と父は常々申しております」

「ふむ。ならば、太田の父子が味方に参じたと伝えてくれ」

「まことに頼もしき援軍にございます」

そう言って笑ってから、少しだけ表情を暗くした。何か言いたげにしている。

「なんじゃ」

資長は質した。質しながら、

――さては、ただの出迎えではなかったのだな。

と察した。出迎えの挨拶に託つけて、余人には聞かれたくない何事かを伝えようとしているらしい。資長は察しが良い。ひとつの物事から、十もの裏を察する。案の定、景春が声をひそめて告げてきた。

「これより、主殿にて軍評定が執り行われまする」

「知っておる。そのために我らはここに来た」

「祖父が、『その前に、是非ともお目に掛かりたい』と申しておりまする」

「昌賢入道殿が？」

「祖父はもはや、評定に臨むことのできうる身体ではございませぬ」

資長はハッとした。

「昌賢入道殿のお身体がお悪いという噂は、まことであったのか」

景春は頷いた。

「評定を前にして『左衛門大夫様に是非ともお含みおき願いたいことがある』と申しておりました」

「わかった。すぐにも伺う。白井長尾の陣屋におわすのだな？」

「お聞き届けいただき、ありがたき幸せ。いかにも陣屋に臥せっております」

景春は行儀良く低頭した。

「祖父に報せて参りまする。あわせて左衛門大夫様をお迎えする用意もせねばなりませぬ」

「病身にご無理を強いてはならぬぞ。寝たままでも話はできる」

「お心遣い、かたじけのうござる」

景春は低頭してから、尻を向けて走り去った。陣中では相手に尻を向けて立ち去る。後退ることは、尻ぞく――退くに通じるとして不吉とされる。資長は景春を見送った。

「ヤツめ、両上杉の危急と昌賢入道殿の重篤を知りながら、白い歯など覗かせおって、どういう性根だ」

呆れ顔で言うと、供をしてきた陣僧の英泰（えいたい）が笑った。資長は見咎（みとが）める。

「なにがおかしい」

「孫四郎（景春）様はお若いのでございます。生きておるだけで毎日が楽しくてならず、悩んでなどいられぬ年頃なのでございましょう」

「けしからんな」

するとまたしても英泰が笑った。資長はますます憤った。

「なにが可笑しい！」

「孫四郎様のお振舞い、昔の左衛門大夫様にそっくりでございましたよ」

「なにをッ」

「左衛門大夫様も、両上杉がいかなる苦境にありましょうとも、お一人で笑っておられたではございませぬか」

「そのような不作法、身に覚えがないわ！」

「そなた様は昨今、大和守様に似て参られましたな」

資長は愕然とした。

「わしが、あの石頭の叔父貴に似てきただと……？」

大きな衝撃だ。

五十子陣における白井長尾家の陣屋は、利根川の川岸の断崖上にあった。

陣屋と言っても、その建物には守護所の規模がある。白井長尾家は上野国の守護代なのだ。資長が入っていくと、建物の中で大勢の役人たちが机を並べて書き物をしていた。上野国の各地から上がってきた報せを書き留めている。墨を擦るためだけに雇われた下僕が俎よりも巨大な硯に向かっている。大汗をかいて墨を擦り続ける。墨汁は別の下僕が汲み取って、役人たちの硯まで運ぶ。算盤を弾く音や算木を並べる音が潮騒のように響いていた。

陣屋の〝表〟が政庁ならば、〝奥〟は白井長尾家の住居である。

資長は奥の一室に踏み込んだ。建物は板敷きで、丸い柱、窓は蔀戸である。角柱（四角に削られた柱）や畳、障子などは、京畿ですら普及していない。東国ならば尚更だ。建物の様式は平安時代のままであった（寺の建物とほぼ同じ）。

板敷きの部屋に夜具が敷かれて、周りを几帳が囲っていた。昌賢入道が寝かされている。痩せ衰えた昌賢入道――長尾景仲が身を起こして寝床の上に座り直した。資長は正面に資長が歩んでいくと、白井長尾家の家臣が几帳を移動させた。座って低頭した。

「ご一別以来にござる。太田左衛門大夫にござる」

――お加減はそうとうにお悪いようだな。

肌の色つやを見ただけで死病にとりつかれているとわかる。

結城合戦の頃から関東の騒乱に関与してきた大立者も、いまや七十三歳（満年齢）。七十まで生きる人が古来希だとされた時代だ。

――堀越公方府が我欲を剝き出しにして、我らに襲いかかってきたのは、昌賢入道殿の衰えを察したこともあるのに相違ない。

昌賢が両上杉の実質的な大将であったのだ。昌賢の病は大きな痛手だ。

昌賢は資長を認めて二度、三度、頷いた。頸椎と筋と皮ばかりとなった喉を震わせて、細い声を絞り出した。

「この病身ゆえ、煩雑な挨拶は抜きじゃ。許されよ」

「手前も、若い頃から面倒な典礼は大嫌いでござるゆえ、望むところにござる」

昌賢の顔の皮膚が震えた。どうやら笑ったらしかった。

「左衛門大夫殿に、今生最後の頼みがあるのじゃ。聞き届けていただけようか」

「どのようなご依頼にございましょう」

「わしの娘を、そなたの嫁に迎えてもらいたい」

資長は、どのような大事も笑い飛ばす胆力の持ち主で、それがゆえに真剣さが足りない、悪ふざけをしている、と誤解を受けるのだが、その資長をしても、さすがに驚いた。

「娘御と言われると……」

昌賢は七十三で息子の景信は四十八歳である。昌賢の娘も、それなりの高齢だと思われた。ちなみに資長は二十九歳。昌賢とでは祖父と孫。景信とでも父と子の年齢差がある。

「娘の歳は、十七じゃ」

　ずいぶん若いな、と資長は思った。今度は資長にとっての娘の世代だ。もっとも、資長に子供はいないが。

「昌賢入道殿は、大勢のお子に恵まれてございますなぁ」

　ここで昌賢は不思議そうな顔をして、資長を見た。

「そなたは、なにゆえ嫁を取らぬのだ」

「拙者は足利の学校に学んだ禅僧にございまする。この騒乱が治まりましたならば、僧籍に戻ろうと考えております」

「左様であったか……。それでは嫁の押しつけは、出家の障りとなろうな……」

　昌賢は即身仏の餓鬼身（ミイラ）のように痩せていたが、智嚢は瑞々しく働いているらしい。資長の顔色からその意を読み取ると、先回りして告げた。

「この嫁取りばかりは、断らんで欲しいのだ。そなたのためでも、わしの娘のためでもない。両上杉の御為である。奉公と心得てほしい」

「奉公とは、いかなる仰せで」

「わしは間もなく死するであろう。白井長尾の家は景信が継ぐ。しかし、そなたと景信は、いたって仲が悪い」

「けっして、そのような――」

「死にゆく年寄りに向かって虚言は無用ぞ」

「確かに、反りは合いませぬ」

「堀越公方府は必ずや、そなたたちの不仲に付け込んでくる。仲違い（なかたが）に乗じて両上杉を真っ二つに割ろうとするはずじゃ」

「それを未然に防ぐための縁結びでござるか」

「そなたとすれば、景信を兄と立てるのは業腹であろう。しかしそれでも頼むのじゃ。景信を盛り立ててやってほしい」

陣屋の外が俄かに騒々しくなった。景信が犬追物の仲間たちを引き連れて戻ってきたのだ。その賑わいに資長と昌賢は耳を澄ませる。

「左衛門尉殿は大層なご威勢ですな」

資長が言うと、昌賢は頷いた。

「よくやっておる。景信めは、ああ見えて、人の心を取るのが上手い。武蔵と上野の国衆や一揆を、上手く手懐けておるようだ」

「拙者は人に憎まれてばかりおりまする。見習わねばなりませぬな」

「景信めは、表向きには威張り散らしておる。しかし裏では、利を持って歓心を買っておるのだ。上杉に擦り寄ってきた坂東武者たちには篤く便宜を図ってやっておる。左衛門大夫殿よ、長尾も太田も上杉も、元は足利家の家人に過ぎぬ。一方、関東に盤踞（ばんきょ）する大名（たいめい）や国衆たちは、元は鎌倉の御家人。足利家と肩を並べあった者たちだ。彼らを従わせるのは容易ではないぞ。威でもって屈伏せしめ、利でもって釣るしかない。……そなたならば武でもって攻め潰してしまうかもしれぬがな」

「拙者は、そのように恐ろしい男ではございませぬ」

「いやいや、恐ろしい男じゃ。それゆえこの老体が、病をおして頭を下げておるのだ。頼む、左衛門大夫殿。景信を救ってやってくれ。そなたが『うん』と言うてくれねば、両上杉は滅亡だぞ」

「武蔵や上野の地侍たちのように、左衛門尉殿の威に打たれた芝居をせよ、との仰せにござるか」

「そのとおり」

真っ平だ——と思ったけれども、そうでもせねば、どうにもならぬ時勢であることも理解していた。

「左様ならばこの話、お受けいたす」

「そなたなら、きっとそう言うてくれると信じておった」

昌賢は微笑した。

「これで思い残すことはない。景信のこと、娘のこと。綺麗に始末がついて冥府の庁に旅立てる」

そう言ってから急に表情を引き締めた。両目が炯々と光った。

「これより左衛門大夫殿は長尾の身内じゃ。身内としてやってもらわねばならぬことがある」

「そろそろお休みになられてはいかが。老体に堪えまするぞ。話は後日、伺いますゆえ」

「否、否。これからが本題なのじゃ」

「……拙者の婚儀は前置きでござったか」

「そう言うな。まずは聞け」

昌賢は身を乗り出して語りだした。

二

五十子陣は、陣と呼ばれているけれども、実態は関東で最大の巨城である。城内の建物群は鎌倉の宮大工が手掛けた。粗末な造りであるはずがない。主殿の建物は鎌倉五山の本堂にも見劣りせぬほどに豪壮であった。

資長は柱の林立する大広間に入った。両上杉の重臣たちがすでに着座していた。寺院建築の番匠が造ったのだから当然に、寺に似ている。

上座の壇上に目を向ける。仏像ではなく畳が置かれて座所が設えてあったが、山内上杉房顕と、扇谷上杉道朝の姿はなかった。家臣のみで集って、家中の意思の疎通と根回しを図る。そういう会合なのだと理解できた。

上座から見て〝向かって左側〟に山内上杉家の家臣たちが並んで座っている。景信が堂々と、家宰ヅラをして、いちばんの上座に座っていた。父の昌賢が実権を握り続けてきたので、五十代に達しても跡取り息子の立場でしかない。政治と軍事の実力は未知数である。はたしてこの難局を乗り切ることができるのであろうか。

思いに耽っていると、一座の武士たちが訝しげな目を向けてきた。

景信がわざとらしく咳ばらいをする。そして厳めしい目を向けた。

「左衛門大夫殿、座られよ。そなたに立っていられたのでは話が始まらぬ」

山内家の家臣団と向かい合う形で、扇谷上杉家の家臣が座るのだ。資長はいちばん上座の席に座った。父の道真は隠居の身であり、扇谷上杉家の家宰は資長なのだ。

座ってからも資長の物思いは続く。

山内上杉家こそが上杉一門の宗家だが、当主の房顕は京都で育った。しかもまだ若く、関東の情勢に疎い。さらに言えば、彼を京都に追いやったのは、今ここにいる上杉一門の家臣たちなのだ。よって折り合いは実に悪い。『皆で房顕を盛り立ててゆこう』などという気概はまったくないのだ。

となると、上杉一門を率いるのは扇谷上杉の道朝法師ということになる。補佐役の太田道真も隠居の身ながら健在。家宰を継いだ資長は、伊勢神宮、鶴岡八幡宮寺、浅草寺など、寺社からの信頼が厚い。

――堀越公方府から見れば、扇谷の主従がいちばん煙たいわけだな。

だからこそ、扇谷家の権力基盤である相模守護の座を奪いにきた。

扇谷上杉家は無力にされた。山内上杉家だけで難局を乗り切ることが叶うのか。

資長は、白井長尾景信の隣に座る男を見た。総社長尾忠景だ。宮途名は修理亮。山内上杉家の重臣にして武蔵国の守護代である。総社長尾家を継いではいるが、昌賢入道の子で白井長尾景信の実弟であった。咽首が鶴のように痩せていて、鼻の下にドジョウ髭を生やしている。細い髭のせいで貫禄がない。

その時、白井長尾景信が大声を張り上げた。この男、押し出しは立派である。

「我ら両上杉は、鎌倉の地を失った。堀越公方に取り上げられたのだ。鎌倉には渋川義鏡の軍勢が入った」

両上杉の家臣たちはどよめいている。私語が沸き起こった。

「相模は得宗家領。我ら上杉が預る地ぞ」

そんな囁き声が聞こえた。

鎌倉時代の話である。伊豆、相模から、武蔵、上野、越後に到る一帯は、執権の北条家（得宗家）が領有してきた。室町幕府となってからは関東公方の直轄領となり、関東公方の没落後は、上杉、長尾、太田家が治めてきた。

東国の武士の〝盟主〟が治める土地なのだ。

私語が続く。

「渋川様は、斯波様の実父ぞ。即ち相模と鎌倉が斯波様の領国となったも同然ではないか！」

斯波家は京都の室町幕府の管領（徳川幕府でいえば老中に相当）で、越前、尾張、遠江の守護職をも務めている。

当時の東国武士の感覚では箱根より西の大名は〝外国人〟に近い。

上杉も太田も〝外国人〟で、だからこそ、この内戦で延々と苦労をさせられているわけだが、さすがに関東に赴任して百数十年を数えれば、関東の一員として認められていないこともない。

一方、斯波家と渋川義鏡は、まったく見ず知らずの外国人だ。拒否反応は激しい。

白井長尾景信が両腕を組んで、難しげな顔をした。

「鎌倉は今川様に任せてあったのだが、今川様の軍勢は遠江におびき出された。その隙を突かれたのだ」

総社長尾の忠景が、拳で自らの膝を打って悔しがっている。

「遠江での騒擾は、鎌倉の今川勢を退かせるための企みだったのだ。孫子第六計〝声東撃西〟とはまさにこのこと！　今川勢め、まんまと誑かされおった！」

大声を発して敵兵を呼び寄せ、手薄になった反対側を攻める。まさに今の状況そのものだ。

総社長尾忠景は、細い鶴首をよじって、実兄の白井長尾景信に詰め寄った。

「して、今川様は鎌倉を失陥したことについて、なんと仰せなのか」

「いたくご立腹なされておる」

景信は答えた。

「堀越の公方様は、相模国を御領（直轄領）とするお考えを示しておられるが、御領などとは表向きのこと。渋川義鏡めが横領するに決まっておる。さすれば今川様の領国の駿河は、西の遠江と東の相模とで挟み撃ちとなる。渋川と斯波の父子が駿河を攻めるのだ。ご心中は穏やかではあるまい」

「となれば、今川様は、我らの味方じゃな」

などと長尾兄弟は、今川家が味方についたかのように言い合っているが、資長は、楽観はできないと感じている。

武士は強い者に擦り寄って、従う。誇り高い坂東武者たちが上杉や長尾、太田に従っているのは、結局のところ上杉が強いからに他ならない。上杉よりも強い権力が出現したならば雪崩を打ったようにそちらに向かう。今川家ですら、最終的には堀越公方に屈伏するに相違ないのだ。

――ここは我らが一丸となって、上杉の強さを見せつけるより他にない。堀越公方と渋川義鏡の一派を団結させないことこそが肝要だ。

――鎌倉に乗り込んだ渋川義鏡は、坂東武者の一揆や国衆を、上杉の手から引き抜こうと図るであろう。

ここはなんとしても、国衆と一揆の心を両上杉に惹き付けておかねばならなかった。

「左衛門尉殿、よろしいか」

資長は白井長尾景信に断りを入れた。

景信は警戒心も露に資長を睨みつけた。またぞろうるさく難癖をつけてくるに相違ない、と、決めつけている顔つきだ。

資長は、

――わしも嫌われたものだ。

と思い、

――それもこれも、わしの日頃の行いが悪いせいか。

そう自嘲した。

「なんじゃ。申せ。ただし、手短にだぞ」

白井長尾景信は尊大な顔と口調で許した。資長は「しからば」と語りだした。

「ただ今の我らが置かれている窮状は、関東管領家が始まって以来の難儀であると存ずる」

「お主に言われるまでもない。それゆえにこうして集っておるのではないか」

「いかにも。しからば我ら、この難局を打開するため、盟主を定めておくべきと心得る」

「盟主とな?」

「我らの心をひとつに纏める旗頭にござる。白井長尾の左衛門尉殿をおいて他に、適任の者はおらぬと心得るが、いかに」

「なにッ……?」

左衛門尉景信は目を泳がせた。日頃、小面憎い小僧と思っていた資長に、突然大きく持ち上げられて驚愕している。

資長は、下座に控えた上杉の郎党や、武蔵、上野の国衆、一揆の者たちに顔を向けた。

「皆の存念や、いかに!」

「待てッ」

と慌てて遮ったのは、景信本人であった。

「左様ならば、わしの父がおるではないか」

資長は答える。

「昌賢入道様は隠居のお志しがお篤うござる」

昌賢が老衰著しく、また病に冒されていることは、この場の者たちも知っていた。もちろん、景信と忠景の兄弟も知っている。

「な、ならば、太田道真殿こそ相応しかろう。長老である」

道真は黙って聞いていたが、頭巾を被った頭をゆっくりと横に振った。

「拙僧が仕える扇谷上杉家は、相模守護職の任を解かれた。拙僧も武蔵国に陣借りをする有り様。とてものこと大任に相応しいとは言いかねる。ご辞退仕る」

資長は下座の大勢に向かって顔を向け、声を張り上げた。

「皆の存念やいかに！」

一人が「言うにや及ばず！」と同意した。

別の誰かが「左衛門尉様こそ、相応しけれ！」と叫んだ。

後はもう追従合戦だ。我も我もと大声を張り上げて、白井長尾景信を持ち上げ始めた。

資長は、景信に詰め寄った。

「左衛門尉殿、いかに！」

景信は内心では喜悦に蕩けそうであったのであろうが、ここは難渋な顔つきを取り繕った。

「み、皆が、左様にまで申すのであれば……、ここで断るは、臆するに似ておるゆえな……」

「ならばお引き受けくださいまするな！」

「うむ。皆の負託に応えると誓おうぞ」

下座の大勢が沸き立った。

「万々歳！」

ここで資長はサッと立ち上がると、両袖を広げた。

「否、待たれよ！」

一同が静まり返った。景信は目を白黒とさせている。

「な、なんだ……？　よもや『異存がある』などと申すのではあるまいな」

ここまで話を持ってきておきながらひっくり返す、そんな悪ふざけをしかねない男だ、と、資長は見られているらしい。

資長は「さにあらず！」と叫んで、景信を凝視した。

「左衛門尉殿に我らの旗頭となっていただくからには――」

「な、なんじゃ……！」

「相応の御立場に就いていただきたい。昌賢入道殿は隠居をなさり、山内上杉家の家宰の職を辞される。これは昌賢入道殿の御意志じゃ。昌賢入道殿の枕頭にお見舞いし、この左衛門大夫、しかと確かめてござる」

「左様ならば、なんだと申すか」

「白井長尾の左衛門尉殿に、山内上杉家、家宰の職に就いていていただきたい」

「待てッ」

と絶叫したのは、総社長尾の修理亮忠景であった。

「その話、承服できぬぞッ。山内家家宰の職は、白井長尾と総社長尾とが交代で務めるしきたりじゃッ」

ただ今の家宰は白井長尾の昌賢入道だが、それ以前は（鎌倉長尾の一代を挟んで）総社長尾の芳伝入道（忠政）が務めていた。山内上杉家では、家宰の権力がひとつの家に集中しないよう、一代ごとの交替制を採用していたのだ。昌賢が家宰職を退くのならば、次の家宰は総社長尾家の忠景が引き継ぐのが筋なのである。

しかしである。総社長尾忠景は白井長尾景信の弟だ。総社長尾家には養子に入った男である。弟が兄の上に立てば軋轢が生じる。誰もがそれを予感し、憂慮している。

時期があまりにも悪すぎるのだ。白井長尾と総社長尾の争いは、堀越公方府と渋川義鏡を利するばかり。上杉一門の分裂と滅亡の呼び水となることは明白であった。

「修理亮殿」

資長は忠景に語りかけた。

「今見たように、我らは左衛門尉殿を旗頭に選び申した」

「貴様ッ……、ただ今のは、このわしを陥れるための――」

「我らは古河の朝敵と堀越公方によって挟み撃ちにされており申す。ここで修理亮殿が進退を誤れば、我らは皆、両公方に討たれてしまいまする」

「おのれッ、よくも猿芝居で——」

「修理亮ッ、口を慎めッ」

白井長尾景信が弟を叱った。

「これは我らが父の思いぞ。そうじゃな、左衛門大夫殿」

資長は忠景を見つめながら頷いた。

「お疑いあらば、お父上様をお見舞いなされ」

修理亮忠景は歯噛みをしたが、それきり黙り込んだ。

白井長尾景信は「よしっ」と声を発して立ち上がった。

「皆も聞き届けたな！　ただ今をもって我が父、昌賢入道は隠居。白井長尾の社稷と、山内上杉家家宰の職は、このわしが引き継ぐ！」

下座の大勢は「ハハーッ」と平伏して応えた。

白井長尾景信は満足そうに頷いた。そして資長に目を向けた。

「太田殿、大儀でござったぞ」

いままで一度も見せたことのない、温かい目を向けてきた。呼び方も、お主呼ばわりから左衛門大夫殿となり、今では太田殿だ。

――まったく。腹の底の浅い、心底の読みやすい男だ。

と、資長は少々、呆れている。

「今後とも、頼りにしておるぞ」

白井長尾景信が続けて言った。資長は恭謙を装って平伏しながら、内心では持ち前の反骨がムクムクと頭を擡(もた)げてきた。

――こんなことで、この先やってゆけるのか。

両上杉と両長尾、そして太田家の先行きが不安になった。

三

京都の足利幕府は開闢(かいびゃく)以来、東国の統治を関東公方府に託してきた。伊豆国府の近く、堀越の地に、足利政知(まさとも)は関東公方の御所を構えた。

足利政知は、当代の将軍、足利義政(よしまさ)の庶兄である。母親の身分が正室ではなかったがために将軍家の跡取りとはされなかったが、それでも〝将軍の兄〟という身分は、東国武士を威服させるに十分であるはずだった。

政知は公方御所の主殿に入った。主君が家臣を引見するために使用する建物だ。建物ひとつが大きな広間となっている。政知は上段ノ間に座った。そこだけ床が一段高く造られており、近頃上方で普及しはじめた畳が敷かれてあった。

正面の板敷きには渋川義鏡が平伏している。その斜め後ろには、犬懸上杉教朝が控えていた。この二人が堀越公方府の管領であった。

政知は二人を眺めた。この年、二十六歳。幼い頃、天龍寺（臨済宗総本山）で得度してより僧侶とされた。それだけに所作がおっとりしている。

「余は――」と、甲高く通る声で詰問し始めた。

「いつになったら鎌倉に入府がかなうのか。関東公方に任じられ、関東に下ってはや三年。いささか痺れを切らしておるぞ」

渋川義鏡と犬懸上杉教朝は恐れ入って、ますます深く平伏した。政知は続ける。

「大樹（京の将軍）はお怒りである。『古河の朝敵を討滅せよ』と、矢のご催促じゃ。我らは二年前の敗戦を糊塗せねばならぬ。一刻も早く、朝敵を退治せねばならぬのだぞ」

政知は二年前、古河勢に大敗した。将軍義政の面目を潰してしまった。しかも、いまだに箱根の坂を越えることができないでいる。いかに寺育ちの貴公子であろうとも憤懣やる方ない状況だ。

「余は箱根を越える。支度をいたせ」

渋川義鏡は「ハッ」と答えたけれども、顔を上げない。

賛同できないと口には出さないけれども、態度で示している。

政知は苛立ちを隠さない。

「渋川には異存があるのか！　ならば治部少輔ッ、そちの存念や、いかに！」

犬懸上杉教朝に質した。官途名は治部少輔である。名指しで問われては、犬懸教朝としても、答えないわけにはゆかない。伏せてあった顔をわずかに上げた。

「い、未だ、時期に非ず……と、愚考仕りまする……」

「手ぬるいッ」

政知のお叱りが飛ぶ。

「余が東下りをして、はや、三年ぞッ。余が世間より謗りを受けようぞ！」

「な、なれど……」

犬懸教朝は額から大量の汗を滴らせ始めた。すると、不思議なことが起こった。顔に筋ができて、紅い水がポタポタと床に垂れたのだ。

犬懸教朝はこのところ心労が祟って、顔色が悪い。自分でも鏡を覗いてギョッとするほどだ。

青黒い顔を政知に覚られてはならない。そう思案した教朝は、顔に頬紅を塗ってきたのだ。

頬紅が汗で流れていく。筋の下から青黒い肌が覗く。赤と青との縞模様が顔にできる。見るも無惨な有り様だ。若い政知は露骨に眉をひそめた。

「治部少輔、そなた、出仕が身に堪えるようならば、隠居を許すぞ」

政知とすれば病身を哀れんでの物言いだったのだが、犬懸教朝は罷免と受け取った。この言葉が出るのを恐れていたのだ。

「め、滅相もござらぬ！　拙者は今がまさに働き盛り！　ただ今、相模の大名に対し帰伏を促しておる最中にございまして、大森氏頼、三浦時高などの出仕は間もなくと心得まする」

政知を安心させようとしての物言いだったのだが、逆に政知は不快そうに眉根を寄せた。

「大森は小田原の大名。三浦は三浦岬一帯の大名であったな」

相模国の西と東に、それぞれの勢力を誇っている。

「余は関東公方ぞッ。なにゆえ、一も二もなく出仕して参らぬのだッ。我が旗の下に集まらぬのであらば古河方に与する者だと見做すぞッ。朝敵であるッ。大森と三浦には、左様に申し伝えよ！」

政知は関東下向の際、帝より天子御旗を拝領している。帝の軍勢——官軍の総大将なのだ。

しかし、軍兵がさっぱり集まらない。大森と三浦を攻め潰すと言っても、兵力が足りない。

そもそも、帝の一声で武者が集まるようであれば、後醍醐帝に対する足利尊氏の謀叛は成功していない。

兵力を蓄えるためには味方を増やさねばならず、そのためには根気よく説得し、時にはこちらが下手に出ねばならぬ。

根回しを担当するのは犬懸教朝だ。犬懸家は、かつての関東管領家だからその大事を任された。坂東武者を威服できると、政知から期待をされていた。

政知の怒りは治まらない。

「余とて、帝と大樹より『勝報はまだか、成氏の首はいつ届く』とのご催促をうけておるのだ。針の筵じゃぞ。余の苦衷を察するがよいッ」

犬懸教朝としては平伏するしかない。

「良いな！　坂東の武者どもには強く物申せ。威をもって従わせるのだ！」

政知は立ち上がると出ていった。

広間に渋川義鏡と犬懸教朝が残された。犬懸教朝は膝を進めて渋川に詰め寄った。声が震える。

「し、斯波様の軍勢は、いつ、ご着陣をなされまするのか」

斯波家の当主の義廉は渋川義鏡の実子である。越前、尾張、遠江の守護を兼ねている。三カ国の兵が来援したなら、関東の騒乱などたちどころに片づくはずだ。

渋川義鏡は、良い顔をしない。

「斯波家は、越前と尾張で家臣たちの反抗にあっておる」

重臣の甲斐氏、朝倉氏、織田氏などが下克上の気配を見せている。

「しかも、駿河の東海道を今川の軍兵が塞いでおる」

渋川義鏡が今川家に嫌がらせを繰り返したことで、すっかり臍を曲げられてしまったのだ。もちろん今川を味方につけての両上杉の策謀も利いている。

渋川は、逆に犬懸教朝を難詰した。

「お主のほうこそ、どうなっておるのだ。東国の騒乱を鎮めるのは上杉の役目であろうが！　遠国の兵などあてにせず、上杉一門の兵を糾合して、事に当たるべきであろうッ」

それができないから、困っている。

犬懸家は、かつては上杉一門の筆頭であった。当然、関東の各所に兵糧料所や段銭を課すことのできる土地を持っていた。しかし上杉禅秀の乱に破れて没落している間に、それらの土地は、山内上杉家と扇谷上杉家に横領された。

犬懸家の復権は、山内家と扇谷家の没落に直結するのだ。だから、両上杉と、両上杉に親しい大名、国衆、一揆が猛反発をしている。

関東公方の政知も、渋川義鏡も、関東の事情には疎い。京の将軍の命を果たすことのみに忠実だ。

「坂東武者を糾合し、古河の朝敵を滅ぼすのじゃッ。今年中に果たせぬとあらば、犬懸家の復権は無いものと弁えよ！」

そう言い放つと、主殿の広間から出ていった。

犬懸教朝は、ガクリとうなだれて床に手をついた。そのまま身動きもできなかった。


資長は輿を守って江戸城に入った。鎧武者と雑兵たち、数百人が従っている。

行列は江戸城の二ノ丸に入った。輿が下ろされ履物が揃えられる。扉が開いた。

於蔦は輿から静かに下り立った。

まだ少女の面差しが残っている。江戸城の無骨な造りと、警固のために集結してきた武者の姿に驚き、円らな目を見開いた。

――我が夫は風雅を好むお人柄。城内には庵など結ばれておわすと聞かされておったのじゃが……。

江戸城の建物は実戦一点張りの物々しさだ。火矢による火災を防ぐため壁には泥が塗りつけてある。まるで山賊の砦だ。いったいどこが風雅な庵なのか。

――父上に騙された。

於蔦は悔しく思った。

上杉家は元々は平安貴族の家柄だ。武士とはいえども気品があってよいはず。しかし、ここに集まった太田家の家来たちは、野武士なのだか、群盗なのだか、よくわからぬ怪しさだ。公家の家来には見えぬし、名誉の武士とも考えにくい。

資長の叔父――大和守資俊（すけとし）が叫んだ。

「奥方様であるッ。皆の者、折り敷けッ」

群盗のような集団が一斉に地べたに跪いて低頭した。夫となった資長が悠然と笑みを浮かべながら歩み寄ってきた。

「本日より、この城がそなたの家だ。この者たちが守ってくれる。心安んじて暮らすがよい」

この者たちがいるからこそ安心できない気がするのだが。お供をしてきた侍女たちも、不安そうに肩を寄せ合っている。

資長一人だけが屈託のない笑顔だ。朗らかすぎて、ちょっと気持ちが悪いくらいである。

「そなたは鎌倉の山内で育ったのであったな」

山内（地名）に屋敷を構えているのが山内上杉家だ。家宰の昌賢入道の屋敷も山内にあった。

「鎌倉は今川様の軍兵が守ってくれておった。さぞ心強いことであったろう。じゃが、江戸は敵地の真ん前にあるのだ」

おぞましいことを笑顔でサラリと言ってのけると、「見よ」と、東の彼方（かなた）を指差した。

江戸の内海が広がっていた。江戸城は海に突き出した岬の上に造られている。城壁の下は崖で、大波が打ち寄せていた。

「あの島影が房総だ」

海の霞の向こうに青い山が見えた。

この時代の房総は、江戸湾と香取の海（霞ヶ浦を含んだ巨大な内海）と無数の大河によって本州から切り離されている〝島〟だと認識されていた。実際に船を使わないと辿りつけない。

「彼の島には、古河公方に味方をする者どもが犇いておる。いつ何どき、ここへ押し寄せて来るかわからぬ」

相変わらずの笑顔だ。一方、侍女たちはますます顔を青ざめさせている。資長は女たちを怯えさせていることに気づいた様子もない。

「わしは、そなたの兄上たちの手伝いで坂東を駆け回っておるゆえ、いつもこの城に留まる、ということはできぬ。わしがいない間、この城はそなたに預ける。そなたが城主だ。気張って守れ」

於蔦は腰を屈めて低頭した。

今日からはもう姫君様ではないのだ、奥方なのだ。と、一瞬にして思い知った。怯えてなどいられない。

「そなたが第一に守らねばならぬものは、品河と浅草の湊だ」

夫は矢継ぎ早に言う。

「知っての通りに扇谷家と太田家は、堀越の公方様によって守護と守護代の任を解かれた。段銭を徴収することも、兵糧料所を構えることも許されぬ。しかしわしは、こうして城を保ち、郎党共を養っておる。銭の力ゆえだ」

「銭……」

「湊には銭がある。我らが湊を守ってやれば、豪商どもが冥加金（みょうがきん）を運んで参る。それが我らの食い扶持（ぶち）となる」

それではまるで湊に雇われた用心棒ではないか、と於蔦は思った。実際にそのとおりなのだろう。

「江戸城は攻め落とされてもかまわぬ。じゃが、品河と浅草は、絶対に敵の手に渡してはならぬぞ」

「心得ました」

「それと、我らに雇われようとして、落武者や逃散百姓がやって参る」

逃散とは農地を捨てることをいう。飢饉（ききん）や戦争で発生した流浪の民だ。

「それらの者どもを見極めて、ものの役に立ちそうであれば、雇ってやれ」

於蔦は太田家の郎党たちにもう一度、目を向けた。群盗のような集団は、そのようにして雇われた者たちであったのか。

「……銭で家来を集めるのでございますか」

「太田家は大名(たいめい)ではない。京都様より関東に使わされた役人の家だ。領地は持たぬ。銭で兵を集めるしかない。兵糧米も湊の商人より銭で買う。背に腹は換えられぬのだ。左様に心得よ」

「心得ました」

「思い切りが良いな。『実家に帰らせてもらう』などと言い出すかと思うたが」

「ひとつだけ、お訊きしとうございます」

「なんなりと訊け」

「銭と、銭で雇われた兵たちは、頼りになるのでございまするか」

「頼りになる」

「父が申しておりました。この関東で、もっとも頼りになるのは太田左衛門大夫殿である、と」

「昌賢入道殿が仰せであったか」

「左様なれば、銭は頼りになるのでございましょう。妾(わらわ)は父を信じまする」

「うむ」

　資長は頷いた。

資長は江戸城にいる。束の間の新婚生活を楽しんだ。今は櫓（やぐら）から海を眺めている。そこへ陣僧の英泰が報告を携えてやって来た。

「小田原の大森領が大変な騒ぎとなっておりまする」

平伏して告げる。

「大森様の所領は、半分以上、堀越の公方様に奪われることになりましょう」

資長は「ふむ」と頷いた。

「大森家は元は駿河の御家人であったな。大森の所領は我ら上杉が、戦の褒美（ほうび）として与えてやったものだ。貧乏御家人が元の貧乏暮らしに戻るだけのこと。なんの不服があろうか」

英泰は呆れた。

「それでは、堀越公方府と渋川様の申しようと同じではございませぬか。左衛門大夫様はどちらの御味方なのですか」

「大森に味方してやりたいところだが、こちらも山内様に陣借りをしている牢人だぞ」

「三浦様の許にも板倉頼資（いたくらよりすけ）殿が見えられ、三浦様が横領した公方領を返すようにと命じた由にございます」

板倉は渋川義鏡の代官で、鎌倉を奪取した張本だ。この男が堀越公方府の軍師であろうと資長は察している。

「堀越公方と渋川め、容赦がないな」

「いかがなさいまするか、この始末」

資長は腕組みをして思案してから答えた。

「大森と三浦は、所領を返すつもりなのか」

「大森様も三浦様も、大勢の郎党を養っております。郎党共が黙ってはおりませぬ」

たとえ、大森家と三浦家が堀越公方に忠節を誓いたくとも、家臣たちが「うん」とは言わない。領地を手放せば大勢の家臣が牢人になってしまうのだから当然だ。

「ならば戦だな。大森と三浦には『いざとなったら古河の朝敵を頼れ』と伝えよ。相模の大名が手引きをすると伝えれば、古河の成氏は欣喜雀躍して相模に乱入して来よう」

英泰は情けなさそうに眉毛を八の字にした。

「そうなれば、長年にわたる両上杉の苦労が水泡に帰しまする」

「それぐらいに腹を括って脅し返さねば堀越公方と渋川を退けることはかなわぬのだ」

そこへ鎧の草摺を鳴らして、弟の図書助資忠が走ってきた。資長は弟の甲冑姿に驚いた。

「そんな恰好で、どうしたのだ」

図書助は膝を床についてから答えた。

「五十子陣より早馬にございまする。またぞろ古河勢が攻め寄せて参ったよし。荒川を渡って五十子の南、二里の寒村に陣取りました」

「古河の成氏め、我らの弱り目に付け込んで兵を繰り出しおったか。東からは成氏が、西からは堀越公方が両上杉を狙っておる。まったく埒が明かぬ」

英泰がにじり寄ってくる。

「ご隠居様（道真）のお指図を仰がねばなりませぬ！」

「親父殿なら、山に入った」

英泰は目を丸くした。

「山……とは？」

「秩父の南に越生という地がある。山に囲まれた谷間の村だ。太田家の所領である」

「そちらにいらっしゃるのですな」

「呼びに行っても出てはこぬぞ。父は隠遁した」

「なにゆえ！　この大事というのに」

「お前のように、父を頼る者が多いからだ。『これからは白井長尾の左衛門尉景信殿を頼れ』ということらしい。左衛門尉殿は山内家の家宰となったが、いささか狭量なお人柄ゆえ、快く思わぬ者も多い。左衛門尉殿に不服のある者たちが父の許に集まってくる。それを厭うて父は山に入り、人づきあいを断ったのだ」

自分自身が両上杉分裂の原因となることを避けたのである。

資長は近仕の者を呼んで「甲冑！」と命じた。それからまた、英泰に顔を向けた。

「両上杉が一丸とならねばこの苦境は乗り越えられぬ。わしとて左衛門尉殿は大嫌いじゃが、これも扇谷上杉家のためだ。ここはあえて私情は挟まず、左衛門尉殿を盛り立ててゆく」

——ひねくれ者のあなた様にしては珍しいことだ。

と思ったのだが、英泰は黙っている。

「なんだ？　なにか、物を言いたげにしておるな」

「いいえ。なにも」

「ここは左衛門尉殿に踏ん張っていただくより他にないのだ。我らの御屋形は陣借りの身であるし、山内様はお飾り雛（びな）だ」

早馬は次々とやって来る。古河勢による猛攻の報せが飛び込んでくる。資長は江戸城内の軍兵を纏めると五十子陣に急行した。

短い新婚生活は終わった。

四

季節は巡り、初冬になろうとしている。赤城颪（おろし）の冷たい風が坂東の平野を吹き抜けた。

広大な湿地に広がる葦原は枯草色に変じている。落ち葉は沼に落ちて水面を漂っている。

一騎の早馬が北上してきた。甲冑姿で鞍に跨がる壮士は、寒風の中だというのに満面に汗を滴らせていた。馬は口から泡を噴いていた。

「ご開門ッ！　堀越の御所よりの急使にござーる！」

騎馬は五十子陣の城門を馬蹄で泥を蹴り上げながら走り抜けた。


「犬懸殿が死んだ？」

資長は思わず訊き返した。

五十子陣の主殿。陣幕を張りめぐらせた白木の広間に白井長尾の左衛門尉景信と、総社長尾の修理亮忠景がいる。他には資長と、報せを伝えた早馬の武者がいるだけだ。

武者は甲冑を脱いで鎧直垂姿になっている。総身が泥を浴びて真っ黒だ。濡れ縁で平伏し、声を絞り出した。

「犬懸上杉治部少輔様、三日前の夕刻、ご自害にございまするッ……！」

「自害！」

総社長尾の修理亮忠景が叫ぶ。鶴のように細い首を伸ばし裏返った声で聞き返した。

「まことかッ。敵による流言ではあるまいなッ？」

「流言蜚語などではございませぬ！　これに子細が――」

武者は懐から封書を取り出して差し出した。だいぶ泥で汚れている。

白井長尾家の郎党が受け取って、景信の許まで運んだ。景信は差出人の名を検めた。

「この手跡は間違いなく御所様の御宸筆だ……」

堀越公方の足利政知みずからが筆を取って報せてきたのだ。景信は封を切って中の手紙を広げた。急いで書面に目を通すと、総社長尾忠景に向かって突き出した。忠景が受け取って目を通す。それから武者に質した。

「なにゆえ犬懸殿が自害をせねばならぬのだ」

資長は白井家の郎党を手招きして、総社長尾忠景が握っている手紙を指差した。意を察した郎党は忠景の許まで膝行して手紙を受け取り、資長の許まで運んできた。

その間に武者が答えている。

「犬懸様は、『心中に期しがたいことがある故』とのみ書き置きなさいましてござる。なにゆえにお命を縮めなさったのか、しかとは図りかねまする」

資長は、ざっと手紙に目を通した。そして武者に向かって言った。

「大儀であった。下がって休め」

武者は一礼して去った。総社忠景が目を怒らせた。

「まだ話は終わっておらぬぞ」

「詳しいことを聞きたいのであれば、後刻、お聞きなされ。今は、あの者には聞かせられぬ話を、我らのみでせねばなりませぬ」

「そなたには、犬懸殿の自害のわけが、訊かずともわかると言うか」

「容易に察しがつきましょう。関東公方の家宰として、上杉一門の取りまとめが出来なんだがゆえに、ご生害なさったのでござろうよ」

白井景信と総社忠景が資長を見る。資長は「なにを驚くことがありましょう」と続けた。

「京都様と公方様は『古河の朝敵を討ち取れ』とのご催促。そのためには犬懸殿は、坂東武者を従えなければならぬ。ところが坂東武者はまったく言うことを聞かぬ。公方様にかれては、鎌倉に入ることすらも叶わぬ有り様」

両上杉の下で同心(団結)した大名や国衆、一揆を恐れて、箱根の坂を越えることができない。渋川義鏡と犬懸上杉家の嫌われぶりは目に余るほどだ。

「すべては京都様の手抜かりでござる。犬懸上杉は坂東武者が力を合わせて攻め潰した家。その家を復権させれば仕返しが恐ろしい。坂東武者が犬懸上杉を盛り立てるはずがない」

白井景信が目つきを険しくさせる。

「言葉が過ぎる。京都様を誹るでない」

資長は鼻先で笑いつつも、

「これは拙者の口が滑り申した。お許しあれ義兄上」

心の籠もらぬ詫び言を口にした。

景信はますます機嫌を損じた様子だ。だがなにも言わない。資長を敵に回すより味方につけておくほうが得策だと理解しつつあるのだ。

この場を取りなすように、総社忠景が言う。

「物言いはともあれ、太田殿の推察は、的を外してはおるまい」

白井景信は頷いた。

資長は、さらに何手もの先を読んでいる。

「これで我ら、両上杉は、堀越に出仕がしやすくなり申した」

白井景信と、総社忠景が同時に「むっ？」と唸って資長を見た。資長は涼しい顔だ。

「そうではござらぬか。堀越公方の家宰を務める犬懸上杉が、旧領を奪い返さんと図っておるからこそ、我らは堀越の御所に推参することが叶わなかったのでござる。犬懸上杉さえいなくなれば、奉公するに否やはござるまい」

総社忠景が大きく頷いた。

「お、おう。いかにも太田殿の言う通りじゃ。両上杉は元より京都様に随身する身。これにて戦がしやすくなった」

白井景信が、

「わしも左様に考えておったところよ」

などとのたまって大声を張り上げた。

「左様ならば、堀越の公方を取り込んで、我らの主君と仰ぎ奉るまで！」

ここにいる男たちにとっての〝主君〟とは傀儡の意である。

五十子陣の両上杉家は、古河の成氏と堀越公方とに挟まれて苦しい戦いを強いられてきた。背後の敵が崩れたことで、一筋の光明が差してきた。

だが〝好事魔多し〟の謂いどおりに、陥穽は大きな口を開けて待ち構えていた。扇谷上杉家と太田家に最大の危機が迫っていたのだ。

五

「先ほどからなにを眺めておいでにございます」

浅草寺の湊町。竹河屋の奥座敷に資長が寝そべっている。

竹河屋は浅草随一の富商だ。座敷中に畳が敷きつめてある。窓も蔀戸ではない。障子戸だ。白い紙が張られた窓は外光を取り入れやすく、部屋中が明るかった。

「これをなんだと思う」

資長は手にしていた懐紙を女主に差し出した。女主は受け取って、懐紙に挟まれてあった物を摘まみ上げた。

「押し花でございますね」

野山や庭で摘んだ花を紙に挟んで水分を取る。するといつまでも花の色が残る。貴族の間で広まった遊びだ。

「なんだと思う」

資長は同じことを訊いた。竹河屋の主は、同じことを繰り返し答えるような愚か者ではない。

「山吹にございましょう」

「然り。山吹だな」

「このような物を、いずこで手に入れられましたか」

「女にもらった」

「……やっぱり」

資長はムクリと起き上がって、女主の顔を、不思議そうな目で見た。

「むくれておるのか」

「むくれてなどおりませぬ」

女主は懐紙に山吹を挟んで、畳の上をズイッと滑らせてきた。

「その山吹だが」

「聞こえませぬ」

「わしも、なにゆえ貰うことになったのかが、わからぬのだ」

「それはあなた様が、女心を解さぬ、情のこわいお人だから、察しがつかぬのでございましょう」

「初めて会った女なのだぞ」

「きっと、会ったことを忘れておるだけにございましょう」

「いいや。これは〝てんごう〟なのだ」

てんごうとは悪戯(いたずら)というような意味である。

資長は三日前の出来事を語り始めた。


資長は、越生の道を進んでいた。

越生は太田家が関東に下って来て間もなく手に入れた私領である。山の中の狭い谷地(やち)であった。坂東の広大な領地を治める大名ならば、目もくれぬような土地だ。これが太田家の本来の身代なのであった。

扇谷上杉家が没落したならば太田家は小領主の身分に戻らねばならない。この乱世だ。たちまちにして周辺の大勢力に攻め潰されてしまうだろう。

父の道真は建康寺(けんこうじ)に隠棲の庵を結んでいた。名付けて自得軒。藁葺(わらぶ)きの屋根から煙が上がっている。扇谷上杉家の家宰であった男の棲家だとは、とても思えぬ侘(わび)しさであった。

僧侶姿の道真が仏壇の前に座して読経(どきょう)している。勤行(ごんぎょう)が終わるまで資長は大人しく待つ。父の読経には心情が籠もっていた。思えば太田家も大勢の人々を殺してきた。犬懸上杉教朝も、太田家の暗躍によって自殺に追い込まれたようなものであった。

読経がようやくに終わった。道真は仏像に向かって一揖して、厨子の扉を閉めた。それから資長に向き直った。

資長も道真も、長々と挨拶を交わすことはない。二人とも根っからの政治人間であり、武人であった。資長は懐から書状を出して、道真の膝前に差し出した。

「京の政所執事、伊勢備中守様よりの書状にござる」

「伊勢伊勢守貞国殿の跡継ぎだな」

政所は、元々は足利家の資産と私財を管理するための存在であったが、幕府の権勢が巨大になるに連れて日本国の財政をも担うことになり、次いで、将軍の官房や秘書官の役目も務めることとなった。

室町時代の関東地方が、かくも激しい動乱に悩まされている理由は、六代将軍義教が関東を直轄地に変えるために関東公方家の滅亡を策したからなのだが、その際に将軍の意向を関東に伝える役目を担っていたのも政所執事であった。伊勢貞国がその任に当たっていた。

しかし将軍義教は死に、伊勢貞国も死んだ。二人に殺されるはずだった足利成氏だけが生き延びて、両上杉に対する怨念を滾らせている。これが関東地方の政情である。

「政所執事殿は、我らの身を案じて、一報を寄せて下さったのでござる。この書状は内密のものにござる」

道真は険しい目を息子に向けた。それから書状を広げると、立ち上がって明るい縁側へ足を運んだ。目が衰えているらしい。

「……なるほど、いささかの難事だな」

「京都様に対し奉り『扇谷家が古河と内通している』との讒言を吹き込んだ者がおるようにござる」

「まったくの中傷とも言いきれぬな。しかし誰がこのような讒言を」

「おおかた、堀越公方府に近仕する何者かの陰謀にございましょう」

道真は手紙を折り畳んで戻した。

「京都様は、さぞお怒りであろう。御代初めに古河の成氏を攻め潰し、将軍家の武威を天下に示そうと思ったところが、上手くゆかない」

討伐軍の主力となるはずだった斯波軍は動かず、仕方なく上杉一門と渋川勢のみで攻めてみたところ大敗北を喫した。それが二年前の話。将軍の面目は丸潰れだ。

渋川義鏡は兵糧と軍資金をかき集めるため、関東の武士たちが利権としていた土地を奪った。扇谷上杉家の相模守護職を罷免した。

それでも戦には勝てず、関東の武士たちの抵抗と憎しみばかりを買っている。

「渋川義鏡は苦しい立場に置かれている。京都様に対し奉り、言い訳をせねばならぬはずだ。誰か悪者を仕立て上げて、その悪者のせいで成氏討伐が上手くゆかぬのだと言い繕ったのに相違あるまい」

「その悪者にされたのが扇谷上杉家と太田家だと……」

「まるきりの嘘でもない。我らは堀越公方府が関東に踏み入らぬように邪魔だてしてきた。古河征伐が上手くゆかぬのはそのせいだ、と言われたならば、まったくそのとおり。抗弁するのも難しい」

「されど我らは、京都様に対し奉り、謀叛の心など持ちませぬ。京都様が犬懸と渋川などを贔屓せず、我ら両上杉を先兵と心得てくださるのであれば、我らは喜んで戦に励みまするぞ」

道真は長い袖の僧衣の中で腕を組んだ。

「我らの赤心をお伝えせねばならぬが、それもまた難しいぞ。裁きを下すのは京都様だ。……おい、どこへ行く？」

資長が刀を摑んで立ち上がったので、道真は驚いて目を剝いた。資長は答える。

「京都に赴いて、我らの思いを訴えて参りまする」

「馬鹿を申すな。お前の如き小官の訴えなど取り上げられようものか。そもそも大樹（将軍）が目通りを許してはくれぬぞ」

身分の序列の厳格な社会とは、皆で序列を守る社会でもある。序列を乱す者は秩序を乱す者と見做される。それは犯罪者に他ならない。

「お前が室町の御所に押しかけようものなら、『それ見たことか、扇谷の主従は慮外者よ』と誹られる。渋川の雑説に裏付けを与えるようなものじゃ」

「渋川は管領斯波義廉の父！　我が子を使嗾して柳営（幕府）をいかようにも動かせましょう！」

「そして我らは、京都様の御前にまかり出ることもできぬ」

完全な欠席裁判だ。

大名同士の諍いに断を下すのは将軍個人である。将軍にこちらの言い分を聞いてもらわなければならないのだが、資長は将軍の諮問に直答できる身分ではない。

道真は考え込んでいる。

「……我らは、関東の動乱を奇貨として東国に威を振るった。しかしそれは戦国ゆえに許された没義道だ」

戦国とは紛争地という意味だ。紛争を解決するために超法規的措置が黙認されてきた。だがそれは、京都の室町幕府の裁きの場で通る話ではない。『戦に勝つためにやったことです』と訴えても、現に法を踏みにじっているのは両上杉なのだ。

「ならば、なんといたします」

「なんとかいたせ」

資長は父の顔を凝視した。道真は、

「なにを驚いた顔をしておる」

と問い返した。

「お前は扇谷上杉家の家宰であろう。主家の大難にあっては、主家を救うため、智嚢の限りを尽くして奔走するのだ。しっかり役目を果たせ」

まるきり他人事（ひとごと）のような顔でそう言うと、窓の外に目を向けた。

「雨じゃな」

空が暗い。雨雲が重く垂れ込めている。軒から雨水が垂れている。藁葺き屋根なので雨音はほとんどしない。

「先ほどまで晴れておったのに、急の雨だな。山の天気は変わりやすいものよ。お前、雨具は持ってきたのか」

「いいえ」

「そろそろ勤行の刻限だ。帰ってくれ。仏行の障りとなる」

雨だというのに息子を追い出そうとする。なるほど仏門修行とは厳しいものだ。

「しからば御免仕る」

仏間を出ようとすると、

「道を行くとこの先に、大きな門を構えた百姓家がある」

唐突に道真が言った。

「この寺にも、なにくれとなく喜捨をしてくれる長者の屋敷だ。雨具を借りて行くがよい」

長者とは豪農のことである。

資長は一礼して仏間を出た。道真はすでに読経を始めている。

資長は雨に打たれながら馬に跨がり、建康寺を出た。


「それで、どうなりました」

竹河屋の女主が訊いた。資長は答える。

「言われた通りに蓑笠(みのかさ)を借りに行った。そうしたら、女房らしき者が出てきて、これを寄越した」

資長は押し花を摘みあげた。

「山吹ですね」

女主はちょっと考えてから言った。

「謎かけでございますね。七重八重花は咲けども山吹の――」

「実のひとつだになきぞ悲しき、であろう。後拾遺和歌集(ごしゅういわかしゅう)だ」

「御存じでしたか」

「わしは足利の学校で学んだのだぞ。それぐらいは諳じておる」

「和歌がお好きでございましたか」

「戦よりは、好きだな」

「まあ？」

「なにを驚いておる。わしは好んで戦をしておるのではない。こういう世に生まれてしもうたから仕方なく軍配を執っておるだけのことだ」

　資長は摘んだ押し花に目を戻した。

「ともあれ山吹だ。蓑を貸さずに山吹をくれた」

「みのひとつだになきぞ悲しき……、お貸しできる蓑がなくて吾は悲しい、と、伝えたかったのでございましょう」

「長者屋敷だぞ。蓑がない、などということがあるものか。蓑笠ぐらい、どんな貧しい百姓だとて持っておるわ」

「それでは、なんとお考えで」

「これは父の〝てんごう〟なのだ。わしより先に寺の小僧を先回りさせ、わしが来たなら蓑を貸す代わりに山吹を差し出すようにと長者屋敷に言いつけたのに相違ない」

　資長は腕を組んで考え込んだ。

「父は、何を考えてこのようなことをしたのか」

女主は「ふむ」と頷いた。資長がその横顔を凝視する。

「得心がいった――という顔つきだな？」

「いかにも得心が参りました。そなた様は和歌の道にご堪能。そのお言葉に偽りはございますまいな？」

「わしが、一度でも嘘をついたことがあったか」

「いつも嘘ばかりついておられます」

「それこそ嘘だ」

「いいえ、嘘ばかりついておられます」

「嘘などついておらぬ。わしはいつでも本心しか口に出さぬ。その後で気が変わったことは……あったやもしれぬ」

女主は呆れた。それから廊下に向かって手を打ち鳴らして、店の者を呼んだ。

「お呼びで」

お店者（たなもの）が現われて廊下に膝をつき、低頭する。女主は質した。

「浅草に連歌法師は幾名ばかり来ておるだろうか」

「へい。三人様ばかり、ご逗留（とうりゅう）でございましょう」

「その者たちに銭を与えて京へ行かせよ。京で噂を流すように命じるのだ」

「急ぎの話ですならば船を仕立てますが」

「そうしておくれ」

「して、どのような噂を広めさせますのか」

女主はチラリと目を資長に向けた。

「『坂東の太田左衛門大夫様は、古今希なる和歌の名手だ』と、噂を流すのだ」

「畏まりました」

お店者は去った。資長は眉根を寄せた。

「連歌の法師をして、わしの評判を流布(るふ)せしめようとてか。それでどうなる」

女主はしれっと答えた。

「さすれば、室町の御所様との面談が叶いましょう」

「なんと、まことか」

「京へご出立のご用意をなされませ」

資長は半信半疑である。

第十二章　入京

一

「これが京か」

資長(すけなが)は粟田口(あわたぐち)の坂の上に立ち、京の町を一望した。大津から山科(やましな)へ街道を通って旅をしてきた。東山を越えた瞬間、目の前に巨大な町が広がったのだ。

「なんと大きな町であることか。そして至る所が寺だらけじゃな」

かつては太田家も京で足利将軍家に仕えていたはずだ。しかし資長にとっては初めての上洛であった。

坂を下って町に入る。寺の間を縫って進み、鴨川の河原に踏み込むと、そこには商家が建ち並び、商人がごった返していた。鴨川の水面(みなも)は荷を運ぶ舟が行き来している。売り買いの怒鳴り声で耳を聾する有り様だ。

京の町は僧侶と商人が大手を振って闊歩していた。稀に、徒歩で道を行く下級の公家の姿が見えた。

「東国の道を我が物顔で歩いているのは武士ばかりだが、京では、武士の姿は滅多に見られぬ」

町々の治安は僧兵が守っているらしい。行人包で禿頭を隠し、六尺棒を手にし、高下駄を履いた男たちが四つ角ごとに立っていた。

「東国は武士が治め、京畿は寺が治める。これが本朝（日本）の姿か」

足を止めて感慨に耽っていると、供としてついてきた英泰が資長の顔を覗き込んできた。

「して、これよりどちらに向かわれまするか。日が暮れる前に宿を定めねばなりませぬ。昨今の京は物騒だとの評判でござる」

資長は呆れ顔だ。

「武士が夜盗を恐れてどうする」

資長は郎党の二十騎を引き連れてきた。落武者から拾い上げた強者揃いだ。饗庭次郎と熱川六郎の姿もあった。

さらには雑兵や小者の八十人が徒士で行列を作っている。

「頼もしいばかりではないか」

英泰は首を横に振った。

「拙僧が恐れておりますのは、左衛門大夫様が『夜盗退治』を言い出して、勢い余って町々を壊して回ることにござる」

「このわしをなんだと思っておるのだ。鬼か」

資長は「フン」と鼻で笑いながら町並みに目を向ける。

「ともあれ伊勢殿の屋敷に行こう。伊勢殿は坂東武者の申次だ」

申次とは取次役のことである。外交官に近い。足利家における東国外交も担っていた。

室町御所の西に伊勢家の屋敷があった。間にあるのは室町小路という道の一本だけだ。さすがは政所執事というべきか。ほとんど御所と一体化して見えた。

ちなみに小路とは大路の対語である。大路は東海道や東山道のような、国衙を結ぶ道のこと。小路は〝町中の道〟の意だ。小路と言っても細道ではない。道幅が五丈（約十五メートル）もある。

伊勢邸は、普段から客が多く訪れるようで、客を泊めるための宿坊が何棟も建てられてあった。そのひとつに太田の主従は通された。

「ご不自由がございましたならば、なんなりと申しつけくだされ」

案内をしてくれた若侍が折り目正しく平伏して、そう言った。折り烏帽子と狩衣をつけている。眉目秀麗、ツルリとした白い肌でひげも薄い。まだ二十歳前と思われる。

まるで学僧のようだな、と資長は思った。日の差さぬ学坊で書物ばかり読んでいると肌が白くなる。武士や百姓のように日焼けした風貌にはならない。

「そこもとの御尊名は」

資長が質すと、若侍が面を伏せたまま答えた。

「伊勢新九郎と申しまする」

「ふむ。伊勢備中守（びっちゅうのかみ）様のお身内か」

「備中守は、手前の叔父にござる」

「先代の政所執事、伊勢伊勢守貞国（いせのかみさだくに）様とは、どういう係累にあたられるのか」

「拙者の母は伊勢守貞国の娘にござる」

「左様か。そなたは伊勢守様の外孫か……」

資長は若侍の顔をもう一度、見た。

「亡き伊勢守様にはたいへん世話になった。上杉一門は、伊勢守様の墓所に足を向けて寝られはせぬ」

「そのお言葉を聞かば泉下の祖父も喜びましょう」

「我ら東国武士は、政所の伊勢様を頼る縁（よすが）といたしておるのだ。よしなに頼みましたぞ」

「ご期待に添うよう、励むことにございましょう」

新九郎は平伏して去った。足音はまったく立てなかった。

気配が去るのを待って英泰がにじり寄ってきた。

「さて、左衛門大夫様。これからどうなされるおつもりか」

資長は腕を組んでいる。

「どうなされると問われても、政所が動いてくれるのを待つだけだな。わしの身分では御所に押しかけても門前払いだ。……浅草寺土倉衆の為替割符はどうした」

「ここにございまする」

浅草寺の豪商たちが額面を書いて署名、押印した紙は、浅草寺門前町との取引がある商家へ持ち込めば、額面の銭に替えてくれる。

「銭を柳営（幕府）の要路にばらまけ。賂だ。銭を持って行かねばお偉方は何もしてくれぬ」

「心得ました」

二日後、賂が効き目を顕したのかどうかはわからぬが、資長に会うために幕府の大物が伊勢邸にやって来た。大勢の騎馬武者を引き連れて乗り込んできた。

「馬場が騒がしいな」

資長が窓に目を向けながら言う。障子紙に陽が当たって、窓を閉めていても室内は明るい。資長は障子窓を少し開けて外を覗いた。

「おう、アイツが来るぞ」

濡れ縁を渡って伊勢新九郎がやってくる。足音も衣擦(きぬず)れの音も立てないので、気配が摑めない。

資長は何食わぬ顔をして円座に戻った。新九郎は敷居の外に折り目正しく座って低頭した。

「京兆(けいちょう)様がお越しになられました」

「京兆様とは、細川右京大夫(うきょうのだいぶ)様のことだな」

細川右京大夫勝元(かつもと)は、幕府三管領の一人で、ただ今の幕府の実力者である。まだ三十二歳と若いが、十代の頃から管領を務めてきた。七代将軍の義勝(よしかつ)の治世と八代の義政(よしまさ)の幼少期を支えてきたのだ。

「会所にてお待ちにござる」

資長は首を傾げた。

「わしをか？」

「いかにも。なにとぞ会所にお渡りくださいまするよう」

「すぐ行く。案内してくれ」

資長は腰を浮かせた。それから英泰に顔を寄せて、

「浅草寺の賽銭(さいせん)は御利益抜群だなぁ」

と言った。

「戯れ言など口にしておる場合ではございますまい」
「戯れ言ではない。寺と銭の力に驚いておるのだ」
「薄笑いなど浮かべておられるから、真面目な物言いだと受け取られぬのです。京兆様の御前で薄笑いを浮かべてはなりませぬぞ」
「お前の物言いこそ、叔父に似てきたぞ」
資長は渋い表情で部屋を出る。新九郎の案内に従って廊下を渡った。

会所は非公式の歓談に使用される。主殿の広間は公式の対面にしか使えない。主殿を使うと政所の記録に書き留めなければならなくなるので、根回しの密談などでは、もっぱら会所が使われた。

資長は敷居を跨ぐのを遠慮して濡れ縁に座った。正面には広間に通じる戸口があり、広間が一望にできた。奥の壁際に銀屏風が張りめぐらせてある。屏風の前だけ高麗縁の畳が敷かれてあった。

烏帽子狩衣の武士が座している。三管領、細川右京大夫勝元であろう。

細川勝元の席の斜め前（下座）にも畳が敷かれて、政所執事、伊勢貞親がいた。資長は平伏した。二人の目が自分に向けられていることを感じた。

伊勢新九郎が披露する。

「これに控えしが、扇谷上杉家家宰、太田左衛門大夫殿にございまする」

数カ月前なら〝相模守護代〟という身分がついていたのだが、今は一介の武士でしかない。

面を伏せている資長からは見えないが、細川勝元が何か態度で示したらしい。伊勢貞親が言った。

「左衛門大夫、会所に入る許しが出た。まずは、それへ座られよ」

床に置かれた円座を示す。高麗縁の畳と、藺草で編まれた円座。この格差こそが、ただ今の太田家の辛い立場を示している。

資長は敷居を跨いで会所に入った。円座を前にして座り、勝元に向かって平伏し、円座を摑むと自分の尻の後ろに隠して、もう一度平伏した。円座すら使うことを遠慮する姿勢を示したのだ。そして挨拶する。

「太田左衛門大夫資長にございまする。爾後、お見知り置きを願い奉りまする」

「大儀」

勝元は短く答えた。

「さて、左衛門大夫殿」

横から伊勢貞親が言った。円座に座るように促した時は呼び捨てだったが今度は〝殿〟をつけた。ここからは腹を割っての話し合いだ――という意図であろう。

「扇谷上杉家は困ったことになっておるな」

資長は平伏したまま答える。

「扇谷上杉家主従の、古河の朝敵に対しての寝返りなど、ありえる話ではございませぬ。そもそも我らは、足利持氏（成氏の父）討伐の砌より、京都様の先兵として、朝敵の一族と戦って参りました」

資長は、結城合戦や、山内上杉憲忠の暗殺に始まる享徳の乱の経緯について、まくし立てた。

勝元は、瞼を半眼にして無表情に聞いている。資長に言いたいだけ言わせてから、

「そのほうの申し分はそれだけか」と、乾いた声音で質した。そして「されど」と続けた。

「関東公方様は、いまだ伊豆に留まり、箱根の坂すら越えることができておわさぬ。なにゆえだ」

半眼の瞼の底で目が鋭く光った。

「両上杉の者どもが陰で画策して、公方様の関東入りを妨げておるのではないか」

「そのようなことは、決してございませぬ。関東は戦国でござる。公方様の御身第一と心得申して、古河の朝敵の成敗がなるまで、伊豆に留まっていただいておる次第」

「左衛門大夫よ、我らにも、耳もあれば目もある。白々しい物言いはよせ」

細川勝元は「ふうっ」と息を吐くと、姿勢を崩した。そしてニヤリと笑みを浮かべた。

「お前たちは、犬懸上杉と渋川が邪魔なのだ。彼の者たちが関東に乗り込まば、お前たちの権益は彼の者たちに奪い取られる。現に扇谷上杉は相模守護の職を奪われた。口惜しくてならぬな？　違うか」

「守護職の補任は、京都様と関東公方様のご一存。我ら臣下が物申すことにはございませぬ」

「左衛門大夫」

勝元はニヤニヤと笑っている。

「我らは味方ぞ？　わしも、政所執事殿も、両上杉に助けの手を伸ばしてやりたいと思うておる。だからこうしてこのわしが、今日、ここに乗り込んできて、お前と話をしてやっておるのだ。案ずるな。腹を割ってものを申せ」

勝元は鼻の下にピンと伸ばしたひげをいじった。癖であるらしい。

「わしのほうから先に腹を割って申せば、渋川義鏡は、邪魔だ」

「邪魔」

「左様。細川家にとって渋川義鏡は邪魔。なぜなら渋川と斯波とが一体じゃからだ。渋川によって東国征伐が首尾よく運んだならば、斯波の力が大きくなりすぎるのじゃ。そもそも東国征伐は、六代将軍様が伊勢貞国殿に命じて進めておられたもの。成就の暁には将軍家が坂東の広大な天地を所有するはずであった。我ら臣下としては、将軍家が強くなることに異存はない。されど、斯波が強くなることは、黙過できぬ」

続いて伊勢貞親が語りだす。

「成氏の討滅は、我が父の貞国と、両上杉との合力で進めておった策。それを横から斯波様と渋川様が掠め取ることなど、あってはならぬ。恩賞は働いた者に与えられるべきじゃ。なんの功績があって斯波様と渋川様が恩賞にありつくのか。このような没義道を許しておいては、大樹の命に従う者がいなくなる。天下大乱の素だ」

なるほど——と資長は思った。細川勝元も伊勢貞親も野心家で、強欲だ。ここにいる三者ともが渋川義鏡の伸張を快く思っていない。

資長はサッと拝跪した。

「扇谷上杉家を救うため、ご両所のお力にお縋りしとうございまする」

細川勝元が答える。

「両上杉は我らの意をよく汲んで働いておった。我らとしても、扇谷上杉家の衰亡は片腕をもがれる思い」

表情を消して半眼に戻ると、ひげをいじった。

「されど、そなたは大樹に拝謁の叶う身分ではない。一方の斯波義廉は、連日御所に推参して、大樹と親しく語り合っておる。扇谷上杉家への裁きは大樹がご一存で判じられる。公事（裁判）となれば勝ち目はないぞ」

伊勢貞親も渋い顔だ。政所の執事は裁判には口出しができない。

勝元は涼しい顔でひげをいじっている。チラリと目を資長に向けた。

「時に。そなたは、東国ではそれと知られた歌詠み名人であるそうだな」

竹河屋の女主が流させた噂が管領の耳にまで届いていたらしい。資長は少しばかり驚いたが、顔には出さない。

「いたって不調法なれど、そのように褒めそやす者もおるようにございまする」

「明日、東山の浄土寺にて大樹が歌会を催される。そのほう、推参いたせ」

主催者からの招待もないのに押しかけることを推参という。

「そのようなことをいたしまして、大丈夫なのでございましょうか」

「大丈夫なわけがあるまい。上様の奉公衆が太刀(たち)に反りを打たせて護っておる。下手な歌を捧げおったなら即刻手討ちにされるゆえ、左様心得よ」

勝元は両袖を広げて立ち上がった。薄笑いを口元に含みつつ、

「首尾良い報せを待っておるぞ」

謎かけのような言葉を残して去っていった。

二

室町幕府の八代将軍、足利義政は、寺僧の案内で回廊を進んで浄土寺の塔頭に入った。

浄土寺は平安時代に建立された古刹である。東山に建っている。

塔頭の会所には欄干が巡らされている。山の上に建つ寺だ。見晴らしが良い。義政はこの寺からの眺めをいたく気に入っていた。京都の盆地が一望にできた。

京都の情勢は思わしくない。守護大名は将軍の意に従わない。毎日の政務では胸が塞がることばかりだ。

しかし、東山から京を眺めれば鬱憤も晴れる。京都を眼下に見下していると『天下は我が持ち物だ』という心地になってくる。

義政が景色を楽しんでいるうちに、公卿や僧侶など、当代一流の和歌の名手が会所に入ってきた。管領の細川勝元を始めとする幕府の顕職も臨席する。

「皆、揃うたな。始めようぞ」

義政は上機嫌で上座に座った。

将軍といえども幕府を仕切るのはままならない。我が儘は通せない。幕府の力を以てしても、現実の問題に対しては無力であったりもする。しかし和歌の席ならば義政の一存が通るのだ。義政は和歌の席でだけ絶対の権威を実感することができた。

歌会は部屋の最上段に〝歌聖柿本人麻呂〟の画像を掲げ、師と見立てて拝礼するところから始まる。

次に、参加者が詠んだ歌を読み上げる読師が定められる。この人物が歌会を主導する。歌道の家元が務めることが多い。歌の優劣を決める判者を兼ねることもある。

この場の読師は歌道宗家の権大納言、飛鳥井雅親が務めることとなった。歌人としては栄雅と号する。将軍義政に向かって、

「大樹、お題を頂戴仕る」

と言った。題に沿った歌を皆で詠むのだ。

義政はちょっと考えてから、

「西、にいたそう」

と答えた。京の町が西に見えたからである。

歌会に参加しているのは、寺社の僧侶、公卿、武士など、その身分は様々だ。歌は懐紙に書き留める。将軍義政は筆を手にして苦吟し始めた。

「ううむ……。かくも見事な景色を前にしては、かえって詩興が湧いてこぬものじゃな。どうあっても景色に位負けをいたす」

などと呟いている。

一順目の歌が披露された。二順目に入る。そろそろ皆、歌心が温まってきた。懐紙に走る筆もなめらかだ。

と、そこへ、浄土寺の僧侶がやって来て、濡れ縁の下から告げた。

「推参がございました。いかが取り計らいましょうや」

義政は顔を上げた。

「推参とな?」

歌会に集まった者たちの顔を見る。皆、京ではそれと知られた歌詠み名人ばかりだ。

公卿の一人が口元を扇子で隠して「ホホホ……」と笑った。

「よほど歌の道に自負があるのでおじゃりましょうなァ」

嫌味な口調である。皆、阿諛追従で笑った。

確かに、京の歌道の巨頭が揃ったこの場所に乗り込んでこようとは、たいした蛮勇ではある。

義政は質した。

「して、その者の名は」

「扇谷上杉家の家宰、太田左衛門大夫と名乗っておりまする」

「太田……」

義政が首を傾げた。

「知らぬな」

するとと連歌法師の一人が答えた。

「そのご尊名、耳にしたことがございまする。坂東では、それと知られた歌詠みの名手とか……」

「そうなのか」

「関東より戻りし同仁（仲間）たちが、口々に申しておりました」

義政は興をそそられた様子であった。

「面白い。坂東の歌詠みがいかほどのものか確かめてみたい。ご一同のご所存はいかがか」

すると皆、愉快そうに微笑んだ。読師、飛鳥井栄雅が代表して答えた。

「元より、歌の道に身分の隔てはおじゃりませぬ」

「ならば、招こう。ただし一首詠ませて、この会に相応しい者かどうかを確かめる」

命を受けて僧侶が下がり、すぐに、一人の武士を引き連れて戻ってきた。折り烏帽子に狩衣の姿だ。東国武士の正装だが、ここ京都では衣冠束帯が正装で、歌会など仲間同士での集まりでも、立烏帽子に直垂の姿で臨む。東国武士の姿は、京の貴人たちの目には卑しく映った。牛車や屋敷を守るために雇った青侍にしか見えなかった。

そもそも〝さむらい〟という名詞は〝さぶらう〟という動詞からきている。〝侍る、仕える〟という意味だ。主人の皇族や公家に仕えて身の回りの世話をする使用人の意であった。

使用人の恰好をした男が、主人とその客の宴席に推参してきて『わたしも交ぜてください』と訴えている。

公卿や僧侶たちは目と目を交わして笑っている。先ほどの厭味な公卿が、

「面白うなってまいった」

と、またも厭味な口調と顔つきで言った。

元より暇を持て余した貴人たちだ。こうした出来事も一興であると考えている。恥をかかせて笑い物にしようという魂胆の者もいただろう。

狩衣姿の侍は欄干の下で拝跪した。

「前相模守護代、太田左衛門大夫資長にございまする」

義政は冷たい笑みを浮かべた。

「うむ。そのほう、坂東では知られた名人とのことじゃな」

「身に過ぎたる評判にございまする」

「謙遜などいらぬ。自負がなければこの場に乗り込んでは参るまいぞ。じゃが、まだ昇段を許すわけにはゆかぬ。題をつかわす。評判のほどを見せるがよい」

「心得ました。お題を頂戴つかまつる」

「西、じゃ」

資長はわずかに首を傾げて思案する顔つきとなった。僧侶が文机を運んできて資長の前に据える。筆と硯が置いてある。こうした推参は稀にあるので手際が良い。

資長は筆を手にすると、懐紙を出してしたためた。一回書いて、読み直して反故にして、書き直したものを提出した。

僧侶が受け取って読師の許に運ぶ。飛鳥井栄雅は目を通した。

一座の歌人たちが興味津々に見つめている。あまりに拙い作ならば、披露されるまでもなく読師の一存で捨てられて、推参者は追い返される。

飛鳥井栄雅はスウーッと息を吸うと、朗々と歌い始めた。

「涙をば　人にすすめて　夕暮れの　いずくへとてか　いまかえるらん」

一同の者たちは「ふむ」と頷いた。皮肉げに嘲笑していた公卿でさえ、真面目な顔つきとなった。

ここで「帰れ」と言われたら、わたしはどこへ帰ればいいのだろうか。わたしの惨めな姿を見て人は涙を流してくれるだろうか——という意味である。西という題から夕景を連想させ、帰るに帰れぬ身を嘆いている。あわせて、どうか皆様、わたしの推参を受け入れて、この歌会に加えてくださいと訴えている。

将軍義政は飛鳥井栄雅を見た。栄雅は、

「まずまず、上作にございますな」

そう言って、懐紙を柿本人麻呂の画像の前に据えた。歌聖に捧げるだけの価値はある歌だと判じたのである。

義政は「善哉（よきかな）」と呟くと、資長に向かって大声で命じた。

「上がって参れ！」

僧侶がやって来て「こちらへ」と、会所の入り口に案内した。かくして資長は将軍義政との同席が叶った。

中世社会において、身分の違う者同士が同じ部屋に入ることはありえない。言葉を交わすこともない。

しかし歌道だけは別儀であった。日本人は太古より、歌の優劣に身分の上下は関係ないと考えていた。帝が詠んだ歌と防人（さきもり）（下級兵士）が詠んだ歌を同じ歌集に収めてしまう。それどころか、これから死刑を執行される罪人の辞世の歌までもが、帝の歌と並んで掲載されるのだ。この平等感覚は只事（ただごと）ではない。

身分の隔てを取り払った同好の者の集まりを同仁と呼んだ。将軍義政は同仁を愛した。後に義政は、愛用の庵（いおり）に『同仁斎』と名をつけたほどだ。

太田資長は、義政から同仁として迎えられたのだ。案内の僧侶が勧めた席に座ると、義政が、興味津々に質してきた。

「そのほう、歌はいずこで学んだのか」

資長は答える。

「足利の学校にて学びました」

「おお！　足利の学生であったのか」

義政の表情が綻んだ。言うまでもなく下野国の足利は足利家の本貫地である。足利の学校はこの当時、日本で唯一の学校であったが、足利将軍家の庇護を受けている。足利の地から来た学生と聞いて、ますます好感をもったのに違いない。

居並ぶ歌人たちも、

「さすがに足利は坂東の大学……」

などと呟いている。これは足利将軍家への阿諛も籠められている。義政としてはますます良い気分だ。

「面白ぅなって参った！　左衛門大夫よ。余はそなたを良く知らぬ。いずこに在処しておるのか」

「左様ならば――」

資長は筆を取ってスラスラと走らせる。僧侶の手で読師の許に運ばれた。飛鳥井栄雅が読み上げる。

「我が庵は松原つづき海近く　富士の高嶺を軒端にぞ見る」

写実の歌だが、雄大な光景が目に浮かぶようである。居並ぶ歌人たちが思わず微笑んだ。

「見事でおじゃる」

先ほどまでは嘲笑していたあの公卿が満足そうに頷いた。

坂東武者は、京の公卿たちから荒夷（野蛮人）だと蔑視されている。足利将軍家も荒夷の親玉ぐらいにしか見られていない。その坂東武者が、公卿も賛嘆させるほどの歌を詠んだ。将軍義政は面目を施した思いだ。


この歌会で資長は、義政に大事な一首を捧げている。

鎌倉やいなの瀬川をゆく水の　むかしの浪に　かえる世もがな
鎌倉を昔のように戻したい。という政治表明である。これこそが両上杉と太田家の願いなのです、と訴えたのだ。

義政は読み上げられた歌を耳にして俄かに考え込んだ様子であった。が、歌人たちには覚られぬように上機嫌を装った。

時が過ぎて歌会もそろそろ終宴だ。飛鳥井栄雅が判者となって採点して、件の公卿が詠んだ歌を最上位につけた。しかしその公卿は「ホホホ」と笑った。

「今日のこの場は左衛門大夫に譲る。左衛門大夫の歌を聞き、我が心は京にいながらにして坂東の地を遊ぶがごとくでおじゃったわ。まことに楽しき歌会でおじゃった」

一同も同意して資長の歌が最上位につけられた。歌会はまことにめでたく、お開きとなった。


夜も更けた。灯火の芯がジリジリと音を立てている。

浄土寺の宿坊で将軍義政と細川勝元が向かい合って座っていた。

「太田左衛門大夫と申す者、歌数奇が膏肓に入って押しかけてきたわけではあるまい」

義政が言った。懐から懐紙を取り出した。資長の歌が書かれてあった。

「鎌倉を昔にかえしたい……か。彼の者は、これを伝えに参ったのだな」

勝元は否定しない。

「相模守護代の職を免じられた身分では、大樹への目通りも叶いませぬ。同仁の席に乗り込んで御意を得るしかない——と思案したのにございましょう」

自分が「推参するように」と命じたのだが、そこは知らぬ振りを決め込んだ。

義政はもう一度、歌を読んだ。そして考え込んだ。

「余は、関東に兄を送りこんだ。渋川義鏡と犬懸教朝を家宰としてつけたうえでな。しかし、それがかえって障りとなっておると、太田は伝えたいのであろうか」

義政は細川勝元を見つめた。

「犬懸上杉教朝は自害した。何故じゃ」

「大樹」

勝元も真剣な眼差しを義政に据える。

「他にも由々しき説が伝わっております。関東の大名の、大森実頼、三浦時高、千葉実胤が、隠居を願って堀越の御所を去ったとの由にござる」

「なんと！」

「表向きには犬懸教朝の自害を知って世を儚んだがゆえ、などと申しておりまするが……」

「根城に籠もって謀叛をせんと図っておるのではあるまいな」

「この三大名の旗頭は、扇谷上杉と太田にございました」

「やはり扇谷上杉の謀叛か！」

「そうとは思われませぬ。もしも謀叛であったならば、太田左衛門大夫は古河の朝敵の許に出仕をいたしましょう。しかし左衛門大夫は本日、大樹の前に推参して参りました。大樹のお袖にすがってきたのでございまする」

義政は「ふぅむ」と唸って、資長の歌をもう一度読み返した。

「やはり、鎌倉、すなわち坂東を、元の昔に戻すべきであるのか」

「犬懸上杉と渋川義鏡の強引なやり方に無理があったのでございます。坂東の地は、関東管領の上杉家が、室町御所の命を奉じるかたちで治めて参りました。元のように戻すが最善の策かと、この勝元も愚考仕ります る」

義政は唸っている。勝元はもう一押し、畳みかけた。

「坂東にはいずれ大樹が御親征なされる。御令兄様（堀越公方政知）と犬懸、渋川は、その地固めに送られた先鋒に過ぎませぬ。にもかかわらず渋川は、地固めをするどころか地を崩しておる有り様。明らかなしくじりにござる。拙者はこれを黙過できませぬ」

「処罰せよと申すか」

「すでに犬懸上杉教朝は、自らを罰して自害いたしました」

「なるほど、犬懸の自害はそのためか」

「あとは渋川義鏡にどう責めを負わせるか、大樹のお心ひとつにござる」

細川勝元は拝跪して、義政の決断を待った。

三

数日後。伊勢貞親邸――。

資長が宿坊に戻ってきた。今まで会所で伊勢貞親と面談をしていたのだ。英泰の前にドッカリと座った。

「大樹は、渋川義鏡を京に呼び戻すとのご英断を下された」

「なんと……！　それでは、相模守護職はどうなりまする」

「我らの御屋形様が再任されるであろう、とのことじゃ」

「おおっ！」

「喜ぶのはまだ早い。我らの働き次第だ。隠居した大森、三浦、千葉を説いて、元のように出仕をさせねばならぬ」

そう言いながらも笑っている。三大名に言うことを聞かせるなど、扇谷上杉家ならばわけもない。

「重畳至極に存じあげまする」

「うむ。それもこれも細川様と伊勢様のお陰――」

そう言いかけて、資長はフッと笑った。

「父と、竹河屋のお陰でもあるぞ」

「どういうわけで？」

「わしの身分では大樹に面談は叶わぬ。だが、歌会にならば推参が許される。父も、竹河屋も、それを知っておったのだ」

竹河屋の女主は京の公家の出身で、関東に下って武士の妻となった。戦乱で夫を失くしても京には戻れず、浅草の商人になった。

資長は、文化の力をまざまざと見せつけられた思いだ。

「わしも坂東に戻ったならば歌会を催さねばならぬ。歌会であれば、商人とも、坊主とも、敵将とも、同仁できる」

資長はなにか大事な腹案を固めようとしている。そういう顔だと英泰は思った。

資長は室町御所に数日通った。将軍の諮問（しもん）に答えて（直答はできないので人を介しての問答だ）関東の情勢を伝えた。

今日も出仕して、遠侍（とおさぶらい）（家来が待機する部屋）で待っていると、一人の僧侶が入ってきた。錦繡（きんしゅう）の袈裟（けさ）をつけている。全身から香の匂（にお）いを立ち上らせていた。

その顔には見覚えがあった。先日の歌会で同席していた。資長はサッと平伏して敬意を示した。

高僧は資長の前に座した。

「今日は歌を詠みにきたのではないぞ。大樹の目を盗んで忍んで参った。お忍びじゃ」

身分は高いが気さくな口調である。

もっとも、公式での面談となると身分の隔たりが大きすぎて口も利けない。お忍びなのだから気の置けない態度で接するのが正しい。

「拙僧は相国寺（しょうこくじ）の副寺（ふうす）である」

相国寺は足利幕府の三代将軍、義満が建立した禅宗寺院だ。足利家の菩提寺である。禅宗寺院は六人の知事（幹部）によって運営される。副寺はそのうちの一人だ。会計を担当する。

「実は、折り入って頼みたいことがあってな」

副寺はますます声をひそめた。

「知ってのこととは思うが、相国寺は泉州堺の本所（領主）である」

堺の湊は、足利義満が明国との外交や通商のために整備した。のちに堺は自主独立を勝ち取るが、この時は相国寺の支配を受けていた。

「日本の国で使われておる銅銭は、すべて、明国から船で渡ってくる。堺に荷揚げされるものと思え」

この当時、金や銀は貨幣として位置づけられていない。宝石の扱いだ。日本の基軸通貨は、明や宋で造られた銅銭である。かつては日本でも富本銭や和同開珎などの銅銭が造られたが、日本は発展途上国である。独自の通貨などを造っても外国との商取引の障害にしかならなかった（レートが発生するため）。日本の通貨の信用など無に等しい。東アジアの基軸通貨の宋銭や明銭を使ったほうが便利だったのだ。銅銭は船で大陸から運ばれてくる。造幣局が中国にあるようなものだ。仲介をするのは僧侶である。なぜなら僧侶は、遣隋使、遣唐使の時代から中国との太いパイプを持っている。

たとえば、臨済宗の臨済は中国の僧侶の名である。日本の寺は〝外資系〟なのだ。空海も最澄も中国の寺で得度した〝中国の僧侶〟である。だからクゥ・カイ、サイ・チョウと中国人のように聞こえる法名を名乗っている。

中国の銅銭は寺院を介して〝日本の貨幣〟として世に流される。

貧しい中世の日本で、寺院だけが大堂伽藍を構えていられた理由がこれだ。寺院は宗教施設であると同時に外資系金融機関でもあった。発展途上国に造られた経済大国の銀行なのだ。

武士などは、銀行に雇われた警備員に過ぎない。

問題は、この乱世の最中に、銭をどうやって無事に流通させるか、にある。

相国寺の副寺の悩みは深い。

「船で運べばエエんやが、この季節、海は荒れとる。船が沈んだら取り返しがつかんのや。そこで毎年、この季節に限っては、東海道を使って荷駄で東国に送るんやが、今年は斯波と今川が角を突き合わせとる。守護同士で喧嘩をしとるのをいいことに盗っ人まで跋扈しよるいう話や。剣呑やな」

副寺は資長を凝視した。

「そこでアンタに頼みたいんや。あんたは前相模守護代で、間もなく守護代に返り咲くいう話やな。斯波や今川にも顔が利くことやろ。盗賊なんぞ恐れるものでもないやろうな」

「銭を東国まで運べとのお命じにございまするか。して、いかほど」

「二万貫。銭瓶(ぜにがめ)に入れてあるんや」

「承知いたしました」

「おう！　早速の色好い返事、嬉しいわ」

それから急に用心深い顔つきとなって、資長の顔を覗き込んできた。

「……定得分(さだめとくぶん)は、いかほど取るのかのぅ？」

定得分とは手数料のことである。この場合は警備料金だ。

資長は答えた。

「御用を承っての長旅であれば、三割も頂戴したいところなれど、此度(こたび)は拙者の帰国のついででござる。此度に限りまして、一文も頂戴いたしませぬ」

副寺は仰天した。

「只で運んでくれるんかいな！」

「副寺様と拙者とは、歌の同仁でございますゆえ、格別にござる」

副寺は手を叩いて笑った。

「まっこと、小気味よい男じゃ！」

「恐れ入りまする」

「相模守護代、太田左衛門大夫。今後も頼りといたすぞ」

「この次からは、定得分を頂戴いたします」

「さてこそ、しっかり者じゃな」

副寺は高笑いの声を響かせながら出ていった。


「それで……、この銭瓶を預って参られたのでございまするか」

英泰が渋い顔をしている。伊勢家の屋敷の庭にドーンと巨大な瓶が置かれている。

資長は薄笑いを浮かべているが、郎党の饗庭次郎、熱川六郎も渋い顔つきだ。

饗庭が資長に向かって言う。

「我らは二十騎に過ぎませぬ」

一騎につき雑兵や下人が三人従うので、総勢では八十人になる。

「二万貫の銭を守るには少なすぎまする」

「そんなことはあるまい。二十騎おれば十分だ」

「銭瓶の他に左衛門大夫様を守らねばなりませぬ。銭瓶は動きませぬが、左衛門大夫様は列を離れてどこへ行ってしまうかわかりませぬ」

大人しく旅をしない。資長は返す言葉もない。

「されど……」と、英泰が長袖の中で腕組みをした。

「相国寺様に対して『できないから返す』とは言えませぬぞ」

資長は涼しい顔だ。

「兵を増やせばよかろう」

「どうやって」

「京の町も牢人や逃散百姓であふれ返っておる。小路を歩けばそこいらじゅうで目についた。彼の者どもを雇え」

饗庭次郎が首を横に振った。

「流れ者は性根が知れませぬ。味方に雇ったとて、いつ盗賊に変ずるかもわかりませぬ」

熱川六郎も険しい顔で頷いた。饗庭に同意のようだ。

すると資長は白い歯を見せて笑った。

「お前たちからそう言われるとは思わなんだ。お前たちこそ、かつては野伏であったろうが。しかし今ではわしの忠義の郎党だ」

饗庭と熱川は表情を複雑に変えた。資長にそう言ってもらえて嬉しい。だがしかし、この場の話は同意できない。さりとて『我らとていつ盗賊に戻るかわかりませぬ』とも言えないし、困ったところだ。

「さぁ、人を集めて参れ」

　資長は朗らかに笑いながら命じた。

「いやはや。ああ言ってはみたものの、まさかここまで怪しげな者どもが集まるとは思わなんだぞ」

　汚い身形(みなり)の者たちが七、八十人ばかり庭に突っ立っている。腰から太刀を下げているならまだしもで、下げ緒を失くして太刀を肩に担いでいる者もいた。風呂にも入らず、着物も洗っていない。総身から悪臭を放っている。

「伊勢様のご迷惑にございまする」

　英泰が顔をしかめた。伊勢家の下人たちも鼻を摘(つま)んで顔を歪(ゆが)めさせている。

　資長はかまわずに一同の前に歩んでいった。饗庭次郎が叫んだ。

「前相模守護代、太田左衛門大夫様であるッ。太田家の郎党にならんと欲する者は、折り敷けッ」

　全員が腰を落として恭謙の姿勢となった。その姿はまちまちだ。片膝をついて蹲踞(そんきょ)をした者と、両手を地べたについて土下座した者がいた。侍の身分だった者と百姓とでは取る姿が違う。誰がどういう姿を取ったのか、太田家の者たちが記憶に焼き付けていく。

　侍ならば武具を手にして戦う技を身につけているはずだ。しかし百姓は下人としてしか使えない。

もっとも資長は、働き次第によっては百姓も侍身分に取り立ててやるつもりでいる。

「面(ツラ)を上げよ」

と命じた。男たちの顔を眺め回した。

「皆、面白い面構えよなぁ」

カラカラと笑う。そして続ける。

「お前たちの中には、このわしの行列に従いつつ、旅の途中で隙を見てわしを殺し、荷を奪ってくれようと企む者もいるであろう。うむ。それでもかまわぬ！」

男たちは、この殿様は何を言い出したのか、と驚いている。訝しげに隣の者と顔を見合わせるなどした。

資長は続ける。

「盗みを企むその野心、大いに頼もしい！　かく申すわしも、わしの家来どもも、お前たちと、さして変わらぬ身上だ」

ますます何を言いだしたのかわからない。男たちがザワザワと私語を交わした。「鎮まれッ」と饗庭が命じる。資長は薄笑いを浮かべている。

「お前たちの、その盗心、坂東に辿りつくまでは胸中に深く秘めておけ。坂東に着くまでは大人しくわしに従うが良い。旅の途中で皆でわしを殺したとて、たいした稼ぎにはならぬからだ。そのうえお前たちは、一生、検非違使や侍所に追われる身となるであろう」

だが——と、資長は続けた。

「坂東に辿り着きさえすれば話は別だ。彼の地では何もかもが〝盗んだ者勝ち〟である。わしはそうやって多くのものを手に入れてきた。わしこそが天下の大盗っ人だ」

またも男たちの私語が起こる。顔を見合わせて囁きあっている。資長はかまわずに続ける。

「この京では、他人の物を盗めば悪党と罵られ刑罰を受ける。だが坂東では、多くの土地や身分を奪い取った者こそが褒め称えられて出世をする。検非違使もおらぬ。侍所もおらぬ。他人の物を盗めば〝手柄〟とされる。そういう天地だ！　皆、わしとともに坂東に赴かん！　彼の地でならば盗っ人は、領主や地頭となれるのだぞ！」

男たちが「おおっ！」と沸き立った。

「わいは、このお殿様に従うわい！」

「面白ぅなってきよった！」

「京におっても飢えるばかりじゃ。わしゃあ東国の地頭様になったるわい」

皆、口々におめいて勇み立つ。資長は満足そうに頷いた。

「皆の者、頼りにしておるぞ」

「おう！」と皆が吼える。資長は歓呼の声を耳にしながら立ち去る。英泰がついてきた。

「人の心を盗むことにかけては、まこと天下一の大泥棒にござるな」

「褒めておるのだと受け止めておくぞ」

庭を隔てる門を通りすぎようとした時、そこに一人の若侍が立っているのを見つけた。

「おう。伊勢新九郎殿か。聞いておったのか」

伊勢家の若侍は頷いた。

「聞いておりました。お声が大きいゆえ」

「それは迷惑なことであった」

「坂東とは、面白そうな所にございまするな」

「気を惹かれたのならば一緒に参るか」

「まことに嬉しきお言葉なれど、手前には京での役儀がございますゆえ、東下りは叶いませぬ」

「なるほど、さすがは伊勢家の御一門。すでに柳営に役儀を得ておるとは、お若いながらにたいしたものだ」

「恐れ入りまする」

新九郎は折り目正しく低頭すると、静かに去って行った。

「さて、我らは出立の支度じゃ」

英泰は難しい顔をしている。

「東海道を通るとなると、斯波様の御領国である尾張と遠江を越えねばなりませぬ。渋川様が何事もなく通してくださるとは思えませぬ。凶賊の仕業に見せかけて、あなた様を殺めようとするかもしれず……」

「銭瓶は東海道を使って運べとのお言いつけじゃ。だから東海道を運ぶぞ。なぁに、案ずるには及ばぬ」

「そうは言われても、案ぜずにはおれませぬが」

「大丈夫だ」

どうしてこうも自信たっぷりに断言できるのか、英泰にはよくわからない。


東海道には幾筋もの大河が横たわっている。旅の難所だ。だが今は冬の渇水期で、渡し舟や徒渡りで越えることができた。

尾張国は斯波家の守護任国だ。織田大和守家が守護代を務めていた。この織田家も本貫地は越前国織田荘にある。赴任先に出張しているだけの、幕府の役人であった。

それでも土着化は進んでいる。

室町時代の役人に異動の辞令を出すのは将軍だ。ところが二十年前の嘉吉の変で六代将軍義教が暗殺されて以来、将軍の手による辞令が発給されなくなった。七代、八代ともに幼児で、高度な政治判断を下すことができなかったからだ。

室町時代の武士は辞令ひとつで異動する役人や警察官だったのだが、二十年間も異動がなければ土着化——在地領主化——が進行する。地元の有力者や金持ちとの縁組などを経て〝オラが村の殿様〟になっていく。

戦国大名の始まりだ。

織田大和守久長（ひさなが）の手勢が東海道沿いに兵を伏せて、太田の主従を待ち構えていた。周囲は枯れ野。尾張国の南部は広大な湿地である。人家も乏しい。太田主従を襲撃しても人目につくことはなかった。

織田久長は三十代半ば。中高（なかだか）の顔（眉間や鼻が高く盛り上がった細面）だ。顔を泥で汚し、粗末な古兜（ふるかぶと）をつけていた。

柴田氏や佐久間氏など、尾張の国衆を被官化（家来）して大勢力を築いている。引き連れてきた手勢は二百五十騎を数えた。配下にも粗末な恰好をさせて顔を泥で汚させた。群盗に見えるに違いない。

物見に放った騎馬武者が戻ってきた。

「太田主従が参ります！　騎馬二十騎、雑兵がおよそ百五十！」

「そりゃあええで」

織田久長はほくそ笑んだ。

「渋川様が仰せになったとおりだで。皆、気張るでのん。相手は渋川様の仇敵だで、討ち取ったなら褒美は思いのままだでのん」

　言葉に越前の訛りはない。まるきり尾張の人間になりきっている。

　郎党たちは「おう！」と勇んで声を上げた。

「柴田、おみゃあに先鋒を任せるだで」

「畏まって候」

　国衆の柴田勢が前に出る。太田主従の行列を目掛けて走りだした。

　太田主従は、東海道を細い列となって進んできた。東海道といえどもこの辺りでは、湿地に架けられた細い橋を進むしかない。

　太田勢は地の利に疎い他国者。襲撃されたとしても咄嗟には陣形を組むこともできぬはず。どこへ逃げれば良いのかもわかるまい。柴田は勝利を確信した。土地の者だけが知る微高地を縫って馬を進めた。

　太田の行列が柴田勢の突進に気づいた。行列が乱れる。すると先頭を進んでいた騎馬武者が勇敢にも走り出てきた。

「我こそは太田左衛門大夫が郎党、饗庭次郎ッ」

　騎馬武者が名乗りを上げる。そして誰何してくる。

「そちらは織田様の軍兵かッ。それとも群盗かッ」

柴田は答えない。饗庭次郎は続けて叫んだ。

「我らは相国寺様の銭を運んでおるッ。我らを襲わば、京の大樹がお許しにならんぞッ。地の果てまでも追われるものと知れッ」

「……相国寺様の銭だと？」

柴田は驚いて目を凝らした。たしかにその行列は巨大な銭瓶を運んでいた。

饗庭次郎は叫び続ける。

「熱田や津島の商人も、堺の渡来銭を止められたならば商売ができぬッ。そうなっても良いのかッ」

柴田は手勢に「引けッ」と命じた。自らも馬首を返すと、急いで織田久長の陣に駆け戻った。

「尾張守護代、織田大和守にござる。相国寺様の銭をお運びと知って駆けつけて参った次第」

織田久長が兜を脱いで挨拶を寄越した。

「これは織田殿。お初にお目に掛かる。拙者は前相模守護代、太田左衛門大夫にござる。大軍でのご加勢、まことにもってかたじけない」

「なんのなんの。我ら織田家は熱田や津島の商人どもを守護しておる。銭主たる相国寺様に合力をせぬはずがない。これより先はお心を安んじられて、ゆるゆると旅をなされるがよろしい。今川様の駿河(するが)まで、我らがしかとお守りいたすゆえ」

「それにしても……、ずいぶんと汚れた身形(みなり)でござるな」

「巻狩をしておったのでござるよ。尾張は、泥と河ばかりの土地柄ゆえな、狩りなどすれば、どえりゃあ汚れる。ハハハハ！」

久長はわざとらしく高笑いして、資長も愛想で笑った。

久長は警固の雑兵を残して去った。英泰が馬を寄せてきた。

「肝が冷えましたぞ。織田がこれほどの軍勢を催して待ち構えていようとは」

「渋川め、よほどにこのわしを殺したかったとみえるな。じゃが、二万貫の銭瓶がある限り、織田勢は我らに手出しすることはできぬ」

「銭を運んで命を狙われる話はよく聞き申すが、命が助かる話は初めて知り申した」

「面白いことを言う」

資長は大笑いした。織田家の雑兵たちが驚いてこちらを見ている。

四

資長は江戸城に戻った。江戸城では、父、道真の使いの者が待っていた。

「おお、そなたは」

台所の板敷きに慎んで座っていたのは、あの山吹の女であった。女は資長に向かって顔を上げた。

「道真法師様よりお見舞いを命じられて、かくも推参いたしました」

資長は白い歯を見せて笑った。

「やはり親父殿の差し金であったか。ふふふ、首尾よくいったと伝えるが良い。この上首尾、親父殿のお陰だ。それにお前のお陰でもある」

「畏れ入りまする」

資長は女に質した。

「しかしそなた、親父殿の使いまで果たしておるのか。あの父が信を置いておるのだ。相応の人物と見た」

資長は女人の顔つきを凝視する。臆することなく見つめ返してきた不敵な面相を見定めて、——さてこそ、と頷いた。

「わしの許にも顔を出すが良い。父とわしとの間を繋ぐ役を命じる」

「心得ました」

「さて、そなたをなんと呼ぼう」

女人は本名を親族と夫にしか明かさない。資長は女人に仮名を与えることにした。

「〝山吹〟がよかろう」

「山吹……」

女人は平伏で応えた。


翌年。渋川義鏡は、堀越公方足利政知の家宰を罷免され、京に戻された。鎌倉を占領していた板倉頼資にも帰京が命じられる。堀越公方府は柱石と軍師を失なった。代わりに扇谷上杉家が相模守護職に復帰し、太田左衛門大夫資長は相模守護代に復職した。

「まことにめでたき限りにございまする」

英泰が言った。久しぶりに鎌倉に入り、扇谷にある相模守護所に座っている。資長は濡れ縁に立って庭を眺めつつ「ふん」と鼻先で笑った。いつもの皮肉げな態度だが、その横顔は心の底から嬉しそうであった。

「なれども、喜んでばかりもいられぬのだ。我らはここで渋川以上の働きを示さねばならぬ。京の大樹が『渋川のほうが役に立ったのではないか』などと言い出そうものなら大事だ」

「兄上！」

同室していた図書助資忠（ずしょのすけすけただ）が勇んで身を乗り出した。

「早速にも下野に兵を出すべきと心得まする！　何事も最初が肝心。古河の朝敵に従う下野の大名どもを叩き潰し、扇谷上杉家の武威を天下に示すべきかと心得まする！」

「いや。その前に、だ」

資長は眉根を寄せて思案する。

「我らの足元を十全に固めておかねばならぬ。渋川と板倉は京に去った。彼奴めらが強入部していた兵糧料所を取り戻さねばならぬ。寺社や公家の荘園には公文（代官）を配さねばならぬのだ」

荘園の公文は定得分として年貢の一部を拝領し、さらには段銭（荘園を守るための軍事と警察活動の予算）を徴収できる。

それらの一部が守護代太田家に上納され、太田家は扇谷上杉家に上納して、軍勢を編成する。

「今の相模は〝無主の国〟だ。我らの手で早急に押さえねばならぬ」

図書助は不満顔だ。

「昨今の兄上は、何事につけても腰が重うござる」

「またその物言いか」

資長は眉根をよせた。

「お前や、白井長尾の景春のように、その場の勢いだけで生きることなど叶わぬのだ！」

叱りつけると図書助が真っ向から言い返してきた。

「兄上は、父上や叔父上に似て参られた」

「なに？」

資長は愕然となった。

目を泳がせた資長の姿を見かねて、英泰が割って入る。

「図書助様、それは禁句にござる」

英泰の取りなしで図書助は下がり、資長は部屋に残された。

――いつの間にかわしは、父や叔父と同じ立場で物を見て、思案するようになっていたのか。

「わしも歳かな」

英泰に訊くと、英泰はしかつめらしい顔で答えた。

「思慮深くなられたのだとお心得なされ」

「短慮な若造であった昔が、なんとも懐かしく思い出されることだな……」

庭からは喧噪が聞こえてくる。雑兵たちが武芸の稽古に励んでいるのだ。図書助と同様に、今こそ打って出るべきだと兵たちも考えているのであろう。

英泰が言う。

「これまで忠節を尽くしてくれた者どもには、褒美を与えねばなりますまい。京より連れてきた者どもにも、約束した利を与えてやらねば、群盗に戻りかねませぬ」

「うむ。早急に各地の荘園を押さえて政所（代官所）を構え、者どもを配さねばなるまい」

公文や地頭に任命することが、彼らに対する褒美となるのだ。

この時代の武士にはまだ、土地を丸ごと占有して領主になる（一円支配）という発想はない。武士はあくまでも幕府で働く公務員だ。幕府が定めた法の範囲内での識（利権）の獲得を目指す。

「相模国中に兵を配する。口実は群盗の征伐だ。渋川と板倉の兵がいなくなったことで荘園の民は不安に怯えておろう。我らが駆けつけてやれば喜んで受け入れるに相違ない。白井長尾や総社長尾もこの機を逃すまいとしておるはずじゃ。遠慮なく相模に兵を出して来るぞ。長尾兄弟に出し抜かれる前に我らで相模を押さえる。忙しくなるぞ」

資長は相模一国の再編成に着手した。渋川と板倉に加担していた代官たちを罷免させ、代わりに与党の者を押し込んだ。

代官の罷免と任命は本来、荘園の持ち主が決めることだが、資長は鎌倉や京畿の寺社、公家たちに働きかけて、強引に策を進めていった。

この過程で資長は、白井長尾景信と何度も衝突した。資長が罷免させた代官が白井長尾景信を頼って訴えたからだ。

太田家と白井長尾家は、与党の武士の利権を守るために折衝を繰り返した。この過程で国衆や一揆の被官化が進んだ。微禄の武士たちは、太田家や白井長尾家、総社長尾家などを主君と仰がねば生きてゆけない世になったのだ。日本の法（大宝律令）や幕府の法（式目）には規定されていない、主君と郎党による縦の繋がりが自然発生したのである。

関東でも戦国大名の誕生は目前であった。

山内上杉家の家宰、白井長尾景信は、関東管領の威信ならびに山内上杉の軍事力という鞭と、代官への任命という飴を使って、国衆、一揆の被官化を強力に押し進める。

扇谷上杉家には〝関東管領〟という金看板がないために、被官集めでは一歩譲らねばならない。そこで太田資長は、歌会を催して同仁を集める策を進めた。

白井長尾景信が縦の繋がりで味方を増やすのであれば、太田資長は横の繋がりで味方を増やす。

太田資長は坂東一の歌の名人――という評判を得ている。歌道の家元、権大納言飛鳥井栄雅の知己も得ている。その後も盛んに音物（いんもつ）を送っては、手紙で歌道の教えを乞うて〝飛鳥井栄雅の高弟〟という地位を確立した。

地方の人々は京畿の文化への憧れが強い。太田資長の歌会は評判を呼んだ。堀越公方府からは奉公衆がやってくる。堀越公方と扇谷上杉家の関係が改善された。

それればかりか古河公方に与（くみ）する武士たちまでもがこっそりと参加したというのだからす

ごい。関東の名刹の高僧や神官たちもやってくる。京からは連歌師が下ってくる。連歌師を送って寄越したのは細川勝元や政所の伊勢家だ。室町幕府の意向を伝える密命を帯びている。豪商連も、同仁であるから分け隔てなく同席して歌を詠む。歌会が終わると、皆で額を寄せ合って世情を語る。もはや秘密結社に近い。

豪華な宴席は於蔦と山吹が台所から支える。ことに山吹は得意の歌道で花を添えた。資長は江戸城にいながら、関東各地の人士と交遊を深めて情報を集めることができた。室町幕府の将軍義政、細川勝元、伊勢貞親とも、連歌師を介して連絡を取り合うことができたのだ。

豪華な歌会を支えるための財力は、銅銭の輸送の定得分より得られた。資長は、幕府、寺社、商人という、金融を牛耳る三勢力からの信頼を一身に集めている。

白井長尾景信による坂東武士の被官化と、太田資長の経済力が、古河の足利成氏を圧倒し始めた。

堀越の公方府には錦の御旗が立っている。堀越公方と両上杉は官軍で、古河の足利成氏は朝敵だ。堀越公方と両上杉が団結したならば古河の成氏に勝ち目はない。大義名分もない。正義もない。

成氏に従っていた東関東の大名たちが揺らぎ始めた。堀越公方への降参を打診する者たちが続出する。
何事もなければ数年中に古河の成氏は征伐されると、誰もが感じていた。

第十三章　応仁の乱

一

寛正四年（一四六三）、堀越公方足利政知と両上杉の関係修復はなった。

両上杉は古河の足利成氏に対して一大攻勢を開始した。その年は上杉一門にとって栄光の年となるはずであった。

ところがである。六月、白井長尾の隠居、昌賢入道（長尾景仲）が死去した。関東無双の案者（政策軍事の立案者）と謳われ、両上杉の実質的な総大将を務めた男の死だ。白井長尾家は服喪に入る。山内上杉家の軍事行動は抑制された。

一年の喪が明けたのも束の間、今度は山内上杉家の当主、房顕が、享年三十二で病没した。白井長尾家の傀儡とされて影の薄かった当主であるが、それでも身分は関東管領である。両上杉と堀越公方にとって大きな喪失であった。

主君が死ねば、家臣や被官たちは、自身の立場の保証を求めて後継者との間で折衝に入る。外交も、代がわりすればすべての約定が無効になる。あらたに盟約を結び直さなければならない。

困ったことに房顕には継嗣がいなかった。地位保証や盟約の継続を求めて多くの人々が五十子陣に押しかけて来たが、交渉相手がいない。

皆が頭を抱えた。

足利将軍家と両上杉がこれまでに何度も経験した〝継嗣不在の大混乱〟がまたも勃発しそうになっている。

事態を憂慮した京の将軍義政は、越後上杉家から養子を出させることにした。越後上杉家は山内上杉家の親族である。

将軍の命を受けて龍若丸なる十三歳の子供が五十子陣に送られてきた。一刻の猶予もないのですぐさま元服し、山内上杉顕定と名を改めた。

十三歳の若君では心許ない。実父の越後上杉房定が関東に常駐し、若い息子を補佐する運びとなった。越後から家臣と軍兵を引き連れてくる。

このことが白井長尾景信や総社長尾忠景など、山内上杉家生え抜きの家臣団との軋轢を生じさせた。上杉一門内での権力闘争だ。皆、目の色を変えている。もはや古河に対する攻勢どころではない。

扇谷上杉家にとっても、越後上杉の登場は大きな問題であった。上杉一門内の序列が第三位に格下げされそうなのである。

上杉一門が順調に兵を進めていたならば、容易に勝利を得られたであろうこの時期に、上杉一門は無駄な内訌に時を費やした。

そして京でも大異変が勃発した。三管領のひとつ、畠山家の継嗣問題に端を発した騒擾が将軍義政の継嗣問題にまで飛び火して、室町幕府を二つに割っての内戦に発展したのだ。

三管領のひとつ、斯波家は〝成氏討伐の出陣ができずに将軍家から義絶された斯波義敏〟と〝渋川義鏡の子の義廉〟が争いを始める。義廉は渋川義鏡の失脚で大いに威勢を喪失させている。斯波家重臣の朝倉家や織田家は自らの権益確保のために暴走し、まったく手がつけられない。

二つに分裂した幕府軍は京の町の東と西に布陣した。東軍の首魁が将軍義政、采配を採るのは細川勝元。

西軍（これが西陣である）の首魁が義政の実弟、足利義視。西陣将軍と称された（応仁二年十一月以降）。采配は山名宗全が採る。さらには南朝の後胤なる人物を見つけ出してきて天皇に見立てた。西陣南帝と呼ばれる。

西軍は味方を増やすため、坂東で孤立していた古河の成氏に目をつけた。成氏にとっても渡りに舟だ。西軍との盟約が成立した。

長いあいだ朝敵の汚名に苦しめられてきた成氏が、西陣南帝と西陣将軍の登場によって復権した。両上杉は、成氏討滅の好機を逸したのだ。

しかも応仁元年（一四六七）九月、扇谷上杉家の当主、道朝法師までもが病没した。

山内上杉家に続いて扇谷上杉家までもが、服喪と継嗣問題の大混乱に突入する。

なにゆえこうまで不幸が続くのか。戦国時代直前のこの時期――、日本の武士は、神仏に見捨てられていたのではあるまいか。そんな心地となってくる。

扇谷上杉家は道朝法師の嫡孫が継ぐこととなった（嫡子は十七年前に分倍河原で戦死している）。順当な継承で、格別に異議を唱える者は現われなかった。

堀越公方政知より偏諱を賜り、政真と諱を改めた嫡孫は、朝廷より修理大夫に補任され、扇谷上杉家の当主となった。

関東公方、足利持氏（成氏の父）が殺された『永享の乱』から二十九年。

持氏の遺児、春王丸、安王丸の兄弟が討たれた『結城合戦』から二十七年。

関東管領山内上杉憲忠の暗殺に始まる『享徳の乱』勃発から十七年。

もはや、誰が、なんの目的で始めた戦なのかも、わからなくなってきている。当時の事情を知る者たちは次々と他界し、経緯も知らぬ後継者たちが、わけもわからぬままに戦っている。

そんな関東の武士たちに新しい〝戦いの名分〟が与えられた。応仁の乱だ。戦の新しい目的と勝利条件が加わったのだ。

　古河の成氏と上杉一門の戦いは、新たな局面に入った。

二

　文明三年（一四七一）春。浅草湊（みなと）の豪商、竹河屋の女主が江戸城にやって来た。資長（すけなが）との面談を求めた。

　資長が会所に出てきた。

「なんじゃ。今日は、歌会の予定はないぞ」

　女主は正面から目を据えてきた。

「ならば急いで、歌会の同仁を招いたがよろしかろうと存じまする」

　この様子はただごとではない。

　資長にとって歌会は情報集めの手段でもある。至急に関東の情報を集めるべきだ、と女主は進言しているのだ。

「なにがあったのだ。申せ」

「古河公方様が武具と兵糧（ひょうろう）をかき集めておわしまする。我ら商人に対して御用命がございました」

「大量の買い付けか」

「浅草の商人衆は、滅多にない大商いに沸き返っておりまする」

「商売繁昌でなによりのことだが、しかし、黙過はできんな」

　大軍を催せば大量の米が消費される。武士は自領で農地を経営し、あるいは代官として荘園から年貢米を取り立てているが、それらの米を戦場まで輸送することが難しい。敵と戦うのに忙しくて、荷車を引いている暇がないからだ。

　よって、兵糧米も秣(まぐさ)も現地調達が原則であり、略奪するか、あるいは商人より買い取るかする。浅草寺に兵糧の調達を命じたということは、古河の軍兵が南進してくる、ということを意味していたのだ。

　女主は帳簿の写しを差し出した。浅草湊で買い求められた兵糧米の量が記されている。資長は受け取って目を通した。

「よくぞ伝えてくれた。お前たちは商人ゆえ『古河方に米を売るな』と、命じはせぬ」

「ありがたきご配慮」

「しかしである。古河方に兵糧米を渡すことはできぬ。よって、このわしが古河方の値付けの三割増しで米を買ってくれよう。商人仲間にも左様伝えよ。商人ならば値を高くつけた者に売るであろうな？」

「ますます嬉しいお話にございます」

竹河屋の女主は浅草に戻り、資長は英泰を呼んだ。

「歌会を開くぞ。古河方から歌数奇を念入りに招け。口は固かろうが、それでも訊き出さねばならぬ」

「心得ました。書状をしたためまする」

「堀越公方にも使いを出せ。木戸三河守殿と寺尾礼春入道に、子細を報せるのだ」

木戸三河守孝範と寺尾憲明（法名は礼春）は堀越公方足利政知の重臣である。

木戸三河守は渋川義鏡と入れ代わりに京から下ってきた。武士ではあるが在京中から高名な歌人でもあった。資長と歌で交際しつつ、堀越公方府と扇谷上杉家との意思疎通を図っている。

寺尾礼春は山内上杉家の家臣団の長老だ。伊豆は堀越公方の所領と化しているが、本来の守護は山内上杉家で、寺尾家が守護代に任じられていた。礼春は、五十子陣には従軍せず、伊豆に留まって堀越公方を支えている。渋川義鏡の暴走に懲りた山内上杉家が堀越公方府に打ち込んだ楔であった。

資長は矢継ぎ早に命を出す。

「兵が足りぬな。叔父上と図書助はいずこにおる」

「御屋形様に従って河越におりまする」

「呼んでも間に合わぬかもしれぬが、ともあれ呼べ」

扇谷上杉家は本拠地を糟屋の館から河越城に移している。古河と下野――関東北部に盤踞する敵と対峙せねばならないからだ。

今の関東南部には、太田家と堀越公方府の奉公衆しかいない。

「古河の成氏め、あ奴らしい大博打だ。古河攻めのために相模の軍兵が北上した隙を見て南下し、がら空きとなった相模を突かんとする魂胆だ」

資長は天井を見上げた。

「我らは皆、歳を取って分別臭くなり、腰も重くなったが、成氏だけは昔のままだな。この軍配、まるで小僧の悪戯のようではないか」

足利成氏の大軍が古河城を出陣した。怒濤の南進を開始する。

成氏にとっては久方ぶりの攻勢だ。長年にわたって苦しい防衛戦を強いられてきた。それだけにこの遠征は感慨深い。西陣将軍足利義視より下賜された軍旗が春の空に高く揚げられる。鬨の声が地鳴りのように響きわたる。兵たちの意気も天を衝くかのようだ。

早馬が江戸城に駆け込んできた。泥だらけの武者が資長の前で折り敷いて報告する。

「古河の朝敵、およそ二千騎、太日川にも兵船を浮かべ、街道と川筋との二手に別れて、南進を始めましてございまする！」

古河から南に向かって川がいく筋も流れている。大量の物資や兵を運ぶなら川沿いに進むのが常道だ。

武者は報告を続ける。

「朝敵成氏に従うは、下野の大名ならびに下総、上総の大名にございまする」

「いつもの衆だな」

資長は濡れ縁の階の上で仁王立ちして聞いている。

「関東八屋形の連中か。どこまでも忠義者よ。……否、両上杉がそれほどまでに嫌われておる、と考えるべきか」

東関東の大名たちは、意地になって両上杉に歯向かってくる。そうとしか考えようがなかった。〝武士の一分〟と言われたならばそれまでだが、あまりにも不毛な戦いではあるまいか。

資長は「大儀であった」と武者を労って下がらせると、主殿の奥へズカズカと歩んで戻った。

江戸城はすでに臨戦態勢だ。板戸はすべて取り払われて、建物には毛沓や草鞋のまま上る。床几が並べられ、甲冑姿の男たちが座っていた。

資長はいちばん奥に座る。奥の正面は大将の席だが、そこだけは空けてある。扇谷上杉政真（道朝の孫）が座るべき場所だからだ。今、政真は、資長の父の道真や、叔父の大和守資俊などに守られて河越城に布陣している。

資長は集まった将を順に見た。

弟の図書助資忠。二十代も半ば。堂々たる武将に成長している。

その横に従うのは千葉自胤だ。十七年前、千葉家の分裂で下総を追われて、両上杉を頼ってきたあの少年である。いまだに本領への帰還は叶わず、武蔵国の石浜城を根城としている。

武蔵国豊島郡の国衆、石神井城の豊島兄弟も参陣していた。兄が勘解由左衛門尉。弟が平右衛門尉。兄弟ともがひげ面で四十代の壮年。武功を重ねた荒武者である。武蔵守護代、総社長尾忠景の被官であったのだが、今回の戦では太田資長の幕下に従うこととなった。総社忠景が遠く五十子陣にいるからだ。

そしてもう一人、今川家からの客将が来陣していた。今川家の一族、小鹿新五郎範満。歳の頃は三十代半ば。いかにも名家の今川家らしく、ふくよかで貴公子然とした男であった。取り澄ました顔で座っている。

今川家はかつて鎌倉の地を制圧していた。その頃に相模国内に権益を広げた。兵糧料所を持ち、今川家の家臣たちを各地の荘園の代官に任じている。それらを保持するために今川家は親族を将として送り込んできていたのだ。利権の取り合いで太田家との衝突も多いが、この際は〝敵の敵は味方〟の理屈で共闘することとなった。

ただ今の江戸城には、たったのこれだけしか将がいない。古河成氏の大軍勢と比べるべくもない。

資長は「さて」と口を開いた。

「他に、我らの味方は、小田原の大森憲頼と成頼の父子、三浦に三浦弾正小弼がある」

扇谷上杉家、三浦家、大森家は、深い血縁で結びついている。まず離反は考えにくい。

「武蔵府中には大石遠江守もおるぞ」

大石家は扇谷上杉家重代の家臣だ。

「早馬の報せを聞いての通りに、古河の朝敵は二千騎。雑兵を合わせれば一万の大軍となろう」

騎馬武者には三名から四名の雑兵や小者が従う。それが総兵力だ。

「我らの手勢では、迎え撃つことは叶わぬが……」

資長はそう言いながら客将の小鹿新五郎に目を向けた。

「小鹿殿、貴殿は今川家が誇る戦上手。軍配者じゃ。貴殿の目には、いかに映りましょうかな」

小鹿は半眼にしていた瞼を閉じた。勿体をつけてから答えた。

「いかにも、ここで我らが打って出ようとも、野に屍を晒すのみにござろう」

「兄上！」と、痺れを切らした図書助資忠が叫んだ。

「いかなる策で迎え討ちまするか」

資長はそっけない口調で答えた。

「迎え撃たぬ」

「なんと！」

図書助ばかりではなく、豊島兄弟や千葉自胤もが目を剝いた。資長は落ち着いている。

「小鹿殿が仰せになった通り、我らが野に陣して迎え撃とうとも、古河勢を退けることなどできぬのだ。わしが集めた説（情報）によると……」

資長も小鹿の真似をして少し言葉を切ってから、続けた。

「敵が目指すは堀越だ。堀越に乱入して公方様（政知）のお命を縮めんとする策」

諸将がいきり立つ。豊島の兄が黒ひげを震わせて叫んだ。

「なんたる暴挙か！　許せんッ」

「いかにも暴挙。ただし、これは我らにとって都合のよい暴挙でもあるのでござるぞ、勘解由左衛門尉殿」

資長はニヤリと笑った。

「朝敵が伊豆に乱入したなら、すかさず駿河より今川様の援軍が駆けつけてくる。長旅で疲れた古河勢に勝てる道理などない。違いましょうか、小鹿殿」

小鹿は勿体をつけて頷いた。

「強弩の末、魯縞に入る能わず」

弩（ボウガン）から打ち出された強力な矢も、遠くまで飛んだ最後には勢いがなくなり、着物の縫い目に刺さることもできなくなる——という意味だ。孫子の一節である。

いちいち教養をひけらかすあたりが鼻につく。足利の学校で碩学と謳われた資長からすれば失笑の限りだが、小鹿の判断そのものは正しい。目のつけどころは確かだ。軍配には信用が置けそうである。

「小鹿殿の仰せの通りである。長旅で疲れ切った古河勢ならば、堀越公方府の奉公衆と今川様の援兵のみで退けることも容易じゃ。敵は大軍だが、それがかえって仇となる。一万もの大軍に食わせる米を運びながら、箱根を越えることはできぬ。必ずや飢える。古河勢は腹を空かせた無様な姿で古河に逃げ戻ろうとするはずだ」

資長の目が光った。

「我らが打って出るのは、まさにその時ぞ。帰り道で待ち伏せをし、古河の賊徒どもを討ち平らげる。敵は矢も射尽くしておる。我らは寡兵といえども決して負けることなどありえぬのだ」

豊島兄弟が手を打ってはしゃいだ。

「さながら巻狩にござるな！」

「いかにも。高名手柄は思いのままにござるぞ」

そう言って励ましてから、詳しい策を授ける。

「我らは臆した風を装って、これよりそれぞれの城に籠もる。古河勢が城下を通るといえども手出しをせずに素通りさせる。臆病に見えれば見えるほどに良い。古河勢は我らを侮って伊豆に突き進むであろうからな」

皆は意図を察して、大きく頷いた。

早馬の武者がやってきた。階の下で膝をついて言上した。

「申し上げまする！　古河の逆賊、千五百が、上小岩の河岸に姿を見せたとのよしにございまする！」

「先鋒じゃな。すぐにも後続の本隊が押し出してこよう。皆、持ち城に戻って厳しく守られたい」

「おう！」

「心得た」

諸将は鎧を鳴らして立ち上がった。

三

上杉勢はそれぞれの持ち城に籠もった。古河勢が城下を通り抜けようとも手出しをせずに静まり返る。

江戸城内に続々と百姓や商人たちが入ってきた。皆、家財を背負い、あるいは荷車に山積みにさせていた。武士は領内の村々や商人たちに段銭や冥加金を課し、その銭で城を築く。戦時には完成した城で民を守るという約束で銭を集めるのだ。多くの人々が保護を求めて押し寄せて来ていた。

城内は大混乱だが、資長は満足である。

――皆が太田家を頼りとしておる。武士に名誉、これに勝るものはなし。

城内の見回りをしていると、毅然とした女人の声が聞こえてきた。

「商人衆の荷は和田倉に納めなさい。百姓衆の米俵は吹上曲輪じゃ。北ノ曲輪の倉にはもう何も入らぬぞ」

白襷に白鉢巻きの女人が太田の家人と領民たちに指図している。その後ろには胸甲をつけ、薙刀を手にした侍女たちが控えていた。資長は女人に歩み寄った。

「奥、勇ましいの。手間をかける」

その女人は資長の正室、於蔦であった。

「見ていたのですか」

於蔦は笑顔で答えようとしたが、その間にも指図を求めて家人や百姓、商人たちが押し寄せてくる。於蔦は侍女の一人に開いて持たせた帳面に目をやりながら指図して、自分が指図したことを筆で帳面に書き込んでいった。

「そつのない手際よな」

資長が感心していると於蔦は、

「あなた様がお留守の間、妾がこの城の女主。あなた様は戦陣に身を置いてばかりいなさる。もうたいがいに慣れましてございまする」

と答えた。

「頼もしい話じゃ」

次々と人が押し寄せてくる。自分がここにいても邪魔にしかなっていない気配なので、資長はすごすごと本丸に戻った。

資長は浅草と品河の商人を、その財産ごと江戸城に入城させた。略奪から守ってやるためだ。古河勢は略奪や買いつけによる物資調達が不可能となった。

足利成氏や、重臣たちは大いに悩ましかったであろうが、末端の雑兵や端武者（はむしゃ）たちは、敵の抵抗がまったくないことに勇気づいた。

「上杉の腰抜け侍ども、俺らの勢いに恐れをなしたか！」

「震え上がって出て来もせぬぞ！」

さんざんに嘲笑（あざわら）い、悪罵（は）を吐きつけながら伊豆へと進軍する。

江戸城の櫓から資長が敵勢を見下ろしている。放火された村々が白煙を上げていた。

「英泰よ」

資長は英泰に語りかけた。

「此度、古河の成氏は、堀越公方府への乱入を謳っておったが、実は、我らを野におびき出して決戦に及ばんとするためのものであったのかもしれぬ」

英泰に向かって語っているけれども、ほとんど自問自答だ。頭の中の思考を口に出している。あえて口に出すことで思案をまとめていく。

英泰も理解している。口を挟むことはない。資長の影になったかのように無言で聞いている。

「伊豆討ち入りの噂を故意に流し、我らが焦って城より出てくるのを待っておったのではあるまいか。野陣で雌雄を決するのが、一番の早道であるからな」

資長の自問自答は続く。

「しかし、我らは城に引き籠もった。成氏からすれば大いに当てが外れた。成氏は本当に伊豆に攻め込むべきか、それともここで引き上げるか、悩んでおるのやもしれぬぞ。成氏がおのれの面目を大事に思うのであれば、謳いあげた通りに伊豆に向かわねばならぬ。『臆して引き返した』と罵られるのは嫌であろうからな。だがもしも、実利を重んじるのであれば、上杉方に籠城の恥をかかせたことに満足して引き上げるであろう。はたしてどう動くか」

古河勢の陣で太鼓が打ち鳴らされている。資長と英泰は櫓から城外を見た。古河勢の全軍が西へ移動していく。

「……どうやら意地を張るほうに決めたらしい。成氏め。昔に変わらぬ利かん気だな」

陽が西に傾いた。夕陽に向かって古河勢は進む。


関東から伊豆に侵攻するためには箱根の坂を越えねばならない。この峠は日本屈指の難所だ。上杉勢がもしも箱根で迎え撃ったならば有効な防衛戦を展開できたであろうけれども、小田原の大森勢も城に籠もって迎撃しない。古河勢は、まるで引き込まれるようにして伊豆へ進んだ。

古河勢が箱根の峠を越えたことを見極めてからようやく、恐る恐るといった風情で、上杉勢が相模西部に集結し始めた。

「奥、留守を頼むぞ」

資長は城の守りを於蔦に託して江戸城より出陣した。

三月下旬、成氏が率いる古河勢は堀越御所に攻めかかった。堀越公方は威信を賭けて迎え撃つ。今川勢も手ぐすねを引いて待ち構えていた。数日の小競り合いの後で、古河勢は退却を開始した。箱根の険難を越えて関東への帰還を目指す。

資長率いる上杉勢は、客将の小鹿勢とともに厚木周辺で待ち構えていた。あえて本陣や陣形は定めない。逃げ帰ろうとする古河勢と一緒に移動しながら攻める戦法を採用した。古河へ到る街道に沿って、戦場が移動し続けるのである。


夕刻、古河勢の雑兵たちが相模川の河原に下りてきた。炊事の支度を始める。石を組んで竈を造り、鉄釜を据えて米を煮るのだ。

皆、痩せこけて顔色が悪い。眼窩は落ち窪み、目の色には力がなかった。

竈の火はすぐに燃え上がった。薪は無人の村の板戸や床板を剥がして持ってくる。焚き付けの枯れ草は河原にいくらでもあった。

しかし、米がない。

村々を襲っても雑穀の一粒も落ちていない。古河勢の襲来を察知していた扇谷上杉勢は、すべての百姓と村の備蓄穀物を城に移していたのである。

兵の一人が釜を覗いて顔をしかめた。

「これっぱかしの粥じゃあ、皆で分けたら一口分にもならねぇべ。ひゃーもしねぇ（なんにもならない）」

下野国の訛りだ。

古河勢の主力は下野国の大名だ。小山氏、宇都宮氏、那須氏などである。下野国を勇んで進発し、武蔵国、相模国を縦断して伊豆国に討ち入り、ここまできて、ついに食が尽きた。

「草の種でも探すべぇか」

辺りは河原だ。雑草ならいくらでも生えている。

「種はみんな芽吹いちまってるべぇよ」

すでに草になっている。冬なら雑穀飯にありつくこともできたはずだが、三月下旬（旧暦）は春の盛りだ。

「しゃあねぇ。草の根でも湯がいて食うべぇ」

道の草を食うのである。雑兵たちは草むしりを始めた。ふと、蹄の音が聞こえた。雑兵は顔を上げた。

栄養失調状態で急に頭を上げたので立ちくらみがした。兵は霞んだ目を擦る。こちらに駆け寄る騎馬の一団が見えた。旗印は桔梗紋だ。桔梗紋は太田家の家紋である。

ぼんやりしていた頭が急に覚めた。

「て、敵だあーッ！」

雑兵は叫んだ。太田家の騎馬武者はすでに目の前に迫っていた。陣中に突っ込んでくる。雑兵は前足で蹴り飛ばされた。

騎馬武者は夕陽を浴びつつ河原を一気に駆け抜ける。炊事の最中の雑兵たちは自前の武器から手を放していた。防御ができずに逃げまどった。

騎馬武者は矢を射かけながら古河方の兵を追い散らす。続いて上杉勢の雑兵たちが突入してきた。戦いは騎馬武者に任せて竈の破壊にかかった。

釜が蹴り転がされて、なけなしの米が河原の砂利にぶちまけられる。さらに草鞋で踏みにじり、米粒を拾って食えないようにした。

「ひーきーあーげーー！」

騎馬武者の大将が、遠くまで良く聞こえるよう、音を伸ばした声で命じた。敵兵は走り去った。

古河勢の騎馬隊が危急を知って駆けつけてくる。そこで彼らが見た物は、覆された釜と、食う物を失って茫然と立つ雑兵たちの姿であった。

春とはいえ陽が没すれば気温は下がる。飯（炭水化物）を口にしなければ体温も下がる。凍える夜が待ち構えていた。

翌日も、その翌日も、上杉勢は執拗に嫌がらせを繰り返した。

上杉勢は古河勢とともに移動する。相模国内の城を転々とした。その日は糟屋（かすや）屋形の詰の城、七沢の要害（砦）に集結した。

「敵は飢えておる。だが油断はならぬ。なんといっても一万の大軍だ。十分に弱らせねば勝てぬ」

資長は将兵に言い聞かせて回る。将はともかく兵たちは銭で雇った者たちだ。元の身分は野伏(のぶせり)なのか盗賊なのかわかったものではない。だが、それだけに、この合戦では目端が利いて、良く働いた。

「今日の狙いも敵の竈だ。敵の騎馬武者が来たなら逃げろ。もしも逃げ遅れたなら、お前たちでは勝ち目がないと知れ」

敵は鎌倉の御家人を祖とする名誉の武士団。正面を切っての戦いとなれば、野伏や盗賊あがりでは勝負にならない。

「皆、腹一杯に飯を食うたな」

兵たちが「おう！」と答えた。

「行くぞ！」

資長は軍配を振り下ろし、馬を打たせて進発した。陽は西に傾いている。会敵する頃には夕刻となるだろう。その後は、夜の闇に紛れてこの要害まで逃げ戻る。まさに盗賊そのものであった。

敵の竈を破壊して、無事に引き上げようとした、その時であった。

資長は馬の手綱（たづな）を引いて足を止めた。

「なんだ、あの喧騒は」

彼方の野原から喚き声が聞こえてくる。土埃も盛大に上がっていた。

図書助資忠が駆けつけてきた。

「千葉次郎の手勢が敵に攻めかかりましたッ」

「なんじゃとッ。『手合わせは無用』と厳しく申しつけてあったというに、なにゆえだ！」

「敵勢に、馬加孝胤（まくわりのりたね）がおったのでございまする」

「しまった」

資長は臍（ほぞ）を噛んだ。

千葉次郎自胤（これたね）は千葉宗家の後継者だが、伯父と父を分家の馬加家に殺されて、千葉の地より追われた。今は太田家の庇護下に入って旧領の奪還を目指している。

仇敵、馬加孝胤は、古河公方成氏に従って千葉家の宗家を名乗っていた。本家を滅ぼした下克上も乱世であれば追認される。

千葉自胤と馬加孝胤とが戦場で相まみえてしまった。ここで『引け』と命じることは、さすがにできない。武士にとって親の敵討ちは最大の義務だからだ。

「致し方ない。わしも千葉次郎に加勢する。騎馬と兵をかき集めろ」

資長は図書助に命じた。

　千葉次郎率いる騎馬隊と馬加孝胤の騎馬隊が行き交う。すれ違いながら互いに矢を射かけた。流鏑馬(やぶさめ)のように馬を走らせながら敵を射るのが騎馬武者の戦い方だ。近接戦闘は薙刀(なぎなた)を手にした徒武者や雑兵が行った。

　千葉次郎の郎党たちは千葉宗家に仕えた名誉の武士たちだ。資長が銭でかき集めた急ごしらえの手勢ではない。堂々たる戦いぶりであった。

　とはいえ、敵は大軍で味方は寡兵だ。千葉次郎と郎党たちはジリジリと押し込まれた。

「者共！　次郎を討たすなッ！」

　資長は吼えて味方を叱咤(しった)した。馬加勢を押し返すために太田勢を前進させる。

　敵側の援軍もやってくる。

　この合戦は突発的に始まった。陣形を組んでから始めた戦ではない。前から後ろから、右から左から、敵と味方が駆けつけて来る。大混戦だ。砂塵は濛々(もうもう)と立ち上る。近くにいるのは敵なのか味方なのか、なにがなにやらわからない。宵闇(よいやみ)も迫る。

　次第に、敵も味方も及び腰になってきた。

　そんな中で、ただ一騎、猛然と戦い続ける猛将がいた。彼の進むところたちまちにして血飛沫(ちしぶき)が噴き上がる。嫌でも目についた。

「あれは……？」

図書助資忠が弓の末（先端部分）で敵を示した。白髪を鬣のように振り乱した老将が血槍を振るって戦っている。古河勢の中でただ一人だけ気を吐いている。この老将の進む先、扇谷の兵は蹴散らされ、槍で突かれて倒された。

資長は茫然となった。

「……武田信長だ」

馬上槍などという異形の武器を用いる者は滅多にいない。騎馬武者は弓を使う。槍で突き刺して戦うなど邪道だ――と、この頃の武士は考えていた。

信長はかつては相模半国の守護であった。資長の父や叔父が上総国に追い払ったのだ。以来、上杉一門の宿敵として立ちはだかり、十七年前の山内上杉憲忠の暗殺に関与し、分倍河原の戦いでは成氏勢の軍配を執って、犬懸上杉憲秋、扇谷上杉顕房、庁鼻和上杉性順、小山田上杉藤朝を戦死させた。

「あやつめ、まだ生きておったのか」

歳は八十に近いはず。矍鑠たる勇姿に感心するやら、その執念に呆れるやら、複雑な心境となった。

図書助資忠は、納得した様子で頷いている。

「さてこそ武士。『畳の上では死なぬ』という武門の意地にございましょう。死に花を咲かせるために出陣してきたのに相違ござらぬ」

「いや待て。そうと決めてかかってはならぬ。そんな可愛げのある男ではない」

信長は声を枯らして雄叫(おたけ)びし、返り血を浴びながら奮戦している。

「ここで手柄を立てて、もうひと旗上げようという勢いだ。血気に逸(はや)っておるぞ」

自分で言っていて信じがたい思いなのだが、本当にそう見えるのだ。

「手柄を求める猛将だ。迂闊(うかつ)に攻めかかってはなるまい。遠巻きにして矢を射かけて、じっくりと攻めよ。信長が弱るのを待て」

「ハッ」と答えて図書助は駆けて行く。資長は苦々しげに顔をしかめる。

「……狂犬一匹、いつまで我らに噛みつくつもりか」


乱戦は夕暮れの到来によって物別れとなった。

親の敵討ちによる名誉回復も大事だが、味方討ちによる汚名をかぶらぬように心がけることも大事だ。千葉次郎も渋々と兵を引いた。

武田信長も上杉方の死傷者を山と残して走り去った。

翌日には武蔵国から上杉与党の国衆や一揆が参陣してきた。

古河勢は一丸となって逃げ続ける。辣韮(らっきょう)の皮を剝かれるようにして兵を失いつつ、古河への帰還を目指した。

古河城には留守居の軍兵がいた。出陣してきて成氏を収容にかかる。成氏を護りつつ成田城（武蔵国）に逃げ込んだ。

成氏に従っていた下野、下総、上総の大名たちは、国許へと逃げて行く。

古河城とその周辺から、兵の姿が消え去った。

四

資長を大将とする軍勢は五十子陣に入った。

五十子陣も臨戦態勢だ。陣中に篝火が焚かれ、多くの兵が薙刀を連ねて行き交っている。街道や河川を使って大量の兵糧と秣が運び込まれていた。

「左衛門大夫（さえもんのだいぶ）、ご苦労」

扇谷家の曲輪に入ると、館の外まで当主の政真が迎えに出てきた。先年亡くなった道朝法師の孫で二十歳（満年齢）。若年の上に経験不足だ。家宰の資長の助けがなければ何もできない。それを自覚しているのか、なにかと資長を立てて、頼りとしてくる。

資長は馬を下りて政真の前で折り敷いた。

政真が声をかける。

「左衛門大夫の戦勝、ここ五十子でも大きな評判となっておる。わしは鼻が高いぞ」

「お褒めの言葉、身に余りまする。拙者の手柄は扇谷上杉家の手柄。すなわち御屋形様のお手柄だとお心得くだされ」

「うむ。立ってくれ」

久方ぶりに会った主君だが、呑気（のんき）に挨拶など交わしている場合ではない、と資長は思っている。

「御屋形様、早速にも軍鼓をお鳴らしくだされ。今こそ古河へ打って出るべき時にござる」

「まずは身を休めよ」

「なれども――」

「すでに白井長尾の左衛門尉（景信）が出陣しておる。明朝には山内殿が総社長尾勢を率いて出陣なされるのだ」

「左様にございましたか」

なにかと腰が重くて、みすみす好機を逸してばかりの山内上杉家であったが、さすがに今回ばかりは勝機を見逃さなかったらしい。政真は続ける。

「成氏の無様（ぶざま）な敗走は、成氏に与（くみ）した大名（たいめい）どもの心胆をも寒からしめておるようだ。唐沢山の佐野盛綱（さのもりつな）めが降参してきた」

下野国の唐沢山城は、東山道を眼下に臨む要地である。

五十子陣から古河へ攻め入る際には東山道を進むのがもっとも易（やす）い。逆に言えば東山道を扼した佐野家が成氏方として踏ん張っていたために、上杉一門は古河に攻め込むことができなかった。

その佐野家が味方についた。

「もはや勝ったも同然だな、左衛門大夫よ」

若い政真は無邪気に笑った。

ところがである。上杉一門の軍兵が東山道を進軍し、下野国を経て古河城下に攻め入ろうとした、まさにその時、突然に佐野盛綱が寝返った。

否、正しくは本性を顕したのだ。佐野の降参は上杉勢を混乱に陥らせるための罠であった。進軍中を突かれた上杉一門は一転して窮地に陥った。

大混乱の隙をついて成氏は古河に帰城する。のみならず手持ちの兵を率いて逆襲に転じた。

山内上杉勢は、大きな損害を出しながら五十子陣へ後退した。

――なんたることだ……！

五十子陣で敗報を知った資長の心中に怒りの炎が噴き上がった。ところが、

「なんたることッ。山内勢の戦下手は目に余る！」

図書助資忠に先に罵声をあげられてしまって、急に怒りが萎えた。気がつくと、

「まぁ、そう申すな」

などと、宥め役に回っている有り様だ。

「兄上ッ、悠長に構えておる場合ではございませぬぞ！　今すぐ打って出ねばなりませぬ！」

「兵どもの疲れはまだ癒えておらぬ。矢も射尽くして残りは少ない。叔父上からもなんとか言うてくだされ」

たまたま陣中にいた大和守資俊に助言を頼んだ。大和守も、

「う、ううむ……。左衛門大夫殿の言う通りじゃぞ、図書助」

などと、上擦った声で言った。この叔父も、資長と一緒になって若い者の軽挙を諫めることになろうとは、思ってもみなかったのに相違ない。

ところがである。血気に逸る若武者が、この陣中にはもう一人いた。

「待て」

と、扇谷上杉家の当主、政真が高い声を上げた。

「わしは図書助に同意である。今ここで我らが動かねば、山内勢が総崩れとなる」

真剣な面持ちだが、資長は同意できない。

「されど御屋形様──」

「聞いてくれ、左衛門大夫。ここで扇谷上杉が動かず、越後上杉の手勢が山内殿を救ったとなれば、世間の者どもがなんと申すか」

ただ今の関東管領、山内上杉顕定は、越後上杉家から入った養子だ。越後上杉房定は息子を支えるため、越後勢を率いて関東に駐屯し続けている。

山内上杉顕定は実家の越後勢を頼りとし、贔屓にもしている。時として扇谷上杉家を軽んじる様子を見せる。

「我らが山内殿の窮地を救ってこそ、世間の者どもは『扇谷こそが両上杉の一翼よ』と認めるであろう。ここは引けぬぞ。どうあっても引けぬ。左衛門大夫、同意してくれ」

「御屋形様がそこまでのお覚悟ならば、左衛門大夫、否やは申しませぬ」

実を言えば資長も、日頃から越後上杉の介在を煙たく感じてはいた。

越後上杉の軍兵はあくまでも助け戦（援軍）だ。関東の雌雄を決する戦いは、山内と扇谷とでつけなければならない。

「ただし、相模の戦で傷ついた者どもは拙者が預り、後備に下がらせまする。先陣は河越衆に勤めさせまする」

河越衆は扇谷上杉家の旗本だ。

「よし！　このわしが自ら率いてくれようぞ」

「それはなりませぬ！　御大将は本陣にお詰めいただきまする。これは譲れませぬ」

資長は急いで弟の図書助に目を向けた。

「そなたが先陣をつかまつれ」

「畏まってござる！」

　図書助資忠は勇みかえった。


　四月中旬、扇谷上杉勢は佐野盛綱の居城、唐沢山城を攻囲した。佐野勢を城内に雪隠詰(せっちんづめ)にして東山道を掌握する。山内上杉勢は行軍の勝手を取り戻し、古河城への圧迫を再開した。逆に古河城と唐沢山城との行き来は断たれて、佐野盛綱は完全に孤立した。

　眼下に満ちた上杉の大軍に恐れをなしたのであろう。佐野盛綱は降参の誓紙を差し出して唐沢山から退去した。

　佐野勢を屈伏させた図書助資忠と扇谷上杉勢は、休むことなく転進し、上野国佐貫荘の立林（館林）城を攻めた。立林城は五月二十五日に落城する。

　若い図書助資忠と扇谷上杉政真はさらに転進して舞木城に攻めかかる。

　立林城も舞木城も古河城の西側を守る出城だ。舞木城は規模の小さな方形館に過ぎない。

　しかしこれが難攻不落であった。城の周囲一帯は利根(とね)川と渡良瀬(わたらせ)川の合流地点で、大湿原である。扇谷上杉勢は腰や胸まで泥に浸かって城に迫る。矢を射かけられても泥の中からでは射返すこともできない。

将も兵も次々と負傷した。泥が邪魔して退却もままならず、助けに行く者も、いちいち泥をかいて行かねばならない。

「臆するなッ！　かかれッ、かかれッ」

扇谷上杉政真は声を嗄らして叱咤する。

「たかが土塁一重の小城ではないかッ！　ここで負けたら武士の名折れぞッ」

切歯扼腕（せっしやくわん）し、自らも泥に飛び込もうとしては、近習や小姓に抱きつかれて止められた。

そこへ資長がやって来た。

「御屋形様、陣中見舞いに参りました」

「おおっ、左衛門大夫！　後備に控えておったのではなかったのか」

「後備よりの進物をお届けに参ったのでござる。皆の者、披露いたせ！」

雑兵たちが古い戸板を何十枚も抱えて現われた。政真は呆気にとられた。

「なんじゃそれは」

「見ての通りの戸板にござる。怪我の癒えぬ者どもでも村々を回って戸板を集めるぐらいのことはでき申す。皆の者、舞木城へ進め！」

舞木城の周囲には泥沼が広がっている。資長は沼に板戸を浮かべさせた。続けざまに下知する。

「我こそは弓矢の達者と思わん者は板に乗れ！　他の者は泥に浸かって戸板を押せッ」

弓の使い手を乗せた板が、泥の上をズルズルと押し進められて行った。板一枚に何人もの雑兵がとりついて、掛け声とともに押す。

今度は攻める側からも矢を射ることができた。舞木城の土塁に立った敵を射抜いていく。

政真は「よしっ！」と叫んだ。

「敵は怯んだ。今ぞ！　総掛かりじゃ！」

扇谷上杉の全軍が泥の中に飛び込んでいく。戸板の上の者が矢を射かけて援護する。こうなれば多勢に無勢だ。舞木城は夕刻までに落城した。


周囲を守る出城を失って、古河城は〝裸城〟となった。山内上杉勢は連日の猛攻を敢行する。成氏は堪えられない。ついに城を抜け出して南へ走った。

古河城は落ちた。

資長は半ば茫然として、その報せを聞いた。

上杉一門の本陣には、山内と扇谷の主だった将が居並んでいた。皆、寂として声もない。

「古河城が落ちたのか」

資長はもう一度呟いた。

まったく信じられない。夢を見ているかのようだ。たとえるなら、月に向かって矢を射かけたら射貫かれた月が地面に落ちてきた――とでもいうような、不思議な心地であった。

「管領様！」

励ましたのは、越後上杉の房定だ。管領山内顕定の実父である。

「いざッ、鬨の声をお上げなされィ！」

「お……おうッ」

山内上杉顕定は鎧を鳴らして立ち上がった。小姓が弓を差し出す。左手に摑んで地を突くと、

「えい！　えい！」

と叫んだ。それに続けて本陣の将兵が、

「おーっ！」

と応える。もう一度、

「えい！　えい！　おう！」

と皆で声を揃えて叫んだ。

周囲の陣地でも次々と鬨の声が上る。全軍へと伝播していく。両上杉と越後上杉のすべての者が拳を振り上げ、勝利の雄叫びを上げたのだ。

「勝ったのか」

資長は拍子抜けする思いとともに、もう一度呟いた。

五

資長たちは攻め落としたばかりの古河城に入った。城の西側には利根川が流れている。徒歩での渡河は不可能な大河だ。分岐した支流は城の周囲を巡って天然の水堀をなしていた。

英泰がやって来て報告する。

「成氏は舟で南へ逃れました」

資長は利根川を睨む。この流れに乗ったならば追いつくことは難しい。英泰は報告を続ける。

「馬加孝胤の居城の本佐倉城に匿われたとの由にございまする」

「馬加か……。千葉次郎が頭から湯気を立てて怒るであろうな」

「すでにお怒りにござる。先手の大将を命じていただきたいと山内様に嘆願しております る。御舎弟の図書助様も、千葉次郎様を助けてご出陣のご意向にございます」

資長は顔をしかめた。

「図書助め、何もわかっておらぬな。今は成氏どころではない。どうしてわからぬのだ」

「いかがなさいまするか」

「帰国だ。陣をしっ払（ぱら）う。相模に帰るぞ」

資長は太田勢を率いて戦勝の祝宴もそこそこに帰国した。

これ以上の戦争は国力の限界を越える。たとえ戦争に勝てたとしても国土が崩壊してしまう。

資長は相模国の復旧に着手した。戦時よりも忙しく走り回り、役人や人手を配して回った。

守護代には、軍人・警察官としての一面と、行政官としての一面がある。軍人としての仕事が終わったこの時、行政官としてやらねばならぬことが山積みとなっていた。

破壊は一瞬だが、復興には時間がかかる。古河勢が踏み荒らしていった農地や町、水路を直さなければならない。ことに農地の復旧は急務だ。

低地の水を排水する用水路と溜め池の土手が崩されたならば関東平野は大湿原に戻る。手がつけられない。日本国の支配者は人間ではない。雑草と大水の帝国なのだ。

武士は農園の経営者でもある。戦ばかりをしているように見えるが、農地の管理のほうが大事な仕事だ。米が取れなければ即、飢え死にする。

上杉家も太田家も〝領主〟ではない。皇族や寺社や公家が所有する荘園の代官（管理者兼徴税吏）である。荘園の持ち主と、荘園の百姓たちの満足するように働かなければ罷免され、荘園から徴収していた年貢と段銭（防衛警察予算）を受け取ることができなくなる。

「秋の刈り入れまでに水路を直し、田に溜まった泥水を抜くのだ！　さもなくば多くの荘園が損なわれ、流民が世に溢れ出すぞ！」

成氏などより、よほど恐ろしい災厄が迫っていた。


多大な努力が功を奏して、その年の秋は、どうにか飢饉にならずに済んだ。

武蔵守護代の総社長尾忠景、上野国守護代の白井長尾景信と息子の景春も国土の復旧に励んでいる。越後上杉房定も帰国し、越後守護職としての政務に励んでいる様子であった。

そして翌年の春。驚天動地の報せが上杉一門とその家臣団に届けられた。

資長は伊豆国熱川の湯治場にいた。

熱川は資長の郎党、熱川六郎の故地である。資長は巡視を兼ねた狩猟の最中に温泉を見つけた。刀や矢の傷の治療に温泉は最適だ。資長は湯治場を造って兵たちを癒した。

権大納言飛鳥井栄雅との文通は続いている。飛鳥井が歌題を出し、資長が歌を詠んで送る。すると添削されたものが返ってくる。通信教育だ。

応仁の乱で京は丸焼けになったという。そんな中で歌道の添削など、ずいぶんと悠長に思える。しかし飛鳥井家は必死だ。添削で得られる礼金だけが頼りである。京周辺の荘園は、軍兵によって横領されてしまっていた。

忙中閑あり。資長が詩興を催していると、そこへけたたましい足音が近づいてきた。

「殿ッ」

湯治宿の戸を突き破るような勢いで英泰が転がり込んできた。敷居で躓（つまず）いてしまったのだ。無様な恰好のまま言上する。

「成氏の率いる軍勢が古河に押し寄せて参ったとのよし、早馬が報せを届けてまいりましたッ」

「……なにッ」

「成氏に従うは、下野、下総、上総の大名。およそ二万の大軍にござるよし！」

上杉一門と家臣たちが国土の復旧に励んでいたその時、成氏に与する東関東の大名たちも、国土の復旧と軍の再編成に余念がなかったのだ。時間は、双方に公平に与えられていた。

「白井長尾様（景信）が、至急の援兵を求めておられまするッ」

資長は立ち上がった。湯治宿を出ると北の空を睨みつけた。

資長の率いる江戸勢、図書助資忠が率いる岩付勢、そして扇谷上杉政真が率いる河越勢が五十子陣に入った。

迎えに出てきたのは、白井景信の嫡男の景春だ。景春は満面を怒りで引き攣（つ）らせている。

「昨日、古河城を失陥いたしてございまする！」

扇谷上杉政真は動揺を見せた。

「間に合わなんだか。口惜しき限りよ！」

白井長尾景春の顔色は、その怒りにもかかわらず真っ青である。小声で容易ならぬことを告げた。

「父、景信は、朝敵どもを押し返さんとして自ら太刀打ちし、矢傷を負いましてござる」

政真の目がギョッと見開かれた。

「なんと！　して、容態は」

「薬師が申すには、持って、あと数日の命。数本の矢が五臓六腑を損ねており、もはや手の施しようもないと……」

政真の鎧が音を立てた。激しく身を震わせたのだ。

白井長尾景信は、多くの国衆と一揆を被官（家来の盟約を結ぶこと）として従えている。主君であるはずの山内上杉顕定は越後上杉家から入った養子で、しかもまだ十七歳（満年齢）の若年だ。六十一歳の白井長尾景信こそが、上杉一門の実質的な総大将であった。

成氏の復活と逆襲。古河城の失陥。そして白井長尾景信の負傷。衝撃の連続が扇谷上杉政真を揺さぶっている。

陣中に早馬が駆け込んできた。武者は鞍から転げ落ちるようにして下りて、政真たちの前で平伏した。

「敵襲にございまする！　古河勢が五十子陣を目指しておりまするッ」

陣中の至る所で早鐘が打たれ始めた。雑兵たちが血相を変えて走り回っている。

上杉勢は五十子陣に集結し、利根川を挟んで古河勢と睨み合った。敵の軍旗を横目にしながらの軍評定が始まった。

太田資長は暗澹(あんたん)たる思いで居並ぶ顔触れを見た。

大将の席に座るのは、関東管領の山内上杉顕定、十七歳。

副将の扇谷上杉政真、二十二歳。

越後上杉房定の陣代で、越後勢を率いる上杉定昌(さだまさ)、十八歳。

いつかどこかで目にした光景だ。足利幕府と関東公方府は、壮年世代の急死が相次ぎ、年少の者が当主に担ぎ上げられた結果、経験不足を露呈して、政情を悪化させていった。

——だが、今回は幸いなことに、我ら守護代が磐石である。

白井長尾景春は三十一歳になっている。若武者だと思っていたら、いつの間にやら壮年だ。瀕死の景信に代わって兵を率いることができるであろう。

——そう言うわしは、もう老体だ。

太田資長はこの年、四十になる。四十で長寿を賀す祝いをして老人の仲間入りだ。人生五十年の時代である。

　武蔵守護代の総社長尾忠景は四十代後半。

　重臣団はかくも経験も豊かで、実績、名声ともに申し分がない。そのはずであった。

　資長は白井長尾景春を見た。この場は、山内上杉家家宰の白井家当主が仕切らねばならない。しかし景春は、父の容態が案じられ、評定どころではない。

　ならば、と総社長尾忠景に目を向けると、こちらも度を失っている。資長は前から総社長尾忠景のことを、頼りにならぬ人柄だと案じていた。

　そうとなれば仕方がない。扇谷上杉家の家宰の身で僭越ながら、資長がこの場を仕切らねばなるまい。事態は急を要するのだ。

「上野と武蔵の国衆と一揆を呼び寄せねばなりませぬ。我らの手勢のみでは五十子陣を守り抜けませせぬ」

　資長はそう言った。山内上杉顕定は、話を聞いているのかいないのか、天井を睨んでいる。その目は落ち着きなく左右に泳いでいた。

　そう思ったら唐突に立ち上がって叫び散らし始めた。

「おのれ朝敵どもめ。性懲りもなく兵を集めおってッ。二万じゃとッ？　なにゆえ彼奴めらは、討っても討っても湧いてくるのじゃッ」

　そのような問答をここでしていても仕方がない。

山内上杉顕定は、ふいに顔を巡らせると、実兄の越後上杉定昌を睨みつけた。

「民部大輔殿！　越後の援軍はいつ届くのか」

民部大輔定昌は表情を曇らせた。弟から権高に諮問されたのが不愉快だったのだ。かつては兄と弟だったが、今では身分が逆転している。

二人の父の越後上杉房定は、顕定を山内上杉家の養子とすることを躊躇ったという。兄弟の立場が逆転し、軋轢を生じさせることがわかっていたからだ。

「今、父が、越後の国衆を集めておる……」

兄の定昌は蚊の鳴くような声で告げた。物言いも煮え切らない。

資長は内心、呆れる思いだ。

――こうなってしまったからには、これが前世からの運命だと腹を括って、関東管領を支えるべきではないか。いつまで『兄だ、弟だ』などとやっておるのだ！

越後上杉の定昌という男、線が細くて影も薄い。男性的な覇気が感じられない。

――頼りにならぬな。

資長は一目で看破した。見捨てた、と言ってもよい。

「ともあれ……」

と、扇谷上杉政真が発言する。

「この五十子に兵は少ない。それは確かじゃ」

資長が相模国の復旧のために兵を帰国させたのと同様に、越後守護の越後上杉家も、上野守護代の白井長尾も、武蔵守護代の総社長尾も、兵を還して国許の治世に当たらせている。

「田植えが終わって雑兵どもの手が空くまで、ここにいる我らのみで守り抜かねばならぬぞ」

扇谷上杉政真はそう言ってから「なぁに」と頼もしそうに笑った。

「我らの父や祖父が守り抜いた五十子陣じゃ。我らに守り抜けぬはずがない」

「いかにも左様であった」

と、山内上杉顕定が力づけられた様子で頷いた。

扇谷政真の大言壮語が続く。

「父の代には成し得なかった古河城攻略を成し遂げたのも、我らじゃ」

自分たち若い世代に自負があるらしい。山内顕定は胸を張った。

「古河の朝敵、なにするものぞ。五十子に攻め寄せたならば今度こそ討ち取ってくれようぞ！」

頼もしい物言いだ。扇谷政真は高笑いの声を響かせた。

六

十一月——。

資長は五十子陣の高台から利根川の河原を見下ろした。

土手には無数の軍旗が投げ捨てられてあった。旗竿は折れ、旗は踏みにじられている。河原にはいくつもの死体が転がっていた。死体から流れた血が川を赤く染める。主を失った馬が鞍だけを背負って河原を走っていった。

腹巻（軽装の鎧）をつけた雑兵が河原に下りる。転がっていた死体の一つ一つを検めていった。

「おわしたぞーッ」

雑兵の一人が叫んだ。

「御屋形様の御亡骸じゃあ」

雑兵たちが駆け寄っていく。川の支流でうつ伏せとなっていた武者を引きあげた。楯の板に乗せ、皆で担いで戻ってきた。

扇谷上杉政真の骸が主殿に寝かされている。五十子陣の一郭、扇谷の陣所。扇谷家の重臣たちが集って、沈鬱な表情で見下ろしていた。

——御屋形様が死んだ。

享年、二十二。

資長はふらつく足どりで外へ出た。

「どこへ行くッ」

叔父の大和守資俊が追ってきた。資長の腕を摑む。

「しっかりいたせ！　お前は扇谷上杉家の家宰であろうが。この凶報を、山内様、越後様に報せ、それから扇谷家の菩提寺にも文使いをせねばならぬ！　御屋形様の骸は山内様と越後様によるご対面の後、塩樽に詰めて鎌倉へお送りする。それともこの地で荼毘に伏すのか。どうする」

「叔父上……」

資長は振り返らずに答えた。

「叔父上がやってくだされ。拙者はいたって不調法にござる」

資長は陣所に生えた古木に手をかけた。そのまま力なく座り込んだ。

先夜、古河勢が五十子陣を急襲した。白井長尾景信の死によって動揺する上杉勢を突いたのだ。

戦いは一昼夜に及んだ。扇谷上杉政真は陣頭に立って軍配を振るった。自ら馬に跨がり、戦場を馳せて兵を叱咤して回った。そして敵の矢に射られて死んだ。敵兵も、よもや扇谷上杉家の大将が端武者のごとくに戦陣を駆けているとは思わない。その誤解のお陰で首級を奪われずにすんだ。しかし骸は無惨にも打ち捨てられて川の水に浸かっていた。

資長の頬を涙が流れる。

——さぞ、冷たかったことにございましょう。

去年春からの戦で、上杉一門は成氏勢に大きな打撃を与え、ついに古河城を攻め落とした。にもかかわらず成氏は半年にして態勢を建て直し、大攻勢に打って出て古河城を奪還し、五十子陣にも攻め寄せて来るや扇谷上杉政真と白井長尾景信を殺した。

——何故じゃ！

資長は心の中で吼えた。

この合戦が始まってから十八年。両上杉は成氏打倒のために全力を尽くしてきた。それなのに勝てない。努力も軍功も、すべて無駄だったというのか。

資長は一人、大きな樽の前に座っている。樽の中には大量の塩と政真の骸が納まっている。正面には白木の机が置かれて線香が煙を上げていた。

資長の許に一人の老僧が歩み寄ってきた。

　資長は顔を向けた。

「……父上」

　越生に隠棲しているはずの道真法師であった。

「大和守がお前を案じておったのでな、やってきた」

「左様でしたか」

　道真は資長の横に座った。一揖して棺桶に拝礼する。

「こちらの御屋形様とは、二言、三言、挨拶を交わしたのみであったなぁ。このわし自身は、老骨ながらまだまだ死なぬぞと思うておったから、話なぞいつでもできるとたかをくくっておったのだが……若い御屋形様が先に亡くなるとは。こうなるのであれば、もそっとよく言葉を交わしておくべきであったな」

　手を合わせて短く経を唱える。

　資長は後悔の念を吐き出した。

「拙者がきつくお諫め申し上げるべきでした。さすれば、このようなことには……」

「御屋形様は武士だったのだ。戦で死ぬるは誉」

　資長には、とてものこと、そのように割り切ることはできない。

　人の死がこれほど悲しいとは思わなかった。

　今まで、資長の目前で死んでいった者たちは、皆、年長者であった。先に生まれたのだから先に死ぬのは当然だと、心のどこかで冷たく考えていた。しかし資長も四十歳。自分よりも若い者が戦場の露と消えてゆくのには堪えられない。

資長は、これまで感じたことのない激しい苦しみを胸に覚えた。激痛と錯覚するほどであった。

「父上。拙者は出家しようと思うております」

道真は「うむ」と頷いた。

「それもよい。だがその前に、扇谷上杉家の跡継ぎを定めておかねばならぬ。見よ。そこで重臣どもが囁きあっておる。誰を担いで次代に据えるか、互いに腹を探り合っておるのだ」

道真は資長を凝視した。

「亡くなった御屋形様には子がいない。扇谷上杉家に血の繋がる御方たちが、後継ぎの座を巡って、すでに陰で競い合っておる。家宰のそなたがしっかりせねば、扇谷上杉家は四分五裂となろうぞ」

父上には心がないのか、と、資長は思った。なんと冷酷に割り切って物事を考えていることか。これが案者（あんじゃ）（政策家）というものなのか。

何事も冷たく理詰で割り切って、皆が動揺している間に政（まつりごと）を取り仕切っていく。それが道真の凄みだ。それはわかっているけれども、今の資長にはついてゆけない。

「……父上は、どなたが御家を継がれるのがよろしいとお考えなのか」

「どなたと申して、定正(さだまさ)様しかおるまい」

定正は政真の叔父だ。道朝法師の子であった。傍系に追いやられていたが、こうなれば後継候補の第一位である。叔父が甥の跡継ぎとなるのは〝逆縁〟だが、戦時においては仕方がない。

「父上が左様にお心得ならば、そのようにお取り計らいくだされ。拙者に異存はござらぬ。お任せいたす」

「なんと張り合いのない悴(せがれ)だ」

道真は困った顔で息子を見た。


古河勢は兵糧が欠乏して後退した。上杉勢と古河勢は再び睨み合いに突入する。成氏とて、今が絶好の機会だということはわかっている。しかし食料が尽きれば戦えない。

成氏方の攻勢が緩んだ隙に上杉一門は事態の建て直しを図った。

扇谷上杉家の家臣団の評定によって、定正が継嗣と定められた。京の将軍、義政に使者が送られる。家督承認の御教書が届けられるのを待った。

資長は一人、河越城内の持仏堂に籠もっている。すでに得度も済ませて静勝軒道灌(どうかん)と号していた。

堂内に道真が入ってきた。道灌の横に座る。

「京都様より使いがあった。定正様には修理大夫の官途名が下される」

「修理大夫定正様」

道灌は乾いた声で呟いた。道真は頷く。

「本日より我らの御屋形様じゃ」

「京都様に礼物を贈らねばなりませぬな。細川様にも、伊勢様にも。お二方には此度もお手数をおかけし申した。今後も懇ろにしていただかねばなりませぬ」

「他人事のように申すな。お前もだぞ。家宰の職は御屋形様のご一存だ。新しい御屋形様に懇ろにしていただかねばならぬ」

道真の目が持仏堂の薄闇の中で光っている。

「わしの見るところ、御屋形様は真っ直ぐなご気性だ。曲がったことを酷く嫌う」

「まことに結構ではございませぬか」

「どこが結構なものか。とくと思案をいたせ。我ら武士の生きる道は、元より曲がっておるのだ。この世は曲がりくねりながら明日に向かって延びている。道が曲がっておるからこそ、我ら武士は『卑怯者よ』、『大嘘つきよ』と罵られながら、曲がった生き様を選ぶのだ」

道真の目は道灌を見据えている。

「真っ直ぐに進んで行こうとする者は、かえって道を踏み外す」

「新しい御屋形様は、天道に背かれると？」

「天道には背かぬ。しかし人の道には外れるのだ。とまれ、気をつけるがよい」

　扉の外で英泰の声がした。

「御屋形様が、ただいまご着到にございまする。主殿にお渡りになられまする」

「参られたか。挨拶をせねばならぬ。お前も急げ」

　道真は持仏堂から出ていった。


　扇谷上杉家の当主となった修理大夫定正が主殿の奥に座っている。

　嘉吉三年（一四四三）生まれの三十歳（満年齢）。新当主としてはだいぶ薹が立っているが、若年ばかりの上杉一門の中では頼もしくも見える。

「太田左衛門大夫か。……否、今は静勝軒道灌と号しておるのであったな。面を上げよ」

　重々しげに取り繕った声音でそう言った。道灌は顔を上げた。

　丸い顔の男が薄笑いを浮かべて座っている。童顔なのか老け顔なのか判断に困る。子供の顔がそのまま中年になったかのような面相であった。

「扇谷上杉家の家宰職についてであるが、何者を家宰に任ずるも、わしの一存じゃ。仏門修行に専心したいというそなたの道心を汲むことも思案したが、家臣一同の嘆願もあり、家宰に留めおくことにした」

「ありがたき幸せ」

「だがしかし、わしは、父や甥とは違うぞ。わしにはわしのやり方がある」

「御屋形様におかれましては、なにをお望みにございましょう」

「わしは、この坂東を古に復すつもりでいる。満兼様より昔の〝あるべき様〟に戻すのじゃ」

「満兼様の御代に戻すと……？」

古河の足利成氏の父が持氏。持氏の父が満兼である。

この新当主は、持氏の代から関東公方府はおかしくなったと考えているらしい。だから満兼の頃の世に戻せば良いと考えている様子であった。

道灌は、

──それも良いかもしれぬな。

と、ぼんやりと感じた。

正直なところ、これまでと同じやり方では古河勢を覆滅できないし、成氏を討ち取ることも叶わない。

「古に戻すことで関東に静謐が戻るのであれば、なによりのことと存じまする」

「そなた、このわしの考えに与してくれるのか」

「与するもなにも……。拙僧は御屋形様の家宰にございまする。御屋形様の御意に添うよう、務めるのみにござる」

「ふむ。殊勝な物言い。褒めてとらすぞ」

道灌は僧衣の長袖を広げて平伏した。

今どき、このような奇麗事が通じるものなのか。坂東の国衆、一揆、大名たちが承服するのか――などとは思案しなかった。

道灌は疲れ切っていた。頭が働かない。自身の思考が止まっているという自覚すらなかった。

「山内様の御家中だが……」

定正が何か喋っている。

「白井長尾の景信は死んだ。家宰の職は、総社長尾が継ぐこととなった」

「山内家の家宰職を、総社長尾が……？」

一瞬、それはまずい――と感じた。ところが、自分がなにゆえにまずいと感じたのか、それがよくわからない。頭が働かない。

それでも訊き返した。

「白井長尾景信殿の嫡男、景春殿が家を継ぐのではございませぬのか」

「そなたは何を言うておるか。もちろん、景春には、白井長尾の家を継がせる。されども家宰職は別儀じゃと言っておる」

愚かしい勘違いをしていたようだ。資長は挫けず続ける。

「白井長尾の景信殿は、上野、武蔵両国の国衆や一揆を手懐けて被官としておりましたぞ。今更それを――」

「黙って聞け！　たしかに山内家の家宰は白井長尾の昌賢入道と、景信の父子が二代に渡って務めてきた。さりながら本来、家宰の職は、総社長尾家や鎌倉長尾家などが、回り持ちで務めるものじゃぞ。白井長尾の一家に占有させるのは、この世の〝あるべき様〟にあらず」

「されど――」

「寺尾礼春と海野佐渡守が『総社長尾こそ家宰に相応しい』と言上して参ったのだ」

山内上杉家は、上野国、武蔵国、伊豆国の守護職である。上野の守護代が白井長尾景信。武蔵の守護代が総社長尾忠景。伊豆の守護代が寺尾礼春であった。寺尾家が〝白井長尾と総社長尾の権力争い〟を調停した恰好だ。

海野佐渡守は上野の国衆で山内家重臣。（ちなみに真田家は海野家の子孫）。こちらの発言もまた重い。

「そもそも、昌賢と景信による二代の家宰継承を許したのは、景信が忠景の兄であったからだ」

白井長尾景信と総社長尾忠景は兄弟。どちらも昌賢入道の子だ。弟のほうが総社長尾の養子となった。

「兄弟の序を守らんとすれば、景信が上に立って家宰を引き継がねばならぬ。なれど景信は死んだ。白井長尾を継いだ景春は総社長尾忠景の甥だ。甥が叔父の上に立つのはまずかろう」

何を馬鹿なことを言っているのだ、と道灌は思った。

景信が家宰に就いたのは〝長幼の序〟を重んじたからではない――ということを道灌は知っている。父子による家宰職の無理な継承を押し進めた際、評定の場で大いに発言したのは道灌だ。

白井長尾家がかき集めた被官の国衆と一揆の離反を防ぐための措置だった。

――今ここで、白井長尾から総社長尾へ家宰職を譲り渡したならば、白井長尾傘下の国衆と一揆はどう動くのか……。

山内上杉家中が大いに揺らぐのではあるまいか。

そう直感したけれども、その一方で、

――動揺を防いだところでどうなる。

とも感じた。絶望的なまでの諦観だ。

上杉一門と配下の武士が一丸となって戦っても、古河勢を討滅することはできない。何もかもが虚しい。すべての努力は無駄なのだ。

——古の世に戻して坂東の世が鎮まるのであれば、それが一番かも知れぬ。

今から五十子陣に駆けつけて、家宰継承の評定をひっくり返すような気力は、どこから

も湧いてこなかった。

道灌は江戸城に戻り、静勝軒に籠もった。

江戸城では妻の於蔦が待っていた。

「なにやらようやく、まことの夫婦になれた心地にございまする」

疲れ切った夫を労りながら於蔦は笑顔でそう言った。

道灌は——うむ。と思った。

これまでの道灌は活力が漲りすぎており、腰のまったく落ち着かぬ男であった。連戦に次ぐ連戦で座の温まる暇もなかった。

——於蔦には、寂しい思いをさせてしまったのやも知れぬ。

強気の時には気がつかなかった〝他人の気持ち〟が、今は何故だか不思議に察せられる。

於蔦とて、父と長兄を立て続けに失って悲しい思いをしているのに違いないのだ。それなのに悲しみは押し隠し、病んだ夫を一心に案じてくれている。

——わしのような男には出来過ぎた妻だ。

青年から中年へと身体が切り替わる時、一時的な無気力状態に陥ることがある。精力的に生きてきた者ほど酷い虚脱状態や厭世観、信じてきた価値感の否定に悩まされる。

道灌は扇谷上杉政真を戦死させた後悔が原因となって、激しい虚脱状態に陥った。

上総国からは武田信長が没したという報せも届いた。稀代の武人に相応しからぬ穏やかな死であったらしい。仇敵の死はますます道灌の気力を萎えさせた。

道灌の無気力を許すだけの状況も整っていた。

新しい主君の定正は『乱れた世を元のあるべき様に戻す』と宣告した。ならば道灌は守護代の本来の仕事――相模国の治安維持と年貢の徴収に専念すれば良い。浅草と品河の湊を守り、河川流通の便宜を図ってやれば、冥加金はいくらでも入ってくる。京畿の寺社に頼まれて渡来銭の輸送に携われば、大金の定得分が懐に入った。

長年尽くしてくれた兵たちには、この銭で報いることができる。

新しい主君の定正は三十代だ。手取り足取り指導してやらずとも自分で判断して行動できる。

道灌は和歌の世界に耽溺し、同仁を集めて歌会を催し、歌集を編纂して京の帝に献上した。於蔦を連れて熱川の湯に浸り、伊豆の魚に舌鼓を打つ。なにもかもが満ち足りて平和であった。道灌は半ば遁世を決め込んで悠々と余生を楽しむつもりであった。

その心の油断を突くようにして、戦雲が、西と北から迫ってきた。

第十四章　景春と盛時

一

文明七年（一四七五）。

白井長尾景信と扇谷上杉政真の戦死から二年が過ぎた。惨劇から一転しての静謐な二年間であった。戦国（紛争状態）にあるとは思えぬ平穏ぶりだ。

上杉一門は、若き管領、山内上杉顕定による新体制の確立を急いでいる。

越後から定昌（顕定の兄）が軍勢を率いて関東入りし、管領を支えている。

山内上杉家の家宰職は、白井長尾家から総社長尾家に移った。

扇谷上杉家は、戦死した政真の叔父、定正が継いだ。

古河公方足利成氏勢も、長年の戦争で疲弊した分国（支配地）の建て直しを図っている。

上杉、成氏の両者とも、敵が弱っていることを知りつつも身動きがとれない。戦争の規模が拡大しすぎて手に負えなくなってしまったのだ。

晩秋、冷たい木枯らしが吹き始めた。

〝江戸〟とは〝河口〟を意味する普通名詞だ。その名のとおりに大小の河川が内海に流れ込んでいる。見渡す限りの広大な中州――湿地帯で、地平線まで葦原が広がっていた。

荷を積んだ川舟が行き交っている。

浅草の湊に集められた米は大きな廻船（海を航行する貨物船）に積み替えられて、日本一の消費地の京都に送られた。

関東の農地はそのほとんどが公家や寺社の荘園（私有農地）である。坂東の武士たちは、荘園の管理と年貢の徴収、京畿への輸送のために雇われている。当時の武士は領主ではないのだ。管理人に過ぎない。

収穫を終えて上方に年貢を運ぶこの季節が、武士にとってはいちばん忙しい時期だ。

江戸城の道灌の許に浅草湊の豪商、竹河屋の女主がやって来た。台所で応対したのは道灌の正室、於蔦だ。向かいあって座り、女主は深々とお辞儀した。顔をあげて見つめ合う。横から英泰が見守っていたのだが、無言の睨み合いに怯えてしまって目を泳がせるばかりだ。

於蔦と女主は道灌に会うため政所に入った。

政所では多くの官吏が机に向かって算盤を弾き、算木を並べて記帳していた。道灌も官吏と一緒に帳合をしている。女主に気がつくと、「おう」と言って腰を上げた。

政所の別室に移る。向かい合って座った。隣の部屋から盛んに算盤を弾く音が聞こえた。竹河屋の女主は低頭して挨拶した。

「本日は静勝軒ではございませんのですね」

道灌は「ふん」と笑った。

「この季節、歌など詠んでいる暇はない。算盤玉のひとつを弾き間違えたなら、下司の職（荘園の代官）を免じられてしまう」

いずこの武士に荘園を任せるかは本所（荘園の持ち主の公家や寺社）の一存のままだ。坂東で赫々たる武名を轟かせていようとも、行政能力が無いと判断されたら、たちまち干し上げられてしまう。

ですが、と女主は言った。

「あなた様を免じることのできる御方は年々減っておわしましょう。京は大乱によって酷い有り様。お公家様も諸国に逃れておわすと耳にしておりまする」

応仁の乱で京都は焼け野原になった。本所の屋敷に年貢米を届けに行っても、焼け跡があるばかりだ――と、女主は説明した。

「だからと申して、荘園を横領して良いとは言えまい。年貢は本所に届けねばならぬ」

「京に集った大名様の兵は盗賊と同じでございます。商人たちはみな恐れて、京畿には米を運びたがりませぬ」

道灌は人の悪そうな笑みを浮かべた。

「荘園主の居場所が見つからない、年貢米は群盗に奪われた——などと言い訳してそのほうたち商人は米を私し、京に集まった東西両陣の兵どもに売りさばいて大儲けしておるようだな。わしの目は誤魔化されぬぞ」

女主は悪びれた様子もなく微笑んでいる。

「京まで米を運ぶのにも銭がかかりまする。本所様より定得分（手数料）を頂戴できないのならば、米を売って銭を得るしかございますまい。それもこれも、お武家様がしっかりこの世を治めてくださらぬからでございます。我らは迷惑を被っております。指弾される謂われはございませぬ」

「抜かしおったな」

道灌は笑った。

竹河屋の女主の元の身分は、京の公家の姫君である。貴人の身分であっただけに口調は尊大だ。東国の武士と結婚して坂東に下って来た（一種の口減らしである）。夫が戦死したことで自活を迫られ、商売を始めて成功した。

——言い返す言葉もないわ。

道灌も内心では認める。

「上方に送るはずの米が浅草で荷留めされておるようだな。売り手に窮しておるのであれば、わしが買い取ってやるぞ」

すると、女主の顔つきが俄かに険しくなった。

「いかがした」

「米の買い手にございまするが、すでに買い占めをなさった御方がいらっしゃるのでございます」

道灌は「なにっ」と目を剝いた。

「聞き捨てならん。いったい誰じゃ」

「白井長尾様にございまする」

「四郎左衛門尉（景春）か」

道灌は虚を衝かれた思いだ。女主は淡々と事実を報告する。

「我らは関東管領様のご用命を承って、兵糧米を五十子陣までお届けに上がっております る」

兵糧米の輸送は御用商人に委ねられている。

上杉一門が守護を務める国は、越後、上野、武蔵、相模、伊豆の五カ国なのだが、越後から五十子陣に派遣されている大軍が問題だった。上越国境の山が険しくて自国から兵糧を運ぶことができない。足りない米は商人から買うしかない。そのための銭は、国許の越後で米を商人に売って得た銭で賄われる。ちなみに銭も、商人と商人同士の為替割符で換金できるので、越後から五十子陣まで運ばれるのは証文の一枚だけだ。

「お求めの兵糧米をお届けに上るため、浅草の商人が荷舟や荷駄に米を積み、五十子陣に向かおうとしたのでございまするが……」

「いかがした」

「白井長尾様の手勢に、行く手を塞がれてしまったのでございます」

「それは五十子陣の管領様もご承知のことか」

「あなた様はいかがです？　白井長尾様のお振舞いが腑に落ちましょうか」

「まったく腑に落ちぬ。承知もしておらぬ」

「兵糧米は白井長尾様が被官とした国衆や一揆の手に渡ったようにございます」

「五十子陣では、米が届かぬことに気づいておらぬのか」

「米が窮乏するのは来春のこと。来春になれば、嫌でも気がつきましょう」

今は備蓄米がたっぷりとあるので殿様たちは米が届いていないことに気がつかない。蔵の米を食いつくした頃になって慌てふためくことになる。

「よくぞ知らせてくれた。後はわしが確かめる」

道灌は女主を下がらせた。

入れ代わりに於蔦が入ってきた。隣の間で話を聞いていたのである。

「白井長尾にいったい何が起こったのでございましょう」

白井長尾家は於蔦の実家だ。景春は甥である。

「……うむ。孫四郎め、なにを企んでのことか」

道灌は景春を仮名で呼ぶ。道灌にとっては可愛い甥だ。身内意識が強い。

「孫四郎のことだ。主家のためを思っての計らいであろうとは思うが……」

白井長尾景春は、長禄三年（一四五九）、羽継原合戦で初陣を飾って以来、十六年も陣頭に立って奮戦し、数々の武功をうち立ててきた。命を張って主家に尽くしてきたのである。

謀叛を起こすとは、考えにくい。

「しかもじゃ。世はなべて太平ではないか」

五十子と古河の睨み合いは続いているけれども、大規模な戦闘は双方ともに懲りている。だから二年もの間、大きな合戦が起こらなかった。

道灌は英泰に命じて景春の動向を探らせることにした。ところがである。

道灌の動きは景春によって見張られていたらしい。早速にも使者が送られてきた。その口上は道灌に対する依頼、あるいは恫喝で、『五十子陣には近づかないでほしい』というものであった。

「五十子陣の山内の家中では、いったい何が起こっておるのだ」

道灌は歯噛みした。

「どうやらわしは、うかうかと世を過ごしておったようだぞ」

若い主君の死に衝撃を受けて道心を発し、世の煩いを避けて仏門と歌の世界に溺れた。ようやく心身の疲れも取れて、生来の活力が戻ってきた。否、景春の蠢動によって強制的に目を覚まされたと言ってよかった。

「無礼な使いなど寄越しおって！　孫四郎、お主の性根と魂胆、しかと確かめてくれるぞ！」

闘志が久方ぶりに燃え盛るのを、道灌は感じた。

道灌は馬に跨がると郎党を引き連れ、五十子陣へと急行した。

扇谷上杉家の河越城を経由して鎌倉街道を北上する。途中、比企郡小河の駅家に投宿した。

駅家とは、江戸時代の宿場とまったく同じものである。律令時代に国家によって日本全国に造られた。朝廷の権力が衰えた後は地方の寺社や商人や武士たちが、自分たちの便利のために維持している。

武蔵国の街道と駅家の管理も上杉一門の大事な仕事だ。駅家では上杉勢は、大きな態度で、安心して振舞うことができた。

道灌はいちばん大きな旅籠に入って、そうそうに就寝した。

深夜、肩を揺さぶられて目を覚ました。

「なんじゃ、英泰か。仮にも主たるこのわしを揺さぶって起こすとは何事。乱暴であるぞ」

「乱暴は承知でございます。声をかけても、まったく目を覚ましてくださらないので、いたしたまでです」

「深く寝入っておったのだ」

まだ眠い。道灌は瞼を擦った。

扇谷政真が戦死してからずっと眠れぬ夜に悩まされてきたのだが、戦乱の兆しを悟ってからは途端に深く眠れるようになった。そんな自分に気づいて道灌は、

――わしはつくづく業の深い男じゃ。

と、自分でも呆れた。

「どうあってもわしを起こさねばならぬほどの大事が出来したのか」

「いかにも大事の出来にございまする。白井長尾の四郎左衛門尉様が足をお運びにございまする」

「孫四郎が来ただと？　この夜更けにか」

「人目につかぬように供の数も減らしてのお忍びにござる」

「容易ならぬ物腰か」

「いかにも険しいご面相にございました。いかがなさいまするか」

「会う。通せ」

「剣呑ではございませぬか」

「わしと孫四郎は叔父と甥じゃぞ」

「その思い込みは、油断というものではございませぬか?」

「いいから早く通せ」

英泰はいったん出て行って、すぐに景春を連れて戻ってきた。景春が部屋に踏み込んでくる。夜着のままの道灌の正面に座った。

「お久しゅうござるな、叔父上」

景春は低頭した。

二

夜だというのに折り烏帽子と狩衣の姿だ。一方の道灌は夜着の上に寒さ除けの綿入れを羽織っている。

「物々しいのぅ。狩衣……ということは、馬で駆けて来たのか」

道灌の問いには答えずに景春は切り出した。

「江戸城から動かぬようにと、使いを通じて申し上げてあったはず。なにゆえ五十子陣へ向かわれまするか」

道灌は禿頭をツルリと撫でた。

「なぜと申して、他ならぬそなたに会うためだ。会って心底を確かめねばならぬと思うたのじゃ。それだのに思わぬ所で顔を合わせたものだな」

「叔父上」

景春はズイッと膝を進めた。道灌は眉をわずかにひそめた。

「恐い顔をいたしておるぞ」

「拙者に会うためであったのならば、これで御用は済みましたろう。重ねて申し上げる。五十子陣へは、決してお行きにならないでいただきたい」

「わしに五十子へ行かれては都合の悪いことがあるのか」

「ござる」

「なんじゃ」

「拙者は、朋輩と被官を糾合いたしまして、管領様とその御令兄（越後上杉定昌）を討ち取る算段をいたしておりまする」

「なんじゃと……ッ？」

　さしもの道灌が絶句した。景春が当主を務める白井長尾家は、関東管領山内上杉家の宿老だ。それなのに主君と、その実兄で越後上杉の陣代でもある定昌を殺すとは何事か。

「乱心したのか」

「乱心ではござらぬ。いたって正気にござる」

「正気の物言いとは思われぬ」

　景春は道灌を凝視した。

「叔父上も、我らとともにお立ちくだされ。扇谷上杉家の被官中を誘っての挙兵を願い奉りまする！」

「馬鹿を申すな！　なにゆえわしが謀叛に加担せねばならんのだ」

「『なにゆえ』とは、異なことを承る。おわかりではござらぬのか、今の我らの窮状が！このままでは我ら坂東武者は立ち枯れとなりましょうぞ」

「どういう理屈だ」

「叔父上。管領様と扇谷様は、戦を終わらせようとなさっておられる」

「良きことではないか。そなたの父も戦で無為に討たれ――」

「無為に討たれとは、聞き捨てなり申さぬ！　我が父の死が無駄であったとのお考えか！」

「無駄死にであったと断じざるを得ぬのだ。そなたの父だけではない。祖父の昌賢入道、わしの父の道真、そしてこのわし自身が、生涯を賭けて為してきたことは無駄だった。我らは苦心惨憺した挙げ句にようやっと古河を攻め落とした。だがすぐに奪い返された。古河の朝敵もまた同じだ。どうあっても我らの五十子陣を攻め落とすことができぬ。この戦には勝ち負けがつかぬのだ。益のない無間地獄だ。そう認めざるを得ぬ」

道灌は自分で言って、自分で大きく頷いた。

「満兼様の御代の関東に戻す――という策には、わしも賛同しておる」

景春は〝耳を疑った〟という顔をした。そして言った。

「戦は、終わらせはいたしませぬ。終わられてはなりませぬ」

「なにゆえじゃ」

「管領様も扇谷様も『この戦で強入部した土地を本所に差し戻せ』とのご下命にございますぞ」

強入部とは、他人が権利を有する土地に乗り込んで、諸権利を違法に奪うことをいう。

上野、武蔵、相模の農地のほとんどは、公家や寺社の荘園で、武士が代官を務めている。戦で勝利した側は、負けた側の武士（代官）を追い出して（あるいは殺して）自らを代官だと主張し、年貢や段銭を徴収し始める。それどころか荘園そのものを占領してしまうことすらあった。これが強入部だ。

景春は怒りの籠もった目で道灌を見据えた。

「叔父上が治める江戸の地は、本来であれば長谷寺の荘園。戦国だからこそ叔父上が入部し、城を築き、年貢の米も手にしておられる。なれども、戦が終わったならばすべてが旧に復しまする。叔父上は江戸の地を長谷寺に返さねばならぬのですぞ！」

「元よりそれが式目（法律）だ。我らは式目に従って城を築いた」

「奇麗事を申されるな！　奇麗事で皆が納得するものかッ」

紛争地であるから、武士団が他人の土地を徴用して城を造る。そのうえで周辺の治安を守る義務を負う。警察の機動隊が凶悪組織犯罪に対処するため、あるいは軍隊が戦争に勝利するため、いっとき市民や国民の土地を借りることがあるのと同じだ。

室町幕府は〝半済令（はんぜいれい）〟という法を定めていた。紛争地に出陣した武士は、軍事活動の予算として紛争地の年貢米の〝半分〟を徴収して良い、ということになっている。

関東の武士たちは半済令を楯にとって、関東一円の荘園の年貢米の半分を強奪し続けた。敵を倒して敵の権利地の代官となり、収入を増やしていった。

江戸城も、河越城も、五十子陣も、他人の荘園を徴用して造られた。維持費も半済令を根拠として近隣の土地から収奪した。

景春は訴える。

「戦が終われば、すべての地が本所に戻されまする。管領様と扇谷様は、我らの手から城も銭も取り上げて、公家や寺社に返すおつもりなのだ！　我ら坂東の武士たちは、これからいかにして生きて行けば良いのかッ」

道灌は考えた。扇谷上杉家と太田家は、河越城、岩付城、江戸城を築城した。この戦争が始まる以前の扇谷家ならびに太田家は、鎌倉の扇谷と、相模国の糟屋に居館を構えるだけの収入しかなかった。当時と比較すれば数百倍の富貴を誇っている。動員可能な兵も増え、権勢もまた増大した。

――白井長尾家が握った富と権勢は、さらに大きい。

関東管領の家宰である。関東中の荘園を、戦に勝つたびに収奪できた。しかも、景春の父の景信は、国衆や一揆を被官化することに熱心だった。

敵を追い払った後の荘園に誰を代官として任ずるかは、白井長尾が一存で決めたことだ。被官（感覚的には親分子分の関係に近い）になると誓った者を代官に任じ、強入部を認めてやる。こうやって子分を増やしてゆく。

かくして大軍勢の旗頭となった白井長尾景信は、古河を攻め落とすことにも成功した。

――どれほど多くの国衆、一揆に、甘い汁を吸わせておったのか、計り知れぬぞ……。

それらの武士たちが一斉に権利を奪われるのだ。黙って彼らが従うはずもない。

――管領様や御屋形様（扇谷上杉定正）のご意向に従わぬ者どもが、孫四郎（景春）を担いで謀叛を起こそうとしておるのか。

そこまで考えて道灌は、否、と思った。

――管領様も御屋形様も、今の世の中が見えておられぬはずがない。

ことに扇谷上杉定正は、父の道真が補佐している。

道真はこの年、六十六歳になる（満年齢）。上杉家臣団の長老で重鎮だ。高齢ではあるが智慧（ちえ）の働きに衰えは見られない。道真がついていながら大混乱を招く政策が進められるはずがないと思われた。

道灌は景春をまじまじと見つめた。そして言った。

「そなた、山内様と越後上杉の御陣代を討つと申したが、白井長尾家の被官中も、一味同心なのだな」

「いかにも」

「その者どもは、まことは、越後勢が憎いがゆえに、討ち入るべしと唱えておるのではないのか」

平和に反対しているのではなく、単なる私怨ではないかと道灌は睨んだのだ。

理由は、こうである。越後上杉家は援軍として関東に乗り込んでいる。その者たちはこの二年間、なんの働きもせずに関東の食料を食い荒らした。

――かつての犬懸（いぬがけ）上杉や渋川義鏡（しぶかわよしかね）と同じことだ。

援軍であるはずなのに、関東の土地や諸権利を手に入れようと企む。人間は強欲だ。権利や財産、食料を奪わずにはいられない。

「越後勢が憎いゆえに、私戦に及ぼうとしておるのではないのか」

「そのように考える者も、おるやも知れませぬ」

「ぬけぬけと申しおったな。私戦と承知で挙兵する気か」

「なんと罵られようとも、このままでは済まされぬのです」

道灌は景春を睨んだ。

「どうあってもか」

「どうあってもでござる。叔父上、五十子陣に行かれてはなりませぬ。叔父上も討たねばならぬことになりまする」

道灌は「ハハハ」と乾いた声で笑った。

「たいした増上慢だな孫四郎。そなたの軍配でこのわしを討てると申すか」

「なにとぞ我らにご同心くだされ。扇谷上杉の被官中も、叔父上の旗下に参じましょう」

道灌は短く思案してから、「ふむ」と言った。

「お前と、白井長尾の被官中の思いは心得た。左様なまでに追い詰められておるのであれば、このわしがなんとかしてやる」

「なんとか、とは」

「お前たちの身が立つようにすれば良いのであろう。強入部した土地を手放したくない。

越後勢に譲り渡したくはない――この願いが叶うのであれば挙兵には及ぶまい？　好んで謀叛人の汚名を被りたくはないはずだ」

　すると景春は思案してから、答えた。

「長くは待てませぬぞ」

「そうは申すがお前たち、五十子陣の米蔵が尽きるまでは、動くつもりもないのであろう。兵糧が五十子に届かぬように図っておることは知っておる。となれば、お前たちが挙兵するのは五十子の米蔵が空になった時だ。まだまだ先だな？」

　景春は眉根をひそめた。悔しさと畏怖が半々に籠められた目で道灌を見つめた。

「やはり、叔父上とは事を構えたくはない」

　道灌は片手を振った。

「管領様の目付（家臣の挙動を監視する見張り役）に覚られる前にここを去れ。来春までには管領様を説き伏せてくれる」

　道灌は自信たっぷりに請け合った。

　景春は帰っていった。道灌は饗庭次郎と熱川六郎を呼んだ。

「孫四郎を追っけろ。五十子陣を攻めるとするなら上州白井城は場所が悪い。どこかに新しい城を造っておるはずだ。探りを入れよ」

「畏まってござる」

　二人は闇の中へ走り去った。

三

　道灌は五十子陣に入った。相も変わらず関東第一の巨城であったが変化もある。外郭の土塁や堀が崩れている。元の原野に戻った箇所がいくつも目についた。かつてここに詰めていた軍兵が帰国し、陣地が放棄されたのだ。五十子陣に駐留する兵が減っている。とりもなおさず静謐（平和）の証であった。そして平和を手にした者たちが内紛を始めたのである。

　五十子陣には、山内上杉家の居館が建つ曲輪と、扇谷上杉家の居館が建つ曲輪、越後上杉家の曲輪があった。それぞれに守護所を兼ねている。五十子陣は軍事拠点であると同時に関東の政庁でもあった。

　道灌は太田家の曲輪に入り、館に上った。父の道真が待っていた。

「父上！　白井長尾の孫四郎に謀叛の兆しがございまするぞ！」

　武士は座ってから物申すものだが、戦となれば立ったまま口を利く。道灌も立ったまま挨拶も抜きにして告げた。道真は眉根を寄せた。

「まぁ、座れ」

　道灌は奮然として荒々しく座った。

「饗庭次郎と熱川六郎に調べさせましてござる。孫四郎は鉢形に城を築いておりまするぞ。荒川の水運を扼した要地にござる」

　荒川を遡ると秩父盆地に到る。この頃はまだ、関東平野は一面の低湿地だ。水田に改良されていない。大水のたびに湖沼となってしまうので苗を植えることができない。秩父盆地のような高地のほうが水田に向いていたのだ。鉢形の築城によって白井長尾景春は穀倉地帯を押さえたことになる。容易ならぬ話だと道灌は理解していた。

「管領様に軍議を開いていただかねばなりませぬ！　急ぎ報せを――」

「白井長尾に不穏の気配があることなど、管領様はとうにご承知だ。知らぬはずがなかろう。景春は管領様の家来だぞ」

「なんと！」

「我らの御屋形様も、越後の御陣代も、とうに承知しておる」

　道灌は父親の顔を見た。還暦を過ぎている。いつの間にやら宋画の仙人のごとき老体だ。耄碌したのではあるまいか、と不安になってきた。

「承知しておるのに、なにゆえ兵を出さぬのです」

「白井長尾は管領様の家宰であった。多くの被官を抱えておる。景春を討つとなれば、関東を三分する大乱となろう」

「ならばこそ――」

「ならばこそ物別れになってはならんのだ。景春はいまだ、関東管領を支える忠臣であると世間を信じ込ませておかねばならぬ」

　道真は声をひそめた。

「景春は短慮ゆえ臍を曲げておる。管領様も景春を慰留しようとつとめておる。事を荒立ててはならぬ」

「管領様のお身の回りには、越後の者たちが集っておるとの風聞を耳にいたしました。越後の者たちが孫四郎に辛く当たっておるのではございますまいか？」

「厳しく臨んでおる、とは、言える」

「なにゆえ、そのような心ない仕打ちを――」

「白井長尾は多くの被官を抱えすぎておる。事あるごとに山内様のご意向に従わぬ素振りを見せる。白井長尾の被官中は景春の許に集って管領様のご下命に抗い続けておるのだ」

「父上！　これは、かつての我らと同じではございませぬか。十七年前、堀越公方と犬懸、渋川は、相模国を我が物にせんとして扇谷上杉を締めつけなされた。それと同じことを越後上杉様が白井長尾に対してやっておわすのではございませぬか」

「違うとは言えぬ」

「無体な！」

「無体ではない。管領様と我らの御屋形様がお決めなされたことだ。白井長尾の下に集まりすぎた被官中を削り、関東を元の〝あるべき様〟に戻す。我らは家臣じゃ。主君の命に従うのみである」

「余りに心ない仕打ち！　これでは戦で死んでいった者たちが報われませぬぞ」

道灌は立ち上がった。道真は咎めた。

「どこへ行く」

「管領様に、一言申し上げて参りまする」

「乱暴な物言いがあってはならぬ」

「拙者の乱暴など口先ばかりでござる。管領様には堪えていただく。孫四郎の乱暴は兵馬にものを言わせまする。比べ物になり申さぬ。御免！」

道灌は五十子陣の本丸に向かった。山内上杉家の居館がある。

本丸の主殿に通されて、暫時、待たされた。その間も道灌の智嚢は凄まじい勢いで思案を巡らせ続けている。

上杉一門の重臣たちが入ってきた。

主君から見て左側の列の、最も上座に総社長尾忠景が着いた。細い首とドジョウ髭が相変わらずだ。白井長尾景信の下に置かれていた時には〝兄の命に唯々諾々と従う弟〟という風情（ふぜい）であったが、今では関東管領の家宰。歳も五十代の半ば。すっかり尊大な風を漂わせている。

――修理亮（総社長尾忠景）が上杉宿老の第一席か。

心許ない、と道灌は感じた。

総社長尾忠景の父、昌賢入道は名人（天才）であった。兄の白井長尾景信も、人格にこそ難があったが、才覚はあった。古河城を攻め落としたのだからたいしたものだ。並の将才ではないと認めざるを得ない。

だがこの総社長尾忠景はどうであろう。頼り甲斐のある人柄、才覚の持ち主なのか。怪しいところだ。

続いて越後上杉家の重臣の飯沼次郎左衛門尉（いいぬまじろうさえもんのじょう）、宇佐美新兵衛尉、発智（はっち）山城入道が入ってきて、右側の列に並んで座った。

道灌は内心、――これは、と思った。

越後上杉の家臣たちが、なにゆえ関東管領の評定に臨席するのか。しかも宿老のような顔つきで居並んでいる。関東管領の政権を乗っ取りにかかっていることは明白だ。

道灌は総社長尾忠景の顔つきを注意深く見た。忠景はこの状況を不快とは感じていないらしい。あるいはなにもわかっていない顔つきだ。

――越後上杉に丸め込まれおったか。由々しきことだな。

続いて扇谷上杉定正が入ってきた。道灌にとっては主君だ。この場の一同が平伏する。

広間の奥に壇が設えてある。壇上に関東管領が座る。その前に畳が二つ置かれていた。

関東管領の左右に控える席だ。扇谷上杉定正は左の畳（右よりも上席）に座った。

続けて越後上杉の陣代にして山内上杉顕定の実兄の上杉定昌が入ってきた。越後上杉の家臣たちはいっそう深々と平伏した。扇谷上杉定正に対するよりも礼を篤くしたことがわかる。扇谷上杉家は蔑ろにされているのであった。

越後上杉定昌は右の畳に座った。

最後に関東管領の山内上杉顕定が入ってきて壇上に座る。家臣団はもとよりのこと、扇谷上杉定正、越後上杉定昌も、ともに平伏した。

山内上杉顕定は着座するなり、

「一同、面を上げよ」

と命じた。この年、二十一歳（満年齢）。いまだ少年の面差しを残している。道灌の姿を認めると白い歯を見せて微笑みかけてきた。

「道灌入道か。久しいの。その後、相模の国情はいかがか。静謐に治まっていようか」

道灌は低頭して答える。

「管領様の治世よろしきを以て、諸人、安寧に暮らしております る」

「重畳である。太田家は相模守護代。治国の要ぞ。今後も精を出して励むが良かろう」

「ありがたきお言葉。老臣の胸に滲みましてございまする」

「して？　余に話があるとのことじゃが、どんな話だ。かまわぬ。申せ」

「畏れながら、この場は上杉一門の君臣同座の評定であると心得まして、謹みて申し上げまする。白井長尾景春がことにございまする」

するとと山内上杉顕定が露骨に顔をしかめた。

「またその話か！」

「『また』とは、いかなる仰せでございましょう」

「毎日毎日、何者かが、代わる代わるにやって来ては、その話をする！　毎日毎日、同じ評定じゃ！　いい加減にせんか」

道灌は「むっ」と小さく唸った。

「皆、白井長尾の振舞いに心を痛めておるのでございますな？　ならばこそ善処を願い奉りまする」

「道灌入道よ。初めに我らの結論を伝えておくぞ。我らは四郎左衛門尉（景春）の頭が冷えるのを待つと決した」

生まれつき偉い人というものは、他人が自分の意志を察してくれるのが当たり前、という環境で育つので、自分の意志を他人に伝える能力が著しく欠如している。

これでは言葉が足りないと感じたのであろう。扇谷上杉定正が横から補足する。定正は分家の身分で、苦労もしてきた人物だ。

「白井長尾の四郎左衛門尉は、短慮で気が短い。カッと頭に血が上りやすい男だ。今、彼の者は、頭に上った血のせいで分別もつかぬらしい。頭が冷えれば悔いもして、詫びを入れて参るはず。管領様は勿体なくも、四郎左衛門尉が改心するのを待ってくださるとの仰せなのじゃ」

「そのとおりである」

山内上杉顕定は尊大な笑みを浮かべつつ、大きく頷いて見せた。

道灌は、――これはいかんな、と、感じた。昨夜の景春の顔つきを思い出す。あれは腹を括った男の顔であった。ここに集って、微笑を浮かべた男たちとは正反対の、決死の面構えであった。

――管領様も、御屋形様も、喫緊の事態を飲みこんでおわさぬ。

平和の日々が長すぎたのだ。皆で揃って呑気な気性に堕してしまった。かく思う自分も江戸で怠惰な時を過ごしていたのだから他人のことをとやかくは言えない。

「拙僧の見るところ、四郎左衛門尉は、決して後には退きませぬ」

山内上杉顕定は嫌気の差した顔で「くどいぞ」と言った。続けて扇谷上杉定正が、「我らは何度も評定をしたのだ」と言った。

「白井長尾家は、山内様の重代の忠臣であるぞ。四郎左衛門尉がいかに無分別者であろうとも、家名の誉と父祖の忠功を踏みにじってまで、謀叛に及ぶとは思えぬ」

道灌は引かない。

「謀叛は四郎左衛門尉一人の思い立ちではござらぬ。四郎左衛門尉を担ぎ上げる国衆と一揆がおるのでございます。いわば四郎左衛門尉は神輿の如きもの。担ぎ手が『謀叛を起こす』と決したならば、四郎左衛門尉は己の所存にはかかわりなく、嫌でも謀叛の先頭に立つことに相成りましょう！」

読経で鍛えた声量が広間に響きわたる。山内上杉顕定は顔をますますしかめさせた。

「ならば、いかにせよと申すか」

「白井長尾家を家宰に戻すのがよろしかろうと存ずる」

道灌は総社長尾忠景に目を向けた。

忠景の血相が変わった。当然のことだ。景春を山内家の家宰に戻すならば、今の家宰の忠景が罷免されることになる。道灌は続けた。

「……とまでは申しませぬ。ならばせめて白井長尾家を武蔵国の守護代に任じることをお勧めいたす。武蔵国の広大な所領があれば、四郎左衛門尉に従う被官中を養うことが叶いまする」

「待てッ」

やはり総社長尾忠景が叫んだ。

「武蔵国の守護代には、このわしが任じられておるのだぞ！」

総社長尾忠景は家宰の職と武蔵国守護代を兼任していたのだ。ここにも景春とその被官中の不満の原因がある。

扇谷上杉定正も難色を示した。

「武蔵国の南半分は我ら扇谷上杉家が預っておる。わしの河越城、図書助資忠の岩付城、そしてお前の江戸城だ。白井長尾の被官中が武蔵に入ってきたならば、我らの預り地はどうなる」

総社長尾忠景が憎々しげに吐き捨てる。

「認められん！　そなたの申し条こそ、大乱の元じゃ」

誰であれ、一度手にした権力、資産を、手放したくはない。それでも道灌は言った。

「ここで分かち合わなければ、奪い合いとなりまするぞ」

「四郎左衛門尉が戈（ほこ）を逆（さか）しまにして、管領様に襲いかかるとでも思うておるのかッ」

総社長尾忠景が激昂した。

「それこそが誤りの根本ぞ！　四郎左衛門尉は長尾の一門ッ。我ら長尾は忠義の家じゃッ。管領様に攻めかかることなど決してないッ。あってはならぬッ」

あってはならないことだから、対処しなくても問題ない――という考えなのか。

「貴様は、長尾一門の名誉を貶（おとし）めるつもりなのじゃなッ？」

目尻を吊り上げ、口から泡を飛ばしてくる。
道灌の心は急速に冷えた。厭世観の揺り戻しで、
――それならば、もう、どうにでもなればよかろう。
という心地になった。
「拙僧の物言い、いかにも短慮にございました」
と、その場は低頭して、引き下がった。

しかし道灌は諦めたわけではなかった。その後も粘り強く交渉を続けた。道灌にとって景春は甥だ。妻の実家の跡取りである。後見、あるいは仲裁ができるのは自分しかいないと自負していた。

総社長尾忠景を説得するのは無理だとわかると、狙いを関東管領の顕定ひとりに定めた。越後上杉定昌には口利きを依頼する。顕定がいちばん頼りとし、話に耳を傾ける相手は実兄の定昌だ。越後上杉家の武将、飯沼次郎左衛門尉にも説得を依頼した。のみならず、伊豆守護代の寺尾礼春まで動かそうと試みた。

白井長尾景春よりも総社長尾忠景のほうが家宰に相応しいと強硬に主張したのは寺尾礼春だ。ならばこの騒動を鎮める責任があるはずだ、と道灌は考えた。

ところが、それでも話はまったく進展しない。誰もが「白井長尾家が謀叛を起こすはず

がない、景春にも不服はあろうが、いずれは詫びを入れてくるはずだ」と決めつけていた。

父の道真もこの件に限っては、道灌の行動に苦言を呈した。「景春に与(くみ)するのはやめよ」と言ってきた。

「景春を廃嫡とし、忠景の倅(せがれ)あたりに白井長尾を継がせればよいのだ」とも言った。家を取り潰すことなく当主の首だけをすげ替えることを廃嫡という。

道灌は、白井長尾家の謀叛は景春の一存ではなく、被官中の突き上げによるものだと理解している。だが、道真を含めて、上杉一門とその重臣たちは、そうは思っていないらしい。

道灌は焦った。次の手を打たねばならぬと策を巡らせた。

ところが。翌、文明八年（一四七六）の二月、景春の処遇どころではない東国中を揺るがす大事件が勃発した。

遠江国に出陣中の今川家当主、治部大輔義忠(じぶだゆうよしただ)が戦死したのだ。

四

「由々しきことだな」

五十子陣に建つ山内上杉家の主殿で、関東管領、山内上杉顕定が言った。

今日の主殿には顕定と道灌の二人のみしかいない。他には太刀持ちの小姓と、警固の近習たちが控えているだけだ。

顕定は手に書状を広げている。伊豆の堀越公方、足利政知より送られてきた文であった。

「……公方様は怯えておられる。今川殿は公方様の後ろ楯だからな」

堀越の御所は実質的に今川の援軍が守っている。今川の当主不在では今川軍は動かない。今ここで古河の成氏が攻め込んできたなら御所の焼亡もありえたのだ。

「我ら上杉としても、今川家には何度となく助けられてきた」

今川家の援軍がなければ上杉一門は古河公方成氏の手で滅亡させられていただろう。享徳四年（一四五五）の分倍河原の合戦では、上杉一門のほとんどが戦死を遂げた。今川の援軍が成氏勢を撃破して鎌倉を占拠したことで、上杉一門は辛くも族滅を免れたのだ。

「我らの危機は今も続いておる。今川勢の助けが得られなくなるのはまずいぞ」

顕定は道灌に意味ありげな目を向けた。言外に「景春の謀叛を抑えることができなくなる」と言っていた。

山内上杉顕定や総社長尾忠景は「景春はいずれ屈伏してくる」と楽観視していた。その論拠となっていたのが今川の大軍だ。景春が挙兵したとしても今川軍が蹴散らしてくれると安心していられた。

景春の側もまた同じだ。これまでは今川勢が恐いので逼塞していたが、今川義忠の死を知れば、きっと勢いづくだろう。

「治部大輔殿には、龍王丸なる和子（わこ）がおわすが、八歳（満六歳）だ。この乱世、幼子では社稷（しゃしょく）を支えることはできぬ」

幼児が将軍となったせいで、ここ二十年の戦乱が収束できずに拡大した。幼君では困る、と、誰もが理解している。

「今川家は、二つに割れておるようだ」

顕定は手許の書状に目を落とした。

「あくまでも筋目を重んじて龍王丸を盛り立てようとする者たちと、分家に家を継いでもらって、この危急を乗り切ろうと考える者たちじゃ」

顕定は道灌に目を向けた。

「分家とは、小鹿新五郎のことだ」

「小鹿殿……」

小鹿新五郎範満（のりみつ）は、今川からの援軍を率いる将として、関東に長いあいだ滞陣していた。成氏勢の二万が伊豆に乱入した際には道灌とともに戦った。気位が高く、家格の高さを誇るところが鼻についたが、なかなかの将才の持ち主であると感じられた。

今川の家中も同じ評価であったのだろう。気位の高さや教養のひけらかしも、今川家中にとっては好ましい気性として受け取られているのかも知れない。今川家は家中揃って気位が高いからだ。

道灌の思案を余所に、顕定は話を続ける。

「公方様は、小鹿新五郎に今川家を継がせたいご所存だ」

そして、

「わしも同じ考えである」

道灌を凝視しながら付け加えた。

道灌もまったくの同意であった。どう考えても今のこの時期に、六歳の子供が守護大名では困る。顕定は続ける。

「公方様は『駿河に兵を出せ』と我らに命じて参られた」

この文の趣意は、そういう話であったらしい。

「『関東の兵で小鹿新五郎を助け、龍王丸一派を黙らせるべし』とのお考えだ」

「まことに結構なご思案かと存じ上げ奉りまする」

「ついては、相模守護代のそなたに駿河に行ってもらいたい」

道灌の眉がわずかに動いた。

――厄介払いか。

そう感じた。白井長尾景春とその被官中の処遇について、しつこく陳情を繰り返したせいで煙たがられている。自覚はあった。嫌がられたからといってやめるつもりはない。善処されるまで説得を続けるつもりでいるが、顕定たち上杉一門の主従にとってはさぞ不快なことであろう。

しかし、と考え直す。駿河に援軍を送るのであれば、隣国の相模から送るのが当然だ。古河の成氏勢と睨み合っている上野や武蔵の兵を割くことはできない。

道灌は法衣の袖を広げて平伏した。

「出陣の御下知を拝命するは武門の誉（ほまれ）。道灌、勇んで兵を発しまする」

「行ってくれるか」

顕定の声には微かな安堵の響きがあった。道灌はすかさず言上する。

「拙僧が相模の軍兵を率いて駿河に赴いている間、関東の南半分には目が行き届かなくなりまする。白井長尾と被官の者どもが怪しい動きを見せるやも知れませぬ。なにとぞ、ご配慮を願い奉りまする。さもなくば拙僧は安心して駿河に赴くことが叶いませぬ」

「配慮とは？　何をせよと申すか」

「白井長尾家を武蔵守護代にお任じくださいまするよう」

「またその話か」

顕定は不愉快を通り越して呆れ顔だ。

道灌はここが切所だと心得て、膝を進めて身を乗り出した。

「坂東武者の処遇は管領様の御一存にございまする。なにとぞ、白井長尾家とその被官中を哀れと思し召し、四郎左衛門尉景春を武蔵守護代にお任じくださいませ。伏して願い奉りまする」

「ならぬ」

顕定は答えた。若い顔だちが憎々しげに歪んでいる。

「景春はわしの家臣ぞ。家臣に強要され、主君たるわしが唯々諾々とその言に従うことなどできようものか！ ひとたびそのような先例を作ろうものなら、今後も強談判をする者が出て参る。家来どもが臍を曲げるたびにその言い分を聞き届けておったならば、関東管領の政は成り立たなくなろうぞ！」

道灌は「否」と反論しようとした。景春の存在は格別なのだ。ここはいったん宥めておいて、少しずつ被官中を削いでゆくのが得策だ。そう説明しようとしたのだが、その隙を与えずに顕定は立ち上がった。

「駿河への出陣、しかと命じたぞ！」

そう言い残して奥へ去った。

道灌は太田勢の三百騎を率いて箱根を越えた。騎馬武者の一騎には徒士武者や雑兵が三人から四人ばかり従うので、総兵力は千二百から千五百となる。さらには小者や陣夫も従えていた。

堀越公方の足利政知も、家宰の犬懸上杉政憲に三百騎を授けて送り出した。

政憲は自害して果てた犬懸上杉教朝の子である。

堀越公方の足利政知も、犬懸上杉家も、関東公方府を再興しようとした挙げ句、関東の武士たちに嫌われた。犬懸上杉教朝は自害し、渋川義鏡は失脚した。

失敗に懲りて、伊豆に〝身の程に合った〟政権を営んでいる。京の将軍義政も、関東に対する興味や熱意はとうに失っている。お膝元の京の町が戦場なのだ。関東に派兵する余地などなかった。

駿河国に入った道灌は今川館から半里ばかり南の地にある丘陵、八幡山に布陣した。今川館と駿府の町を眼下に収める要地であった。

小さな丘だが今川館を守る砦が置かれている。尾根に沿って曲輪が開削されていた。太田家の家紋、桔梗の旗が風にたなびいている。富士の高嶺が目の前に、雄大にそびえ立っていた。

饗庭次郎と熱川六郎が大鎧を鳴らしながらやって来た。無口な六郎の分まで饗庭次郎が一人で報告する。

「布陣は終わりましてござる」

道灌は「うむ」と頷いて二人を見た。そしてニヤリと笑った。

「大鎧では、さぞ、動きづらかろう」

鎌倉の武士が着けた甲冑の様式である。二人とも普段は野伏も同然の軽い鎧をつけて走り回っている。大鎧では動きづらくてかなわない。難渋している様子がその顔からも窺えた。

「今川の家中は気位が高い。お前たちも鎌倉以来の御家人のような顔をして振舞うのだ。さもなくば今川は、我らの言い分に耳を傾けぬぞ」

「まったくもって面倒な家風でござる」

二人は情けなさそうな顔をした。

犬懸上杉政憲が率いる千五百は、八幡山から二里東方の狐ケ崎という地に陣取った。関東勢の三千余が、駿府の東と南で気勢を上げて、龍王丸を支持する者たちを威圧している。

堀越公方の足利政知は将軍義政の庶兄である。関東の総大将に任じられた男だ。堀越公方軍の来援に今川家中は震撼した。

筋目を通すのであれば、戦死した治部大輔義忠の嫡男、龍王丸を支持すべきだ。一方の小鹿新五郎は、義忠に対して家臣として仕えてきた。龍王丸を差し置いて小鹿新五郎を担ぐなど、道義に反する。

しかし、堀越公方が小鹿新五郎支持を表明したとあっては話は別だった。『公方のご判断に従うべきだ』という言い分が成り立つ。

さらには三千余の軍勢も恐ろしい。太田道灌の武名は駿河にまで伝わっている。関東一の名将として名高い男が、今川館のすぐ南から見下ろしている。遠江で敗戦したばかりの今川勢は兵も整わない。八幡山に攻めかかって追い落としてくれようなどという意気はまったく揚がらない。

道灌は連日、八幡山の頂きで軍鼓を鳴らし、鬨の声を上げさせた。

町の至る所に今川家重臣の館があり、兵の陣所となった寺があった。軍旗や幟が立てられている。その旗が一日ごとに減っていく。昨日までは林立していた旗が消えて、しんと静まり返っている。そんな館や寺が目立ち始めた。

龍王丸一派が逃げ出したのだ。

道灌は敵の数が十分に減ったのを見定めると陣僧の英泰を呼んだ。

「小鹿新五郎殿の許に赴き、今川館に動座するよう勧めてまいれ。もはや駿府に小鹿殿の行く手を遮る者はおらぬ。左様に伝えるのじゃ」

「心得ました」

英泰は砦を下りていく。

二刻ほどのち、小鹿新五郎の軍勢は今川館に無血入城を果たした。龍王丸を担いでいた者たちは、いつの間にやら龍王丸ともども館を捨てて逃亡していた。

道灌の思案は次の局面へ移行する。

――さて、龍王丸の処遇をいかにすべきか。

――これは戦に勝つよりも難題だぞ。

冷酷に考えれば殺してしまうのがいちばん簡単なのだが、それでは今川の家臣たちが堀越公方と小鹿新五郎に憎悪と不信の念を抱く。今後の統治のために流血沙汰はよろしくない。

道灌は政治家としては冷徹だが、人としては、そうではない。扇谷上杉政真を戦死させた悲しさを忘れ兼ねている。

――もしも龍王丸を殺せば、激しく憤って、我らに矛先を向けてくる者が必ず出てくる。ならば龍王丸は生かしたまま禅寺にでも押し込めて、坊主にしてしまえばよいのか。しかし、坊主にしたからといって世俗との関わりを絶てるものではない。還俗して復権を果たした者は枚挙に暇もない。堀越公方の足利政知もその一人だ。出家させたところで〝騒動の種〟であることに変わりはないのだ。

道灌は思い悩んだ。

五

布陣を続けて一月ばかりが経った夜。一人の客が忍びやかに道灌の陣所を訪れた。

八幡山の砦は夜の警戒も厳重だ。至る所で篝火が焚かれている。陣幕を張り巡らせ、楯も並べてあった。

城や砦の中の建物は〃内小屋〃と呼ばれていた。この〃小屋〃とは〃礎石を持たない建物〃のことで建物の大小には関係がない。礎石の上に柱を立てるのは難しい。番匠にしかできない技能だ。掘っ立て柱なら素人でも立てることができる。掘っ立て柱の問題は、根元の部分が土の湿気や虫食いですぐに傷む、ということだ。しかし陣所の建物は戦時だけの使い捨てなので、耐久性の低さは無視できる。

掘っ立て柱の〃小屋〃でも床板は張られる。道灌は夜着を被って板床の上に寝ていた。

そこへ英泰が入ってきた。

「なにかあったのか」

道灌はムクリと身を起こした。英泰は驚いた。

「ご就寝では、なかったのですか」

「今度は誰が来たのだ。お前に揺り起こされるのは、もうたくさんだ」

英泰は低頭して答えた。

「龍王丸様の御陣より御使者が参られました。面談をお望みにございまする」

「この夜更けにか」

「供も連れずに、お忍びのご様子」

それから、声をひそめた。

「京の政所(まんどころ)執事、伊勢様の館でお目に掛かった若侍様でございますよ」

「伊勢新九郎盛時か？」

道灌が驚いて問い返すと、英泰はもっと驚いた顔をした。

「よく覚えてらっしゃいましたなぁ」

道灌の記憶力にはいつもながら驚かされる。

「なにゆえ伊勢家の者がここに現われたのだ」

「龍王丸様のご生母は伊勢新九郎様の妹君なのだそうで」

道灌は内心、しまった、と思った。政所執事の伊勢家は関東の政情に大きく関与してきた。室町幕府第一の東国通で、坂東武者に対する威令もなみなみならぬものがあった。

「会う。お通しいたせ」

道灌は墨色の法衣を急いで纏った。

伊勢新九郎はすぐにやって来た。英泰の案内に従って内小屋の床に上がる。陣所であるので毛沓や草鞋は脱がない。英泰が用意した床几に座った。

「ご一瞥以来でござる。伊勢新九郎にござる」

道灌は目を瞬いた。

「伊勢新九郎殿か……」

目の前に座る痩せた中年男と、端整な顔だちの若侍とが結びつかない。

――京で別れてから十四年か……。

過ぎ去った歳月を改めて思い知らされた。

「まぁ、息災そうでなによりじゃ。じゃが久闊を叙する時でもあるまい。そこもとのお立場は聞いた。甥御の龍王丸様を守護奉らんとして、京より下向して来られたのじゃな」

「いかにも、ご賢察の通りにござる」

「ならば龍王丸様を守って京にお戻りなされ。龍王丸様は京でお育てになられるのがよろしい。実を申せばこの道灌もそのように思案しておったのだ。渡りに舟だ」

伊勢新九郎は黙って聞いている。若い頃も物静かであったが、ますます寡黙で感情を面に出さない男になっていた。道灌とすれば、仏像を相手に喋っているような心地がしてくる。

「京都様の政所は、我ら坂東武者のお取次。ならばこそ、そこもとの妹君は今川家に嫁ぎ、伊勢家と東国の紐帯にならんとしていたものと心得る」

「ご賢察の通りにござる」

「政所が望んでおられるのは東国の安寧と心得るが、いかに」

「いかにも」

「ならば、若年の龍王丸様では東国の安寧は保てぬことがわかるはず。京都様にとって今川家は坂東を押さえる要石じゃ。我ら坂東武者としても、今この時に、今川家の当主が幼君であっては大いに困る」

伊勢新九郎はずっと能面のような顔つきで聞いている。道灌も言いたいことは言ったので口をつぐんだ。無言の時間が流れた後で、

「御趣意は承り申した」

と、伊勢新九郎が答えた。

「なれども」

呆れるほど長く時間が過ぎてから、続きを語りだす。

「ただ今の柳営（幕府）は、二つに割れておりまする」

天皇家を戴き、八代将軍義政と管領細川勝元とを首魁にした東幕府と、南朝の皇胤（こういん）を天皇に見立て、義政の弟の義視が将軍を務め、山名宗全を首魁とする西幕府（西陣）だ。

堀越公方の足利政知は、東幕府の足利義政の命を受けて関東に下ってきた。上杉一門も細川勝元を後ろ楯にしている。ともに東幕府に与している。

「拙者は西陣の大樹（将軍の美称）に取次として仕えておるのでござる」

伊勢新九郎が言った。道灌は眼光鋭く睨みつけた。

「西陣将軍に仕えておるじゃと？　伊勢貞親殿は東幕府の政所でおわすぞ」

伊勢貞親は政所執事（足利幕府の財政を司る長官）。伊勢新九郎のおじだ。

「伊勢家も二つに割れておると申されるか」

「いかにも。政所も割れており申す」

「そこもとは西陣将軍の命を奉じて、今川家を西陣に与させるために働いておられるのか」

「拙者は、妹と甥が可愛い一心で、奔走いたしておりまする」

「誤魔化しは無用にいたせ」

「静勝軒殿」

伊勢新九郎は道灌の目の中を覗き込んできた。

「ここは思案のしどころにござる。今川の家督争いがこじれたならば、西陣に与する大名、国衆、一揆の兵が援軍に駆けつけて参りまする。西陣将軍の命を奉じて、ではござらぬ。豊かな駿河国を蚕食（さんしょく）し、私利私欲を満たすためでござる。さながら蝗（いなご）のごときもの。駿河一国、手のつけられぬ有り様となりましょう」

「ならば、いかにせんと申される」

「そこもとは小鹿殿の後ろ楯。龍王丸様の後ろ楯は拙者。我らが手を結んで駿河一国を守り抜く。これが最善の策であると心得申す」

「それは、どっちつかずの結果を招くぞ」

道灌は即座に判じた。

「懸案を先送りにしたに過ぎぬ。今川家の当主は一人。小鹿殿か龍王丸様か、どちらかだ。拙僧とそこもとが手を取り合って――などと聞こえは良いが、なんの解決にもならぬ。騒乱の芽を育てるようなものだ。しかも拙僧は、いつまで経っても坂東には戻れず、そこもとは西陣に戻れない」

道灌は「ふうっ」と息を吐いた。

「面倒事は、早急に白黒はっきりさせたほうが良いのだ」

「ならば、どうなされると？」

「龍王丸様のお命を縮め奉る――とまでは言わぬ。されど、この駿河国より追い立てる。そうさせていただく」

「矢合わせも辞さず、と申されるか」

「つまらぬ意地の張り合いで互いに傷を負ってもつまらぬ。そこもとに頼みいる。龍王丸様とお袋様を連れて京にお戻りなされ。今川家の若君ならば西陣将軍の奉公衆として出世が叶うはずじゃ。我らとて鬼ではない。龍王丸様のご元服までお世話をさせていただく

（生活費の送金などの援助をする）用意もある」

伊勢新九郎は黙って道灌の顔を見つめていたが、

「考えさせていただく」

そう答え、低頭して去った。

道灌は饗庭次郎と熱川六郎を呼んだ。

「覚られぬように追けろ。あやつがいずこに隠れ潜んでおるのかを確かめるのだ。きっとそこに龍王丸も匿われている」

二人は「ハッ」と答えて出て行った。

六

駿河国にはその国名の通りに幾筋もの河が流れていた。富士山南麓に降った雨水が下ってくる。水量は多く、流れは早い。駿河平野の全域が湖沼と湧き水ばかりの土地であった。

夜、湿原を渡って徒士の一団が進んできた。軽装の甲冑。手には弓や薙刀。息をひそめて足を急がせている。

月は西の山に没した。空も大地も真っ暗闇だ。

「都合が良いぞ。我らの姿は誰の目にも留まらぬ」

饗庭次郎は空を見上げ、満足そうに笑った。

太田家の兵の百人ばかり引き連れている。夜盗にしか見えない。河原に沿って進んで行くと前方から一人の男が走ってきた。

「この先には橋が架かっとるズラ」

嚮導（きょうどう）として雇った土地の百姓だ。太田勢には土地勘がない。しかもこの闇夜だ。道案内なしでは進むことができない。

「その橋の先に龍王丸様の籠もる寺があるのか」

「うんだ。橋を渡ればすぐズラよ」

「よし。案内しろ」

一行は橋を渡る。饗庭次郎は一人の兵を呼んで命じた。

「お前は手下の数人でこの橋を守れ。我らが引き上げる際には、橋のたもとで火をかざして目印とせよ。我らはそれを目当てにして逃げる」

退路の確保だ。さらに饗庭次郎は隊を二手に分けた。一隊は自らが率いる。もう一隊は熱川六郎が率いる。饗庭は手短に軍配（作戦）を取り決めた。

「わしが正面から攻める。敵が押し出してきたならば、おぬしが横から突け」

「心得た」

軍配は簡略なほど良い。それが二人の持論だ。この闇の中では、細密に練った作戦など実行しきれるものではない。

二手に別れたことで半数に減った兵を率いて、饗庭次郎は湿地をさらに進んだ。空はぼんやりと明るい。行く手に真っ黒な低山が見えた。低山の中腹に明かりが幾つか灯(とも)っていた。

「あれが龍王丸様が匿われている山寺なのか」

嚮導役の百姓に確かめると、百姓は「そうズラ」と答えた。しかしその口調には煮え切らないものがあった。

「どうした」

「へぇ……」

百姓は首を傾げている。なにを訝(いぶか)しく感じているのか、饗庭次郎にはわからない。

饗庭は焦れた。背後の兵に小声で命じた。

「進むぞ。我らは囮(おとり)だ。熱川たちの隊が先に見つかってはならぬ」

饗庭の隊は山寺の明かりに向かって突き進んだ。進むほどに山が大きく見える。山寺の灯(ひ)は焚(た)かれた篝火(かがりび)であると識別できるまでになった。

「攻めかかるぞ。敵にひと当たりしたなら、いったん退く。敵兵を山の麓に引きずり出すのだ。殺してよいのは雑兵のみ。龍王丸様やお袋様には、かまえて手出しはならんぞ！」

饗庭次郎は雑兵たちに念を押した。攻めかかる合図を出そうとした、その時、

「いや、待つズラ」

百姓が止めた。

「やっぱり変ズラ」

「なにがだ」

「山寺の建っとる所がいつもと違って見えるズラ」

「なに？」

饗庭次郎は目を凝らした。篝火に照らされた寺の壁が見える。念のため、視力が良い若者を呼んだ。

「お前の目には何が見える」

「薙刀を手にした兵が五人います。お寺の周りをうろついとります」

饗庭は百姓に質した。

「あの山には、いくつもの寺が建っているのか」

「いいや。山寺はひとつだけズラ」

日頃から景色を見慣れた地元の者が『変だ』と言っている。これは変だ。

「もしや、あれは囮か」

壁の一枚を立てておけば寺の本堂に偽装できる。饗庭は配下の一人を呼んだ。身が軽くて足の速い男だ。

「一走りして見てまいれ。敵の仕掛けた罠の匂いがする」

そう命じた、その時であった。山寺で敵兵の叫び声がした。

「敵だーッ！」

篝火の辺りで半鐘も鳴らされ始める。敵兵がこちらを指差して叫んでいる。篝火のおかげで良く見えた。

味方の兵も騒ぎだした。

「見つかったぞ！」

山寺からは火矢が飛ぶ。流星のように夜空を走って饗庭たちの頭上に降り注いだ。

太田家の軍兵は関東の大戦で鍛えられた精兵揃いだ。敵に見つかったぐらいのことで逃げ腰にはならない。かえって闘志を燃えあがらせた。

「押し返せッ」

小頭の命で兵たちは矢を射返し、山寺に向かって果敢に進み始めた。最初からそういう手筈になっていたのである。予定していた通りに進軍するのみだ。

本当にこれで良いのか。饗庭次郎は焦りつつ、敵の様子を見定めようとして目を凝らす。敵兵はわらわらと湧いてくる。矢も盛んに放ってくる。

「ええいッ、攻めよッ」

饗庭次郎は叫んだ。兵の一人には陣太鼓を背負わせてきた。撥を取って打ち鳴らす。総攻めの開始だ。熱川六郎に知らせる合図でもあった。

太田家の兵は一斉に山の斜面を駆け上っていく。火矢などものともしない。弓を携えてきた兵たちは矢をつがえて引き絞る。敵の篝火が目当てだ。敵兵の姿は明るく照らし出されている。

パンッ、パンッ、弓弦が鳴る。敵兵は慌てて隠れた。

弓兵に援護されながら饗庭次郎と兵たちは斜面を一気に駆け上った。開削された平地に出る。薙刀を構えて敵兵の姿を探した。

そしてギョッとなった。

「……やはり囮であったか！」

寺の本堂の絵を描いた大きな板が立ててある。この板を篝火で照らすことで、寺がここにあるかのように偽装していたのだ。

半ば察していたのにみすみす敵の手に乗せられてしまった。敵の攻撃が先に始まったことが原因だ。兵に見境がなくなったのだ。

周囲の山林で弓弦の鳴る音がした。今度は火矢ではない。飛来する矢は見えない。横にいた雑兵が首を射抜かれて「ぎゃっ」と叫んだ。

「しまった！　我らの姿は丸見えだ！」

饗庭は急いで篝火を蹴り倒した。

「退けッ、退けッ！」

兵に命じる。走ってきた斜面を今度は駆け下りる。足場が悪くて転倒する者が続出した。一人が転がれば周囲の者も巻き込んでしまう。そこへ雄叫びを上げながら敵兵が追い打ちをかけてきた。

敵兵は斜面を駆け下りるなり、薙刀で斬りつける。勢いをつけての斬撃だ。太田家の兵が背中を斬られた。次々と斬られては斜面を転落していった。

追われる側は足元がおぼつかない。急斜面では振り返って反撃することもままならない。矢も激しく降ってくる。

饗庭は兵を励ました。

「麓で熱川の隊が待っておる！　麓で反撃だッ」

兵の数を無惨に減らされながら饗庭は麓の平野まで辿りついた。山の下は沼地であった。足がズブリと泥に沈んだ。

喚声が聞こえた。熱川六郎の手勢が何者かと戦っている。

「……しまった！　敵は麓にも潜んでおったか！」

真っ暗闇の中、大勢の兵が泥を踏んで進軍してくる。そういう物音が聞こえる。声は一切聞こえない。無言で押し寄せてきた。

迎え撃とうにも、饗庭が率いていた兵たちは散り散りになっている。我先に逃げたので隊の形をなしていない。

「このままでは押し包まれてしまう！」

包囲され、退路を断たれる。饗庭は熱川の許に駆けた。

「敵は背後に回り込もうとしておるぞッ」

伝えると熱川は不思議そうな顔をした。

「お主は、なにゆえここにおる」

饗庭は歯嚙みしながら答えた。

「山上から追い落とされたッ。話は後じゃ。この場を切り抜けねば、皆殺しにされよう
ぞ」

熱川は首を伸ばして周囲に目を向けた。

「敵の大将は、いずこだ」

「何故、そんなことを聞く」

「敵の本陣に攻めかかるのだ。敵はいっとき乱れるはず。その隙に兵どもを逃がす」

二人は周囲に目を向け、耳も澄ませた。だが――。

饗庭が叫んだ。

「押し太鼓の音も、陣鐘の音も聞こえぬ。軍旗も見えぬぞ。敵の大将はいかにして采配を
振るっておるのだッ」

大将の居場所がわからない。

敵の攻勢が激しさを増す。

「もはや我ら、鳥獣のように散り散りになって逃れるより他にない！」

饗庭は引き鐘を連打した。太田家の兵たちは、武器を投げ捨てて我先に逃げ出した。

夜明け前に饗庭次郎と熱川六郎が八幡山の陣に戻ってきた。

「してやられました。面目次第もございませぬ」

晒(さらし)で傷口を塞ぎ、鎧には矢が立っている。無惨な姿だ。地べたに両膝と拳をつき、悔しさに身を震わせながら、合戦の子細を順を追って報告した。

「……沼や深田に足を取られて、逃げるのに難渋いたしましたが、敵もまた、沼や深田に邪魔されて馬を走らせることができず、我ら、辛くも一命を取り留めましてござる」

道灌は階の上に座って聞いている。眉根を寄せて首を傾げた。

「敵の戦いぶり……、なんとも面妖じゃな」

二人は顔も上げず言葉もなく萎(しお)れきっている。酷く矜持(きょうじ)を踏みにじられているのだ。

道灌は質した。

「山寺の建つ場所が違うと土地の百姓は気づいた。饗庭、おぬしは敵の囮であると察していながら、迂闊(うかつ)にも攻め込んだのか」

「敵の側から火矢を射かけられまして……兵どもがそれに応じ……」

「ふむ。敵は、お前たちに囮かどうか確かめさせる暇も与えずに戦端を開いたのだな。板塀に描いた絵などはすぐに見抜かれる。そこを見越してさらにもう一段の策を仕掛けてきたのだ」

道灌は顔を伏せて沈思する。

「〝ものの弾み〟で合戦が始まってしまうことはある。ならば〝ものの弾み〟を作り出してやればよい。火矢を射かけたのがそれよ。闘志に満ちたお前たちなら、攻め返さずにはいられまい。敵にしてみれば〝敵を囮に引っかけること〟が叶うのだ」

道灌は空を見上げて「むむ」と唸った。

「伊勢新九郎め。敵を手玉に取る術を熟知しておるぞ」

道灌は二人に目を戻した。

「して、伊勢新九郎が率いる兵どもの戦いぶりは、いかがであったか」

饗庭は顔をしかめた。

「なんとも面妖にございました。鬨の声も上げず、指図をする者もなく、手前勝手に野を駆けて襲いかかって参りまする。こちらが迎え撃とうとすれば逃げ散りまする」

「手酷く翻弄されたと見えるな」

「……口惜しき限り……！」

「その者ども、陣太鼓も陣鐘もなく進退をいたしたのだな？」

「左様にございまする」

「そのような戦いぶりは今川殿の陣立てにないぞ。伊勢新九郎は西陣将軍の配下だが、足利将軍家に伝わる軍法とも思われぬ」

道灌は「うーむ」と唸った。

「その者ども、世に聞こえた〝足軽〟とやら、申す者どもではないのか」

「足軽！」

饗庭次郎と熱川六郎にも、思い当たる節があったらしい。そういう表情だ。

道灌は大きく頷いた。

「京の町の食い詰め者どもが日銭を目当てに戦働きをしておると聞く。伊勢新九郎め、西陣将軍の旗下で足軽を率いておったと見える。伊勢家は政所。すなわち足利家の銭蔵を預る者だ。銭で雇える兵ならば、いくらでも集めることができたはずじゃ」

応仁元年（一四六七）の一月、上御霊社（かみごりょうしゃ）の合戦を契機にして応仁の乱が始まった。それから九年が経っている。九年間も足軽を率いていたのだとすれば、戦巧者にもなるであろう。

「伊勢新九郎め、虫も殺さぬような顔をしおって、油断がならぬぞ」

一方の道灌は、といえば、扇谷上杉政真の戦死より二年半、軍配から遠ざかっていた。

――銭で雇った兵を扱うことならば、わしのほうが先駆けておる。じゃが、わしも、配下の者どもも、戦の勘が鈍っておる。

饗庭次郎がズイッと膝を進めてきた。

「今一度、拙者に兵をお授けくだされッ。上方の足軽どもを一人残らず討ち取ってご覧に入れまする！」

「まあ待て。もうすぐ夜明けだ。我らが戦っておることを世間に知られてはならぬ」

太田勢が今川の若君を攻めている――などと悪評が立っては困る。

と、その時、

「一大事にござる！　火の手が見えまするッ」

英泰が駆けてきて報告した。

「なにッ？」

道灌は階（きざはし）を下りて土塁の際まで進んだ。八幡山の頂きから駿府の町が一望にできる。

道灌は「むむっ」と唸った。

町の数箇所から炎と煙が上がっていた。まだ日の出前だ。闇の中で炎は目立つ。

「米蔵に火を放たれたな。あれらは今川家が兵糧米を集めおいた場所だ。どうやら我らは餓（かつ）え攻めにされんとしておるぞ。小鹿殿に与する我らは多勢だ。この駿府に蓄えがなくなれば、我らも、小鹿殿の寄騎（よりき）衆も、各々の所領に戻るしかない。伊勢新九郎め、抜け目がないぞ。戦わずして小鹿勢を減らすことができる」

英泰が質す。

「なんといたします。我らも関東に引き上げまするか」

「我らが兵を引いたならば龍王丸一派が勢いを盛り返す。伊勢新九郎が西陣将軍に与しておると知れたからには、ますます兵を退くことはできぬ」

「されど、このままでは飢えまする。かつて堀越に攻め込んだ古河勢と同じ目に遭わされまするぞ」

「我らは、新九郎の策によって退かねばならぬように仕向けられた。となれば退く道筋にも罠が仕掛けてあるに相違ない。どんな罠かは、わからぬがな。敵の策に従って進むのは、あまりにも剣呑だ」

道灌は内小屋に戻る。

「寝るぞ。お前たちもよく寝ておけ」

取り残された英泰と饗庭次郎と熱川六郎は、互いに顔を見合わせた。

それから十日が過ぎたが、太田勢は八幡山の陣に籠もり続けている。

道灌は内小屋で飯を食っている。歳はとったが、それでも大食漢に変わりはない。

「粥が薄くなったの。これでは白湯と変わりがないぞ」

手にした椀を見て情けない顔をした。

英泰はもっと情けない顔つきだ。

「兵どもは落ち着きを失くしておりまする。腹を空かせたまま箱根を越える難儀を思うて、皆、嘆いておりまする」

「騒がせるな。鎮めよ」

「そうは申されましても空腹には勝てませぬ。『敵は小勢だ』という嘘ならば、騙される兵もおりましょうが、腹を空かせているのに『兵糧はたくさんとある』と言われて信じる兵はおりませぬ」

「小鹿殿の寄騎衆は、なんと申しておる」

「あちらも辛抱ができるのは、あと一、二日にございましょう。……なにゆえお笑いになられましたか」

「笑ったか。わしが」

「今、お笑いになられました」

「伊勢新九郎に従う足軽どもも、さぞ、ひもじい思いをしておるであろうな、と思うたら、なにやら哀れになってきたのだ。笑ってなぞおらぬ」

「敵の足軽も、ひもじいのでございましょうか」

「京からはるばるとやって来て、駿河の山中に隠れ潜んでおるのだぞ。腹を空かしていないはずがない。彼奴らも辛いのだ。萎えかけた闘志を支えておるのは『小鹿勢が先に兵糧を食い尽くすはずだ』という望みだけだ」

　道灌はふと、顔を上げて、窓を見た。

「東風じゃな」

　東の窓から風が吹き込んでくる。

「よし。この時を待っておった」

「なにを仰せにございましょう」

「竈に薪を用意しておけ。今日からは腹一杯に飯を食わせると触れて歩け。我らもまた、兵どもに望みを与えねばならぬ」


　その日の正午過ぎ、八幡山に竹河屋の女主が乗り込んできた。掘っ立て柱の内小屋を不思議そうに見回している。

「……駿府は京と見紛うばかりの華やかさだと聞き及びましたが、ずいぶんとむさい所にお住まいでございますこと」

　相も変わらず口が悪い。ともあれ道灌の前に片膝を立てて座った。この時代にはこれが女人の〝正座〟である。袴を着けている。

「ご用命の兵糧米をお届けに参じました。清水湊に廻船で運び入れてございまする」

「でかした」

浅草から伊豆半島の南を回って、駿府の湊に運び入れたのだ。

道灌は犬懸上杉政憲の軍兵千五百を狐ケ崎に置いていた。狐ケ崎は清水湊を押さえ、駿府との街道を守るための要地だ。

道灌は伊勢新九郎との戦いに敗れて兵を減らしても、狐ケ崎の兵を駿府に呼ぼうとはしなかった。湊と街道を掌握し続けるためであった。敵からも味方からもすっかり忘れられていた犬懸上杉政憲の軍勢が、ここにきて効き目を顕し始めたのである。

「饗庭次郎、熱川六郎」

道灌は二人を呼ぶと、

「兵糧米を小鹿殿の許に届けよ！　これで寄騎の将兵は腰がしゃんと伸びるはずだ」

「ハハッ」

二人の顔にも生気が戻っている。飛ぶような勢いで去った。道灌は「フンッ」と笑った。

「これで我らの勝ちだ。我らの陣に立ち上る炊煙を見て、伊勢新九郎の足軽どもは意気消沈するであろうぞ」

勝利を確信して高笑いし始めた道灌に、女主が冷たい目を向けた。

「お喜びになるのはまだ早(はよ)うございまする」

「なぜじゃ」

「大事な説（情報）を持参いたしました。勝敗を論じるのは説をお聞きになった後になさいませ」

「どんな説じゃ」

「こちらの御方が、御使者様にございまする」

陣幕をくぐって一人の男が入ってきた。冷たい目つきの武士だった。漆も艶やかな折烏帽子をかぶり、こざっぱりとした褐色の狩衣を着けている。駿河の泥にまみれて戦う道灌の目には、嫌味なほど清らかに見えた。

「おう。曾我兵庫助か。上がって参れ」

その男、曾我兵庫助は、父の道真が薫陶し、扇谷上杉家の重臣に据えた男である。

曾我氏は鎌倉以来の名門武士だ。階を踏んで上がってくる。太田家の近習が床几を据えた。陣中の軍法に従い低頭して座った。

「曾我兵庫助、御屋形様（扇谷上杉定正）の命により、ただいま着到仕りました」

「相も変わらず堅苦しいのう。して？　いかなる説を携えてきたのだ」

曾我兵庫助は能面のように冷たい表情を一切変えずに、伏目がちに答えた。

「白井長尾景春が挙兵いたしました。関東管領様への謀叛にございまする」

「な、なんじゃと……！」

曾我の静かな口調とは裏腹の大事件だ。道灌は思わず絶句した。

「御屋形様の御下命にございまする。疾く、駿河の家督争いを鎮めて、関東にお戻りくださいますよう」

「御屋形様のご意向はわかった。して、お主の目には、どう映る。わしが戻らねば収拾もつかぬような大事となっておるのか」

扇谷上杉定正は、やや、落ち着きに欠ける人物だ。大げさに騒ぎ立てているだけ、ということも考えられた。だから道灌は曾我兵庫助に、現況をどう見ているのかを質した。

曾我は答えた。

「家宰様（道灌）がすぐにお戻りにならねば、坂東は、手のつけられぬ有り様となりましょう」

冷静なこの男がそう言うのであれば、きっとそうなのだろう。

「孫四郎め、わしが駿府に釘付けとなってるのを見計らっての旗揚げか！」

道灌は歯嚙みした。身体がふたつあるのなら今すぐ関東に戻りたい。だが、駿河国と今川家を、西陣将軍は古河の成氏の味方だ。龍王丸と伊勢新九郎が今川家を掌握したなら、上杉一門は駿河と古河とで挟み打ちにされてしまう。

――兵糧が届いて、戦が優位に進み出したと思った途端にこれだ。

道灌の悩みは尽きることがなかった。

第十五章　虎の挙兵

一

　文明八年（一四七六）夏。白井長尾景春は、上杉一門に絶縁を宣言すると五十子陣から退転した。本貫地である上野国の白井城と、武蔵国の鉢形城に兵を籠めて北と西から五十子陣を威圧し始めた。

「いったい何が起こっておるのだ！」

　太田道灌は駿府の南、八幡山の陣にいる。今川家の御家騒動から目を離すことができない。気ばかり焦るが、さしもの道灌をもってしても対処のしようがない。関東と駿河は遠く隔てられていた。

「総社長尾の修理亮（忠景）に文を送っても、返書を寄越さぬ！　これでは事情がわからぬではないかッ」

道灌は修理亮忠景の鶴首と、嫌味たらしいドジョウ髭を思い浮かべて地団駄を踏んだ。まるで童だ。陣僧の英泰は呆れて見ている。

「落ち着きなされよ。あさましきそのお姿、兵どもに見られたらなんとなさいます」

道灌と英泰は足利の学校でともに学んだ。竹馬の友だ。だからなのか、なんなのか、道灌は英泰の前では癇癪を起こす。四十三歳にもなって困ったことだ。

英泰も『たまには鬱憤をさらけ出さぬことには、道灌様もやっていられぬだろう』と思っている。

「修理亮め、このわしに恨みを抱いておる！」

道灌は叫んだ。白井長尾景春の謀叛を未然に防ぐため、総社長尾忠景は家宰の職を譲るべきだ。さもなくば武蔵守護代を譲るべきだ――などと進言したことを根に持っているのに違いない。

「わしは坂東の安寧を思って進言した。総社長尾家への意趣はない！　ところが修理亮めは、己の面目、体面のみを思って汲々としておる！　ケツの穴の小さい男だ！」

聞いている英泰は、あるいは――と思う。総社長尾忠景とすれば、道灌から『そら見たことか！　わしの言う通りにしておれば、こんなことにはならなかったのだ！』と罵られるのが嫌なのかもしれない。

総社長尾忠景は関東管領の家宰の名に賭けて、自力で事を鎮めようと図っているのだとも考えられる。道灌の差し出口などは、もっとも排除したいものに違いないのだ。

道灌は、人のためによかれと思って進言するし、行動もする。だが、口を挟まれる者たちにとっては、これほど目障り（めざわ）な存在はない。

――道灌様ご自身が、それに気づいておられぬ。

ともあれ五十子陣からはなんの報せも届かない。道灌たちは駿河で放置されている。

今川家は上杉一門の後ろ楯だった。関東に異変が起こった際には援軍を寄越してくれた。だからこそ今川家の御家騒動に介入しているわけだが、関東の上杉一門が総崩れになりそうな現況を前にしては、――このさい今川家などどうでもよい。という心地にもなってくる。

「殿」

英泰は道灌に向かって言上する。

「伊勢新九郎（いせしんくろう）殿は策士にござる。我らの窮状は当然に嗅ぎつけておりましょう。長陣に持ち込まれたならば、我らの負けは必定にございまする」

「ならば、なんとせよと申すか！」

「龍王丸様一派の言い分をお聞き届けになるより他に道はなかろうと存ずる。今は早急に、関東に戻らねばなりませぬ」

「うぬぅ～～～ッ」

道灌は口惜しさを隠しもせず、獣のように唸った。

太田道灌は伊勢新九郎と会談をもった。堀越公方足利政知と、西陣将軍足利義視を代弁する者としての折衝だ。小鹿新五郎範満や龍王丸の頭越しに話を纏める。それだけの権威が二人には付与されてあった。

この時の日本には、室町将軍足利義政、西陣将軍足利義視、堀越公方足利政知、古河公方足利成氏の、四人もの〝武家の棟梁〟が並び立っていたのであるから大変だ。

結句のところ、道灌は大幅に譲歩をした。現況で駿府と今川館（駿河国の政庁でもある）は小鹿新五郎が制圧している。よって今川家の政務は小鹿新五郎が執る。

ただし、龍王丸が元服するまでの陣代として――という条件が付与された。今川家の当主は龍王丸に決したのだ。小鹿新五郎と道灌の敗北であった。

もっとも。この時代、幼児が無事に成人できる確立は二割五分程度だ。龍王丸が夭折する可能性が高く、さすれば家督は小鹿新五郎のものとなる。手っ取り早く龍王丸の命を縮める刺客も放たれるであろう。小鹿新五郎とその与党の者たちは、龍王丸の成長を黙って見守るほどお人好しではない。

炎が上った。熊野牛王神符が燃えている。大きな皿の上に置かれた御札に熊野の神職の手で火がつけられたのだ。

紙の神符が灰になる。神職は擂粉木で灰を突いて細かく崩すと、皿に神水を注ぎ込んだ。灰が水に溶ける。

水は四つの杯に小分けにされた。杯は、龍王丸、小鹿新五郎、伊勢新九郎、太田道灌の前に置かれた。

四人は一斉に杯を手にすると、灰の溶けた水を飲んだ。

これを一味神水という。熊野の神は約定を司る神だ。神符に誓った約束を破った者には神罰が下る。神水はたちまち毒と変じて臓腑を腐らせる――と信じられていた。

これにて盟約は成った。四人は腰を上げて、神棚の前より下がった。

道灌は主殿を出て庭に下りた。八幡山の陣に帰ろうとすると、

「静勝軒殿」

背後から声を掛けられた。振り返るとそこに伊勢新九郎が立っていた。

夏だ。日差しがきつい。緑が濃い。蟬時雨が二人を包んでいる。

「坂東にお戻りか」

新九郎が仄かな笑みを浮かべながら訊いた。

「坂東は風雲急を告げていると耳にいたしました。諸氏こぞって、静勝軒殿のお戻りを心待ちにしておりましょう」

道灌は、――白々しいことを申すものだな、と思った。そして率直に答えた。

「こたびの和議を龍王丸様に益するかたちで決着しなければならなかったのは、白井長尾景春の挙兵があったればこそ。拙僧は、貴殿と白井長尾の共謀をも疑っておりまするぞ」

「言いにくいことをよくぞ申される」

新九郎は、驚いたような、呆れたような顔をして、最後に苦笑して見せた。

「拙者が、白井長尾に手を貸すのを恐れておわすのだとしたら、ご心配には及びませぬぞ。神水を飲んだからには、我らは〝一味〟でござる。身内も同然とお心得くだされ」

道灌は黙って聞いている。

――この男は、なぜ、出てきたのだ。

帰ろうとした道灌をわざわざ追ってきて呼び止めた。そうせねばならぬほどの話があるのに違いない。道灌は新九郎が話を切り出すのを待った。

蟬がやかましく鳴き続けている。夏の日差しが道灌を射してジジリと焼いた。

「景春殿の勢いは止まりまするまい」

新九郎は言った。

「騎虎の勢いがござる。人の手で止めることは難しい」

道灌を凝視した。――どうやって景春と戦うのだ？　と問うているように見えた。

道灌は答えた。

「坂東は二十年にもわたる戦で疲弊しておる。無益な戦は止めねばならぬ。さもなくば諸人こぞって苦しむ」

　新九郎は首を傾げた。

「左様でござろうかな？　坂東は相変わらずの豊かさ。京で育った拙者の目には羨ましくすら見えまするが？」

「どこが豊かなものか。坂東は古より、ずっと貧しい。武士も民も貧しい暮らしを強いられてきた」

「それは京畿の朝廷、公家、大寺社に公方（年貢）を差し出していたからにございましょう。ただ今の東国は、戦国に託つけて公方を私している」

「我ら東国者を盗っ人のように申してくださるな。上方は応仁元年以来の戦だ。公方を納めに行きたくとも、本所が逃げ散っておる」

　東国武士は荘園の代官である。年貢を徴収して荘園の持ち主に納入するのが仕事だが、その納税の流れが戦によって寸断されている。結果として武士の手許に米が留まる。米は中世社会においては〝貨幣〟でもある。

「米は坂東に溢れ返り、坂東武者は、浅草寺や信濃善光寺などで米を売り、銭を手にする」

　新九郎は指摘した。

当時の銭は渡来銭（宋や明で鋳造された銅銭）だ。中国の大寺院（本山）と提携している日本の寺が、銅銭を日本の市場に供給してきた。

坂東武者は、年貢の米を私有し、横流しすることで、東日本の経済を掌握しつつある。ところが当時の人類社会には経済学の概念がない。坂東の武士たちは、自分たちが何をしているのかも理解できなければ、なぜ急に自分たちが豊かになったのかも理解できない。自分たちが手に入れた資産を、どうやって運用するのが正解なのかもわからない。武士たちは手にした富を合戦につぎ込んだ。経済力を背景に延々と戦を続けている。

伊勢新九郎は伏目がちに喋る。

「東国の武士は、戦に勝って敵の荘園の年貢を手に入れることで、ますます豊かになれると信じておる。手にした銭で武具を買い、兵を雇い、城砦をこしらえて殺しあう」

「いかにも」と道灌は同意した。

「ならばこそ拙僧は戦を止めねばならぬのだ」

「止めて、どうなさる」

「どう、とは？」

道灌は一瞬、何を問われたのか理解できなかった。新九郎に目を向ける。新九郎は道灌に鋭い眼光を向けていた。道灌は負けじと睨み返した。

「世に静謐（平和）を取り戻し、元のあるべき様に戻す。それが我ら、関東管領家に仕える者の務めじゃ」

「元のあるべき世に戻したくとも……、京は焼け野原となり申したぞ。足利の柳営はふたつの陣に割れ、公家も公卿も都を捨てる。朝廷も幕府も、もはや公界（政権。行政機構）にはなり申さぬ」

　京の実情を知るこの男の目には、京畿の崩壊は〝救いがたいもの〟として実感されているようだ。

　道灌は感受性の優れた男だ。新九郎の深い絶望を感じ取った。同時に京の惨状の凄まじさをも実感した。

「ならば、どうせよと申されるか」

「それを静勝軒殿に問うておるのでござる。拙者の見るところ、本朝（日本）の平穏は坂東の兵の如何にかかってござる」

「等持院様（足利尊氏）のように東国の兵を率いて京に乗り込み、天下の平穏を取り戻せ——とでも言われるか」

「それもまたよし、にござる」

「馬鹿な。我ら坂東武者は、五十子陣と古河城とで睨み合うばかりじゃ。天下静謐を取り戻すどころではない」

　新九郎は道灌の目をじっと覗き込んでいる。

「……騎虎の勢いがござる」

「景春のことか。虎に跨がったようだと、伊勢殿の目には映ってござるのか」

「虎とは坂東の持つ豊かさのこと。そして坂東の国衆、一揆の力にござる。まさしく猛虎の如し。京で育った拙者の目には、坂東の豊かさと兵馬の強さは桁違いだと映り申す。京畿など、東国の虎の前では、か弱き獲物に等しい」

「何を言っておるのか、わからぬ」

「わかりませぬか」

伊勢新九郎は小さくため息をついた――ように見えた。

「拙者は京の町を救いたいのでござる。静勝軒殿ならば坂東の兵を率いて京の兵乱を鎮めてくださると信じたのでござるが」

「愚僧は扇谷上杉家の家宰。京畿の戦に関わる分際にはあらず」

伊勢新九郎は、諦めた、という顔をした。そして微笑んだ。

「ひとつ、差し出がましい物言いをしてもよろしいか」

「なんなりと申されよ」

「白井長尾景春殿は虎に跨がっておるのでござる。虎には勝てぬ。手懐けるしかござらぬ。このこと、決してお忘れあるな」

「坂東の国衆や一揆を手懐けた方が勝つ、と言われるか」

「いかにも」

「なにゆえ拙僧に、そのような物言いをなされる。拙僧の軍師になりたいのか」

新九郎は笑った。

「我らは〝一味〟となったゆえに、静勝軒殿に御味方したい一心にござった。余計なことであった。さらばこれにて」

伊勢新九郎は一揖すると道灌に背を向けて去った。

二

道灌は八幡山の陣を払うと駿府を離れた。途中、堀越の足利政知の御所で帰還の報告をして、十月には江戸に戻った。

江戸城の主殿では曾我兵庫助(そがひょうごのすけ)が待っていた。河越城の扇谷上杉定正(さだまさ)から送られて来たのだ。

道灌はズカズカと曾我の前を通って上座にドッカと座った。白井長尾景春を相手としての戦が始まる。気が昂ぶっていた。

「坂東はどうなっておるッ、申せ！」

曾我兵庫助は「ハッ」と平伏してから答えた。

「まずはこちらの地図をご覧くだされ」

手回し良く用意してきた大地図を床の上に広げた。

「叛徒景春に与する者を、朱墨で記してございまする」

道灌は地図を睨みつけた。朱墨が江戸城の周囲を取り囲んでいた。

浅草川や太日川(ふといがわ)を挟んだ対岸の葛西(かさい)城では大石石見守(いわみのかみ)の名が赤い文字で記されている。

「大石遠江守(とおとうみのかみ)殿の分家が、山内様に叛旗を翻したか」

大石遠江守家は山内上杉家の宿老で、かつては武蔵国守護代に任じられたこともある。

山内家家臣団の序列では長尾一門に次ぐ家柄だ。

曾我兵庫助は冷たい顔と口調で答える。

「続けて大石遠江守様のご分家についてもお答えいたしまする。大石駿河守家も武蔵国の二宮で挙兵してございまする」

道灌は唸った。山内家宿老の家から謀叛人が二人も出るとは思わなかった。

幸いにして宗家の大石遠江守の名は、黒い墨で記されていた。武蔵府中とその周辺を押さえている。

江戸城の北方では豊島勘解由左衛門尉(としまかげゆざえもんのじょう)と平右衛門尉(へいえもんのじょう)の兄弟が景春方に転じたようだ。

豊島一族は山内上杉家の重臣で、古河の成氏との内乱が始まってより二十一年もの間、道灌とともに戦ってきた。頼りがいのある猛将の兄弟であったのだが。

兄の勘解由左衛門尉は石神井城に籠もり、弟の平右衛門尉は練馬に城を築いていると曾我兵庫助は告げた。道灌の表情はますます険しくなる。

「場所が悪いぞ」

扇谷上杉家の本拠地は相模国で、出城（軍事拠点）は武蔵国の江戸城、岩付城、河越城である。ことに河越城は最重要の地で、主君の扇谷上杉定正自らが旗本衆を率いて在城していた。

豊島兄弟の領地は、河越城と江戸城との往来を塞ぐかたちで広がっている。扇谷上杉家の勢力圏が豊島兄弟によって分断されてしまったのだ。

さらに江戸城の南では、矢野兵庫助が小机城で不穏な動きを見せている。矢野家も山内上杉家の重臣で、白井長尾家と被官の盟約を結んでいた。

白井長尾家の先代当主、景信は、古河の成氏に対抗するため、坂東の武士を駆り集めて被官とした。その被官たちが白井長尾景春に従っている。

「江戸は敵に取り囲まれたな。皮肉な話だ」

道灌が舌打ちしながら言うと、曾我兵庫助がちょっと首を傾げた。

「なにが皮肉な話なのでございますか」

「武蔵国は山内上杉様が守護を務める国だ。我ら扇谷上杉家は山内様の手伝いで、河越城、岩付城、江戸城に出張っておるのだ。そうであるのに我らは、山内様の被官中に攻められることとなった！」

道灌は地図の隅々にまで目を向ける。

上野国（武蔵国とならんで山内上杉家が守護を務める）の国衆、長野為業が箕輪城で挙兵した。

下野国の足利の長尾房清も景春方についた。足利長尾家も関東管領の家宰に任じられたことがある。白井長尾や総社長尾と同格の家だ。

道灌は唸った。

「山内様の御味方は、我ら扇谷上杉家の者たちばかり。山内様の家来衆は、あらかた反旗を翻しおった！」

この戦はただの謀叛ではない、と、道灌は理解した。

関東管領山内上杉家の現当主の顕定は、越後上杉家から入った養子だ。養子と譜代の家臣団が喧嘩を始めたのだ。

道灌は思案し続ける。

「山内様と我ら、越後上杉家からの援軍と、総社長尾忠景しか頼りにできそうにない。総社長尾だけは、景春に味方することはあるまいからな」

曾我兵庫助は冷たい目で道灌を見ている。

「して。家宰様（道灌）は、いかに軍配を振るわれなさいまするか」

どういう作戦を立案するのか、という問いかけだ。

「拙者、御屋形様（扇谷上杉定正）より、家宰様に軍配を質して参るようにと言いつけられております。お教えを願いまする」

道灌は地図を睨みながら答えた。

「山内様が取るべき道はふたつある」

「拙者が伺っておるのは、扇谷上杉家の取るべき道にございます」

「まぁ、待て。山内様がいかにご進退するべきかを考えぬことには、我らの軍配も定めようがないのだ。御屋形様にも左様に伝えよ」

「心得ました。お続けくだされ」

「山内様が取るべき道はふたつ。ひとつは、越後上杉家の軍兵と、我ら扇谷上杉家の軍兵をそれぞれの国許に返す。その後のことは、山内家累代の家臣たちとの評定で決める」

「山内様がご家衆に降参する、という話にございますな」

「そうだ。こたび謀叛を起こした上野と武蔵の国衆や一揆……。彼奴めらが憎んでおるのは、越後上杉家と、我ら扇谷上杉家だと見た。山内様の分家が、山内家累代の重臣団を差し置いて我が物顔に振舞っておるのが気に食わぬ。景春と与党の者どもの思いは、その一点にあるのに相違ない」

「扇谷上杉家は河越城や江戸城を武蔵の国衆や一揆に返して、相模国に引き取るのが上策だとお考えなのでござるか」

「山内様のご一存次第じゃ」

「扇谷上杉家にとっては大きな損ではござらぬか」

「坂東の戦を収める策を講じておるのだ。私利私欲はおいておけ」

曾我兵庫助は不満そうな顔をする。道灌は無視した。

「話を戻して、もうひとつの道がある。越後上杉家と扇谷上杉家が山内様の家来衆を攻める。我らの手で関東管領家を盛り立てる。そういう道だ」

「関東管領家の重臣に、我らが取って変わる、と？」

「ふたつ目の道を山内様が選んだならば、結果としてそうなるであろうな」

曾我兵庫助の目が怪しく光った。道灌は見咎めた。

「なんじゃ。そのほう。この気に乗じて山内様の重臣に立身したい、という顔をしておるな？」

曾我兵庫助は否定しない。

「立身出世は、武士の一分と心得まする」

道灌は「ふん」と鼻を鳴らして頷いた。同意とも嘲笑ともつかない。道灌はこういう態度を取ってしまう悪癖がある。英泰がこの場にいたなら顔をしかめたに違いない。

「いずれにせよ、山内様のお心ひとつだ」

「御屋形様にも左様に伝えまする」

「それともう一つじゃ。古河の動きから目を離されぬように、と伝えよ。上杉一門の足並みが乱れたことに付け込んで、きっと古河が動き出すぞ」

「そのような大事は、ご自身のお口から進言なさったほうがよろしいのでは」

「わしにはやらねばならぬ事がある。相模の足場固めだ」

道灌は早速にも立ち上がった。曾我兵庫助との話を勝手に切り上げると奥に戻った。

奥御殿では於蔦が心配顔で待っていた。

「孫四郎はまことに謀叛を起こしたのでございますか」

道灌は首を横に振った。

「まだそうと決まったわけではない」

於蔦の顔色は蒼白だ。

中世社会は完全な夫婦別姓で、女性は生涯、実家の姓を名乗る。北条政子は源政子にはならない。実家に籍があるのだ。政子が源家のためではなく北条家のために暗躍したのも、彼女が北条家の人間だったからなのだ。

於蔦も太田家の人間ではなく白井長尾家の人間であった。白井長尾家が謀叛人の家になりそうだと知って青ざめている。

於蔦は唇を震わせる。

「白井長尾は忠義の家柄。主家に対しての謀叛など考えられませぬ」

於蔦にとっては自身の名誉もかかっている。

「孫四郎は我が甥ながら、花も実もある武士。かような悪行を……」

「これは孫四郎一人の思い立ちではない。孫四郎は頼まれれば否とは言わぬ男じゃ。自分を頼りとする者たちを見捨てることはできぬ、そういう性分」

だからこそ被官中の先頭に立って決起をせねばならなかったのか。

「どうか孫四郎をお助けください」

訴える妻に「うむ」と頷き返しながらも道灌は、

――孫四郎が被官を守らねばならなかったのと同様に、わしは相模の一国と、扇谷の被官を守らねばならぬ。

と思った。

その結果が、景春との戦であったとしても、それは避けては通れぬものだと感じていた。

道灌は供を引き連れて江戸城を出る。城門で道灌の従者と曾我兵庫助の従者が悶着を起こした。どちらが先に門を出ようとしていたか、どちらが先に門を出るかで口論となったのだ。

　曾我兵庫助は、まさか道灌が自分よりも先に江戸城を出るとは思っていなかったらしい。

　道灌は扇谷上杉家の家宰で相模守護代。守護代ともなれば、何事も格式を重んじて、行列を揃えてゆるゆる進む。一騎駆けの端武者のように遮二無二出てきたこの男が道灌だとは思わなかったので、道灌の従者を叱りつけた。ところが道灌の出城とわかって、泡を食って道を譲った。

　道灌は片手に鞭を振り上げながら、

「わしに後れをとったな兵庫助。油断であるぞ」

からかいながら馬の尻に鞭を入れた。道灌は浅草湊に向かって駆けていく。曾我兵庫助は憤然たる面持ちで見送った。

　道灌は浅草湊に入ると、土倉衆（豪商）の竹河屋に入った。

　竹河屋には湊の商人の束ねを命じてある。身分は商人だが、道灌配下の湊奉行のごとき役割を担ってきた。道灌は竹河屋の奥座敷に踏み込んでドッカリと座った。

　女主が出てくる。

「ようやっとお戻りでしたか」

「うむ。駿河に思わぬ難物がおってな。始末に手間取った。早速じゃが命ずる。五十子陣に兵糧米を送れ。山内様は五十子陣に籠城をすることになる」

　重臣たちと被官中が離反した今、山内上杉家の兵は少ない。

道灌が予想するに、山内上杉顕定は、実家の越後に援兵を求めつつ、景春の下についた〝山内家の家来〟を説得して、帰参させようとするであろう。どちらにしても兵力はすぐには整わない。

「しばらくは五十子陣に籠もって凌ぐしかないのだ」

籠城戦とはなにかと言えば、城に備蓄された米を食うだけの日々である。米の備蓄量が死命を決する。

ところが女主は首を横に振った。

「浅草湊に米はございませぬ」

道灌は目を剝いた。

「なにゆえだ！　景春方の手に渡らぬよう、買い占めるように命じておいたではないかッ」

女主は反論する。

「言われた通りに買い占めました。ですがその米は、あなた様の命で駿河の清水湊に運び入れたではございませぬか」

道灌は絶句した。

「……そうであった」

伊勢新九郎の足軽に駿府の米蔵を焼き払われ、追い詰められた小鹿新五郎勢を救うために兵糧米の回漕を命じたのだ。

道灌が活躍すればするほどに、物資が損なわれていく。

「いかに計らいましょう」

「無い物を『運び入れよ』とは言えぬ」

こうしている間にも、五十子陣の兵糧米は、日々、将兵が食べて、減っていく。食い尽くされるのは来年の一月ごろか、と道灌は思案した。


道灌は相模国の足場固めに取りかかった。

この内紛は長くなる。そういう予感があった。戦いは武蔵と上野の両国で続くであろう。相模国を策源地と成して兵と兵糧を供給し続けなければならない。

相模国は、西部の小田原を大森氏が、東部の三浦半島を三浦氏が、中央の鎌倉と糟屋(かすや)を扇谷上杉家が、それぞれに支配していた。三浦氏の当主の義同(よしあつ)は扇谷上杉定正の実兄だ(扇谷家から三浦氏に養子に入った)。扇谷上杉方としての活躍が期待できた。

問題なのは小田原の大森氏で、小田原城主の大森憲頼(のりより)と成頼(しげより)の父子(おやこ)が景春に与する兆しを見せていた。

道灌は糟屋の館に入り、西の小田原を遠望した。糟屋の主殿から箱根は見えない。間に大山がそびえ立っている。ともあれ道灌は主殿に座って小田原の方角を睨んでいる。庭では甲冑姿の兵たちが鎧を鳴らしながら慌ただしく走り回っていた。

「小田原が敵方についたのは痛いぞ」

英泰に向かって言う。英泰も同意した。

「今川など、上方からの援軍を塞ぎ止められてしまいまするな」

「そんなものは端から期待しておらぬ。小鹿新五郎殿はあの有り様だし、京は焼け野原だ。我らが景春と対戦しておる時に、小田原勢にチクチクと背後を突つかれるのが鬱陶しい、と申しておるのだ」

「御舎弟の図書助様を呼び戻し、小田原への抑えとなされてはいかがかと」

「図書助には河越と岩付の両城を守る役目がある」

そこへ熱川六郎がやって来た。拝跪して報告する。

「岩原城主の明昇庵様と、ご令息の信濃守様が来陣なさってございまする」

「来たか。通せ」

糟屋館の主殿に僧形の老人と三十代半ばの鎧武者が入ってきた。老僧は袈裟の下に甲冑を着けている。重い鎧を着けているのに足どりは達者だ。鎧を鳴らして座ると、道灌に向かって低頭した。

「守護代殿、お久しい。武功の数々は老人の遠い耳にも届いておりまするぞ」

「明昇庵殿。ますます矍鑠たるお姿。鎧も軽々として見え申す。頼もしきかぎり」

この老僧の出家以前の名は大森氏頼。小田原の城主であった。

堀越公方府の渋川義鏡が相模国を収公しようと図った際、相模の実力者たちは一斉に隠居や隠棲を申し出て抵抗した。道灌の父の道真は越生の寺に入山した。千葉実胤と三浦時高、そしてこの大森氏頼は隠居や出家をした。

衝撃を受けた犬懸上杉教朝（堀越公方府の家宰）は自害した。渋川義鏡は将軍の命で京に呼び戻されて失脚した。

こうして渋川義鏡を排除することに成功した相模の武士たちであったが、将軍からのお叱りもまた厳しかった。

出家した大森氏頼は復帰が許されず、小田原城を明け渡さねばならなかった。大森氏当主の座と小田原城は、弟の大森憲頼に譲られたのだ。

道灌は、明昇庵の斜め後ろに控えた鎧武者にも目を向けた。

「信濃守殿、ようこそ参られた！　いよいよ御運の開ける時ぞ。小田原城主の座をそこもとにお返しする時がやって来た。お父上が出家なさったのは罪科がゆえには非ず。身を捨てて坂東の大乱を防いでくださったのだ。この大義、天が嘉せぬはずがござらぬ。この忠節、扇谷上杉家は、決して忘れてはおりませぬぞ！」

道灌は立ち上がって歩み寄ると信濃守実頼の前に跪いてその手を取り、両手で摑んだ。

「小田原城の叛徒を攻め潰し、そこもとが小田原城主となられるのだ！　この道灌、助力を惜しむものではござらぬ！」

「かたじけなきお言葉！」

信濃守実頼も感涙で目を赤くさせた。

この父子は大森憲頼（明昇庵の弟、信濃守実頼の叔父）が景春方として挙兵したことを好機と見て、道灌との共闘を誓い、駆けつけてきたのだ。

道灌にとっては渡りに舟の援軍である。元の席に戻って、大森父子に笑顔を向けた。

「堀越の公方様も憲頼の謀叛にご立腹じゃ。憲頼へのご寵愛は離れた。そこもとらのお働きはこの道灌が、公方様にしかとお伝えいたす！　良きお働きをなされよ！」

明昇庵と信濃守実頼は、

「我らの働き、しかと御覧じくだされィ」

「得たりや応ッ」

力強く答えて低頭した。道灌は満足の笑みで何度も頷き返してやった。

大森父子が勇躍しながら去って行き、広間には道灌と英泰だけが残された。

「……お父上に似て参られましたな」

「なにがじゃ」

「口達者に、おだてなさいまする」

「ふん、いつまでこのわしを生意気な小僧だと思うておるのだ」

道灌は地図を広げ、薄笑いを浮かべながら見つめた。

「小田原への備えは明昇庵父子に任せておけば良かろう。堀越公方の手勢もある。叛徒の小田原勢は城から出られまい」

道灌は英泰に目を向けた。

「それでもやはり兵が足りぬ。米はないが銭はあろう。銭を撒(ま)いて兵を雇え」

「心得ました」

そこへ今度は曾我兵庫助が入ってきた。江戸と河越の間を行き来しているというのに汚れひとつもない烏帽子と狩衣を着けている。背筋は綺麗に伸びていた。

「まるで狂言役者のようじゃな」

道灌はからかった。曾我兵庫助は道灌の前に平伏した。低頭してから聞き返した。

「なんぞ、仰せになられましたか」

「なんでもない。して、今日は何用じゃ」

「五十子陣より早馬が参りました。管領の山内様よりの御下命が河越に届きましてございまする。……が、有体に申し上げるならば、これは総社長尾様よりのお言葉にござる」

ドジョウ髭の総社長尾忠景が〝山内上杉顕定(あきさだ)の命令〟に事寄せて、何事か物申してきたらしい。

「なんじゃ」

「静勝軒様には、疾く、五十子陣に参陣くださいまして、評定にお加わり願う、との由にございまする」

「なにを馬鹿な！」

　道灌は苦々しげに吐き捨てた。

「今、このわしが相模を離れたならば、相模の大名、国衆、一揆に対して景春の手が伸びてくるぞ！」

　相模の武士たちも、扇谷上杉家と景春のどちらにつくのが得策なのか判断に迷っている。武名轟く道灌が相模国内で睨みを効かせているからこそ、皆、扇谷上杉家に従わざるを得ないのだ。

「わしが相模を離れ、逆に景春が相模に入ってみよ！　皆、たちまちにして景春方に与してしまうぞ！」

　道灌は曾我兵庫助を睨みつけた。

「そもそも孫六は、事ここに到るまで、いったい何をしておったのかッ」

　総社長尾忠景を昔馴染みの幼名〝孫六〟と呼び捨てた。

「わしがあれこれと策を授けてやったにもかかわらず、ついには景春を挙兵させてしまったではないかッ。こうなったのは誰のせいだと思うておるッ。今更なんの評定だ！」

怒鳴りつけられた曾我兵庫助は不快そうな顔をした。唾まで飛んでくるのだから当然だろう。

「このお言葉を、そのままお伝えしてもよろしいのですか」

「わしが評定に乗り込んだとして、わしの申し条はひとつだ。総社長尾家が家宰を辞して、景春に家宰職を譲ること」

道灌は眉根を寄せた。

「事を平穏に治める方策はこれひとつしかない。じゃが、兵庫助よ。この策を総社長尾家が聞き入れると思うか？」

「いいえ。お首を横に振られるどころか、静勝軒様までもが景春に味方するものと受け止められましょう」

「で、あろうな。ゆえにわしは何も言わぬ。評定にも出ぬ。戦の支度じゃ。孫六には『兵を整え、五十子陣の堀を深く穿ち、城壁を高くしておけ』と、伝えよ」

「心得ましてござる」

曾我兵庫助は静々と退出していった。

曾我兵庫助は五十子陣に戻ると山内上杉顕定と総社長尾忠景の前にまかり出て、冷たい表情のまま、道灌の言葉を伝えた。

総社長尾忠景と道灌は幼なじみである。通名で呼び合う仲だ。二人が直接に対談したのであれば、道灌の赤心も伝わったであろう。ところが間に曾我兵庫助が入ってしまったがゆえに、口の悪さに加えて冷たさまでもが添えられてしまった。

総社長尾忠景は憤激した。

三

年が明けて文明九年（一四七七）。

細々と続けられてきた和平の交渉は突然に打ち切られた。

正月十八日、景春が五十子陣に攻めかかったのだ。

二日後、凶報を道灌は鎌倉の扇谷館で受け取った。

「五十子陣が落ちましてござるッ」

英泰が庭で叫んだ。会所の階（きざはし）を駆け上ってきて、濡れ縁に両膝をついてから、

「五十子陣が、白井長尾勢によって攻め落とされてござる！」

と、報告し直した。走りながら物申すという作法はない。それほどまでに英泰は慌てていたのだ。

会所の中には道灌と竹河屋の女主がいた。道灌は女主に目を向けた。

「どうやら、これが真相であったようだ」

女主も深刻な表情で頷き返した。

浅草湊は舟運の拠点である。浅草湊を仕切る竹河屋の許には様々な説（情報）が飛び込んで来る。利根川を行き来する船頭たちが「川を軍兵に塞がれた。上流で騒動が起こっているようだ」と報せてきたのだ。

只事ではないと察した女主はすぐ船に乗って鎌倉まで報せにやって来た。船頭たちの話について検討している最中に、凶報が届けられたのであった。

「白井様方より兵糧米と秣のご用命が急に増えましたゆえ、何事かあるのだろう、と思ってはおりましたが……」

それを聞いた英泰が色をなして怒った。

「敵方に物を売るとは何事ッ」

「よさぬか」

道灌が庇う。

「商人ならば敵も味方もない。銭を払う者が客だ」

女主に顔を向ける。

「五十子陣にはどうじゃ。上杉方にも兵糧や武具を収めたのか」

「白井様と古河公方様の軍兵に遮られ、容易には運び込むことが叶いませぬ」

「五十子陣には越後と上野の軍兵がおるが、兵糧がなければ戦えぬ。今は一月の半ば。わしの目算した通りに、城内の米が尽きたと見える」

言っているうちに、顔に真っ赤な血が上ってきた。

「……それにしても、あっけなく落城とは！　孫六め。口ほどにもないッ。越後勢も、いったい何をしておったのかッ」

今度は英泰が窘める番だ。

「御味方の悪口はお止めくだされ。兵どもが聞いておりまする」

「孫四郎（景春）と被官中は五十子陣を知り尽くしておる。当たり前だ」

自分たちが陣夫となって築いた城を自分たちで攻めたのだ。弱点を知っている。

「白井長尾の被官中は、昌賢入道と景信殿の二代に渡って鍛えられた精兵なのだ。それにつけても、総社長尾と越後上杉の情け無さよ！」

ふと、気がついた顔つきで英泰に質した。

「山内様と越後上杉の典厩様（定昌）はいかがなされたのだ。よもや、お討ち死に……ではあるまいな」

「上野国に逃れた由にございまする」

「越後を頼りとするつもりだな」

上野国の北部は越後国と接している。越後からの援軍が期待できる。

「五十子陣に在陣なさっていた御屋形様（扇谷上杉定正）も、旗本衆とともに上野国に退かれました」

「それは重畳だが、しかし一方、ここにいる我らは、上杉一門の本軍から遥か遠くに切り離されてしもうた。孤立しておる。周囲を見渡しても、援軍を寄越してくれそうな者はおらんぞ。ううむ、容易ならぬことになった」

　道灌は女主に急いで目を向けた。

「そなたは浅草に戻れ。戦が激しくなるようなら江戸城に籠もるを許す。浅草の土倉衆にも、左様に伝えよ」

「お志し、かたじけなく存じまする」

　女主は一礼して去って行った。英泰が膝でにじり寄ってくる。

「豊島郡の豊島兄弟と、葛西の大石石見守が敵にまわってござる。浅草も危のうございまする」

「その豊島兄弟だが、古河の簗田河内守と秘かに使者を交わしておるそうだ」

「簗田殿、ですと……！」

　簗田氏は、元々の古河の城主で領主である。古河公方足利成氏の母は簗田氏の女だ。鎌倉を失陥した成氏が古河に拠点を定めたのは、簗田氏との血縁を頼りとしたからだ。簗田河内守持助は成氏が挙兵した時からの忠臣で、古河公方府の家宰として活躍している。

英泰は焦りを隠せない。

「つまり……、こたびの謀叛、裏では古河の朝敵と通じ合っておる——ということにござるか！」

「古河の成氏は、元はといえば関東公方。坂東武者の主人である。孫四郎とその被官が頼る先は古河の成氏しかおるまい」

「困りましたぞ。成氏は西陣将軍より関東公方に任じられておりまする。白井長尾の被官中は『我らは西陣将軍に御味方する者だ』と強弁するに相違ござらぬ」

「謀叛人の汚名に悩むこともない。良心に恥じることもない。そういうことだ」

遠い京都で起こった応仁の乱の余波が、ついに関東にまで伝わったのだ。

「して、我らの兵はどうじゃ。集まったか」

「この世相ゆえ、銭さえ撒けばいくらでも人は集まりまするが……、身持ちの悪い、流れ者ばかりにございます」

「まもなく北から百姓たちが逃げてこようぞ。百姓たちも銭と米で雇え。人数が揃いさえすれば、あとはなんとかなるものだ」

道灌の智囊は目まぐるしく回転を始めている。

「まずは豊島兄弟の石神井城と練馬城を攻める」

鎌倉に建つ扇谷屋敷に、扇谷方の武将が集っていた。主殿の床に大きな地図が広げられていた。

相模に残っていた上杉方の将は少ない。

総大将の代わりに軍配を取るのは道灌だ。

名目上の陣代は上杉朝昌が務める。この人物は扇谷上杉定正の実弟で、鎌倉の館に留め置かれていた。いわゆる〝冷や飯食い〟である。戦の実績はない。扇谷家の陣代として急遽引っ張りだされた恰好だ。歳は三十ほど。着慣れない鎧の重みに堪えながら、緊張の面持ちで座っていた。

大森明昇庵、信濃守の父子と、三浦義同も参陣していた。こちらは戦力として期待ができそうだ。

三浦義同は、扇谷上杉定正の弟だ。陣代を務める朝昌の兄である。扇谷上杉家から三浦家に養子に入った。しかもその正室は大森明昇庵の女(むすめ)であった。幾重もの血縁で結ばれている。

本来、武家同士の婚姻には、室町将軍や、関東公方の許可が要る。勝手に結びついて〝武士団〟が形成されるのを防ぐためだ。

しかし嘉吉(かきつ)の変で室町幕府の機能が停止してから三十六年。享徳の乱の勃発で足利成氏の関東公方府が分裂してから二十二年。

京の将軍や鎌倉の公方の辞令によって赴任と転退任を繰り返していた武士たちは、異動のないまま赴任地に土着し、勝手に地縁血縁で結びついた。地方行政官ではなく、領主としての大名に変貌を遂げようとしていたのだ。

この実情を無視した山内と扇谷の上杉家は〝あるべき様に戻す〟の一言で、領主化した武士たちを地盤から引き剝がそうとした。武士たちを元の小役人に戻そうとしたのだ。武士たちは反発し、景春を主将として蜂起した。山内上杉顕定と総社長尾忠景は窮地に立されている。

道灌は地図を示した。

「豊島の一族は、石神井城と練馬城の他にも、平塚、板橋、志村などに城を築いておる。相模にいる我らが北関東の戦場に駆けつけることのできないように、道を塞いでおり申す」

豊島一族の城がぐるりと江戸城を包囲している。

敵将の白井長尾景春は道灌をもっとも警戒しているのだ。道灌を関東の南部に押さえ込み、その隙に北関東を制圧しようとしている。

そうはさせぬ、と、道灌は闘志を燃やした。雪隠詰にされて身動きできない状態などは、もっとも嫌うところだ。

「まずは豊島勢を屈伏させて、相模と武蔵との間で行き来ができるようにせねばなりませぬ」

　名目上の陣代の上杉朝昌が血の気の引いた顔で発言する。

「今のままでは相模の兵糧を兄上の許に届けることもできなければ、兄上からの援軍が相模に届くこともない。豊島一族の打倒を急がねばならぬ。それはわしも同意だ」

　道灌は朝昌の冴えない顔色に目を止める。

「御陣代様におかれましては、なんぞ、お気にかかることがおありでござるか」

「大いにあるぞ。豊島一族は山内上杉様の重臣だ。我らが攻めることによって山内様がご立腹するのではないか、それが案じられる」

「豊島の兄弟は叛徒にござるぞ」

「わかっておる。しかしだ静勝軒。山内様とて、景春と被官中の怪しい動きは承知しておられた。にもかかわらず御自らご成敗に動こうとはなさらなかった。なにゆえであったのか、とわしは考える」

「なにゆえでございましょう」

「叛意を抱いたとはいえ山内家の家来衆だ。だから討ち取りたくはない。……山内様にはそういうお気持ちがあったのだと、わしは思う」

　朝昌は、悪く言えば軟弱に育った貴人だ。よく言えば繊細な心の持ち主である。繊細だからこそ他人の気持ちを察することができる。

道灌は理詰の豪腕でどんな難事も解決していく。難点をいえば、相手の気持ちを推し量らない。

道灌から見れば、山内上杉顕定と総社長尾忠景は、ただの愚図である。「なぜ手早く対処をせんのだ」と腹立たしく思う。ところが同じ〝軟弱な貴人〟の朝昌には、二人の気持ちが理解できるらしい。朝昌は続ける。

「もちろん、今となっては豊島一族に恩寵など与えるべきではない。攻め潰さねばならぬとわしも思う。わしが案じておるのは、豊島一族を攻めた我らに対して、山内様がなんと思われるか、そのことだ」

道灌は黙って聞き終えて、頷いた。

「戦の後の仕置きについて、案じておられるのでございますな」

道灌は奥の扉に顔を向けると、

「曾我兵庫助、入ってまいれ」

と命じた。

曾我兵庫助がいつものように冷たい面相でやって来て、広間の端に座り、一同に向かって平伏した。道灌が命じる。

「山内様のご返答を伝えよ」

「ハッ。関東管領山内様は、この戦における山内様ご被官の扱いを〝討伐、降参、勝手次第〟とご確約くださいました」

懐から書状を出して地図の所まで持ってきて、広げて置いた。皆が覗き込む。それは関東管領山内上杉顕定の花押（かおう）の入った書状であった。

朝昌が唸った。

「山内様の家来であろうとも滅ぼしてかまわぬ、とのお墨付きか」

道灌は得意げに微笑（ほほえ）んだ。

「我らは我らの一存で、叛徒を滅ぼすも良し、降参させて味方に加えるも良し、との御内書にござる。お許しが出たからには案ずることはござらぬ。存分に攻め潰してくれましょうぞ」

「おおっ」

一同も気色を露（あらわ）にした。気弱そうな朝昌まで安堵の笑みを浮かべた。

道灌は一同を見回した。

「左様ならばご一同、これより豊島郡に攻め入りまする！　御出陣の支度をなされよ」

勇躍立ち上がったのは、大森明昇庵と、息子の信濃守実頼だ。

「腕が鳴るわい！　我らの働きぶり、しかとご覧あれ」

この機に乗じて復権を果たさんとする父子は意気軒昂であった。

鎌倉を発った扇谷勢は北上を開始した。糟屋からも太田家の手勢が進発して合流した。道灌は駿河から帰国してより半年もの間、ひたすらに兵を集めてきた。一気に武蔵国に攻め入ることを企図していたのだ。

ところがである。思わぬ険難が扇谷と太田の軍勢の前に立ちはだかった。

英泰が雨水を散らしながら走ってきた。蓑笠を着けてはいるがずぶ濡れだ。天の底が抜けたような酷い雨が降っていた。

英泰は、寺の本堂の縁に上がって報告する。

「多摩川は凄まじく増水し、川面が荒れ狂っておりまする！　船橋を架けることはおろか、舟で渡ることも叶わぬと、水主たちは声を揃えて申しておりまする！」

扇谷勢は本陣を野中の寺の本堂に置いていた。仏像を背にして甲冑姿の諸将が居並んでいる。天は厚い雨雲に覆われ、戸外は暗い。建物の中はさらに暗い。陣代を務める上杉朝昌の表情も暗かった。

道灌は苛立っている。

「なんとかならぬか！」

ここで進軍を止められるとは都合が悪い。このままでは江戸城を攻め落とされる。

英泰も心得ているが、どうにもならない。

「舟を仕立てるどころか、水主たちは出水（洪水）を恐れて、高台に逃げる有り様でござる」

ますます雨が激しくなってきた。横殴りの雨が壁を叩く音が聞こえる。窓からも雨が吹き込んでくる。

朝昌の近習たちが雨戸を閉めて回る。本堂の中が真っ暗になった。

「静勝軒、こ、これは天意か？」

朝昌が気弱な声で質した。

「天が、我らの前に立ちはだかっておるのか」

「滅多な物言いをしてはなりませぬ」

道灌は窘めた。弱気な陣代の軽率ぶりには呆れる思いだ。そんな物言いをされては皆の士気が落ちる。

「雨が降れば川が渡れなくなるのは当たり前にござる。なにが天意でござろうものか」

季節外れの大雨は確かに異常だ。荒れ狂う雨雲と多摩川を見れば〝天が我らの所業に怒っている〟と感じてしまうのが人間である。将たちですら不安なのだ。迷信深い兵たちならば尚更であろう。

その時、境内に早馬で駆け込む蹄の音がした。

「糟屋よりの使い！」

騎馬武者が名乗った。近習が本堂正面の扉を開ける。武者は泥水を撥ねながら走ってきて、階の下で片膝を突いた。

「申し上げまするッ。景春に与する叛徒が、相模の各所で兵を上げましてござるッ」

「なにッ？」

皆、色めきだち、立ち上がった。早馬の武者は口上を続ける。

「小沢城には金子掃部助、小磯城には越知五郎四郎、溝呂木城には溝呂木党、海老名城には海老名左衛門尉、武蔵国の小机城では矢野兵庫助が挙兵、それぞれに気勢を上げておりまするッ」

諸将は動揺した。

「何たる事ッ。なんとするぞ静勝軒」

朝昌がうろたえきった目を道灌に向けた。

道灌は筆を取り一人黙々と、大地図に今の報せを書き込んでいる。そして言った。

「挙兵したのは、相模国中にありながら、白井長尾と被官の盟約を結んでおった者どもにござる。糟屋と鎌倉は、包囲され申したな」

扇谷上杉家と太田家の本貫地（本拠地）を四方から締め上げようという布陣だ。

道灌の顔が朗らかに笑っていたので、この場の誰もが驚いた。道灌は明るい声を上げた。

「御陣代、この荒天は天罰ではございませなんだ。その真逆、天佑神助にございましたぞ！」

「お分かりにはなられませぬか。敵方は、我らが豊島郡に攻め入るところを見計らって挙兵し、兵の乏しい糟屋と鎌倉を攻める魂胆だったのでござる。ところが時ならぬ雨で、我らは多摩川を渡ることが叶いませなんだ。我らはまだ多摩川の南岸にいるのでござる。すぐにも相模へ取って返すことができ申す」

「なるほど！　この大雨は……天の助けであったのか！」

縁起に囚われやすい朝昌は表情を明るくさせた。道灌はここぞとばかりに励ました。

「我らの戦、始まって早々に天の助けが得られ申した。幸先がよろしゅうござるぞ。天意が我らにあることは疑いござらぬ。いざ、陣触れをお出しなされ。蜂起した叛徒どもを残らず討ち平らげてくれましょうぞ！」

「お、おう！　皆の者、兵を戻すぞ！」

「心得申した！」

諸将もいきりたち、大雨をも厭(いと)わず、外に走り出ていった。

予期せぬ大雨によって白井長尾景春の戦略は空振りに終わった。三月中旬、道灌と扇谷上杉勢は相模国内に引き返し、景春方の諸城に攻めかかった。景春方は道灌の来寇(らいこう)を予期していない。武蔵国の豊島兄弟が釘付けにしてくれると思い込んでいた。

海老名城の海老名左衛門尉は城を捨てて逃げた。道灌と扇谷上杉勢は何者にも邪魔されることなく相模川を渡河すると、続けて溝呂木城に攻めかかる。この城は糟屋の北方にあって、距離は三里ほどしか離れていない。溝呂木に籠もっていた溝呂木党も、自らの手で城に火を放って四散した。

続いて道灌と扇谷上杉勢は小磯城を攻めた。糟屋の南方、約四里に位置している。昼夜一日の攻防ののちに、城主の越知五郎四郎を降参させた。

瞬く間に相模国の中央部を取り戻した道灌と扇谷勢は、勢いに乗って北上し、愛甲郡の小沢城に攻めかかった。景春被官の国衆、金子掃部助が籠城している。

小沢城と金子掃部助は、糟屋周辺の同輩たちとは異なり、道灌の襲来を予期して備えを固めていた。同輩の城が次々と攻め落とされていくのを横目にしながら堀を深く穿ち、土塁をかき揚げ、武具と兵糧を揃えたのだ。

小沢城は河岸段丘の上に築かれた要害である。道灌が指揮する攻撃は何度も跳ね返されて、戦況は膠着した。

謀叛軍の総大将、白井長尾景春は小沢城の救援を決意した。ともに挙兵した〝山内上杉家重臣〟に出陣を依頼する。武蔵国八王子から吉里宮内左衛門尉が進軍を開始した。景春の本拠の鉢形城からは矢野兵庫助が派遣された。

矢野兵庫助は武蔵国の小机城主である。小机城は江戸城と糟屋を包囲するために挙兵したのだが、いまや扇谷上杉方に包囲される形勢となっている。矢野兵庫助は自分の城と領地が案じられてならず、出陣を志願したのだろう。

鉢形城から南下する矢野勢の動きに河越城衆が気づいた。

河越城には扇谷勢の本隊が詰めている。道灌の弟、図書助資忠は扇谷勢を率いて出陣すると、勝原（すぐるばら）で矢野兵庫助と決戦し、勝利した。矢野勢は散り散りになり、兵庫助は少数の郎党に守られながら小机城に逃げ込んだ。

道灌は小沢城攻めの陣を離れると、ようやくに水位の下がった多摩川を渡って江戸城に帰還した。

「ご無事のご帰城、お待ちしておりました」

於蔦が青い顔で迎えた。城内には領民が大勢籠もっている。皆、不安に押し潰されそうな顔をしていた。

「越生より山吹も来ております」

「先ほど城門で会った」

侍女の山吹は薙刀を手にして門の守りを固めていた。奥方つきの侍女が矢面に立っていたのだ。江戸城がいかに危機的な状況にあったのかがわかる。

山吹は道真の勧めで江戸城に避難しにきたのだと言っていた。越生も戦場なのだ。両上杉の支配地がすべて戦場になってしまったのである。両上杉の主君と家臣が二つに割れてのこの一戦。誰ひとりとして傍観は許されない。

「なんにせよ、江戸城が落ちずにすんで良かった」

道灌は於蔦に向かって言った。

道灌が恐れていたのは、矢野隊が〝小沢城の後詰め（救援）をする〟と見せかけて、豊島兄弟と合流し、江戸城に攻めかかること、であった。

道灌と扇谷勢を小沢城に釘付けにしておいて、その隙に江戸城を攻める策などは、いかにも景春が得意としそうな奇策であったのだ。

「孫四郎は生半（なまなか）ならぬ男じゃ。正直に言うてわしの見越しを越えておる」

道灌は、景春の軍配の冴えに並々ならぬものを感じている。正直なところ甥でもあり十一歳年下の景春を侮る気持ちがこれまではあった。ところが開戦以来の采配ぶりは、あきらかに景春のほうが勝っている。

「わしはそなたに孫四郎と白井長尾家を救うと約束したが……、救うどころではなくなった。我らが攻め潰されてしまいかねぬ」

道灌は目を険しくさせた。

「孫四郎とは生死を賭して戦うより他になくなった」

於蔦も武家に生まれた女である。もはや実家を助けてくれとは言わなかった。

「存分にお戦いくださいませ。上杉の御家こそが大事。関東の民の暮らしが大事にございまする」

江戸城に嫁して十六年。於蔦は女城主として道灌の留守居を務めてきた。江戸周辺の人々の暮らしを守ってきたのだ。人生の半分以上を江戸で過ごした。白井長尾家に対する愛着よりも、領民への愛のほうが大きくなっていた。

於蔦は城の守りを見回るために侍女を率いて出ていった。

道灌は妻の後ろ姿を見送りながら、江戸防衛の策を練り始めた。

――やはり、江戸城と河越城との間に、豊島兄弟の城があったのでは落ち着かぬ。

懸案の種は早急に取り除くべきだ。幸いなことに矢野勢は壊滅した。道灌は小沢城攻めをいったん放置し、豊島兄弟を討ち取る策を巡らせはじめた。

そこへ竹河屋の女主がやって来た。

「おお、無事であったか」

さぞ心細い思いをしておったに違いない――などと思っていたら、しらけた顔を向けられた。

「もちろん無事にございますとも。大乱の際に、浅草寺の土倉衆に手を出すことのできるお武家様はいらっしゃいませぬ。兵糧や秣（まぐさ）や武具の手当てがつかなくなりますので」

中世の武士に兵站の概念はない。戦争に必要な物資は商人から購入する。

「お、おう……。左様であったな」

「お陰さまをもちまして、浅草湊始まって以来の大商いが続いておりまする」

女主は不敵な笑みを浮かべた。

「坂東の村々から百姓衆が逃げ出しましたので、近隣の村々より米は集められませぬ。よって西国や奥羽から米をかき集めましてございまする。値は高くつきまするが？」

意味ありげな目を向けてきた。道灌は憮然として答えた。

「わかった。言い値で買い取ってくれる」

「さすがは静勝軒様。話が早くてなによりでございます」

「豊島の兄弟には、いかほど売ったのか」

女主は首を横に振った。

「豊島様の御一門は豊島郡のほとんどを領しておわしまする。我らから買いつけずとも、兵糧米には事欠きませせぬ」

「うむ。厄介な敵だ」

「しかもご兄弟は、猪も素手でひしぐほどの猛将と聞き及びまする」

「いかにも豪傑。ならばこそ、倒す方策も思いつくというものだ」

道灌は自信満々に頷いた。

いよいよ難敵、豊島兄弟との決戦の時が迫っている。

四

文明九年（一四七七）四月十三日。図書助資忠が矢野兵庫助に勝利してから三日が過ぎた。

三日もあれば合戦の結果は敵味方の双方に、詳らかに伝わる。豊島兄弟も援軍が壊滅したことを理解しているはずであった。

さらにいえば、道灌が少ない手勢とともに江戸城に戻った事実も、豊島方に摑まれていると思われる。

「ならばこそわしは、少ない手勢とともに豊島兄弟を攻める」

湯漬をサラサラと喉に流し込みながら道灌は宣言した。

聞いているのは、饗庭次郎や熱川六郎などの郎党と、英泰のみだ。皆、唖然としているが、道灌は気にする様子もなく箸を動かしている。

「寡兵で敵を攻めるのは、敵を侮っておるからではないぞ。その逆だ。敵より侮りを受けるためである。さて、腹もいっぱいになったことだし、そろそろ出掛けようか」

英泰が首を傾げる。

「出陣式は、いかがなさいまするのか」

「毎日毎日が戦じゃ。戦のたびに出陣式などやっておられようか。さぁ行くぞ」

道灌は鎧を鳴らして立ち上がった。濡れ縁を渡って外に出る。

道灌の率いる騎馬五十騎は、およそ百五十人の兵を連れて練馬城に進軍した。練馬城に籠もるのは豊島兄弟の弟、平右衛門尉である。

豊島兄弟の支配地は高台（豊島台地）の上に広がっている。石神井川が台地に浅い谷を穿ち、谷の底の狭くて平らな土地（谷地と呼ばれる）に田が造られていた。

谷底に溜まった水は沼や湿原となる。袋に水が溜まっているように見えたことから、こうした地形は〝袋〟と呼ばれた。池袋や沼袋などが典型であった。

豊島一族の領地は、一見すると、狭小で貧しい土地に見える。江戸の周辺の平原は広大だ。ところがである。この時代には低地よりも高台のほうが米の生産量が高かった。大河の織りなす低地は雨が降るたびに洪水を起こして農地と村を押し流す。耕作の難しい土地なのだ。

江戸周辺の氾濫原を領する道灌よりも、台地を領する豊島兄弟のほうが米の取れ高が大であったのだ。

武士は農園を経営することが本業だ。農作物を守るために武装したのが〝武士の初め〟である。一所懸命の農地を持たぬ者は武士ではなかった。

道灌の太田家は、足利幕府によって関東に派遣されてきた〃役人〃だ。

上杉家の元の身分は公家である（藤原氏の勧修寺流）。

扇谷上杉家と太田家は、品河、江戸、岩付、河越と、大河の氾濫原に沿って勢力を扶植していた。まともな武士なら「あんな所で米は取れぬ」と無視されるような土地を領していた。

坂東武者が誰も手をつけなかった土地だから、京から送られてきた役人でも、こっそりと手に入れることができたのだ。

しかし扇谷上杉家と太田家の人々の目には〃坂東武者の目には入らないもの〃が見えていた。湊と河川流通を押さえることで得られる〃現金収入〃がそれである。

応仁の乱で京都の権威と経済が崩壊し、関東の荘園で取れた米を上方に収めに行かずともよくなった。本来は貴族や寺社に収められるべき年貢米が東国で停留し、売り買いの対象になった。

農地を持たぬ者が、銭で兵糧米を購入し、確保できるようになった。

さらには――、

上方と坂東の戦乱で土地を追われた流民も激増した。戦に敗れて領地を追われた牢人たちも世にあふれている。銭さえあればいくらでも兵力を増やすことができる時代が到来した。

品河と浅草の湊と河川流通の冥加金（上納金）で兵を雇うことができる。鎌倉以来の坂東武士には予想もしがたい巨大な軍勢が、関東の地に忽然と出現したのだ。

道灌の率いる軍勢は武蔵野の雑木林に身を隠しながら静かに移動を開始した。

道灌は将兵に向かって檄を飛ばした。

「我らの江戸城と、扇谷の御屋形様がおわす河越城は、豊島兄弟の城によって隔てられておる。江戸城は窮地に陥っておる！　だが今のこの情勢は、豊島兄弟の側に立って見れば、また違った景色に映るであろう。豊島の側が江戸城と河越城によって挟み打ちにされているとも言えるのだ」

道灌は声を大にして兵を励ます。

「我が弟、図書助が、矢野兵庫助の手勢を追い散らしたことにより、豊島兄弟は援軍の望みを断たれた。今こそ好機到来である。怯える敵兵など、なんぞ恐れることがあろうか！　存分に討ち取って手柄といたせ！」

兵たちは「おうッ！」と声を揃えて気勢を上げた。

道灌は、彼方の練馬城を示した。

「図書助の率いる河越衆にのみ武名を上げられてなるものか！　江戸衆ここにあり！　満天下に武威を示す時ぞ。者ども、進めッ」

道灌は采を振り下ろした。配下の手勢が練馬城に攻めかかる。先鋒は饗庭次郎だ。馬に跨がり、弓兵を率いて城壁に肉薄した。

「一番弓！」

自らつがえて引き絞った鏑矢を練馬城の上空に向かって放つ。鏑矢は「ヒューッ」と音を立てて飛んだ。戦闘開始を敵味方に報せる合図だ。それを機に練馬城からも遠慮なく矢が飛んできた。

太田勢に開戦の意志があることを示すまで、城方は攻撃を控えていたのである。奥ゆかしい戦だ。

矢は雨のように降ってくる。饗庭次郎の兜に当たった。馬に着せた馬鎧にも矢が立った。

「者ども負けるなッ。射返せ！」

饗庭次郎は弓兵を叱咤しながら自らも矢をつがえる。今度は鏑矢ではない。敵を射殺すための矢だ。

太田勢の矢は山なりに飛んで練馬城内に打ち込まれた。敵も味方も押し太鼓を叩き、法螺貝を吹き鳴らしている。兵たちの喚声が天地に轟いた。

道灌は本陣にあって督戦している。兵の働きぶりに満足しているのか、口元に笑みをたたえていた。

そこへ英泰が馬で駆けつけてきた。轡を本陣付きの馬丁に預けて飛び下りると、道灌の前に進み出てきて報告する。

「練馬城より早馬が石神井城に走りました。石神井城の勘解由左衛門尉に援軍を頼むものと思われまする」

「左様か。当然のことだ」

「知らせを受けて敵の大軍が押し寄せて参りましょう。いかがなさいまするか」

「戦いを続けよ」

　この返答に英泰は驚いた。

「ご再考くだされ。我らは今でさえ寡兵にございます。豊島の兄が来援したなら手がつけられなくなりまする」

「わかっておる。戦い続けるのは石神井城兵を引き寄せるためだ。味方には逃げる用意をさせておけ」

　英泰は不得要領の顔つきで本陣を去った。

　二刻ばかり練馬城の堀際での弓矢の応酬が続いた。石神井城方面に出していた物見の騎馬武者が本陣に馳せ戻ってきた。

「豊島勘解由左衛門尉が率いる石神井城兵、およそ一千がこちらに向かって参りまする！」

「よし、来たか」

道灌は床几から立ち上がった。

「退き鐘を鳴らせ」

退却開始を報らせる鐘が連打される。道灌は練馬城周辺の集落に火を放つように命じると、粛々と退却にかかった。

練馬城に籠もっていた豊島兄弟の弟、平右衛門尉は、兄の来援に勇気づくと同時に焦りも覚えた。

「いい年をした男が、兄の助けを乞わなければ戦もできぬ――などと馬鹿にされたのではたまらぬぞ！　者どもッ、道灌を追え！」

この兄弟は豪勇ぶりでは甲乙がつけがたい。兄弟ながらに手柄の数を競い合っている。

平右衛門尉は配下の騎馬武者を集めると愛馬に跨がった。城門を開き、先陣を切って走り出した。

その頃、兄の豊島勘解由左衛門尉も焦っていた。

持ち城がある石神井の地は練馬よりも河越に近い。河越からの扇谷本隊の襲来に怯えざるを得ない。

江戸城と道灌の軍勢は、相模国に蜂起した味方と挟撃する手筈であった。四方八方から責めたてて道灌を討ち取る算段であったのだ。

ところが今や、相模国内の味方は小沢城のみだ。武蔵国小机城の矢野勢も壊滅させられ、鉢形城の景春からの援軍も期待できない。

「なんとしても今のうちに道灌と江戸城衆を攻め潰さねばならぬッ」

勘解由左衛門尉は馬に鞭を入れて、遮二無二、進軍し続けた。

道灌が率いる手勢は江戸を目指して退却中だ。西から物見の騎馬武者が駆けてきた。

「申し上げます！　豊島の弟、平右衛門尉、練馬城より軍兵を繰り出して参りましたッ。総勢、五百ッ」

「追って来たか。兄の手を借りずにこのわしを討ち取ろうと焦っておるな」

道灌は馬上で背伸びをして、周囲の地形を確かめた。

「平右衛門尉と練馬勢は、ここ、沼袋の地で迎え撃つ」

言い放ってから英泰を見て苦笑した。

「わざと敵に追いつかれるように加減しながら逃げるというのも、なかなかに難しいものじゃな。いつまで経っても敵が現われぬゆえ、このまま逃げきってしまうのではないかと心配したぞ」

「なにを呑気な……。我らは騎馬五十。徒士武者と雑兵が百五十の小勢にござる。練馬城衆は五百。負けてしまいまするぞ」

「そうならぬように、沼袋で戦うのだ」

沼袋は豊島台上にある小盆地で、江古田川と妙正寺川の結節点でもある。

「我らはこれまで散々、古河城や五十子陣(いかっこじん)の沼地で戦ってきた。沼地での戦いならばお手の物だ。一方、豊島兄弟の所領は高台に広がっておる。兄弟とその手勢は沼地での戦いに慣れておらぬ。そこが付け目だ。兵どもに田下駄を配れ。騎馬武者も、馬を頼りにはするなと伝えよ」

田下駄とは、泥の深い田んぼで農作業をする際に履くカンジキのような物だ。忍者が水面を歩くのに使うとされたミズグモの正体が田下駄である。

「沼袋の地も、常ならば乾いておる。馬で駆けることもできよう。だが今は違うぞ。我らを悩ませた大雨の水は、いまだ引いてはおらぬ」

道灌は沼袋の湿地で平右衛門尉と練馬勢を待ち伏せる。

平右衛門尉は功を焦って追いかけてきた。一面が泥濘と化していることも考慮せず馬を進めてくる。道灌はその様子を遠望した。そして味方に命じた。

「兵どもには、草陰に身を隠しながら進むように伝えよ。わしの太鼓を合図に総攻めじゃ」

饗庭次郎と熱川六郎は「ハッ」と答えて陣頭に走った。

道灌とその手勢が待ち伏せているとも知らずに、豊島平右衛門尉と練馬の城兵が突進してくる。仮に、待ち伏せを察していたとしても、自分たちのほうが数で勝っていることも知っている。決戦を避ける気などはなかったはずだ。

豊島平右衛門尉の目には、広がる湿地が一面の草むらのように見えている。彼方には敵勢の姿を認めた。

「あの旗印は桔梗紋、太田家の旗ぞ！　あれに道灌がおるのに相違なし！　者ども、かかれッ。道灌を逃がすなッ」

平右衛門尉は采を振り下ろした。自らも野原に踏み込んだ。

野原の中に一本の道が延びている。畷道だ。地元の百姓たちが土を盛って踏み固めてあるので、この道だけは水没しない。路上を進んでいるうちは良かったのだが、敵を前にして軍勢を左右に布陣させようとしたところ、配下の武者の跨がる馬が、激しくいななないて暴れ出した。

「殿ッ！　周囲は泥にござるぞッ」

地形の異常に気づいた武者が叫んだ。

馬の細い脚が泥に沈む。馬は怯えて体を激しく震わせた。騎馬武者は鞍から振り落とされそうになった。

草むらの隙間で小波が光っている。陽光が反射していたのだ。一面の泥沼なのだと、平右衛門尉はようやくに気づいた。

　ドーンと太鼓の音が敵陣から響いてきた。草むらの陰から一斉に泥だらけの男たちが立ち上がり「わあーっ」と喚声を上げた。

「敵だッ。敵が隠れておるぞ！」

　配下が叫ぶ。

　泥だらけの敵は薙刀(なぎなた)を振り回しながら突進してきた。

「射よ！　敵を近づけさせてはならぬッ」

　平右衛門尉は叫んだ。見たところ敵は弓矢を手にしていない。弦(つる)は濡れると張力を失って矢を飛ばすことができなくなる。

　ならば、こちらから射るばかりだ。

　平右衛門尉は弓をつがえて引き絞った。敵の雑兵に狙いを定める。ところが馬が急に首を振って馬体を横に向けた。味方の騎馬武者が馬を寄せてきたせいだった。

　練馬勢は大混乱に陥った。沼に落ちた騎馬武者は畷道に上ろうとする。畷道の上にいた者たちは、味方の馬に蹴られそうになって逃げまどった。これでは矢を射るどころではない。狙いがつけられない。

「皆の者ッ、鎮まれッ。敵は小勢ぞ！」

　平右衛門尉は味方の動揺を抑えようとした。その時、後方で誰かが叫んだ。

「後ろに回り込まれたぞーッ」

振り返れば背後の草むらにも泥だらけの敵兵の姿が見えた。上半身まで泥に浸かった敵兵が泥をかき分けて進み、退路を封じようとしていた。

「しまった！　囲まれたかッ」

平右衛門尉は臍を嚙んだ。敵の本陣からは、ドーン、ドーンと休むことなく押し太鼓の音が聞こえてくる。


「雑兵どもは泥の中での進退が見事であるな。我が兵ながら驚かされるぞ」

道灌は鞍の上で身を乗り出して戦況を見守っている。傍らには英泰が控えていた。

「戦を逃れて村を離れた百姓衆にございます。泥田には慣れておるのでございましょう」

「左様か。思いも寄らぬ頼もしさだ。……なれど、哀れなものだ。この戦、いい加減に終わらせねばならぬ。百姓どもが田を耕すことのできぬ世など、あってはならぬのだ」

百姓たちは、自分たちの暮らしを破壊した武士たちに怨みを抱いている。鍬の代わりに手にした薙刀で敵の将兵を叩きまくった。武器を持たぬ者は足元の石を拾って投げつける。拳ほどもある礫が雨あられと練馬勢に降り注いだ。

太田勢は騎馬武者五十騎の小勢に過ぎぬ——と信じていた練馬勢は、泥沼の中から次々と湧いて出る百姓兵に翻弄されている。

道灌は「うむ」と大きく頷いた。

「今こそ好機。我らも攻めかかるぞ。豊島の兄が率いる石神井勢が着到するより前に練馬勢を討ち取る！　我に続けッ」

道灌は畷道を進む。細い縦の隊列のまま遠矢を射るように命じた。山なりの放物線を描いて矢が飛んだ。

近矢は敵に接近して直線的な矢を射かける技だが、細い畷道の上では、目の前にいる味方の騎馬武者が邪魔で射ることができない。無理に射ようとすれば押し退けあいとなって大混乱が生じる。しかし山なりに射る遠矢ならば、仲間の頭越しに矢を射ることができた。

道灌の騎馬隊が接近してきたことを知って練馬勢は完全に浮足立った。矢を射かけられて度を失った武者は馬を捨てて泥に飛び込んだ。すると鎧の重さで泥に沈む。ますます身動きがままならない。従者の助けを呼ぶ声が戦場のあちこちで聞こえた。

田下駄を履いた太田方の百姓兵は身軽に——とは言い難い足どりではあるが、泥に沈んだ鎧武者よりは自在に進退し、薙刀を振り回した。武器の扱いに慣れていないが胸まで泥に浸かった相手を打つのはたやすい。

練馬の将兵の悲鳴が連続した。

道灌はゆるゆると注意深く馬を進めていく。泥の中でもがく敵を見つけるたびに矢で射た。相手はまったく動けない。流鏑馬の的と同じだ。動かぬ的に馬をゆっくり進めつつ矢を射るのだ。これで当たらなかったら坂東武者とはいえない。練馬勢は次々と矢を立てられて断末魔の悲鳴を上げた。

熱川六郎が叫んだ。

「殿ッ、あの緋縅(ひおどし)の鎧武者こそが平右衛門尉にござる！」

紅(あか)い甲冑が畷道を逃げてゆく。

「討ち取れ！」

道灌は馬に鞭を入れた。配下の五十騎が続いた。

豊島平右衛門尉は沼袋の湿地を抜けて北の高台へと逃げていく。道灌と騎馬武者も畷道を抜けると左右に広がって追いかけつつ矢を射かけた。

平右衛門尉の馬は先ほどまで泥の中でもがいていた。当然に疲れている。あっと言う間に距離が狭まった。近々と寄って放たれた矢が平右衛門尉の背に刺さる。平右衛門尉は身を仰(の)け反(ぞ)らせた。鏃(やじり)が鎧を貫通したのだ。すかさず身を寄せた饗庭次郎が飛びついて平右衛門尉を馬から引きずり下ろした。

二人揃ってドウッと地に落ちる。互いに脇差しを抜いて組んずほぐれつしていたが、ついに饗庭は平右衛門尉の首に刃を当てて圧し切った。

切り離した兜首を高く掲げる。

「豊島平右衛門尉、討ち取ったり！」

「次郎、でかした！」

道灌は鞍を叩いて褒めた。

五

豊島一族は平右衛門尉の他に、志村氏や板橋氏などの親族衆を討ち取られて敗退した。

道灌は兵を北に進める。台地上の野原に出た。

「敵も馬鹿ではない。同じ手は二度と通じぬ。豊島の兄は弟の負けぶりを知ったはずだ」

練馬城の敗残兵が勘解由左衛門尉の軍勢に逃げ込んでいる。戦の子細を伝えたはずだ。

「次は江古田原で迎え撃つぞ。皆、弓に弦を張れ！」

道灌は江古田原の南に陣を敷いた。

豊島勘解由左衛門尉は石神井城衆を率いて進軍してきた。豊島一族の本隊である。騎馬二百騎、徒士武者と兵を合わせれば千を超える大軍であった。

粛々と進軍してきた石神井勢に沼袋の敗兵が逃げ込んでくる。話を聞いた勘解由左衛門尉は仰天した。

「弟が討たれたじゃと……ッ？」

一人の敗兵の襟首を摑んで絞り上げた。勘解由左衛門尉は体軀雄大な猛将だ。責められるほうはたまったものではない。もがき苦しみながら敗北の様を伝えた。

聞き終えた勘解由左衛門尉は憐れな兵を投げ捨てた。

「おのれッ、道灌め！」

本来、豊島家と太田家は味方だ。古河の成氏を相手とした戦では二十二年もの間、共闘してきた。

それなのに平右衛門尉を無惨に殺した。

「道灌は鬼か！」

もちろん勘解由左衛門尉も、謀叛を起こしたからには討伐の対象になることぐらいは知っていた。けれども心のどこかで——管領様は我らを殺すまではするまい。いつかはご宥免くださるはずだ——と信じていた。一種の甘えだ。

上杉一門が関東管領として威を振るっていられるのは、関東の大名、国衆、一揆が支えているからだ。豊島一族のような大族を、これまで忠節を尽くしてきた重臣を、いきなり殺しにかかるとは思ってもみなかった。

そもそもこの謀叛は越後上杉家ばかりを頼る山内上杉顕定に改心してもらうための〝諫言〟である。山内上杉家を攻め潰すつもりなどはなかった。

豊島一族の思い込みが『甘かった』とは言い切れない。白井長尾景春とその被官中が謀叛の兆しを見せ始めたのは三年も前だ。白井長尾景春が鉢形城で叛旗を翻したのは一年前である。

その間、関東管領山内上杉家と、謀叛を起こした家来たち（豊島一族を含む）は、互いに甘えたことを言い合ってきたのだ。双方ともに君臣ならではの甘さがあったのである。

「道灌だけは、本気であったか……！」

弟を討ち取られて、初めて目が覚めた思いだ。

「道灌を殺し、太田家を攻め潰さねば、我らのほうが攻め殺されるぞ……！」

勘解由左衛門尉は配下の者に武装を命じた。弓には弦を張り、薙刀の鞘と刀の柄袋を外させる。

「敵は近いぞ！」

勘解由左衛門尉の武者震いは止まらない。采を振り下ろして進軍を命じた。

道灌勢の五十騎、百五十人と、豊島勢の二百騎、千人は、江古田原の南北に布陣した。十町ばかりの距離を隔てて睨み合う。

勘解由左衛門尉は太田勢を遠望した。

「たったのあれだけか」

平地での駆け合いとなれば、武芸によほどの差がない限り、数の多い方が勝つ。

それでも勘解由左衛門尉は不安を感じた。道灌をよく知っているだけに、腹の底の知れなさも理解している。

――奴は必ず、なにかを仕掛けてくるはずだ。

なんの工夫もなく寡兵で押し出してくるはずがない。

ところが、親族や配下の武将たちは考えもなしに逸っている。敵の少数を目の当たりにして早くも勝ったつもりでいる。

「勘解由左衛門尉殿！　兵を進められよ！」

一族の長老でもある老将、赤塚将監(あかつかしょうげん)が嗄(しゃが)れ声で催促する。

勘解由左衛門尉も、今いちばん恐れている事態は、河越城の扇谷本軍が南下してくることだ。江戸の太田勢は早急に撃破しておく必要がある。

「よし！　追い散らしてくれる。平右衛門尉の恨みを晴らす！」

全軍が「おうッ！」と吼えて勇み立った。太田勢に向かって進軍を開始した。

敵の雄叫びが近づいてくる。今にも包囲されてしまいそうだ。

道灌は英泰を呼んだ。

「銭で雇った百姓たちは陣の後ろに下がらせておけ。矢面(やおもて)に立たせることはできぬ。きっとすぐに攻め崩されてしまう」

英泰は浮かぬ顔だ。

「されども、太田勢と牢人衆のみでは、あの大軍に太刀打ちできませぬぞ」

「陣を引き締めて守りに徹するように伝えよ。たとえ敵が逃げる素振りを見せたとしても、楯より前に踏み出すことは許さぬ」

道灌は陣の正面に楯を並べさせた。その楯で敵の矢を凌ごうという策だ。

敵の武者が走ってきて鏑矢を射かけた。ヒューッと音を立てて二人の頭上を飛んで行く。合戦の始まりだ。

道灌は冷静に命じ続ける。

「騎馬武者にも『敵の誘いに乗ることは許さぬ』と伝えよ。いかなる敵が名乗りを上げようとも相手にするな。馬を射られてもかまわぬ。倒れた馬をも楯にせよと伝えよ」

道灌は自らも弓を手にした。

合戦は詞戦い――悪罵の浴びせ合い、侮辱のしあいから始まる。太田勢は豊島勢の謀叛を非難し、平右衛門尉の討ち死にの無様さをあげつらって嘲笑した。

豊島勢は激昂して進軍してきた。

「いかん。悪口が利きすぎた。敵の痛いところを突きすぎておるぞ」

道灌は困惑している。敵が盛んに矢を射かけてきた。太田勢は楯の後ろに身をひそめる。

さすがに敵は大軍だ。豪雨のように矢が降ってくる。馬鎧にも矢が立った。

道灌は馬から下りた。馬を馬丁に預けて矢の届かぬ後方まで下がらせる。弓をつがえて引き絞ると、

「臆するなッ。射返せッ。我らの背後は泥沼だ。逃げ場は無いのだぞ！　戦うのだッ」

声を嗄らし、弓弦を鳴らして矢を放った。

豊島勘解由左衛門尉も、味方の兵を励ましている。

「敵は小勢ぞ！　一気に押し切れッ。沼袋の泥濘に突き落としてやれッ」

道灌が泥沼に足を取られて動けなくなったところで討ち取る。

「平右衛門尉が受けた屈辱を、そっくり返してくれる！」

勘解由左衛門尉は押し太鼓を叩き続けた。豊島勢は休むことなく前進する。

「敵は楯の陰に隠れて臆しておるぞ！　赤塚将監殿、騎馬隊を出せッ。馬で楯を蹴散らすのだ」

老将に命じた。赤塚は勘解由左衛門尉にとっては叔父にあたる。ひげも眉毛も白いがテラテラとした赤ら顔で矍鑠（かくしゃく）としている。

「任せよ」

頼もしく応えて、自ら率いる騎馬武者の二十騎を陣の前まで進めた。

それを見て勘解由左衛門尉が突撃の合図となる采を振り上げようとした、その時であっ

た。

「殿ォ――――ッ」

物見の早馬が駆けつけてきた。鞍から下りるのも省いて、鐙から足を離しただけで報告する。いかほどの一大事なのか、それだけでも知れた。

「東より敵勢が寄せて参ります！　およそ二百五十騎、徒士武者、雑兵、合わせて千二百！」

「なにッ？」

勘解由左衛門尉は目を東に向けた。豊島台地の雑木林を抜けて、敵の騎馬武者が江古田原に姿を見せた。後に続いた兵の列が幟を高く掲げていた。

騎馬武者は報告を続ける。

「敵の大将は千葉自胤にございまするッ」

千葉自胤は、下総千葉介家の宗家であったが、分家の馬加家の下克上で千葉の地を追われた。以来、扇谷家と道灌の庇護を受けて戦い続けている。

勘解由左衛門尉も千葉自胤を助けて馬加方と合戦をしたことがあった。古河の成氏と上杉一門の戦が始まって二十二年だ。千葉自胤と豊島勘解由左衛門尉は二十年来の盟友でもあった。

勘解由左衛門尉は千葉自胤の実力を知り尽くしている。関東八屋形と尊称された千葉介家だけあって兵も強い。

千葉勢に続いて〝両飛雀〟の旗を掲げた上杉朝昌も進軍してきた。

扇谷上杉定正の弟で、気弱な陣代を務めていたあの貴公子だ。

千葉実胤ならば、居城は武蔵国の石浜だ。この場からも近いので急を知って駆けつけることも理解もできる。しかし上杉朝昌の出現は驚異であった。

「朝昌勢は小沢城を囲んでおったのではなかったのかッ」

動揺している間にも、敵勢は列をなして進軍してくる。

太田勢に突進するはずだった赤塚将監が馬首を返して戻ってきた。

「退くのであれば、急がなければ間に合わぬぞ！」

歴戦の猛将も戦況は不利と察しているようだ。

勘解由左衛門尉は口惜しそうに唸りながらも頷いた。

「馬を納める！」

そう宣告した。〝馬を馬小屋に入れる〟という意味だが〝居城に逃げ帰る〟というあけすけな物言いを嫌って、そう言い換える。

赤塚将監は手にした弓を振り上げて、

「退き陣じゃあ！」

と、配下の者たちに下知した。

太田勢を攻めるため、戦闘態勢で展開していた豊島勢が行軍態勢に粛々と移行する。その動きを道灌は見逃さなかった。

「敵は退くつもりぞ！　逃がしてはならぬ！」

なけなしの騎馬五十騎に進軍を命じた。馬丁が後方から馬を引いて走ってくる。兵たちも弓や薙刀を握り直し、楯の陰から踏み出した。

道灌は馬に跨がった。

「敵の尻に食らいつけッ。不利は承知のうえだ！　御陣代様と千葉七郎の軍勢が着到するまでの辛抱ぞ！」

太田勢は豊島勢を目掛けて襲いかかった。


「道灌めはわしに任せよッ。そなたは石神井城へ！」

赤塚将監が決死の顔つきで勘解由左衛門尉に叫んだ。

「早く行けッ。取り囲まれたなら最期だ」

将監は勘解由左衛門尉の手綱に手を伸ばした。グイッと引いて西を向かせると、馬の尻を弓で叩いた。

馬が走り出す。大将の面目に賭けて〝自分の意思で逃げ出した〟のではない。将監のせいで逃げ出す破目になったのだ——と装ったのだ。勘解由左衛門尉は馬を返そうとはせずに馬の走るがままに任せた。旗本の騎馬衆が一緒に逃げていく。その姿を見た兵たちが動揺した。

「臆するなッ！　赤塚将監、ここにありッ。道灌の首はわしが討ち取ってくれるッ。皆の者ッ、我に続けェ——ッ！」

将監は太田勢を迎え撃つために突進した。ついてくる兵は少ない。太田の騎馬武者五十騎に取り囲まれる。将監は弓を捨て、太刀を抜いて奮戦した。

東からは地を揺らしながら扇谷上杉朝昌と千葉自胤の軍勢が迫る。戦場に取り残された豊島勢の千人は、ある者は命の尽きるまで戦い、ある者は周章狼狽して逃げまどった。

六

沼袋と江古田原の戦いに道灌と扇谷勢は勝利した。首実検に晒された豊島勢の兜首は五十級にも及んだ。豊島氏は、豊島平右衛門尉や赤塚将監など、多くの武将を失った。

首実検を終えた扇谷勢は、陣を組み直すと、さらなる戦果の拡大を目指し、石神井城に向かって進んだ。

道灌は饗庭次郎と熱川六郎たち、配下の武将を呼んだ。

「豊島の兵どもは石神井城内に逃げ込もうとしておるはずじゃ。そこを追い散らせ。執拗にやるのだ。城に逃げ込ませてはならぬ」

道灌自身は、江戸城に駆け戻ると右筆衆を集めた。

「合戦の次第を敵味方問わずに伝える。文を記せ」

机を並べた右筆たちに加えて、能筆の者ならば牢人でもかまわず筆を取らせて口述筆記で手紙を書かせる。

於蔦が侍女を引き連れて出てきた。

「勝ち戦、おめでとうございまする」

侍女たちが声を揃えて「おめでとうございまする」と言おうとしたところを、道灌は片手をサッと伸ばして制した。

「まだ勝ったと決まったわけではない」

厳しい口調で言ってから、続ける。

「お前たちも筆を取れ。文を認めてわしの勝ち戦を報せるのじゃ」

於蔦が首を傾げる。

「たった今、まだ勝ち戦ではないと申されましたのに、勝ち戦を報せるのでございますか」

「一時の勝ち星を十全の勝ち戦とするために味方を集めねばならぬのだ。急げ！　豊島一族を攻め潰さねば、いずれ再びこの江戸城は攻められようぞ。文を書くのも戦。お前たちの書く文の一枚一枚が太田の軍兵と心得よ！」

於蔦と侍女たちは机を並べて文を書き出した。宛て先は国人領主の奥方だ。手跡に優れる山吹は殊に見事な一文を書いて道灌を感心させた。

書き上った順に花押を押して早馬に託すと送り出した。

それから道灌は江戸城で二刻ばかり睡眠を取ると、夜も明けきらぬうちに再度出陣した。石神井城に向かう。

石神井城は扇谷上杉朝昌や千葉自胤の軍勢によって包囲されていた。城そのものは周囲を湿地と池によって囲まれている。池の中の島に櫓や城壁が築かれてあった。

寄せ手は湿地の中の細い道を進むしかない。あるいは舟を使うか、どちらかだ。いずれにしても敵の矢面に晒される。攻めるに難く、守るに易い堅城であった。

ところが今回ばかりは、この地形が城方にとって仇となった。城に通じる道を上杉方に塞がれてしまい、豊島の兵たちが城に戻ることができなくなってしまったのだ。

城主の豊島勘解由左衛門尉は逃げ帰ることが叶ったが、少数の兵での籠城を余儀なくされている。

一方の扇谷上杉勢は兵が増えていく一方だ。道灌の戦捷を聞きつけて周辺の国衆や一揆が馳せ参じてきたのである。どうやら様子見をしていたらしい。勝敗は決したと知って、いけしゃあしゃあと顔を出したのだ。

上杉朝昌は立腹している。

「憎々しい奴輩め。我らが苦戦しておった時には、陣触れにも応じず、知らぬ顔を決め込んでおったくせに！」

一方の道灌は陣頭に出ると、笑顔を絶やさず、懇ろに応対してやった。

「そこもとの忠節、まことに天晴れ。必ずや管領様に伝えましょうぞ」

手など握って、歯の浮くようなお世辞まで付け加える。朝昌はますます苦々しげだ。参陣挨拶の者たちがいなくなった隙に、道灌に文句をつけた。

「かの者どもは、一度は景春に与する気配を見せた者どもだぞ。油断はならぬ。厳しく咎めるべきではないか」

道灌は相手にならない。

「今は味方を増やすことが第一にござる。忠節などは、二の次」

「そうは申すが……」

「忠義のあるなしを問うならば、白井長尾家などは忠義第一の家柄でござった。豊島一族も長い間、管領様にご奉公してきた家柄」

忠義などあてにはならない、と言いたかったのだが、朝昌は道灌の意図とは違う反応を示した。

「いかにも豊島の一族は山内様に忠節を尽くしてきた。我らが攻めても良いものかどうか。わしには見当がつかぬ」

道灌は朝昌の顔を見つめ返した。いかにも貴公子然とした弱気な顔つきだ。

「いったいなにを迷っておいでか」

思わず冷たい口調で問い質すと、朝昌は声を震わせた。

「豊島郡は武蔵国の内。豊島一族は山内上杉様の御家来だ。謀叛の処罰は山内様か、武蔵守護代の総社長尾家が図るべきこと。我ら扇谷上杉家が、山内様を差し置いて豊島一族を誅して良いはずがない！」

「筋目を通せとの仰せでござるか。左様ならば拙僧は山内様から一筆頂戴してござる。叛徒の誅伐ならびに降参人の進退は、それがしの一存でござる。かような約定を交わしてござる」

「それは知っておるが……」

管領の山内上杉顕定は、窮余の一策で道灌にすべてを託したのだ。

この山内家の判断に朝昌は同意できない。

「相模国内で蜂起した叛徒ならば攻め殺しても文句は言われまい。相模の守護は我ら扇谷家だからじゃ。されどここは武蔵国じゃぞ。仮に山内様がお喜びくださったとしても、総社長尾が良い顔をするまい」

「左様ならば、いかにせよと御陣代様はお考えか」

「まずは和議じゃ。勘解由左衛門尉に詫びを入れさせるのが良い」

「よろしゅうござる」

道灌が簡単に同意したので、朝昌はかえって驚いた顔をした。

「それで良いのか」

「拙僧も、まったく同じことを思案しておったところでござる」

「お、おう……。左様であったか」

朝昌は安堵の表情を浮かべた。道灌は陣幕を上げさせて石神井城を睨んだ。

「拙僧が乗り込んで、話をつけて参りまする」

「頼んだぞ」

道灌は一礼して陣所を離れた。


石神井城で豊島勘解由左衛門尉と会談した道灌は、勘解由左衛門尉の降伏を認めた。道灌が示した降伏の条件は、石神井城の堀を埋めること――であった。

豊島勘解由左衛門尉は当惑した。天然の湖沼に造られた城なのだ。周囲の湖沼を埋めろ、と言われても、できるものではない。

道灌は〝豊島勘解由左衛門尉が城の堀を埋めること〟を条件に、降伏を認めた旨を、山内上杉顕定と総社長尾忠景に報せた。

同じ頃、小沢城の金子掃部助(かもんのすけ)と、江戸城の東方にある葛西城の大石石見守が降伏している。

道灌は石神井城を睨みながら、英泰に語りかけた。

「やはり豊島一族はこのままにはしておけぬ。見よ。豊島勢が敗れたと伝わった途端に、多くの叛徒が戦意を失くした。彼奴らの頼りは豊島一族であったのだ。ここで勘解由左衛門尉を生き長らえさせてはならぬ。再び力を蓄えて謀叛を起こすに違いない。もう一度謀叛を起こされたならば、間違いなく我らが死地に陥る」

英泰に向かって喋(しゃべ)っているけれども、道灌自身の自問自答であった。冷酷な決意を固めるために踏むべき手順なのだ。

「上杉一門はかつて、関東公方家を滅ぼし損ねた。成氏も上杉一門を滅ぼす機会を逸した。ゆえに終わりのない戦が続いておるのだ。わしは同じしくじりを犯しはせぬ。この機を逃さず豊島一族を滅ぼしてくれる」

四月十八日、和議は条件付きで成立し、道灌は兵を退かせた。

その十日後に突如として大軍を催して進軍してきた道灌は、「堀を埋める約定が果たされていない」と言い立てて、石神井城に攻めかかった。

「関東管領山内様を誑かした罪は軽からず！　騙り者を許してはおけぬッ。管領様に成り代わって誅殺する！」

道灌は石神井城に攻め込んだ。勘解由左衛門尉は和議が成って兵や諸将を村や領地に帰していた。さしもの堅城、石神井城も、為す術もなく外郭を突破される。勘解由左衛門尉はただの一騎で沼を泳ぎ渡って行方を晦ませた。逃げ後れた家臣と家族は、城を枕に自害した。

第十六章　都鄙和睦

一

道灌は相模国と武蔵国南部をほぼ制圧した。景春が策した扇谷領の分断と江戸城の孤立は回避され、山内上杉顕定を救援する態勢を整えることができた。

一月十八日の景春方による五十子陣襲撃以来、劣勢を強いられていた上杉一門であったが、道灌の活躍によってようやく軍事的均衡を取り戻した。五十子陣の失陥から三カ月目の快挙であった。

一方、景春は戦況の悪化に焦りを覚え、各地で蜂起させていた被官中を鉢形城に集結させた。

景春の旗下には上野国衆の長野為業（箕輪城主）など、上野国と武蔵国の国衆や一揆が馳せ参じた。白井長尾景信（景春の父）と被官盟約を結んで身分と権益を保証してもらった者たちだ。ここで敗れれば上杉一門が掲げる〝大乱以前の世に戻す〟という方針により、元の身分の〝貧しい下司や地頭〟に格下げとなってしまう。

景春方の総勢は八千に膨れ上がった。

この時、山内上杉顕定は上野国の河内（前橋）に逃れていた。扇谷上杉家の当主、定正は細井（同じく前橋）に布陣していた。越後上杉の定昌は白井城（白井長尾景春の本貫地）を攻め落として拠点とする。

武蔵国北部を手中に収めた景春と、上野国を死守せんとする上杉一門との間で決戦の機運が膨らんでいった。


道灌は攻め取った土地の戦後処理に取りかかった。

敵将が逃走した土地は〝闕所〟となる。管理者のいない土地だ。

関東の農地はほとんどが荘園で、坂東の武士は代官である。代官に任じられた者は定得分や棟別銭を徴収して、兵馬を養う。

誰を闕所の代官に任命するかは守護や守護代に決定権がある。道灌は相模守護代の権限で、味方につけた者たちを次々と代官に任じていった。

降参した者たちの扱いは道灌にまかせるとの一筆を関東管領山内上杉顕定より取りつけている。道灌は降参人に対して被官（家来）の盟約を迫った。道灌の被官として働くのならば元の身分と所領を保証すると約束した。

こうして道灌の配下はあっと言う間に膨れ上がった。相模国の叛徒と豊島一族が率いていた軍兵のほとんどが道灌の指揮下に組み入れられたのだ。

道灌は大軍をふたつに分けた。相模国の抑えは上杉朝昌に託す。朝昌は軍勢を率いて糟屋に戻った。三浦義同と千葉自胤には江戸城の守備を依頼する。

大森信濃守実頼は道灌とともに戦うことを志願した。他にも上杉憲清や上杉能香など、上杉一門とはいえ小身の分家たちが立身出世の好機と見てとって軍勢に加わった。道灌は降参人の旗頭に彼らを任じた。

銭で雇った牢人や百姓兵が頼りであった道灌が、ここで初めて大軍勢を手に入れた。太田党と呼ぶべき武士団が誕生したのだ。

道灌は大軍を率いて北上を開始する。入間川沿いに進んで河越城に入り、実弟の太田図書助資忠と合流した。

休むことなく利根川に沿って進軍して、南東方向から五十子陣に迫る。五十子陣はこの時、白井長尾景春が占領している。

道灌北進の報せは関東の諸国に衝撃をもって伝わった。上野国の各所に逃れていた上杉一門も俄然勢いづけられた。太田勢とともに五十子陣を攻めるべく南進してくる。利根川を挟んで、北岸の那波荘に集結した。

一方、白井長尾景春は、江戸と上野の双方から敵が迫るのを見るや五十子陣を出て、梅沢の地に布陣した。梅沢は利根川の断崖の上にある。上野国の上杉勢が川を渡って来ようとするところを水際で討ち取る魂胆だ。利根川を巨大な水堀に見立てて防戦を企図する。


上杉一門の陣所は利根川の北岸にある。道灌だけが南岸にいる。

上杉一門の大軍は梅沢の景春を恐れたのか、いつまでたっても川を渡って来ない。仕方がないので道灌は南から北へと利根川を渡った。そして那波にある上杉陣に入った。

「おう、静勝軒(せいしょうけん)！　待ちかねておったぞ！」

道灌が本陣に踏み込むなり、関東管領、山内上杉顕定が笑顔で大声を上げた。朗らかな顔つきと声音(こわね)であった。

居並ぶ諸将は美々しい鎧(よろい)と太刀(たち)の象嵌(ぞうがん)を競い合っている。縅糸(おどしいと)や金箔(きんぱく)が目に鮮やかだ。

一方の道灌は江戸から急行してきて、しかも利根川を渡ってきた。土埃(つちぼこり)と泥水に塗(まみ)れている。一礼して床几(しょうぎ)に座ると、険しい面相で真っ向から山内上杉顕定を睨みつけた。

「こんな所でなにをしておられまするか。疾(と)く、利根川をお渡りくだされ！」

叱りつける口調だ。

「こうしておる間にも景春勢は兵を増やし、着々と対岸の守りを固めておりまするぞ！」

相も変わらぬ上杉の殿ばらの腰の重さと悠長な戦ぶりに道灌は憤然としている。

「我らの敵は白井長尾景春。彼の者は山内様の御家中きっての戦上手にござった！　初手で後れをとったならば勝ち目はござらぬッ」

上杉方はいつもいつも〝敵の様子をしかと見定めてから〟ゆるゆると動き出し、敵に先を取られて、大出血を強いられてきた。

まったく懲りていないのだ。今回もまた同じ失敗を繰り返そうとしている。

「待て」

道灌を遮ったのは総社長尾忠景であった。心労でますます痩せて咽首が細い。筋と皮ばかりが目立つ。細いドジョウ髭を怒りで震わせた。

「敵は八千、我らは一万二千の大軍だ。地侍同士の喧嘩ではない。じっくりと腰を据えて戦うべし。軽挙は慎まねばならぬ！」

「おう、それこそが上杉の戦でござるな。なれども我らは〝じっくりと腰を据えて〟二十二年もの間、古河の成氏と戦ってまいった。今度は白井長尾の叛徒どもを相手にじっくりと何十年も戦い続けるおつもりか！　ここは拙速の謗りを受けようとも、恐れず兵を進め、景春を一息に攻め滅ぼすべきでござる！」

山内上杉顕定も、扇谷上杉定正も、越後上杉定昌も、終わりのない戦に飽き飽きしていることは、事実だ。道灌の気迫に押されて頷きかけた。

ここでまたしても遮ったのは総社長尾忠景である。

「敵はすでに梅沢に布陣をし終えておる。さらには五十子陣にも兵の半数を残しておる。真っ向から攻めかかるなど最も愚策！」

膝をグルッと巡らせて山内上杉顕定に向き直り、言上した。

「梅沢は険難の地。しかも叛徒は柵を巡らせ陣を堅固に構えており申す。容易に攻め落とすことは叶いませぬ。攻めかからんとすれば、我ら上杉勢は利根川と五十子の間に広がる河原を足場とせねばなりませぬ。背後は川。敵に押し負けた時に逃げ場がござらぬ」

それから道灌に向き直って、

「万が一にも、御大将が討たれるようなことがあってはならぬのだ！」

と叫んだ。

戦う前から負ける算段をしているわけだが、臆病であると罵る者はいなかった。

上杉勢はそれほどに弱い。二十二年来、敗戦の連続だ。上杉勢は何度敗れても、敗戦を繕って形勢を挽回し、持久戦に持ち込んできた。負け軍（いくさ）の達人が揃っていたともいえる。

負け軍の達人たちの目には、確かに道灌の軍配は危険な賭だと映った。こうして今、利根川北岸の那波に陣を張っているのも、上杉三家の当主を討ち死にさせたくないからなのだ。敵の堅陣に向かって突撃させるなど以ての外であった。

「左様であるなら」

と、道灌は次善の策を持ち出した。道々思案を重ねてきたのである。

「五十子と梅沢の敵陣は避けて、次郎丸（地名）を経て、鉢形城に兵を進められるがよろしかろう」

本陣に揃った全員が訝しげな顔をした。

一同の疑念を代表して山内上杉顕定が質した。

「いかなる策じゃ」

「目前の敵とはあえて戦わず、一気に南下して鉢形城を襲うのでござる。鉢形城は景春の根城。景春にとっては、失うことのできぬ城にござる」

白井長尾家の本貫地は白井城だが、今は越後上杉定昌によって占拠されている。白井城に代わって鉢形城が景春の根拠地になった。ここで鉢形城を失えば、景春の挙兵は完全に行き詰まるはずだ。

「馬鹿な！」

総社長尾忠景が吐き捨てた。

「列をなして鉢形城に向かおうものなら、景春は五十子と梅沢より兵を出して追ってこようぞ！」

道灌は大きく頷いた。

「いかにも、それが狙いでござる。我らは景春勢を平場（なにもない野原）に引きずり出すことが叶いまする。平場での合戦となれば敵は八千。我らは一万二千の大軍！　負けるはずがござらぬ」

総社長尾忠景は目を剝き、歯を剝いた。

「景春が追ってこなんだら、なんとするッ」

もはや口論のための口論だ。怒りのままに怒鳴る。一方の道灌は余裕の笑顔だ。

「追って来ぬなら鉢形城を攻め落としましょうぞ。景春は五十子と梅沢に大軍を集め、鉢形城はいたって手薄にござる。鉢形を落とせばこの戦、我らの勝ちにござる」

道灌は「いかに」と、上杉三家の大将たちに顔を向けた。

山内、扇谷、越後の三大将は額を寄せ合って相談を始めた。その様子を総社長尾忠景が焦りを隠さぬ顔つきで見守っている。口を挟みたいけれども口出しをしかねている、といった風情だ。

一方の道灌は悠然と床几に座っていた。本陣付きの山内家近習を呼んで、

「水をくれ」

などと頼む余裕まであった。

杯の水を啜っているうちに、三大将の相談が終わった。

「よかろう」と、山内上杉顕定が言った。

「静勝軒の軍配で事を進めよ」

道灌は杯を机に置くと「ハッ」と応えて低頭した。一方の総社長尾忠景は苦々しげな顔

つきでそっぽを向いている。

山内上杉顕定は「左様であれば」と軍議を続ける。

「先鋒を誰に任せて対岸に送り出すか、それが懸案じゃ。確かに次郎丸の辺りであれば、利根川も徒歩で渡河できる。しかしそれでも危うい役目じゃ。敵の急襲を受けたならば大出血を強いられる」

越後上杉定昌も険しい顔で頷いた。

「先鋒の隊が対岸を抑えることができるかどうかで、この戦の勝敗が決するであろうな……」

敵前渡河だ。渡河の采配をしながら対岸の制圧も成功させねばならない。よほどの采配上手でなければ無理な役目なのであった。

三大将は本陣に居並ぶ諸将に目を向けた。山内上杉家の重臣の大石氏、寺尾氏。越後上杉の重臣の飯沼氏、宇佐美氏、発智氏。扇谷上杉家の重臣の上田氏、そして道灌の顔を順に見た。諸将は皆、死地に飛び込む困難を恐れて面を伏せている。

「しからば」と道灌は答えた。

「拙僧の献策でござるゆえ、先鋒は拙僧が承りとうござる」

山内上杉顕定は表情を明るくさせた。

「おう。その言葉を待っておったぞ」

景気づけに太刀など授けようとしたのであろう。山内上杉顕定が腰を浮かしかけたその時、

「お待ちくだされ」

またしても総社長尾忠景が口を挟んだ。山内上杉顕定は少しばかり驚いている。

「なんじゃ。そのほうが先鋒を率いたいと申すのか」

「さにあらず。太田勢が先陣を切ると申すのならば、それを遮るつもりはござらぬ。されども静勝軒殿が率いる軍兵には、異論がござる」

総社長尾忠景は、道灌に憎々しげな面相を向けた。

「貴僧の率いる兵には山内上杉家の被官が加わっておるなッ？　なんの故あって山内家の兵を率いておるのだ。そしてこたびは、山内家の兵を敵の矢面に立たせるつもりかッ」

道灌はムッとなって言い返した。

「それは、相模と武蔵の降参人のことにござるか」

「いかにも！」

道灌は相模国内と、豊島一族との戦いで多くの将兵を降参させた。降参を許したうえで自軍の兵力に加えたのだ。その一事が総社長尾忠景にとっては、許せることではなかったのである。

「降参人どもは白井長尾と被官の盟約を結んでおった！　白井長尾の被官となったのは、

白井長尾が〝山内上杉家の家宰であったから〟だ！　ただ今の家宰はこのわしじゃッ。山内家の被官はわしが率いるべきであるッ」

忠景は勢いよく立ち上がると、ビュッと道灌を指差した。

「静勝軒殿は扇谷上杉家の家宰ではないかッ。山内家の被官を勝手に率いるは許せぬッ」

道灌は冷たい目で総社長尾忠景を睨み返した。

「かの者どもを降参させたのは拙僧にござる。降参人の扱いは拙僧の一存。管領様と約定を交わしておる！」

山内上杉顕定は、この場をどう捌いたら良いのかわからぬ顔つきだ。目を泳がせている。

他家から入った養子で、実権は重臣団に握られている。だからこそ実権を取り戻すべく、白井長尾家を押さえ込もうとして、景春の挙兵を招いたのだ。いずれにしても実権はない。家宰二人の言い争いを制することもできずに戸惑っている。

道灌も、総社長尾忠景も、山内上杉顕定のことなど無視して口論を続けた。

道灌は罵る。

「そもそもの話、なにゆえ白井長尾の被官中が相模国内で蜂起したのか！　相模国は扇谷上杉家の守護任国と知りながら、白井長尾が相模の国衆や一揆と被官の盟約を交わしたからではないかッ。道義に外れておるのは長尾一門のほうでござろう！」

忠景は「むっ」と唸って目を白黒させたが、すぐに怒鳴り返した。

「百歩譲って、相模国内の降参人を従えるのは許せたとしても、武蔵国中の降参人を勝手に従えることは、許せぬッ」

「ならばなんとする！　降参人の豊島一族とその郎党を今から解き放てと言われるかッ。せっかく押さえた武蔵の南半国を景春方に奪い返されようぞッ」

「降参人の処罰はわしに任せよと申しておる！」

「降参人は『管領様への許しは道灌が乞う』との言葉を信じて降参したのだ！　『処罰するから引き渡せ』と言われたからとて、拙僧を頼って降参した者どもを無下に引き渡せようものかッ。どうでも引き渡せと申すのであれば、この道灌にも武門の意地がある！　降参人どもの大将となって総社長尾と一戦に及ぶまでじゃ！」

　総社長尾忠景は目を剝き、歯嚙みした。

「お、おのれっ、貴様も謀叛人であったかッ」

　道灌を指差しながら山内上杉顕定に顔を向ける。

「管領様もお聞きでござろう！　静勝軒を討ち取らねばなりませぬぞッ。『討ち取れ』と拙者にお命じくだされッ」

　道灌も負けじと山内上杉顕定を睨む。

「今は一兵でも多くの味方を集めるべき時！　『処罰する』などと言い立てて、降参人を敵側に追いやってはなりませせぬッ」

総社長尾も叫ぶ。

「管領様！　降参人どもは、元は管領様の御支配だったのでございまするぞ。扇谷上杉家の勝手を許してはなりませぬッ」

それを聞いた扇谷上杉定正が立ち上がった。

「待てッ。なんじゃ、今の物言いは！　扇谷上杉家に叛意があるかの如き雑説は許さぬぞッ」

道灌は床几を尻の下から外して、その場に跪いた。両手の拳を地につけて、山内上杉顕定に向かって言上する。

「拙僧は『管領様にお許しを頂く』という約束で、降参人を引き連れて参ったのでござる。降参人ども、一度は謀叛を起こしたとはいえ、管領様のお許しを願えると信じて、ここに参陣したのでござる。なにとぞ御寛恕あって、陣中にお加えくださいませ！」

山内上杉顕定は、道灌と総社長尾忠景に交互に目を向けた。うろたえながら答えた。

「な、ならば、許さぬでもないが、左様であれば総社長尾に率いさせるがよかろう」

道灌は首を横に振った。

「それでは降参人が納得しませぬ。安堵して働けませぬ。総社長尾殿は降参人を罰したくてならぬご様子だからでござる」

「罰するのが当然じゃ！　わしが家宰となった後も白井長尾を旗頭に立て続けた不心得者

どもじゃぞ！」

「それこそが私怨にござる！　総社長尾殿は降参人が憎くてならぬのじゃ。意趣返しをするつもりでござろう。管領様に申し上げまする。降参人の身柄はいったん扇谷上杉の手にお預けくだされ。それが上杉一門のためにございまする」

山内上杉顕定は、総社長尾忠景の顔をチラリと見た。そして言った。

「静勝軒の申すことに理があるとわしは思う」

総社長尾忠景は声を裏返して叫んだ。

「管領様は、それがしよりも道灌を信じるとの仰せにござるかッ」

「頭を冷やせ。お前の怒りに任せておいたなら、この陣中がふたつに割れる！　降参人は許す。わしは事前に静勝軒と約束を交わしたのだ。わしは嘘つきになりとうはない。降参人は静勝軒に預ける。これに決した」

「御意にござる」

道灌は総社長尾忠景に異論を挟ませる隙を与えないように早口でまくし立てた。

「さればこれより降参人を率いて景春の陣を打ち破ってご覧に入れまする。我らの忠義の働きぶり、しかとご覧くだされィ」

立ち上がると、一礼して陣所から飛び出した。

自分の陣に戻るなり、

先に、事を動かしてしまわなければならない。
山内上杉顕定は優柔不断なところがある。総社長尾忠景に説得されて意見を変えるより
配下の諸将と客将に向かって叫んだ。
「出陣じゃ！」

二

道灌は軍勢を率いて利根川を渡った。銭で雇った足軽たちと降参人とで総勢は千五百人ばかりに膨らんでいる。対岸の次郎丸には景春方が布陣していたが、易々(やすやす)と打ち破って占領し、休むことなく南下を開始した。

「皆の者、鬨(とき)の声を上げよ！　武具を打ち鳴らせ！」

故意に勇ましく物音をたてながら、一路、鉢形城を目指す。

道灌は英泰(えいたい)に顔を向けた。

「いっそのこと、このまま進んで、我らのみで鉢形城を攻め落としてしまうのも面白いな」

「なんと言われる」

「鉢形城の城兵たちを降参させて、わしの旗下(はたもと)とする。山内様は否とは言うまい」

大軍勢の大将となって、道灌はひたすらに愉快な心地だ。

太田家は、役人としては巨大な実権を掌握していたが、武士団（党）を形成したことはない。ここにきて初めて〝太田党〟を率いることができるようになったのだ。

「腰の重い管領様や御屋形様に頼まずとも、我が一存で戦ができる。今後はみすみす好機を逸する心配もないぞ」

道灌は天に向かって笑い声を響かせた。


太田勢は脇目もふらずに突き進んだ。五十子と梅沢に布陣していた景春は陣を捨てた。道灌の思惑どおりに引きずり出されたのである。

道灌は、鉢形城の北方に広がる野原、用土原で馬を止めた。将兵に陣を敷くように命じる。

続いて降参人に向かって檄を飛ばした。

「皆が許されるかどうかは、この一戦にかかっておるぞッ。目覚ましい手柄を立てて管領様への忠義の証とせよ！　総社長尾殿は皆を罰しようと企んでおるのだ！　管領様より感状を受けるほどの手柄を立てねば総社長尾を黙らせることはできぬッ。皆、命懸けで励め！」

降参人たちは「おう！」と応えて勇み立った。

用土原に景春勢が現われた。土煙を上げながら先駆けの騎馬武者が着到する。長尾家の家紋〝九曜巴〟を染め抜いた旗を高々と掲げながら徒武者の一団もやって来た。その後ろには雑兵たちの数千が列をなしていた。

道灌は馬上から遠望して不敵な笑みを浮かべた。

「孫四郎とはこれが初の手合わせだ。〝長尾一門の麒麟児〟と謳われた采配がいかほどのものか、見せてもらうぞ」

五月半ばのその日、合戦が始まった。〝松陰私語〟によれば八日。〝道灌書状〟によれば十四日のこととされている。

東国の支配者たる上杉一門と、上杉一門によって支配されていた国衆、一揆の戦いだ。支配する側で甘い汁を吸っていた武士と、富を吸い上げられていた武士の戦いであった。

景春勢はいきなり距離を詰めるなり、石礫や遠矢で攻めてきた。

「敵は常道を踏み外しておるな。焦っておるぞ」

道灌はほくそ笑んだ。

合戦では、最初に互いを大声で罵り合う。罵声の浴びせあいより戦いが始まる。大声で悪口を言い、あるいは指摘されたくない弱みを突かれているうちに、腹が立ってくる。敵も味方も存分に激怒しない限り殺し合いなどできるものではない。大将としては、配下の将兵を十分に激怒させておく必要がある。そのための詞戦いであった。

　しかし景春は悪罵を省いて攻撃を開始した。

「上杉三家の大軍が迫っていることは承知しておろう。上杉の本軍が着到するより前に我らを追い散らすつもりだ。そうはさせぬ。我らが凌ぎきれば上杉の勝ちじゃ」

　道灌は大声で命じた。

「陣を纏めて楯を並べよ！　こちらから攻めかかってはならぬ！」

　攻撃の花形となる騎馬武者は陣の後ろに下げられて、楯を掲げた足軽が前に出てきた。

　英泰が馬を寄せてきた。

「静勝軒様もお下がりください。流れ矢が届きまするぞ」

　礫や矢が飛んでくる。その勢いから景春勢の戦意の充実ぶりが感じられた。

「敵は詞戦いなどせずとも、怒りを滾らせておるのです。油断はなりませぬぞ」

　近くの地面に矢がブスブスッと、続けざまに刺さった。道灌の馬が驚いて後退る。馬丁が轡を摑んで鎮めた。

　景春勢はさらに兵を前に押し出してくる。矢は、山なりに飛ぶ〝遠矢〟から、真っ直ぐに飛ぶ〝近矢〟へと変わった。陣の前に並べた楯に突き刺さった。

　太田勢も矢を射返す。銭で雇われて足軽となった百姓たちは石礫を投げて応戦した。

　道灌は戦況を見据えながら答えた。

「騎馬武者を下げることはできぬ。馬を温存せんとして下げれば、兵たちとの間に隙ができようぞ。その隙間に必ずや景春は騎馬を突き入れてくる。我らの陣はふたつに割られて兵と足軽が馬蹄にかけられてしまう」

道灌は、矢と礫が飛んでくるにもかかわらず、大胆にも鞍の上で伸び上がって敵勢を眺めた。九曜巴の幟の林立した場所が本陣だ。そこから盛んに早馬が北に向かって走っていく。

「上杉本軍の位置を確かめるために放った物見であろう。ひっきりなしに放たれる馬の数を見よ。景春は焦っておるぞ。うむ。必ずや無理攻めを仕掛けてこようぞ」

道灌はよりいっそう密集して、敵の付け入る隙のないように陣を組み直した。

道灌の予想した通りに景春勢は騎馬隊を繰り出してきた。道灌は膝を打った。

「堅く守られた敵陣に馬をけしかけるは愚策！　この戦、我らの勝ちぞ！　弓矢で射殺せッ。じっくりと狙って矢を放つのじゃ！」

土煙を上げて騎馬武者が迫る。地面が波うつほどの大軍だ。太田党は弓矢で応酬する。百姓あがりの足軽も礫を投げまくった。

道灌たち太田の騎馬隊は鞍の上から矢を放つ。それでも景春勢の突進は止まらない。体当たりで楯を倒し、兵たちの陣に斬り込んだ。

道灌は騎馬衆を率いて前に出る。自らも馬を駆けさせ、矢を射かけながら全軍に下知した。

「足軽は、敵の馬の脚を打ち払え！」

元百姓が騎馬武者と太刀打ちしても敵わない。

「馬の脚を棒で打つのだ！」

脚を打たれた馬は転ぶ。あるいは嫌がって逃げる。足軽たちは鍬を振るうようにして棍棒で叩きまくった。敵勢の馬が棹立ちとなった。

武士の名誉とはほど遠い卑劣な戦いぶりだ。これがのちに〝道灌がかり〟と呼ばれた足軽戦法の実態であった。

景春方は思わぬ攻撃に戸惑い、かつ、憤っている。

「尋常に戦え！　卑怯者ッ」

道灌はかまわず矢を射た。矢は、叫んだ武者の肩に刺さった。武者はたまらず鞍から落ちる。ここぞとばかりに足軽たちが取り囲み、棍棒で滅多打ちにした。

「足軽には足軽の戦い方があるのだ」

道灌は嘯いた。

降参人を取り込んで兵力を増やしたとはいえ、太田勢は〝上杉軍の一隊〟に過ぎない。景春が率いる数千の大軍を相手にしているのだ。敵は数倍。潔さなどかまっていられない。

たまらずに景春方の騎馬武者が後退する。道灌はここぞとばかりに騎馬武者を率いて追撃した。だが、敵はすぐに新手を繰り出してきた。新手の騎馬隊が駆け寄って来て矢を放つ。道灌は「退けッ」と命じて、雑兵と足軽隊の裏に自軍の騎馬隊を隠させた。

兵と足軽は手早く楯を並べ直して守りを固める。突っ込んできた敵の騎馬に矢を射かける。腰の靫(うつぼ)の矢が尽きれば、楯に刺さった敵の矢を引き抜いて射返した。

騎馬の体当たりで楯が弾き飛ばされた。敵の騎馬武者が陣中に踏み込んでくる。足軽たちが棍棒を振り回したが、ついに馬に押されて逃げ始めた。

舞い上がる土埃(つちぼこり)は本陣の視界をも塞(ふさ)ぐ。道灌の許に英泰が馬を寄せてきた。

「敵の数が多すぎまする！　持ち堪えられませぬッ」

このままでは総崩れとなる。道灌まで討ち取られてしまいかねない。

道灌は怒鳴り返した。

「慌てるなッ。あれを見よ！　味方が来たぞ」

道灌は北の野を指差した。英泰は振り返った。大軍が土用原に雪崩(なだれ)込んでくるのが見えた。

「〃竹丸両飛雀〃の旗印！　山内上杉勢にござる！」

「うむ。総社長尾の旗も見えるぞ」

道灌は鼻先で笑った。

「腰の重い上杉一門も、今度ばかりは悠長に構えておられなかったものと見える。どうじゃ、総社長尾の、あの勇みぶりは！」

総社長尾勢は騎馬武者を先頭に押し立てて景春勢の陣に襲いかかっている。

「孫六めが声を嗄らして下知しておるぞ。このわしが、さんざん悪口を並べて怒らせてやったのが効いておるわ！」

総社長尾忠景は、道灌に後れをとってはならじ、景春に後れをとってはならじ、と逸(はや)っている。本陣で道灌より侮辱に近い扱いを受けたことで、『ここで大手柄を立てねば関東管領の家宰の面目が立たぬ』という心地になったのに違いなかった。

上杉三家と総社長尾家は、雅(みや)びやかな日頃の態度を一変させて、景春勢を熾烈(しれつ)に攻めた。太田勢を攻めていた景春勢は後退する。道灌の危機は去った。

日が暮れても夜戦が続いた。大軍同士の戦いである。数日にわたって激突が続いた。戦場は拡大し、南方の針谷原でも合戦が行われた。

上杉三家が合戦を続けている間に、道灌と太田勢は戦場を大きく迂回し、五十子陣を奪い返した。四カ月ぶりの本拠地奪還であった。

五十子の失陥を知った景春勢は、ついに堪えかねて総崩れとなった。国衆と一揆はそれぞれの城や砦を目指して逃げ散る。景春が率いる本隊の白井長尾勢は鉢形城に逃げ込んだ。

上杉三家の大軍は鉢形城を包囲した。

三

道灌は奪還した五十子陣を山内上杉家の重臣に任せると、鉢形城包囲陣に加わった。

鉢形城は小高い丘の上にある。麓には利根川が流れて天然の水堀をなしていた。利根川の流れが削ってできた崖は天然の石垣だ。

丘の上には柵や塀が並べられ、櫓も建ち並んでいる。まさに堅城であった。

陣所に立ち、城を睨んでいると、静々と足音を忍ばせて一人の武者が近寄って来た。

「曾我兵庫助か」

道灌が振り返りもせずに質すと、その男――曾我兵庫助はその場に折り敷いて、問い返した。

「なにゆえ拙者だとお分かりになられましたか」

道灌は振り返った。

「足音を忍ばせ、鎧の音も立てずに歩く男など、お前の他に誰がおる」

「恐縮にござる」

「否、もう一人おったな。新九郎だ。……まあいい。それで、何用だ」

「五十子陣よりお戻りになられたばかりの家宰様に戦況を報せて参れと、御屋形様より命じられまして、ここに参じました」

「左様か。ご苦労」

曾我兵庫助は語りだした。今度の合戦で景春勢では長野為業が戦死した。上野一揆の旗頭だ。景春は頼もしい味方を失った。これは大きな損失であろう。

上杉勢では山内家重臣の大石源左衛門尉が戦死した。大石氏は山内上杉家の重臣で、多くの分家が関東各地に散らばっていたが、景春の乱では一族が敵と味方に別れて戦っている。

「この坂東でも古今未曾有の大戦であったと、古を知る老将がたが、口を揃えて仰せにございました」

六十年、七十年と生きてきた武士たちでも経験のない大合戦だ。

「で、あろうな。分倍河原の一戦にも勝る死人の数じゃ」

二十二年前、上杉一門と足利成氏とが最初に激突した戦いが分倍河原の合戦である。上杉一門の当主たちが、扇谷上杉道朝ひとりを除いて悉く戦死した。上杉方の大敗だ。関東管領として権勢を振るっていた上杉一門の意外な弱さが露呈した一戦でもあった。

それ以来、上杉勢の将兵は、常に合戦に及び腰で、その大兵力を活かすことができなかった。成氏勢が突進してくると蜘蛛の子を散らすように逃げてしまう。

だからこそ、今度の合戦の熾烈さが不思議である。

「なにゆえ此度だけは、かような大合戦となったのか、諸将は首を傾げておいでにございました」

道灌は「うむ」と考え込んだ。そして答えた。

「一所懸命だからであろう」

「とは、いかなる仰せでございましょう」

「上杉一門は、京の将軍家より関東に派遣されてきた。いわば将軍の代官に過ぎぬ。上杉一門が治める土地は上杉の私領ではない。足利家の荘園や、公家の荘園や、寺社の荘園だ。ゆえに上杉が率いる兵どもは、上杉家を己の主人だと思うておらぬ。愛着もなければ忠誠心も薄い。だから戦になると主人を捨てて我先に逃げ出してしまう」

道灌は「だが」と続けた。

「京の将軍家の力は弱まり、関東公方の成氏も我らの主人ではなくなった。上杉家は己の一存で、この坂東を私し、領地を掠め取った。かつては〝代官と代官所で暮らす者〟という関わりでしかなかった〝我らと坂東武者〟たちが被官の盟約で結ばれて主従となった。上杉家と、その家宰である我らは家来どもの領地を守るために戦う。家来どもは自分の領地を守るため我らの下に集ってくる。かくして起こったのがこの戦だ。景春の被官も、上杉の被官も、わしの下におる降参人たちも、己の所領を奪われまいとして必死に戦ったのだ。これこそが一所懸命だ」

「なるほど、一所懸命にございまするな」

「古河の成氏が強いのも同じ理由よ」

「とは、いかなるお考えで……」

「成氏の下に集まった、下野(しもつけ)、下総(しもうさ)、上総(かずさ)の武士は荘園の代官ではない。大名(たいめい)（広い領地を持つ大豪族というような意味）だ。彼らの祖は国造(くにのみやつこ)。大昔に坂東の原野を切り拓いた者たちの子孫がそのまま武士となったのだ。配下の兵とは大家族のごとき地縁血縁で結ばれておる。一蓮托生(いちれんたくしょう)だ」

　一方の上杉勢は、中央から派遣されてきた行政官だった。転勤族の官僚が役所の職員を率いて戦う。職員たちの戦意が振るうはずがない。

「下野、下総、上総の、たった三カ国からなる古河勢に、日本諸国の兵を集めた我らが勝てなかった理由がこれよ。されども――」

「されども、なんでござろう」

「上杉一門も、太田家も、坂東武者と被官の盟約を結び、荘園主に送るべき米を横領して大名となった。大名となった我らは見違えるほどに強くなった」

「畏れながらそれは〝あるべき様に戻す〟という、管領様や御屋形様の御意に叶わぬことではございませぬか」

「動き出した世は、決して元には戻るまい。上杉一門も、太田家も、大名となって坂東に静謐をもたらすのだ」

道灌は曾我兵庫助の目を見つめた。

「わしはそう考えておる。お前はどうだ」

曾我兵庫助は何も答えなかった。

上杉一門は鉢形城への攻撃を開始した。大軍をもって攻め落とし、景春を討ち取って、この反乱は終結するはずであった。

ところが七月、古河の足利成氏が動いた。八千を号する大軍を率いて上野国の滝（地名）に布陣したのだ。上杉一門が武蔵国に攻め込んでいる隙を突いて上野国を攻め取る勢いを示した。

上杉一門としては、鉢形城と引き換えに上野国を失うことはできない。全軍で上野国に取って返して白井城に籠城した。かくして景春は滅亡を免れた。

四

上野国に大雪が降っている。

十二月。文明九年（一四七七）も間もなく終わろうとしている。上杉一門の大軍は広馬場と呼ばれる野に布陣していた。

この年の一月十八日に、景春による五十子陣急襲で始まった内乱は、終わりの見えない膠着戦に陥っている。景春を逼塞させることには成功したが、代わりに古河公方成氏の参戦を許してしまった。七月に滝と島名を占領されて、いまだに追い払うことができていない。

景春は戦力を再建し、成氏方の武将としての活躍を開始している。下野の兵などを率いて転戦していた。

道灌は雪を眺めながら、この年の後半の出来事（鉢形城の攻防以降）を思い返した。

九月二十七日、山内上杉顕定は白井城を出陣した。

十月二日、景春が被官中と下野勢を率いて迎撃、上野国内の塩売原で睨み合いとなった。対陣四十日を過ぎた十一月十四日、双方ともに合戦を嫌って退却した。

杉一門も出陣して迎え撃つ。

十二月二十三日、今度は足利成氏が滝の陣所を出て、白井に向かって進軍してきた。上杉一門も出陣して迎え撃つ。

かくして大雪の降りしきる中、両軍は睨み合っている。

道灌は寺の本堂を借りて陣所としている。ずいぶんと古い寺で、屋根に積もった雪の重みで梁(はり)が軋(きし)んでいる。いまにも圧壊しそうだ。図書助資忠が不安そうに屋根裏を見上げていた。

本堂の中には図書助資忠の他にも、大森信濃守実頼、上杉憲清などの客将がいる。降人の国衆や一揆の将も集っていた。饗庭次郎や熱川六郎も足軽大将の身分で控えていた。急に大所帯になって陣所が窮屈だ。しかも大雪でまったく動けないから困る。

「山内様の本陣から、押し太鼓は聞こえぬか」

攻撃開始の合図はないかと道灌は何度も質して、陣僧の英泰を辟易(へきえき)とさせた。

本堂の外で、本陣を守る近習の声がした。

「ご本陣より、曾我兵庫助様ご着到ッ」

「通せ」

道灌が答えると、甲冑を雪まみれにした曾我兵庫助が入ってきた。

「おう。大儀だのう」

道灌が労(ねぎら)ったが、曾我兵庫助は常と変わらぬ顔つきで、

「これが拙者の役儀でございますゆえ」

と素っ気なく答えた。可愛げのない男である。床に両膝と両拳をついて言上した。

「古河の成氏が和議に応じる旨、宿老の簗田河内守を通じて報せてまいりました」

諸将が「おう……」とどよめいた。道灌は「うむ」と頷いた。

「和議に応じるのか。して、成氏が出した条件は、いかに」

「山内様のお口利きをもって都鄙の和睦を図れ――との仰せにござる」

「都鄙の和睦？　京都様（将軍義政）に対しての赦免の扱い（仲介）をせよ、ということか」

「いかにも。左様な御意かと存ずる」

鄙は田舎の意味だが、ここでは成氏の古河公方府を指している。

この和睦は上杉方から言い出したものであった。古河の成氏と、鉢形の景春を相手にして同時に戦うのは難しい。戦況はあきらかに不利だ。上野国に押し込まれている。

おまけにこの大雪だ。将も兵も凍えている。対陣しているだけで戦わずとも毎日大勢が凍死していく。

上杉一門は音をあげたのである。成氏に対して屈辱的な和議が打診され、成氏はそれを受けた。

陣僧の英泰も首を傾げている。

「しかし……、和議の条件が古河の朝敵の赦免とは。これは、いささか難題ですぞ」

道灌は英泰に質した。

「古河の成氏は幾つになった」

「確か、永享十年生まれゆえ、四十歳（数え年）かと」

「四十か。来年で享年四十。あやつもはや、老人と呼ばれる歳になったか」

満四十歳で最初の賀寿だ。長寿を祝って老人の仲間入りをする。

「成氏も草臥れたのであろう。意地を張って膨れ面のできる歳でもなくなったのだ」

そう言う道灌は四十六歳になる（満四十五歳）。英泰や饗庭次郎、熱川六郎も初老の顔だ。皺と白髪がめっきり目立った。

道灌は扇谷上杉定正の陣所に向かった。

定正は近在の砦の内小屋にいた。憂悶に満ちた顔を向けてきた。

「聞いたか。成氏の申し条を」

「聞きましてござる」

「あれはまずいぞ。我らとしてはとうてい飲めぬ。古河の朝敵が京都様の御赦免を受けるなど考えもつかぬことじゃ。堀越の公方様の御立場はどうなるのか」

堀越に御所を構える足利政知は、古河の足利成氏に代わる〝関東公方〟として下向してきた。扇谷上杉家は政知を主君と仰いでいる。

古河の成氏が将軍義政の許しを得て関東公方に復帰すると、堀越の足利政知の立場がなくなってしまう。

「都鄙和睦など、まとまる話ではないのだ」

「いかにもまとめるのは難しゅうございましょう。なれども、それで良いではございませぬか。ここは『成氏の宥免を京都様に取り次ぐ』と返答して、和議をお進めなされ。このままでは上杉一門は上野の野で凍え死にまする」

「できもせぬことを『やる』と答えて和議を結べと申すか。詐略に近いぞ」

「約束どおりに京都様への口利き〝さえ〟しておけば、騙したことにはなりまするまい」

「それは詭弁だぞ」

そう言われた道灌は眉根を寄せて定正を見つめた。――お前にはわからぬのか？　という不遜な顔つきだ。定正は目を泳がせた。

「な、なんじゃ。なんぞ申したきことがあるのか」

「ござる。今より申し上げまする。とくとお聞きくだされ。我らとしては、むしろ、都鄙和睦が難航するほどに都合がよいのでござる」

「どういう話じゃ」

「景春と、蜂起した叛徒の扱い……についてでござる。古河の成氏は景春に泣きつかれて景春たち叛徒の旗頭となり申した。つまり景春は成氏の家臣になったのでござる。都鄙和睦が成就したならば、我らは景春と被官中を討ち取ることができなくなり申す。この場は和議でもって、我らはただ今の窮地を脱する。されど京都様の宥免がなるまでの間に景春と叛徒を討ち取り、その領地を取り返すのです」

和議は一時の停戦、和睦は終戦である。和睦したなら敵方の領地を攻め取ることはできなくなる。

「……なるほど、和睦が難航すればするほど、都合が良いのか！」

扇谷上杉定正は、ようやく合点がいった、という顔をした。道灌は険しい面相で続ける。

「この大雪から逃れるためには、和議の一手しかござらぬ。和議がなれば成氏は、景春方に対する救援の手を緩めましょうぞ。その隙に、我らは叛徒を攻め潰しまする」

「わかった！　その策で進めようぞ。山内様は、わしが説得する」

山内上杉顕定は白井の双林寺に本陣を置いている。

「頼みましたぞ」

道灌は定正を送り出した。

翌、文明十年の一月一日。和議は成立して両軍ともに退却を始めた。山内上杉顕定と越後上杉定昌は白井城に戻る。扇谷上杉定正は倉賀野城で警戒をした後に、二十四日、河越城に帰還した。

足利成氏は武蔵国の成田城に入った。成田氏は古河公方の忠臣である。

実は、成氏が古河に帰還できなかったことには理由がある。その〝理由〟が原因となって道灌を新たな戦いに駆り立てることになるのだが、この時の道灌はまだ知らない。

道灌は江戸城に戻るなり、麾下の将に陣触れを出した。いま帰還したばかりなのに出陣の命を出したのだ。

「平塚城で豊島勘解由左衛門尉が挙兵した。後ろ楯は無論のこと景春だ。坂東静謐を願う古河公方様と、山内の管領様の御意に逆らう暴挙である。とうてい許してはおけぬ。よって討伐する！」

道灌たちが上野国で成氏勢と睨み合っている間に、景春被官の者たちが再び蜂起したのだ。金子掃部助は小沢城で、矢野兵庫助は小机城で挙兵した。

彼らにとっては失地回復の戦いだが、道灌にとっては許せるものではない。太田党となった者たちの中には、かつて豊島氏や金子氏や矢野氏の郎党だった者も数多くいる。旧主と道灌と、どちらにつくべきかで悩んでいるはずだ。

道灌の下で働けば勝つ。勝てば必ず恩賞がある——こうした信頼を勝ち取る必要があった。勝利と恩賞だけが道灌の求心力だ。古河の成氏のような〝伝統的権威による求心力〟はない。

配下に集まる者たちに与える〝恩賞〟として、敵の領地を奪い取り続けなければならない。それこそが道灌が無理にも戦を継続する理由であった。

白井長尾景春が謀叛を起こさねばならなかった理由とまったく同じだ。道灌自身が戦乱の焦点となりつつある。しかし勝利に酔う道灌は、いまだこの点に気づいていない。

翌日、道灌と太田党は平塚城に攻め寄せた。豊島勘解由左衛門尉はその大軍勢を見て肝を潰した。

太田党は、江古田原の戦いの頃とは軍容を一変させている。豊島台地を埋めつくして押し寄せる様は、さながら蟻(あり)の群らがるが如きだ。勘解由左衛門尉は平塚城を捨てて逃げ出した。

勘解由左衛門尉は昨年、居城の石神井城から逃げ出した。いちど逃げ癖がつくと、逃げることを恥とは思わなくなるらしい。

道灌は追撃を命じた。勘解由左衛門尉は足立に逃げ、利根川や太日川を渡って、いずこかへ姿を消した。それ以降の消息が知れなくなる。川を渡る際に事故があって溺(おぼ)れ死んでしまい、骸(むくろ)は海に流されたのかもしれない。

勘解由左衛門尉の骸が確認されなかったことから、様々な憶測が乱れ飛んだ。『どうやら小机城に逃げ込んだらしい』という噂が流れて、道灌もそれを信じた。小机城へと軍兵を向ける。

確かに小机城には豊島勢の残党が逃げ込んでいた。兵が膨れ上がって、なかなかの勢いを示している。

城攻めには大きな損害が予想される。太田党の将兵は浮かない表情だ。降参人にとっては、かつての主君や同輩が相手の戦だ。小机城内からは「裏切り者！」という悪罵を散々に浴びせられた。

味方の士気が揚がらぬのを見て取った道灌は、一計を案じて英泰を呼んだ。

「戯れ歌を作った。皆に謡わせよ」

短冊に認めた歌を差し出す。英泰は詠んだ。

「小机はまづ手習いの初めにて　いろはにほへと　ちりぢりになる。……なんでござろうか、これは」

道灌は照れくさそうな顔をした。

「馬鹿な歌でも謡っておれば、降参人の気も晴れるであろう」

「こういう馬鹿なことを大真面目でなされるところが、あなた様の美徳にござる」

「褒めておるのか、それは？」

小机城を取り囲んだ軍勢が声を揃えて戯れ歌を謡いだした。調子に乗って敵陣の前で踊りだす者まで現われる。

「これで良い。あとは城兵が飢えるのを待て」

江戸内海の舟運は道灌が押さえている。小机城が搬入できた兵糧米は少ない。和議を結んだにもかかわらず、一向に兵馬を納めようとしない道灌を見て、白井長尾景春が激怒した。

道灌は成田に在陣中の古河公方成氏に対して「これは上杉家中の謀叛人に対する討伐で、あなた様に歯向かうための戦ではございません」と言い訳した。

足利成氏には〝上杉一門の仲介によって将軍義政よりの赦免を得たい〟という願望がある。上杉方の重臣の機嫌を損ねたくはない。道灌の言い分を聞き届けた。

納得できない景春は小机城を救援するために出陣した。古河公方の成氏ですら、景春を押し止めることができない。

いまや関東公方や関東管領の威令は地に落ちていたのだ。道灌や景春、大名、国衆、一揆は、手前勝手に、私利私欲のために戦っている。

小机城にかかりきりの道灌の本陣に、図書助資忠と千葉自胤が駆け込んできた。

「景春が攻め来るとの話は、まことにございましょうか！」

道灌は二人に床几を勧めた。二人が座るのを待ってから答えた。

「まことの話じゃ。景春は滑川に兵を進めておる。御屋形様（扇谷上杉定正）が河越城を出て、浅羽に陣を敷かれた」

道灌は千葉自胤に鋭い目を向ける。

「景春の麾下には馬加輔胤の軍勢があるとのことだ」

「なんと！」

千葉自胤の顔色が変わった。激怒で真っ赤に染まっていく。

千葉自胤は千葉氏の宗家であるが、分家の馬加家による下克上で本貫地の千葉を追われた。武蔵国に逃げてきた千葉氏を助けたのが道灌だ。以来、千葉自胤は道灌の力を借りながら失地回復の戦いを続けていた。一方の馬加千葉氏は、下克上を正当化するために古河公方を頼った。

千葉自胤対馬加輔胤、孝胤父子の戦いは、上杉対古河公方の代理戦争となっていたのだ。千葉一族の御家騒動も都鄙和睦のために解決せねばならない大問題であった。

道灌は推測する。

「馬加の父子は都鄙和睦に抗っておるようだ」

関東が大乱状態だったからこそ下克上も黙認されるが、世が鎮まれば、謀叛は最悪の罪として糾弾される。

「都鄙和睦に際しては、京都様（将軍家）の裁定が入るであろう。過去を遡って非理が問われる」

千葉自胤が勢い込んだ。

「京都様が馬加を成敗してくれましょう！」

「そうなるであろうとわしも思うし、そうなることを馬加父子は恐れていよう。であるから和睦を反故にしてくれようとして景春とともに暴れだしたのだ。……と、わしは見ておる」

「きっとそうに違いござらぬ！　おのれ馬加め、どこまでも天道を弁えぬ逆臣どもであることか！」

「左様ならばそこもとは御屋形様の陣に加わって馬加勢を征伐するがよい。首尾よく父子の首を取り、京都様の御前に供えれば、京都様もお喜びになろう」

「いかにも！　しからば御免ッ」

千葉自胤は勇躍して立ち上がる。道灌は図書助資忠にも命じた。

「お前も行け。御屋形様をお助けせよ」

「ハハッ」

走り出そうとした二人を、道灌はちょっと思案して呼び止めた。

「ただ今のところ古河様は我らの御味方だぞ。忘れるな。景春や馬加を討つのは良いが、古河様とその御家中には、決して兵馬を向けてはならぬぞ」

そう言ってから自分で顔をしかめて、

「ますますもって、気を使う戦になってきたな」

と呟いた。

五

扇谷上杉定正を総大将とする、図書助資忠、千葉自胤の軍勢は、景春と馬加勢に戦いを挑んで勝利した。

景春と馬加勢は成田陣に逃げ込んだ。成田陣には古河公方の成氏がいる。こうなると扇谷上杉勢は追い打ちをかけることができない。成氏に対しては『御前をお騒がせして申し訳ございませんでした』と詫びまで入れて兵を引いた。

味方の勝利に安心した道灌は小机城攻めに専念する。小机城衆は援軍の敗戦に落胆している。間もなく城は落ちた。

道灌はいつものように降参する者は麾下に加え、小机領を闕所（けっしょ）の扱いにして相模守護代の支配地、つまり自分の領地に組み入れた。

この処置に総社長尾忠景が激怒した。

そもそも小机の地は、総社長尾家と白井長尾家の係争地であった。どちらの家が治めるかで代々揉めてきた土地なのだ。それを横から太田家が攫（さら）っていったのである。

道灌は、『叛徒を討伐するために働いた者たちに、恩賞となる土地を与えなければなりません』と嘯いて総社長尾忠景を無視し、小机の地を太田党の面々に分け与えた。『小机の地がそれほど大事であったのならば、総社長尾家の軍勢で攻め落とせばよかったのではありませんか?』と、厭味に満ちた物言いまでした。

山内上杉顕定も、扇谷上杉定正も、越後上杉定昌も、景春と戦って勝てるのは道灌だけだと理解している。道灌を味方につけておかねばならない。道灌の横暴を黙認するしかなかった。

総社長尾忠景の激怒などどこ吹く風で、道灌は続いて二宮に進軍した。

武蔵国二宮には、景春の盟友、大石駿河守が籠城していた。たちまちにして降伏する。

さらに続けて道灌は小沢城を攻める。

かつては手強い籠城戦で道灌を悩ませた小沢城と金子掃部助であったが、太田党の旗が見えただけで戦意を喪失、散り散りになって西へ逃げた。

道灌は小田原へ進軍する。一緒に戦ってくれた大森明昇庵と信濃守実頼の父子に報いる時がやってきた。小田原城を攻め落とすと、信濃守実頼を大森家の宗家に任じ、城主に据えた。

大軍の力とは恐ろしい。じつに呆気ない決着であった。

同じ頃、道灌から武蔵国の残敵掃討を命じられた図書助資忠は、武蔵国西部に広がる山間部に踏み入って、本間氏や海老名氏などの景春方と合戦して勝利した。彼らの後ろ楯となっていたのは甲斐国、鶴河の加藤氏である。小田原の始末を終えて駆けつけた道灌は、甲斐国内にまで攻め込んで加藤氏の領地に懲罰的な放火をした。

武蔵国と相模国は、ほぼ完全に制圧された。道灌は江戸城に戻った。

「忙中閑ありじゃ。歌会を催すぞ！」

静勝軒に入って叫ぶ。

歌を詠むことが好きなのはもちろんだが、歌会の開催を世間に知らしめることで江戸城周辺の平穏ぶりを印象づけ、かつ、道灌の余裕を見せつける。集ってきた人々との交わりによって、広く説（情報）を集めることもできる。一石で四鳥を狙ってのことだった。

道灌よりの誘いを受けて、様々な階層と立場の人々が集ってきた。堀越公方府の重臣もいれば、景春に近い国衆もいる。鶴岡八幡宮寺の高僧も来訪する。浅草寺の商人や村の長者（庄屋）の姿まであった。

そんな中に、一人、驚くべき人物がいた。太田家の家人が愕然となって道灌の許に走って報せた。

報せを受けた道灌も仰天して、自ら静勝軒の門の外まで迎えに出た。

一人の僧侶が立っていた。三十代半ばの年恰好だ。道灌を認めて笑みを浮かべた。

「そこもとが静勝軒殿じゃな。熊野堂守実でござる」

道灌は思わず「あッ」と応えた。〝あ〟は尊敬を籠めての返答だ。

熊野堂守実は古河公方、足利成氏の末弟である。

大倉熊野堂の別当を務めている。大倉熊野堂は熊野三山の末社で、関東における熊野信仰の中心とされる。熊野信仰は山伏の宗教であり、仏教の時宗にも近い。時宗では熊野の神を阿弥陀如来の化身であると考えている。神仏混交で、さらに山岳宗教も混じった信仰だ。守実は神官でありながら僧形であった。

守実がニンマリと笑った。

「拙僧も、静勝軒殿の同仁に加えてもらおうと思うてな、推参いたした」

同仁とは〝趣味の仲間〟のことであり、敵も味方もなく、身分の隔てもない。

無論のこと、歌の仲間と遊びたくて来たのではないだろう。それぐらいはわかっている。いかなる思惑を秘めての来訪なのか、見当もつかずに道灌は緊張した。

和歌の同仁を言い立てられては、お引き取り願うこともできない。道灌は坂東有数の歌人だ。歌人の名に賭けて邪険にできない。

痛い所を突いてきたな、と思いつつ、

「ようこそお渡りくだされた」

そう答えて迎え入れるしかなかった。守実は笑顔で歌会に加わった。

夜。客たちの引き上げた後で、道灌は熊野堂守実と二人きりで対面した。場所は江戸城内の会所である。

灯皿（ひざら）で細い炎が揺れている。守実は笑みを浮かべた。

「まことに楽しき歌会でござった。古河城に出仕する武者どもは一騎当千の強者揃いじゃが、歌の道を解さぬ者が多い。我が兄も常々、鎌倉が恋しいと嘆いておるのだ」

道灌は「あッ」遜（へりくだ）って答える。

「都鄙和睦さえ成れば、古河の公方様を鎌倉にお迎えできることにございましょう」

「我が兄もその日を心待ちにしておる。なんと申しても鎌倉は東国の都じゃ。泥沼と葦原に囲まれた古河とでは比べ物にならぬ」

守実は数珠（じゅず）をたぐった。

「拙僧も思いは兄と同じじゃ。兄と上杉が和して坂東に静謐をもたらすことを、毎日、熊野権現に祈念しておる」

「畏（おそ）れ入りまする」

「じゃが……」

守実は笑みを引っ込めて、意味ありげな目を道灌に向けた。道灌は、これから本論が始まるのだな、と覚った。守実がわざわざ敵の城である江戸を訪れた理由が明かされるのに違いない。

「兄の願いを踏みにじる者どもがおる」

「そのような悪人が、いずこにおりましょうや」

「兄の周りに集っておる。実を申せば兄は、上杉方との和議を守って、一日も早く古河に戻りたいのじゃ。ところがそうはさせじと兄を取り囲み、古河に戻らぬように脅す者どもがおる」

「長尾景春と馬加の父子ではございませぬか」

「ようわかっておるな。そのとおりじゃ。さすがは坂東一と謡われた名将。目が行き届いておる」

「過分なお褒めにございまする」

「兄は困っておるのだ。景春めが『助けてくれ』と申してきたゆえ、武士の棟梁として無下にもできず、景春と千葉を助けるために出馬した」

古河公方方では、馬加家を千葉氏の宗家と認めているので、千葉と呼ぶ。

「じゃが、上杉との和議は成ったのじゃ。兄としても、いつまでも成田に陣していたくはない。上杉方に真意を疑われたくないからな。京都様への赦免は、上杉の口利きだけが頼りなのじゃからな」

「上杉一門もまた、思いは同じにござる。古河公方様との和議を損ねたくはございませぬ」

「成田城の周りに陣取った景春と千葉の父子は『兄を守るために布陣している』と言い張っておるが、その実は成田城を取り囲み、兄を逃がさぬように図っておるのだ。静勝軒殿。そこもとの兵で、景春と千葉の手勢を追い払ってはもらえぬだろうか」

「なんと」

「兄には景春と千葉を討つことはできぬ。表向きは味方となっておるからじゃ。そこでそこもとに頼みたい」

守実は懐から封書を出した。

「兄の認めた御内書じゃ。『意に従わぬ景春と千葉を懲らしめよ』と書かれてある。景春と千葉とを討った後で、世間に示すがよかろう」

公式に出される書状が御教書で、内々に出される書状が御内書だ。その名の通りに〝ないしょの話〟である。

道灌は受け取って、書面を確かめた。

古河公方の足利成氏も、辛い立場であることがしのばれた。〝道灌が景春と馬加を討った後で公表しろ〟ということは、つまり〝討つことができなかった場合には、成氏の意向で戦ったことは秘密にしておいてくれ〟と言っているのだ。

あの驕慢な成氏も、家臣たちに気をつかわねば政権を保つことのできない世になっている。

——まことに騎虎じゃ。坂東の武士は虎。公方も管領も、このわしも、虎に跨がった将なのだ。虎の機嫌を損なわぬように気をつかわねば、やってゆけぬ。

道灌は思った。そして守実に向かって平伏した。

「御内書、確かに承ってござる。古河の公方様のお心を悩ます悪臣どもは、この静勝軒道灌が討ち果たしてご覧に入れまする。公方様には、なにとぞお心を安んじられまするようにと、お伝え願わしゅう」

「おお！　聞き届けてくれるか。江戸まで来た甲斐があった」

守実は満足して頷いた。

七月中旬、道灌は太田党を率いて武蔵国を北上した。表向きには『羽生に布陣する扇谷上杉定正を迎えに行くため』である。扇谷上杉定正も、景春と馬加勢に邪魔されて身動きできなくされていたのだ。

道灌はたちまちにして景春と馬加勢を追い払った。

景春はすでに落ち目だ。道灌は手を緩めずに追撃し、なんと鉢形城まで攻め落とした。

景春は根城を捨てて秩父盆地へ逃げだした。

道灌は当たるところ敵なしだ。まさに騎虎の勢いであった。鉢形城には山内上杉顕定を迎え入れる。上杉宗家の軍兵で鉢形周辺の街道と舟運を封鎖して景春が秩父から出られぬように図った。

そのころ成氏は、無事に古河城への帰還を果たしている。

休む間もなく道灌は利根川を渡って下総国に攻め入った。

「古河の公方様の意に背く者どもを討つ！　都鄙和睦に背く者どもを成敗する！　坂東静謐の敵であるぞッ」

豪語しながら進軍すると、なんと、古河公方麾下の大名たちまでもが参陣を申し出てきた。道灌は一躍、古河公方の大将に担ぎ上げられたのだ。

──騎虎の勢いはどこまで続くのか。

道灌自身、恐ろしく思えてくるほどだ。

道灌が従える軍兵は、今や、相模、武蔵、上野、下野、下総の五カ国に及んでいる。今の道灌の願いは関東の平和の回復だ。そのためには多くの兵が必要だ。兵を養うためのさらなる領地が必要だった。

──なにもかもが上手くいっている。このまま一挙に坂東に静謐をもたらしてくれん！

道灌は意気込んだ。

例によって総社長尾忠景が文を寄越して『武蔵と上野の降参人を引き渡せ』と要求してきたが、聞き入れる耳など持たない。

──孫六に大軍を預けてもなんの役にも立たぬ。宝の持ち腐れだ。

上杉一門は関東管領家だ。坂東に平和をもたらし、人々の暮らしの安寧をもたらす義務がある。その大仕事を成し遂げる力量があるのは、上杉一門と家中の中でも道灌だけだ。総社長尾忠景などに任せたならば、大兵力を持て余すばかりか、降参人たちを離反、あるいは仲違いさせ、内訌を引き起こした挙げ句に大乱の世に戻してしまうに違いないのだ。

──あの男は、あてにならぬ。

道灌は忠景の文を破って捨てた。千切れた紙が道端に散った。そして千葉自胤を呼んだ。

自胤はすぐに馬を寄せてきた。

「千葉七郎、これにござる！」

まるで主君に対するかの如き物言いだ。道灌は鷹揚（おうよう）に頷き返した。

「いよいよ宿願達成の時だぞ。千葉宗家復興の時じゃ。逆臣の馬加父子を討ち滅ぼし、父祖の怨みを存分に晴らすがよかろう」

「心得たり！　我ら千葉勢に先鋒をお命じくだされッ」

「うむ。図書助とその手勢を添えてくれよう」

道灌は実弟、図書助資忠と岩付衆をつけて千葉勢を送り出した。

太田党の旗が下総の空の下に翻る。どこまでも広い坂東の平野だ。道灌の行く手を遮ることのできる者はどこにもいなかった。

第十七章　騎虎の春秋

一

文明十年（一四七八）十二月。道灌と太田党は、下総国の国府台に布陣した。馬加千葉家の輔胤と孝胤父子も出陣してきて、両軍は境根原で激突した。

道灌は合戦に勝利した。近在の荘園や御厨の政所（行政を行う役所）を接収しながら進軍する。劣勢となった馬加千葉家は臼井城に籠城した。

臼井城は印旛沼の岸辺の微高地に築城されていた。城の西の陸地側に太田党が布陣する。東側には印旛沼が広がっている。水の上には古河成氏配下の兵船を何艘も浮かべさせた。今では道灌の味方である。

印旛沼は香取の海の一部だ。香取の海は、常陸国から下総国にかけて広がる巨大な内海だった。霞ヶ浦ですら〝その一部〟でしかない。内海の北端は古河城下にまで達している。

増水時には下野国にまで水面が及ぶことがあった。

上杉一門が古河城を攻めきれなかった理由のひとつが香取の海の存在なのだ。下総国や上総国の軍兵は、船を使って素早く大量に集めることができ、古河城下に集結する。馬や徒歩で川や沼地を踏破しながら進軍する上杉勢とでは、行軍の速度に違いがありすぎたのである。

だが今回の合戦は古河の成氏のお声掛かりだ。常陸や下総の兵船を味方につけることができた。臼井城は水陸の双方から包囲され、命運は今まさに尽きようとしていた。

図書助資忠が千葉次郎自胤とともに道灌の本陣にのり込んできた。

「兄上、一気に攻め落としましょうぞ！」

二人とも血気に逸っている。

道灌は「まあ待て」と宥めた。自胤に顔を向けた。

「千葉家にとっては父祖の怨敵退治。敵討ちじゃ。旧領の回復を確かなものとするためにも、この戦の顚末は管領様に見届けていただいたほうがよい」

関東管領、山内上杉顕定の御前で仇敵を討ち取って、千葉氏の家督が自胤の下に一元化されたと認めてもらう必要がある。

「鉢形城の管領様に使いを出した。管領様はすぐにも駆けつけて参られよう」

自胤とすれば複雑な思いである。山内上杉顕定に見届けてもらうことの大事は理解しているし、顕定の馬前での勝利はこの上もない名誉だ。しかし一方で、一刻も早く馬加家を滅ぼして、長く続いた御家騒動に決着をつけたい、家名を回復させたい、という思いも強かった。

道灌は自胤の顔つきを見て微笑んだ。

「焦ることはないのじゃ。仇敵退治をじっくりと楽しめる、と考えたがよかろう」

臼井城の包囲は厳しい。馬加父子を逃がす心配はまったくない。

ところが、山内上杉勢はいつまで経っても姿を現わさなかった。

夏も終わりの七月（旧暦）になっても出馬の報せすら送ってこない。

「どうなっておる！」

道灌は本陣で憤激している。

使いとして鉢形城に送られて、戻ってきたばかりの英泰（えいたい）が、面目なさそうに身を竦（すく）めた。

「景春（かげはる）方が秩父（ちちぶ）で軍兵を蓄えておるとの説がございまして、管領様と山内家の軍勢は鉢形城を離れることができぬ、との仰せで……」

「『大軍を率いて来てくれ』と言っておるのではない。見届けと首実検のために来てくれと申しておるのだ。管領様が身一つで来陣してくだされば良い。そう伝えたか？」

その問いには、もう一人の使者、曾我兵庫助（そがひょうごのすけ）が答えた。

「どうやら総社長尾様が、管領様のお耳に讒言を吹き込んでおるようにございまする」

「讒言じゃと？」

「曰く、家宰様（道灌）のこたびの馬加攻めは、古河公方様のお指図によるもの。よって山内家の与り知らぬところである――などと言い立てておられるとの由、管領様の御近習より聞き出しました」

「馬鹿な。この戦は上杉一門と古河公方の和議を成就させるためのもの。馬加が和議の邪魔をいたすがゆえに討ち取るのではないかッ。我らの忠節が、管領様にはおわかりいただけぬのかッ」

道灌は歯ぎしりした。総社長尾忠景は、いつもいつも、悪しざまな当て推量と的外れな物言いで道灌を悩ませてきた。

――孫四郎（景春）が謀叛を起こさねばならなかったわけも、畢竟、孫六（総社長尾忠景）の奸佞がゆえだ！

総社長尾忠景に大きな度量があったならば、景春の反乱は起こらなかった。上野国や武蔵国、相模国の国衆や一揆は、白井長尾景春を担ぎあげて謀叛を起こしたわけだが、彼らをそこまで追い込んだのは総社長尾忠景の横暴と狭量であった。

――今度の謀叛は、孫六の不徳がゆえに起こったのだ。

関東管領の家宰の身分が白井長尾家から総社長尾家に移った時に、皆が喜んで総社長尾家の許に集まったならば大規模な反乱は起こらなかったはずだ。

総社長尾忠景は、いまだ反省も自制もしていない。己の人格に問題があることにすら、気づくことができないのだろう。

――愚人につける薬はない！

道灌は立ち上がると、

「諸将を呼べ！　軍略を練り直すぞ！」

そう叫んだ。


山内上杉顕定の来援を得られなかった太田党と千葉自胤勢は、落胆を隠しもせずに退却を開始した。

臼井城内の馬加父子はこの好機を見逃さなかった。

「城門を開けッ。道灌は渡河して逃げるぞ。不意をついて河中に叩き込んでやるのだッ。必勝疑いなし！　我に続けーッ！」

父の馬加輔胤が先頭を切って走り出た。息子の孝胤も軍兵を従えて続く。

国府台から江戸に戻るためには太日川（ふといがわ）や利根川などの大河を渡らなければならない。川の中州は足場が悪い。いかなる大軍でも、渡河の最中を襲われたなら混乱する。太田党の大敗は必至だ。

馬加輔胤は逸っている。

「このような好機、滅多に巡り来るものではないぞッ。好機を逃すなッ、道灌を討ち取れッ」

馬加勢は河砂を蹴立てながら進軍した。そして太日川に達する前に、太田勢の迎撃を受けた。

葦原の中から無数の矢が飛んでくる。足軽の大軍が身を潜めて待ち構えていたのだ。窪地に隠れていた騎馬隊も土手を駆け上って姿を見せる。掲げた軍旗が陽に映える。太田家の家紋が翻った。

「しまった！　待ち伏せかッ」

息子の孝胤は覚った。道灌はこれまで幾度となく誘引と伏撃を成功させてきた。堅陣に籠もった敵に対してはあえて弱みを見せて誘き出し、一転して痛撃を加えることを得意としてきたのだ。

「父上は道灌の罠に嵌まった！」

惨めな弱みを人目に晒す。百姓や牢人を率いて戦う。など、自尊心の高い武士にできることではない。ところが道灌はあえてやる。それが道灌の強さなのだ。

孝胤は父を呼び戻すべく近習の騎馬武者を走らせる。その間にも四方八方から敵勢が現われて矢を浴びせ、雄叫びとともに迫ってきた。

馬加勢はひとたまりもなく崩れた。我先に臼井城へと逃げ帰る。

それを見て、千葉次郎自胤が叫んだ。

「逃がすなッ、追えッ！」

図書助資忠が馬で駆け寄ってくる。

「臼井城は、城門を大きく開いているはずじゃ！　今こそ城を乗っ取るべし！」

「心得たッ」

千葉勢と資忠勢は敵を蹴散らしながら突き進む。臼井城の影が砂埃の向こうに見えた。


臼井城は落ちた。城内の至る所に桔梗(ききょう)の旗と九曜の旗が立っている。太田勢と千葉勢の旗であった。

土塁の下の印旛沼にも無数の旗が落ちている。死体が水に浸かっていた。敵味方の区別もなく、泥水の中で折り重なっていた。

茫然と見下ろす道灌に一人の老将が歩み寄ってきた。髪もひげも白い。道灌の叔父、大和守資俊(やまとのかみすけとし)であった。

道灌は足音に気づいて振り返った。

「叔父上は、それがしを厳しくお諭しくださいましたな」

「なんの話だ」

「それがしが幼少の時分の話にござる。叔父上は執拗でござった。それがしを叱ることが生き甲斐なのか、と、それがしは叔父上を憎く思うておりました」

「いかにも、わしはそなたに厳しく当たりすぎたやも知れぬ」

「叔父上のお叱りのお陰をもって、それがしはこの歳になるまで一命を保ってござる。叔父上のお叱りがなかったならば、とうの昔に、いずこかの野に骸を晒しておりましたろう」

道灌は大きなため息をもらした。

「それがしも、図書助をしっこく窘めるべきでござった……」

図書助資忠は死んだ。臼井城の攻略と引き換えに命を散らした。

「悔やんでも、悔やみきれぬ……」

道灌は叔父に背を向けた。

図書助資忠は、一個の武将としては、道灌をも凌駕する力量を見せていた。岩付勢を率いて数々の勝利に貢献した。

図書助資忠を失ったことは、道灌にとって大きな痛手であった。

失意の道灌の許に、一人の武将が降伏してきた。

道灌が本陣を置いた野寺の本堂に曾我兵庫助の案内を受けて入ってくる。床に座って低頭した。

「武田上総介道信にござる」

折り烏帽子に狩衣。四十代後半の穏やかな顔つきの男であった。小太りで丸顔であった。

道灌は男の顔をぼんやりと見つめた。

「……武田右馬助殿のご子息か」

武田右馬助信長は古河公方の帷幄にあって、上杉方を苦しめ続けた猛将だ。

「いかにも継嗣にござる」

「右馬助殿は、鷹の如き鋭いご面相でござったが」

「拙者は母に似ておりまする」

道信は、ふくよかな頬にえくぼをつくって笑った。母親はきっと円満で穏やかな人柄だったのに違いない。

道信は深々と平伏した。

「馬加千葉の父子とともに公方様に忠義を尽してきた武田でござったが、千葉父子がかくなりしうえは上杉様への抗戦も叶わぬ。よってこのあたりで弓を伏せとうござる」

弓を伏せるとは和睦の意味だ。

道灌は「うむ」と頷いて同意した。

「思えば、武田右馬助殿とは長々と干戈を交えたものだ。拙僧が右馬助殿と初めて戦場で渡り合ったのは……左様、二十四年も昔の話か。遠い昔じゃ。今にして思えば、夢か幻のようじゃな」

道灌は道信に目を戻した。

「武田家のお立場、確かに拙僧が管領様に取り次ぎいたす」

「心強いお言葉。なにとぞよしなにお引き回しくだされ」

二

上杉一門の仇敵、上総武田家を降伏させた道灌だったが、降伏が認められるかどうかは山内上杉顕定の裁定次第だ。

道灌は、武田道信の他にも重要な取り次ぎを請け合っている。熊野堂守実に頼まれた古河公方成氏の宥免交渉だ。

古河公方成氏と足利将軍義政(よしまさ)との戦が終わってしまうと困る者たちが関東には大勢いる。白井長尾景春と馬加父子がその筆頭であったが、道灌によって逼塞(ひっそく)に追い込まれた。ほかにも国衆や一揆に反対派が潜んでいるが、少勢力に政治力はない。和睦交渉は邪魔されることもなく進むはずであった。

少なくとも道灌はそう考えていた。

ところがである。ひとつの事件が起こった。道灌ですら予想できなかった事件であった。山内上杉顕定は、道灌が仲介して鉢形城（この時の山内上杉勢は鉢形城を本営としている）に送った熊野堂守実の使者を追い返したのだ。

報せを聞いた道灌は愕然となった。関東管領府でいったい何が起こっているのかがわからない。

鉢形城の情勢を調べてみたところ、どうやらまたしても総社長尾忠景が横槍を入れたらしいと知れた。

古河公方成氏の依頼を受けて戦い、熊野堂守実の取次役となった道灌は、実は古河方に内通しているのではないか——などという邪推を逞しくしているようなのだ。

「馬鹿な」

道灌は吐き捨てた。

古河の成氏と上杉一門は、この戦を終わらせるのではなかったのか。そのために皆で力を合わせているのではないか。図書助資忠は和睦の反対派と戦って死んだ。

熊野堂守実は当然に怒りだした。守実は、道灌のことを上杉一門の意志を代弁する者と思っている。

「この不義理な扱いはなんじゃ！　上杉は、我らを誑かしたのかッ」

道灌を叱責した。お叱りはごもっともである。

道灌自身も激しく立腹している。

道灌は、降伏した武田道信を鉢形城へは連れて行かずに、河越の扇谷上杉定正に披露した。

定正を説得して武田家の降伏を許した。

これにより武田道信とその領地は、山内上杉顕定の麾下ではなく、扇谷上杉定正の麾下に置かれることとなった。

——鉢形に上総介殿を連れて行こうものなら、短慮な孫六めが事を荒立て、せっかく纏まりかけた和議を壊してしまうわい。

道灌はそう判断したのだ。

武田道信の父、信長は、二十四年前の分倍河原の合戦で上杉一族を皆殺しにした張本だ。気をつけていなければ上杉方に殺される。武田道信が殺されたなら、今度こそ都鄙和睦は破談となる。

扇谷上杉家と太田党が上総武田家を傘下に収めたと知った山内上杉顕定と総社長尾忠景は、当然に異論を唱えた。上杉一門に降伏した武田家が、なにゆえ扇谷家の被官となるのか。この件に限っては山内上杉と総社長尾の言い分が正論である。

しかし、道灌は苦情を無視した。

——こたびの戦は、我ら太田党の勝ち戦。山内様と総社長尾は援軍を寄越さなかったのみならず、見届けにすら来なかったではないか。

山内と総社長尾が援軍を出してくれていたならば、臼井城は容易に陥落し、図書助資忠は戦死せずとも済んだ。

——図書助は見殺しにされたのだ。

道灌は歯ぎしりした。怨みは山内上杉顕定と総社長尾忠景に向けられる。武田道信を引き渡すなど以ての外だ。図書助資忠が浮かばれない。

道灌は山内上杉に対して面当てがましく、上総と下総の仕置きを独断で済ませた。太田党は勢力を広げて被官を増やした。総社長尾忠景はますます激しく道灌を罵ったが、もはや聞く耳など持たない。相手をするのも煩わしい、という心境であった。

総社長尾忠景と道灌との関係は一触即発だ。わずかなきっかけで合戦が始まりかねない情勢だった。

山内上杉と扇谷上杉の家宰同士の合戦である。関東を揺るがす大乱となるに違いない。ここで戦にならなかったのは別の戦が始まったからである。長尾景春がまたしても挙兵した。

翌、文明十二年一月四日。秩父を出た景春勢は太田道真の隠棲する越生を襲撃した。

しかし景春は往時の勢いを失っている。隠居の老人と侮っていた太田道真にすら打ち負けて秩父に後退した。河越城より出陣してきた扇谷上杉定正の追撃を受け、秩父盆地の日野要害に籠城する。

日野要害こそが景春最後の砦である。山内上杉顕定は総攻撃を命じ、道灌も出陣の命に復して秩父に向かった。

そこへ今度は古河の成氏勢が攻め込んできた。将軍義政との仲介を約束しておきながら和睦交渉を進めず、のみならず、催促に向かった熊野堂守実を追い返した上杉一門に対し、きついお灸を据えようという一戦であった。

熊野堂守実には冷淡に接した山内上杉顕定と総社長尾忠景であったが、兵馬を向けられるとたちまちにして弱腰な本性に戻り、再度の交渉開始を確約して、古河勢の退却を願った。

将軍義政との和睦交渉は越後上杉家が担当することとなった。成氏は納得して兵を引いた。上杉一門は日野要害の攻略に本腰を入れることができた。

六月二十四日、日野要害が落城した。長尾景春の身柄は古河の成氏が引き取った。

文明八年に始まった〝長尾景春の乱〟はここに終結した。

太田党も江戸城に帰還した。

道灌と於蔦は奥の御殿で対面した。薄暗い中に二人で座る。いつもならば顔を合わせた途端に喋りだす道灌も、切り出す言葉もなく黙り込んでいた。

「勝ち戦、おめでとうございまする」

於蔦が挨拶を寄越す。道灌は「うむ」と唸ってから続けた。

「とうとう孫四郎を救うことは叶わなんだ。そなたにはすまぬことであった」

白井長尾家の女、於蔦は「いいえ」と答えた。

「孫四郎は己の一分を貫いたのでございまする。この戦、誰にとっても悔いのない戦であったと信じまする」

「孫四郎は私欲のために謀叛を起こしたのではない。被官の国衆のために戦ったのだ。我らだけは孫四郎の真意を知っておる。未来永劫、忘れ去られてはなるまいぞ。白井長尾家は〝忠義の家〟ではなくなってしまったが、坂東国衆の守護者という大義を掲げた家ではあったのだ。力なき者たちの旗頭であった」

「あなた様にそう言っていただき、白井長尾家もこれで本望にございましょう」

於蔦は静かに泣き崩れた。

男たちが広間に集って祝宴を催す。酒が入ると誰も彼もが乱れ始めた。

「これでようやっと旧領を取り戻すことができる！」

そんな大声が、広間のあちこちから聞こえた。上杉禅秀の乱や結城合戦などが相次いで、敗れた多くの武士が牢人となった。それらの者たちが失地を回復するために道灌の下で熱心に働いた。饗庭次郎や熱川六郎などがそれだ。

勝利の恩賞で旧領を返還してもらえる。そういう約定を関東管領府と取り交わしている。

「苦労の甲斐があったと申すものじゃ！」

男泣きに泣きだす者もいた。涙を押さえた手の指が欠損している。刀で斬られて失ったのだ。

足に不自由を抱えた者。顔に傷痕（きずあと）を残した者。体内に鏃（やじり）が残ったままの者もいる。皆、恩賞を得るために必死に戦った。

「オラだって、もうすぐ地頭サマになれるべぇよ！」

はしゃぎだす足軽組頭もいる。逃散百姓から足軽に志願した者だ。手柄を立てれば侍身分に取り立ててもらえる。道灌はそう約束し、山内上杉顕定に対しては、地頭に任じてもらえるように推挙状を送った。

道灌は頷き返してやった。景春の乱で奮戦した者たちの手柄の数々を、山内上杉顕定に取り次ぐことも、扇谷家の家宰としての大事な役目だ。

いっときは景春とともに謀叛を起こした者たちですら、降参した後の忠節を認めて、許しを得られるように図ってある。

景春の乱の最初から道灌とともに戦った大名――たとえば大森信濃守実頼や、三浦義同などには、なおさらの出世と領地の拡大がもたらされるに違いない。

太田党の面々は報賞の期待に胸を膨らませた。宴は何日にもわたって続いた。そして、山内上杉家から返書がもたらされた。

「管領様はご機嫌を損じておられまする」

　曾我兵庫助が言った。江戸城の会所の広間で道灌と向かい合っている。

　道灌は山内上杉顕定からの書状を読んで憤激した。

「なにゆえ山内様は我らの働きを嘉してくださらぬのだ！」

　兵庫助の表情は冷たい。

「管領様のお言葉をお伝えいたしまする。ひとつ、太田党が強入部（こわにゅうぶ）した地を手放して、管領府に差し出す事」

「我らが強入部した地とは……、すなわち、諸国の城や砦（とりで）のことか」

「いかにも左様にございまする」

　太田党は相模国内の叛徒討伐から始まって、豊島一族との戦いや上野国での戦い、馬加父子との戦いなどで、多くの城と砦を攻め取った。兵を入れて守らせてある。兵糧米は近隣の土地から確保する。山内家から兵糧料所を許されていないので乱妨（らんぼう）（乱取り）である。

「馬鹿なッ。我らが城や砦を差し出したくとも、山内様の御配下は兵を出しておらぬではないかッ。我らが城を空けたならば、たちまち敵が乗り込んで来る。取り返されてしまうのだぞ！」

「今のお言葉、管領様にそのままお伝えしてもよろしゅうござるか」

「かまわぬ！　これがわしからの返事じゃ」

「では次に移りまする。ひとつ、景春与党として蜂起した叛徒どもを引き渡し、管領府の裁きにかける事」

「それもまたおかしな話じゃ。『降参人の進退は我らの一存に任せる』という約定であったはずだぞ」

「静勝軒様」

「なんじゃ」

「あなた様は、あまりにも勝ちすぎたのでございます。多くの軍兵と所領を手に入れて、今や、坂東一の長者（土地持ち）にござる。管領様と総社長尾様からすれば、『景春を退治したのに、叛徒の領地は戻って来ず、静勝軒様に奪われた』とお感じになり、憤懣を膨らませておわすのでござる」

景春とその被官中の領地は、元はといえば山内上杉家の支配地である。支配することで得られる権益は、山内上杉家と総社長尾家が手にするべきものだ。

ところが道灌と太田党が、倒した相手の所領を奪い、降参人を被官として抱え込んでしまった。山内上杉家と総社長尾家の支配地と兵が減ってしまった。

山内上杉側とすればたまったものではない。戦に勝ったにもかかわらず、戦の前よりも権益が減ってしまったのだ。

「とうてい、納得できるものではございまするまい」

曾我兵庫助が道灌の顔を覗き込んだ。道灌は頷かない。

「我らとて納得できぬ。勝ち取った所領を返したならば、戦った将兵たちに、いかにして恩賞を与えるのか。降参人を差し出すのはさらに論外だ。助命と旧領安堵を約束したのは、このわしじゃぞ？　わしが嘘をついたことになるではないか」

話にならぬ、と道灌は答え、曾我兵庫助はその言葉を伝えるべく、山内上杉顕定と総社長尾忠景の許に戻っていった。

三

十一月二十八日。道灌は、河越城に来訪していた山内家の重臣、高瀬民部少輔に一書を託した。山内上杉顕定への披露を頼んだのである。

自身の思いを長文で書きつけたこの書状は、後に〝道灌状〟の名で呼ばれる。

戦功を上げたにもかかわらず、山内家より評価されない者たちを擁護し、恩賞に預ることができるように願った。次いで、顕定の側にあって讒言を吹き込む者たちを名指しで非難した。

道灌の怒りは書き進めるうちにますます募り、ついには山内家中の不和を指摘して、

『このようなことでは坂東の静謐など、とうていおぼつかない』と顕定を皮肉る文言によって締めくくられた。

書状を受け取った山内上杉顕定は、なんの返事も寄越さなかった。

道灌は、といえば、言いたいことを書きつらねて溜飲が下がって、話はそれきりで終わり、書状を差し出したことすら失念してしまった。

元々、執着心の乏しい男なのだ。

翌々年の文明十四年（一四八二）十一月。ついに都鄙和睦は成った。

古河の成氏は宥免されて、朝敵の汚名も晴らされた。成氏は隠居し、その嫡男が将軍義政より一字を拝領して足利政氏となり、関東公方に就任した。

堀越公方の政知には伊豆一国が与えられ（伊豆国はそれまでは山内上杉家の守護任国であった）、一大名に格下げとなった。実力を持たず、空権威のみが頼りの政知に抗う術はない。弟でもある将軍義政の命に復するしかなかった。

かくして――。享徳三年（一四五四）の十二月に関東管領山内上杉憲忠が暗殺されたことに始まる大戦〝享徳の乱〟は終結した。二十八年の長きにわたる戦いであった。

和睦は成った。しかしそれだけで坂東に平穏がもたらされたわけではなかった。

あくまでも和睦に反対する勢力が各地に挙兵し、抵抗を続けている。ことに馬加千葉家とそれに連なる者たちの抵抗は熾烈であった。

道灌は太田党を率いて下総と上総、時には安房国にまで遠征した。戦況は一進一退であったが、道灌は着実に被官を集め、馬加千葉氏に加担した者たちの所領を制圧していった。


山内上杉顕定と総社長尾忠景が鎌倉に帰還した。二十八年前の鎌倉は〝東国の都〟と謳われるほどの大邑であったが、関東公方が古河に移り、関東管領山内家は五十子陣に移り、扇谷上杉家は河越に移った。さらにこの地は成氏方と今川勢との合戦の地となった。炎上した町並みは今も再建されていない。

太田家が建てた相模国守護所（役所）だけは政庁として機能しているうえに、御殿としての格式も整えられてあったので、皆でそこに入った。

上杉一門と重臣たちが鎌倉で一堂に会したその理由は、足利成氏の関東公方府再建を合議するためであった。まずは鎌倉を復興させる必要がある。番匠（大工）や職人を集めなければならない。武士と職人が生活するために必要な品々は商人に運ばせて、市で売らせる。

公方の御所を建てただけでは政権は復活できない。やらねばならぬことが山積みとなっていた。

主殿の広間で評定が始まった。最上段は空けられている。そこは足利成氏の座る場所だからだ。今はこの場にいないけれども、遠慮をして誰も座らない。

山内上杉顕定は家臣筆頭の位置——左の列の最上席——に座っている。

これまでは彼が上段に座り、壇上から一同を睥睨していた。ところが今回は家臣と同じ床の列に座らされている。不快を感じていることがその表情から窺えた。

向かいの列の最上席には扇谷上杉定正が座っている。それがまた、山内上杉顕定にとっては不快の種だ。

扇谷上杉家は、山内家から見れば分家に過ぎない。

山内家と対等の家格を誇るのは犬懸上杉家だ。この二家が〝両上杉〟と尊称されてきた。ところが今では両上杉と言えば、誰もが山内家と扇谷家を連想する。扇谷家は内乱で大いに勢力を伸長させた。上杉四家（山内、犬懸、扇谷、宅間）のひとつ、宅間上杉家などは、扇谷家の指揮下に入っている。元は同格の家を家来として従えてしまったのだ。

景春の蜂起によって宅間上杉家は滅亡の危機に晒された。そこを救ったのが太田道灌だ。道灌は救い出した宅間上杉家の将兵を率いて転戦した。宅間上杉家とすれば、道灌に協力しておかなければ、いざという時に道灌に助けてもらえない。道灌の采配に従って東奔西走するしかない。

そして気がつけば、扇谷家の下に置かれていたのだ。

広間には越後上杉定昌とその重臣たちもいる。

越後上杉家は都鄙和睦をまとめあげたことで一挙に威信を上昇させた。京の将軍と関東公方の間に立って仲直りを実現させたのだ。その功績は絶大だ。京の将軍からの信任はことに厚い。いまや山内家を凌駕して、上杉一門の棟梁と目され始めていた。

困ってしまったのは総社長尾忠景である。今日も青黒い顔をして、筋と皮だけの細い首を何度も傾げ、貫禄のないドジョウ髭をいじりまわしている。

山内家の兵力の根幹だった国衆と一揆は景春とともに敵に回った。自らの将兵に裏切られた山内家は、越後上杉家と扇谷上杉家の兵力を頼るしかなかった。

越後上杉家と扇谷上杉家——中でも道灌——は、期待に違わぬ活躍で景春と被官中を倒したが、その結果、景春方の支配地と城と兵力を、越後上杉家と扇谷上杉家に奪われてしまった。

総社長尾忠景は歯ぎしりしながら道灌を睨みつける。

道灌は涼しげな顔をして控えていた。

座る場所は下座だが、いざ評定が始まれば、誰よりも多く発言して場を仕切っていく。

——いつもいつも、上杉の主将がましき面をしおって！

総社長尾忠景は憤然と鼻息を荒くさせた。

——今日こそは思い知らせてくれる！　貴様に奪われた山内領を取り戻す！

闘志を燃やして、総身に武者震いを走らせた。

総社長尾の不穏な様子に、道灌も気づいている。

――戦場では敵を相手に戦わず、評定の場で味方を相手にして戦う。度し難い愚か者だ。戦う相手を間違えている。その間違いに気づくことはないし、今後も気づきはしないであろう。

〝戦嫌いの論争好き〟という手合いはどこにでもいる。そんな小人物が山内家の家宰になってしまったことが不運であり、坂東のすべての人々にとっての不幸であった。

道灌は、総社長尾忠景と、越後上杉の主従を見た。関東管領府の重臣たちであるはずだが、互いに険悪な面相で余所を向いている。

力を合わせて山内上杉顕定を支えてゆこう、などという殊勝な心がけは、微塵も感じられない。

道灌は深く憂慮し、かつ、忠景を軽蔑した。

評定が始まった。関東公方府をいかに再建させるかについて、思うところを披露しあう。

一筋縄ではゆかない。〝足利持氏と成氏父子による内乱が始まる前の体制に戻す〟ことが理想なのだが、それだと戦ってきた者たちの戦功が無になってしまう。

越後上杉家は今、上野国を押さえている。古に戻せと言われたからといって、占領した土地を手放して、越後に戻るとは思えない。

さらにもっともっと大きな問題がある。

山内上杉顕定が首を横に振った。

「古河の公方は、東関東の大名（たいめい）を鎌倉で取り立てたいと仰せになっておる。じゃが、その話は飲めぬぞ」

二十八年間にわたって忠節を尽くしてくれた簗田（やなだ）氏や那須（なす）氏や宇都宮（うつのみや）氏や小山氏などを、関東公方府の宿老に引き上げてやりたい——という志なのだ。ことに簗田氏を関東管領に就任させたい意向である。

その希望を飲むと、上杉一門の立場がなくなってしまう。

古河の成氏とすれば、上杉一門が地盤とする鎌倉に身一つで乗り込むことはできない。暗殺されてしまいかねない。だから配下の大名たちを軍兵とともに引き連れて行きたい。

すると今度は上杉一門が安心できない。

成氏はかつて、武田信長や小山氏などを使嗾（しそう）して関東管領の山内上杉憲忠を暗殺させた。同じことを繰り返さない保証はない。

上杉一門の議論は堂々巡りだ。いつまで経っても結論が出ない。道灌とすれば、また始まったか、という思いである。とかく議論が大好きで放っておけば何日でも議論し続けるのが上杉一門の悪癖なのだ。

景春の討伐では道灌一人が戦った。その間、山内上杉家は何をしていたのか。

議論をしていたのである。総社長尾忠景と越後上杉家がおのれの面目を賭けて、一歩も退かずに討論し続けたのだ。武士の一分を賭けて互いの足を引っ張りあっていたのだ。

埒が明かぬと思った道灌は発言した。

「ここは古河の公方様を信じるより他にござらぬ」

皆が一斉に道灌を見た。不愉快を露にさせた目つきだ。あちらはあちらで「道灌めが、また始まった」と思っているのに相違なかった。

道灌は気づかぬふりで続ける。

「そもそも、こたびの和議は、山内様が御自ら、河内の御陣で言い出されたこと」

大雪の中の対戦と、景春方の跳梁跋扈に音をあげて、成氏に対して和議を申し出た。成氏から出された条件が都鄙和睦であったのだ。道灌はそのことを皆に思い出させなければならなかった。

「古河の公方様に臍を曲げられたならば、我らはまた、あの時と同じ苦境に陥りましょうぞ」

山内上杉顕定は渋い顔だ。

「その理屈はわかっておるが、しかし古河公方は信ずるに足るお人柄であろうか」

「信ずるに足ると拙僧は考えまする。馬加攻めに公方様は兵船を出し、拙僧に御味方してくださいました。これこそが和睦を本心からお望みであることの証拠であると――」

「その物言いが、信用できぬのだッ」

唐突に総社長尾忠景が叫んだ。皆が驚いて目を向ける。忠景は指先を道灌に突きつけていた。

「静勝軒は、なんのゆえがあって古河公方の側に立った物言いをするのかッ。古河公方に丸め込まれ、寝返ったのではあるまいなッ」

道灌は呆れた。

「なにを証拠に――」

「公方の御令弟、熊野堂守実殿と親しく通じ合っておるではないか！　これがなによりの証じゃッ」

「公方様との和議はなったのでござるぞ。我らは今、公方様を主君としてお迎えするための談義をしておる。拙僧が公方様の御為に働くことの何が悪い！　上杉・門を率先して、公方様に対し奉り忠義を披露しておるだけのこと」

「う、裏切りを認めおったなッ、不忠者！」

「公方様をあくまでも敵と見立てる、そちらこそが不忠にござろう」

道灌は、忠景などは相手にしていられない、と考えて山内上杉顕定に向き直って低頭した。

「坂東の静謐(せいひつ)は、ただ今のこの評定にかかっておりまする。なにとぞご賢察を願い奉りまする」

顕定は何かを答えようとした。それを遮って忠景が叫んだ。

「坂東の静謐を乱しておるのは、他ならぬお前じゃッ」

「なにを言う」

「上総、下総に兵を出しておるではないかッ」

「都鄙和睦を受け入れずに邪魔する者どもを懲らしめておるのでござる」

「坂東の静謐は、世のあり様を古に戻すことでしか成し得ぬッ。諸国への強入部を繰り返す太田党こそが戦乱の源じゃ！」

この決めつけに道灌は激怒した。

「そこもとたち山内家の御家来が何もなさらぬゆえ、我らが代わりにやっておるのではないかッ」

図書助資忠は戦死したのだ。山内家と総社長尾家が何もしなかったからだ。

総社長尾忠景が怒鳴り返す。

「黙れッ不忠者ッ。古河公方の下で着々と私領を増やし、兵を蓄えておることはわかっておるぞッ」

「拙僧が真の不忠者であったならば、その兵で総社を攻めておる！　貴様の首など、即日のうちに刎ねてくれようぞ！」

売り言葉に買い言葉で道灌は不穏当な物言いをした。下手をするとこの発言を咎められて処罰されかねない。

ところがである。越後上杉家の主従が、小気味良さそうに大笑いをはじめたのだ。

越後の宿老、発智（はっち）山城入道が笑顔で頷く。

「いかにも太田殿に叛意があれば、総社長尾殿を攻め滅ぼすことなど、いともたやすかろう。総社長尾殿がここに生きておられることこそ、太田殿に叛意のない証じゃ」

越後の家臣たちが声を揃えて大笑いした。「げにも、げにも」と同意した。

忠景は顔面を真っ赤に染めている。退くに退けない心地であったのだろう。激怒して叫び散らした。

「道灌ッ、この際だから言っておくッ。扇谷上杉家に預けた河越、岩付、江戸は、武蔵守護代たる、このわしの差配地。静謐が大事と言うのであれば、さっさと返還せいッ」

道灌は「むっ」と唸った。

そして、――これは返せぬ。と実感した。

管領の家宰が小人物だから坂東が治まらない。武蔵国の南部を扇谷上杉家と道灌が押さえている。上野国を越後上杉家が押さえている。だからこそ、どうにか平穏が成り立っている。

この巨大な土地と兵力を忠景に返したならば、忠景はいったい何をしでかすことか。想像するだに恐ろしい。

――坂東の静謐は、百年、先送りとなる。

道灌は戦慄とともに覚った。そして答えた。

「返せぬ」

「なぜじゃッ」

咄嗟に言い訳を探し出す。

「都鄙和睦に抗う者たちが、利根川の対岸にはいまだに大勢潜んでおるからだ。我ら扇谷家は、山内様をお守りするべく、大河に沿って城を並べて造ったことを忘れるな」

道灌は越後上杉家の主従に顔を向けた。

「越後様方のお考えはいかがでござろう。今、上野国より兵を引いて、越後にお帰りになることができきましょうや」

「できませぬな」

即答したのは、越後上杉宿老の飯沼輔泰であった。

「我らが上野国より兵を退けば、たちまちにして叛徒が蜂起し、山内様の御身が危ういことになりましょう」

越後上杉家も道灌と同様に、総社長尾の支配地のかなりの部分を実効支配している。だから道灌に味方した。

「おのれ、おのれッ」

総社長尾忠景は憤激して、何事か叫び散らした。今度は越後の主従が怒鳴り返した。評定は悪罵の飛び交う場と化して、収拾がつかなくなった。


山内上杉顕定と総社長尾忠景は、鶴岡八幡宮寺の宿坊に入った。

鎌倉の山内（地名）に屋敷を構え、それゆえに山内上杉家と俗称されていたのであるが、山内の館は焼亡している。八幡宮寺の世話になるしかない。

宿坊に入るなり、総社長尾忠景は山内上杉顕定の許に押しかけた。顕定は就寝しようとしていたのであるが、お構いなしだ。

「太田の叛意はあきらかでござったッ。なにとぞ誅殺をお命じくだされッ」

他に人がいないのを良いことに難題を強いる。

顕定は渋い顔つきながらも頷いた。

「太田と越後殿の物言いには、このわしも腹に据えかねておる。このままでは……」

言わずともわかっている。越後上杉家と太田家が台頭して、山内上杉家の立場がなくなるのだ。

「古河の公方は、わしよりも越後殿と太田を頼りとしておられる」

都鄙和睦をまとめあげたのは越後上杉家で、和睦に反対する者たちを成敗して回っているのは太田党だ。古河の成氏が頼りにするのは当然だ。山内上杉顕定と総社長尾忠景が自らの無能を反省せねばならないのだが、そんな殊勝さは微塵もない。山内上杉顕定も総社長尾忠景も、ひたすらに越後上杉家と太田家を憎み、憤っている。

「公方様はいずれ東関東の大名を率いて鎌倉に入られる。大名たちが太田と結託したならば、わしはどうなる……」

「管領様」

　総社長尾忠景は身を乗り出した。

「今こそご決断の時にございまするぞ。太田を討ちましょう！」

「なれども……、太田は上杉一門の兵馬の要じゃ。忠義者であることに疑いはないぞ」

「思い出してくだされ。管領様は白井長尾景春に対しても同じ物言いをなされましたぞ。景春に温情を与えた結果がどうなったか……それを思い起こしくだされ」

　顕定は頭を抱えて唸った。忠景はここぞとばかりに畳みかける。

「今の太田は、かつての景春よりも剣呑にござるッ。景春の謀叛は道灌によって鎮めることができ申した。しかしでござる。道灌が謀叛を起こしたならば、鎮めることのできる者は、この坂東のどこにもおりませぬぞッ」

「し、しかしじゃ……、それほどに強い道灌を、いかにして倒すのか」

「闇討ちでござる」

　山内上杉顕定は悲鳴を上げた。

「扇谷上杉が黙っておらぬぞ！」

「管領様が扇谷様をお説きくだされ！　扇谷様も道灌のわがまま勝手には手を焼いておられまする。必ずや、闇討ちに同意してくださいましょうぞ！」

山内上杉顕定は、長い沈黙の後で、

「わかった。やってみよう」

と答えた。

四

道灌はわずかな供回りのみを従えて浅草湊に入った。

微行（おしのび）である。道灌の威勢は頂点に達している。身分を晒して乗り込もうものなら、浅草寺から高僧たちが挨拶（あいさつ）のためにすっ飛んでくる。煩わしいうえに、浅草寺側にも面倒を強（し）いることになる。

道灌は竹河屋に向かった。離れの家屋に入ると、女主がすぐにやって来た。

——歳のわからぬ女だな。

道灌は改めて思った。初めて会った時から貫禄があった。自分より年上だろうと思っていた。ところが今でも、その当時と変わらぬ年恰好に見える。

――『わしの孫だ』と言っても、世間は納得するやも知れぬ。もしかしたら。道灌も気がつかぬうちに代がわりをしているのではないか、などと埒もないことを考えた。

その若さの秘密は化粧術にある、ということを道灌も察していた。女主は京の公家の出。白粉（おしろい）の使い方をよく知っている。素顔を晒した東国の女たちとは違うのである。

女主は深々とお辞儀してから顔を向けてきた。

「いま、この浅草に珍しきお人がお見えになっておられまする」

「誰じゃ」

女主が答えるよりも先に、一人の男が離れに踏み込んできた。上物の折り烏帽子と狩衣をつけている。坂東ではあまり見かけぬ典雅な気品を漂わせていた。

道灌は「おう」と声を掛けた。旧友と再会したような親しさだ。男は道灌の朗らかさにつられたのかわずかに笑みを浮かべると、優美な物腰で座って、低頭を寄越した。

「ご一別以来でござる。伊勢新九郎にござる」

「駿河で別れてから十年か。早いものじゃな。歳を取るにつれて時の流れが早くなる。つい二、三年前のことのようにも感じるぞ」

「時の流れを早くお感じになるのは、それだけお忙しくなさっておられるからにございましょう。静勝軒殿の武功の数々は、京の町にまで、遠雷の如くに轟き渡っておりまする」

「相変わらずの褒め上手だ。そこもとに褒められて良い心地になっておると、たいてい足元を掬われる。用心用心」

道灌は「して？」と新九郎の顔を覗き込んだ。

「浅草には、どういったご用向きじゃな」

「駿河で要りようの品々を買い求めに来たのでござる。駿府も桂山昌公（今川義忠）のご陣没以来、寂れるいっぽうでござってな」

駿府が荒廃したのはお前が足軽を操って町に火を放ったりしたからだろう、と、道灌は思ったが、あえて口には出さずに微笑み返した。

「御入用の物は、なんなりと坂東からお送り申そう。今川家中をお支えするのは扇谷上杉家の務めでもあるからな」

急死した義忠の後継者を巡って、義忠の嫡子で幼少の龍王丸と、親族ですでに武将として活躍していた小鹿新五郎範満とが争った。筋目論なら龍王丸が家を継ぐべきなのだが、戦乱の世である。幼児に大名は務まらない。道灌は小鹿新五郎を今川当主に押し立てようとして奮戦した。

その前に立ちはだかったのが伊勢新九郎であった。新九郎は龍王丸のおじなのだ。

新九郎は道灌を正面から見据えた。

「龍王丸様の御元服をもって、今川家家督は、陣代の小鹿殿より龍王丸様に譲られる。そういうお約束でござったな」

道灌は、――また面倒な話を蒸し返すものだな。と思った。

道灌は軍略家である。面倒と思いつつも小鹿新五郎を盛り立てて龍王丸一派を排除する策が次々と頭に湧いてきた。こうして悠長に対面しながらも、伊勢新九郎を倒す秘策を考えている。

「伊勢殿は京でのお役目があるのでござろうに、甥御様を手助けするべく坂東に下って参られたのか。義理も情もない今の世にあって、ご奇特なご性分じゃ」

新九郎もゆったりと笑みを含んでいる。

「幸先よく、古河の公方様が山内様と和睦なされました。よって古河様にご挨拶いたすべし、と心得申して、下って参ったのでござるよ」

「古河の公方様の御前は、さぞ賑(にぎ)やかでござったろうな」

新九郎は「いいえ」と首を横に振った。

「閑散(かんさん)としておりました」

「なにゆえであろう」

「世は移ろい申した。関東公方を頼りとする世ではござらぬ。坂東の武士たちは皆、左様に心得ておるのでござろう」

「それはいかんな。公方様に忠節を誓わせねば、乱れた世は元には戻らぬ」

新九郎は、道灌の目の中を見つめている。

「それに比べてこちらの江戸は、出仕する武士で沸き返っておりまするな」

「わしの口利きで、山内様の恩賞に預り、あるいは謀叛の赦免（しゃめん）を得たいと願う者たちが集ってくるのだ」

新九郎の目が光った。

「騎虎にござるぞ」

「なんと申された」

「お忘れではござるまい。駿府で別れた際に、拙者は騎虎の話をいたした」

「覚えておる。『景春は騎虎だ。景春が恐ろしいのではない、景春を乗せた虎が恐ろしいのだ』という話であったな。実を申せばこのわしは、そこもとの教えに従って景春を乗せておった虎をこちらに手懐けた。降参人を許してまわったのも、虎を膝下に押さえておかねばならぬ、と、心得たからじゃ」

それから道灌は「しかるに」と、口惜しそうな顔で、山内上杉顕定と総社長尾忠景がいるであろう、北の方角を睨（にら）んだ。

「山内様と総社長尾は、この道理を解（げ）そうとせぬ。虎は退治すれば良いと考えておるのじゃ。まったくもって嘆かわしい」

「虎は、このまま静勝軒殿の膝下に収めておけばよろしかろう。騎虎の勢いでもって、坂東を制しておしまいなされ」

「なんじゃと」

道灌は目を剝いて新九郎を睨んだ。

「このわしに坂東を制してしまえとは……この場限りの冗語とは申しても、かように不穏当な物言いは許せぬぞ」

「冗語ではござらん」

新九郎は鋭い眼光で道灌の難詰を押し返した。

「ただ今より拙者は、室町の大樹の政所として物申す。坂東が治まってくれなければ本朝(日本)の静謐はありえない。坂東の武者には早急に坂東を押さえてもらわねばならぬ。そうしてもらわねば、京畿で暮らす者が困るのだ」

新九郎は道灌を睨んで続ける。

「坂東を制することができるのは、静勝軒殿お一人のみ。管領の山内殿は言うに及ばず、古河の公方でも、でき得ない」

「何を申しておるのか。わしは扇谷上杉家の家宰にして相模国の守護代に過ぎぬぞ。坂東を制するなど――」

「すでに南武蔵の半国に併せて、下総、上総をも制しておられるではないか。なぜここで立ち止まる。一気に坂東を制しておしまいなされ。大樹への披露は政所の伊勢一門が引き受ける。京の大樹の補翼となりて、本朝に静謐をもたらしてくだされ」

道灌は、この男にしては珍しいことに激しくうろたえた。

「それは、下克上に他ならぬぞ」

上杉一門と古河公方の上に立たねば、坂東の統一はできない。

「不忠者と指弾されるのを恐れておいでか。案じるには及ばぬ。先例がござる。畠山伊予守殿は河内国に入部したまま居すわってござる。誰も追討することができぬ」

応仁の乱は、幕府管領の畠山家の家督相続争いがきっかけで起こった。畠山伊予守義就と、畠山尾張守政長との戦いだ。

畠山家代々の守護任国を巡って両者は激しく争った。調停（裁判）するはずの足利将軍家が御所と西陣のふたつに分裂してしまったので決着がつかない。

ついに義就は実力行使に打って出て、河内国と大和国とを武力で制圧してしまった。将軍の任命による守護就任ではない。暴力で大名の地位を奪ったのだ。よって畠山義就を〝最初の戦国大名〟とする考えもある。

新九郎は続ける。

「越前国は、守護代の朝倉氏が守護に任じられ申した」

越前国は斯波氏の守護任国であった。斯波氏も家督相続争いで分裂して弱体化した。

越前国の守護代だった朝倉氏は、応仁の乱の恩賞として守護に成り上がったのだ。主君の斯波氏を追い出したのである。

「下克上に他ならぬが、誰も非難はしておらぬ。だらしのない斯波家よりも、力のある守護代、すなわち朝倉家による統治を、大樹も、越前の民草も、望んだのでござる。誰もがそれで喜んでおる。誰にとっても都合が良いのだ」

道灌は袴の生地を両手の拳で握り締めた。

「このわしに、畠山殿や朝倉のようになれ、と申すか」

「いかにも」

続いて女主が身を乗り出してきた。

「お前様が坂東の南半分を押さえてからと申すもの、商人も船頭も豊かになり申した。皆、心安んじて仕事に精を出しております。浅草湊で動かす銭も、かつての数倍になっておりまする」

伊勢新九郎が大きく頷く。

「すべては静勝軒殿のお力じゃ」

女主の説得にも熱がこもる。

「お前様が東国を制すれば、もっともっと、東国は豊かになりましょう」

新九郎がそれを受けて続ける。

「静勝軒殿が京に攻め込んでくだされたならば、京もまた、静謐で豊かな町に戻るのだ。

それができるのは静勝軒殿のみ」

伊勢新九郎は膝で詰め寄ってきて、道灌の手を握って揺さぶった。

「坂東は虎でござる。静勝軒殿は虎に跨がったのだ。一気呵成に突き進んでお行きなされ」

道灌は目を閉じた。

無言の時間が流れた。新九郎と女主は、元の場所に座り直して、道灌の決断を静かに待った。

道灌は両目を開いた。

「できぬ」

新九郎は問い返した。

「なぜに」

「わしは扇谷上杉家の臣である。代々にわたって主家より恩を受けてきた」

「お考え直しくだされィ！」

新九郎が絶叫した。突如の大声に驚いて道灌が目を向ける。新九郎は滂沱の涙を流し始めた。

「静勝軒殿は、京畿で暮らす者たちの難儀を知らぬ！　京の難儀は、東国の大大名が兵をもって乗り込むことでしか鎮められぬのだ！　兵権を握って驕り高ぶらず、徳を失わず、徳をもって天下静謐をもたらすことができるのは、拙者の見るところ静勝軒殿しかおらぬ！　この世に一人しかおらんのだ。静勝軒殿、天下に静謐をもたらしてくだされッ」

道灌は再び黙考に入った。今度の思案は短かった。

「東国の軍兵をもって天下に静謐をもたらすことは、きっとお約束いたそう。わしが扇谷上杉家を支える。扇谷上杉家は山内様を支える。両上杉が両の車輪となって上方に兵を進めて、京の大樹様をお助けいたす」

「そのご思案は剣呑にござるぞ」

「なにゆえ」

「あくまでも臣としての分際を全うせんとするお志と拝察いたすが、狡兎死して走狗烹らるじゃ。猟犬は、いかに忠節であろうとも、いつかは殺される定めにござる」

「それを申すならば、蜚鳥尽きて良弓蔵さる、じゃ。わしは今、己の野心を胸中の蔵の深くにしまいこんだ。それが坂東の安寧のためだからだ」

道灌は自嘲的に笑った。

「そこもとに唆されて、わしはようやく、己の危うい野心に気づいた。わしが被官を集め、降参人を手放さなかったのは、もっともっと大きな権勢を握りたいという、醜い野心がゆえであったのだ」

道灌は晴々とした顔つきとなった。

「わしが謀叛の旗頭となることなどありえぬ。それを示すためにも、城砦と降参人を、山内様にお返しする」

五

伊勢新九郎は帰っていった。竹河屋の離れに道灌と女主だけが残された。夕刻だ。橙色の陽が差し込んでくる。

「お前と新九郎のお陰じゃ。わしには成すべき天命があったと気づいた」

道灌は静かな笑みを浮かべている。

「見ておれよ。両上杉は京畿に討ち入り、大樹を悩ませる賊徒を討ち平らげ、公界（公秩序）を立て直して天下に静謐をもたらすのだ」

「あなた様ならば、できましょう」

女主はそう答えた。しかし上杉一門にはできない。本当はそう言いたかったのだが、黙っていた。

道灌は腰を上げた。江戸城に戻ろうとして、ふと、足を止めて振り返った。

「初めて会った時から訊きたかったのだ。良い折りゆえに訊ねておこう」

「なんでございましょう」

「そなた、名はなんと申すのだ」

女主は「ふっ」と笑った。

「女人は、夫にすると心に決めた男にしか、我が名を告げぬものにございまする」

「左様であったな」

道灌は出ていった。


文明十七年（一四八五）十二月五日。道灌は嫡男の源六を伴って足利成氏の古河城に出仕した。

古河城の広間には成氏配下の諸将が集っていた。上杉一門と干戈を交えた者たちだ。古傷を総身に残した者たちであった。

長尾景春の姿もあった。出家して伊玄法師と号しているらしい。目が合ったが、道灌は何も言わなかったし、伊玄もまた何も言わずに、膨れ面を余所に向けた。

道灌は内心、可笑しくてたまらなかった。

――孫四郎めが。まだ諦めがついておらぬようだな。

これから何度でも挙兵してやる、という顔つきだ。

――まことに結構。それでこそ孫四郎である。

道灌は目を正面に戻した。成氏が入ってきて壇上に上る。皆、一斉に平伏した。

「面を上げよ」

成氏が命じた。嗄れた声音だ。

道灌にとっては三十一年ぶりの対面である。三十一年前の成氏は声変わりもしていない甲高い声であったが、いまや老人の声音であった。

道灌は上体を上げた。しかし面は伏せておく。これが室町典礼だ。

「静勝軒よ、もそっと面を上げよ。その面、余にとくと見せよ」

成氏が言った。性急な性格だけは直っていないらしい。まるで駄々っ子のようである。

道灌はますます可笑しくなりながら顔を上げ、成氏を正面から見つめ返した。

成氏もまた道灌をまじまじと見て、

「歳をとったなぁ。幾つになった」

と言った。道灌は答えた。

「五十五歳になり申した」

足利成氏は四十九歳（満四十八歳）である。

いつの間にやらお互いに、長老と呼ばれるほどの年嵩だ。

この広間に居並んだ者たちは、三十一年前には若武者や幼児であった。父親や祖父に率いられて初陣を踏んだ者たちが今、古河公方府を支えている。それどころか、三十一年前にはまだ生まれていない者もいるだろう。

若い者たちは、この大乱がなにゆえに始まったのかすら、知らない。祖父や父が起こした戦に巻き込まれて、戦うことを強いられてきた。

道灌は改めて決意した。自分の目が黒い内に和睦を確固たるものとしなければならない。それこそが合戦を始めた世代が担うべき責務だ。

「拙僧の愚息を公方様のお膝元で奉公させとうございまする。なにとぞ御家中の端にお加えくださいまするよう、願い奉りまする」

嫡男の源六もこの場に控えている。キュッと眉をあげて成氏を見た。まだ八歳の子供である。拙い声で、

「奉公を、お許し、願いまする」

と頼み、平伏した。

成氏は微笑んだ。

「凜々しき子じゃ。立派な武者となるであろう。いや、このわしが、坂東一の名将に育てあげてくれようぞ」

広間の一同が笑い声を上げた。歓迎の印であった。

上杉の軍兵を率いる真の総大将は道灌であると誰もが理解している。その道灌が嫡男を公方に仕えさせる。これほど顕かに、世に向かって示される和睦はないであろう。

成氏は、ふと、静かに笑った。

「なんと遅きに失したことか」

　道灌は問い直す。

「いかなる仰せにございましょう」

「お前が最初からわしの臣下であったならば、とうの昔に両上杉を攻め潰しておったろう。なにゆえ敵の側にお前がおったのか。それが悔しゅうてならぬ」

「お褒めの言葉と、受け取らせていただきまする」

「逆に、じゃ。お前が山内上杉の当主であったなら……」

　成氏は、しみじみと悔やむ顔をした。

「戦になど、ならなかったに違いない。お前とわしなら、互いの強さを認め合い、恐れ合って、兵馬に訴えることもなかったはずだ。手を携えて坂東を治めたに相違ない。お前が扇谷の家来ごとき身分であったことが、わしにもお前にも、坂東の諸人にとっても、この上もない不運であったのだ」

「お言葉、畏(おそ)れ入りまする」

　道灌は深々と平伏した。

　源六は八歳ながらに元服した。太田資康(すけやす)と名乗りを上げて、成氏の近習(きんじゅう)として仕えはじめた。

翌、文明十八年、七月。

江戸城に曾我兵庫助がやって来た。道灌は出陣の支度で忙しい。下総の馬加氏残党との戦いだ。馬場で馬を検め、蔵では兵糧を確かめて回った。

兵庫助がようやく居場所を探り当てて近づくと、道灌は「おう」と答えて向き直った。

「河越から来たのか」

曾我兵庫助は道灌の前で蹲踞し、低頭した。

「御屋形様よりのお指図を伝えに参りました」

「城砦と降参人とを引き渡すことに関わりのある話か」

「いかにも左様にございまする。御屋形様は静勝軒様と膝を交えて話がしたいとお望みにございまする。つきましては糟屋の館にお渡り願わしゅう」

糟屋は扇谷上杉家の領地で、扇谷家の屋敷と太田家の屋敷がある。

「下総攻めで忙しいのじゃがな……。ご下命とあれば否やはない」

「左様なれば、拙者は先に糟屋に向かいまする。お支度を整えて、お待ちしておりまする」

「わかった」

道灌は曾我兵庫助に背を向けると矢場に進んだ。兵たちの弓の稽古に立ち会って鍛錬ぶりを確かめるのだ。

その後ろ姿を曾我兵庫助は、蹲踞したまま見送った。

文明十八年（一四八六）七月二十六日。

道灌は江戸城を出て糟屋の館に向かった。従える兵は饗庭次郎や熱川六郎など、子飼いの者たちに限られている。騎馬武者だけでも千騎を越えた太田党だったが、多くの兵と所領は、山内上杉家と、古河の成氏に返した。

道灌は馬を打たせつつ周囲の山々を見渡す。西には大山が聳えていた。

「懐かしき故郷である。なにやら幼少の頃に戻った心地がするぞ」

本当に若武者のように、野にひとしきり馬を走らせてから、戻ってきた。

「気心の知れた者どもと轡を並べて駆け回るほうが、わしの性分に合っておる」

饗庭や熱川も笑った。

糟屋の館では英泰が待っていた。道灌は馬から下りた。

「相模一国の政は、遺漏なく進められておるか」

英泰は一揖して頷いた。

「このところ賊徒の跳梁も絶えて、乱妨を働く武士もおりませぬ。これすべて、あなた様の徳にございまする」

「やめよ。お前なんぞに褒められたところでなにになる」

道灌は苦笑しながら手綱(たづな)を馬丁(ばてい)に預けて太田家の館に入ろうとした。すると英泰が言った。

「先ほど曾我兵庫助が参りまして、扇谷の館で風呂を焚(た)いたゆえ、お召しなさるように、とのことでござった」

風呂とは蒸し風呂である。

「間もなく山内様と御屋形様がお見えになりまする。太田家がお預りしていた闕所地(けっしょち)の引き渡しの儀礼がござるゆえ、身を清めていただきたい――との口上にござる」

「潔斎(けっさい)とは、また、大げさな」

道灌は笑った。

初秋である。まだ夏の暑さが残っている。

「水でもくぐれば良いではないか」

身を清めるために水を掛けることを、くぐると言う。

「まぁ良い。御屋形様がせっかく馳走(ちそう)してくださったのだ。ちと暑いが、蒸されてくるといたそうか」

道灌は扇谷上杉家の居館に向かい、風呂場の置かれた裏方に入った。

英泰は政所に戻る。糟屋には相模国の守護所が置かれている。大勢の者たちが算盤(そろばん)を弾いて、各地の郡司や代官所から上がってくる判物（行政書類）の帳合を進めていた。

白髪頭の老人が差配をしている。顔をしかめて、帳面を近づけたり遠ざけたりした。

「こんな小さな字で記されたのでは読めぬ！　たわけがッ」

理不尽な理由で役人を叱っている。道灌の叔父の大和守資俊であった。

「静勝軒様がお着きになられました」

英泰が報せると、大和守はますます顔をしかめさせた。

「源六郎めに、なんぞ、不足があるか」

大和守は甥のことを仮名で呼ぶ。親族ならではのことだ。

「なにゆえにそのようなことをお訊きになられまするか」

「不足があるなら、このわしから、叱りおいてやるぞ」

英泰は笑った。

「わざわざ粗を探してまで、叱らずともよろしゅうございましょう」

「この年寄りのたったひとつの楽しみを邪魔するでない」

と、その時であった。扇谷館の裏手から雷鳴の轟くような音が聞こえた。

「なんだ！」

英泰は外に走り出た。ずいぶん遅れてよろめきながら大和守も出てきた。そして二人は扇谷館から走り去る騎馬の一団を目にした。先頭の馬には曾我兵庫助が跨がっていた。

饗庭次郎も駆けつけてくる。

「英泰殿ッ、殿はいずこにッ？」

「風呂場じゃ！」

二人は扇谷館の裏方に走る。板戸を開けると濛々たる湯気が吹きつけてきた。ムッと血臭が鼻をついた。

「殿ーッ！」

饗庭が叫んで駆け寄る。道灌が血まみれになって倒れていた。

「脈を！」

英泰が駆け寄って道灌の手を握る。いかに探っても血脈を感じることはできなかった。

北の彼方から鬨の声が聞こえた。甲冑が立てる音と馬蹄の響きが伝わってくる。

熱川六郎が血相を変えてやってきた。

「北より大軍が攻めて参ったッ。旗印は〝両飛雀〟、扇谷の軍勢にござるッ。殿ッ、お指図を！」

風呂場に走り込んできて道灌の姿を探し、饗庭次郎の腕の中の道灌を見て絶句した。

英泰は首を横に振った。袂から数珠を取り出して合掌し、道灌の後生のために念仏を唱えた。

矢が音を立てて飛来する。館の屋根に次々と刺さった。

「おのれッ、河越の殿が兵庫助に命じて殿を殺めたのかッ」

熱川六郎が太刀を摑んで立ち上がる。饗庭次郎も道灌を静かに横たえさせると、拳で涙を拭って立ち上がった。

「我らの殿の弔い合戦じゃ！　河越の殿の首級を頂戴する！」

「待てッ」

二人の前に大和守が両腕を広げて立ちはだかった。

「扇谷の兵に抗ってはならぬッ。馬から馬具を外し、弓を伏せるのだッ」

饗庭次郎が怒鳴り返した。

「なにゆえッ」

「太田道灌、謀叛人にあらずッ」

大和守は、滂沱の涙を流しはじめた。

「これで良かったのじゃ。生きておったならば源六郎めは必ずや謀叛を起こさざるを得なくなり、謀叛人の汚名を青史に残したであろう。山内様に兵と城砦をお返しし、御屋形様に黙って誅殺されたことで、源六郎は忠義者の名を残したのじゃ。なんとめでたい！　源六郎は黙って殺されることで太田家の家名を守ったのじゃ」

大和守は崩れるようにその場に跪いた。地面を拳で何度も殴った。

「めでたいことぞ！　源六郎、褒めてとらすぞ！」

江戸城の奥御殿に山吹がやって来た。蔀戸の外の濡れ縁に膝をついて低頭した。

「扇谷上杉様の軍勢が押し寄せて参りました」

道灌が誅殺されたことはすでに早馬によって伝えられている。

御殿の外から喧騒が聞こえてくる。城内の者たちが慌てふためいて走り回っているのだ。

「いかがいたしましょう」

山吹は目を於蔦に据えている。

「城内の者たちで厳しく守りを固め、越生の道真様のご到来を待つ、という手がございまする。古河の公方様の許におわす資康様も公方様の援軍とともに参られましょう」

於蔦は「否」と首を横に振った。

「我が夫に謀叛人の汚名を着せてはなるまい。妾は城を扇谷様の手に引き渡す」

於蔦の目から涙がはらはらと零れ落ちる。

「我が夫は、きっとそれをお望みだと信じます」

山吹は平伏した。

「奥方様のお言いつけ、城内の者に知らせまする」

去ろうとした山吹を於蔦は呼び止めた。

「長い間よくぞ務めてくれた。礼を申す」

山吹は去り、於蔦は御殿を出て曲輪の端に向かった。

江戸城は内海を見下ろす高台にある。

浅草湊の混乱が見て取れた。領主の死を知った商人たちが家財道具を船に積んで逃げ出していく。守護者を失くした町は略奪に晒されるのが常だった。

青い海に映った白い帆が、悲劇とは裏腹の美しさで輝いていた。

「江戸城は曾我兵庫助様の兵が乗り込んできよって、太田様の兵を鎮めなすったそうですのや」

竹河屋の老番頭が離れ座敷の障子の下で低頭した。

「女将さん、扇谷の軍兵が寄せて来よりました」

女主は頷いた。そして立ち上がった。老番頭が沓脱ぎ石の上に沓を揃えた。

「湊には、すでに船がついております」

女主は沓に足を通した。

「蔵の中の銭は、全部、積み替えたかえ？」

「へぇい。この店に残ってる物といえば油壺だけにございますよ」

沓を履いた女主は庭に足を下ろした。足元には目を向けずに言った。

「東国の土を踏むのも、これで最後や」

店のすぐ裏手に船着場があった。いつでも河岸を離れることができるように帆を上げた船が待っていた。

女主を乗せ、船は浅草川を下る。江戸城の建つ紅葉山が見えた。

紅葉山は江戸の内海に突き出した岬である。岬の先端に建つ静勝軒から黒い煙が上がっていた。

「弓矢をお寄越し。清めの破魔矢や」

女主は老番頭から弓矢を受け取る。つがえて矢を引き絞った。矢の先には油を染み込ませた布が巻かれてある。老番頭が火をつけた。

「妾は未通女の時分、春日大社の巫女を務めたこともあったんや。魔除けの効き目は、それは確かなものや」

矢を放つ。火矢は弧を描いて飛んで、竹河屋の屋根に刺さった。

家屋には油がたっぷりと撒いてあった。たちまちにして火がついて、紅蓮の炎を巻き上げ始めた。

家屋は、人が住んだ歳月の分だけ穢れが溜まると信じられていた。火をつけて穢れを振り払う。地を清めるのだ。

「東国で見た夢も、これで仕舞いや」

東国で、武士が流した血と引き換えにして、見果てぬ夢を見てきたのだ。しかし道灌は死んだ。夢の続きはもう見ることができない。女主は弓を川面に捨てた。

弓は、なにかに引き込まれるようにして川底に沈んだ。

船頭が訊ねる。

「船は、どこへやりやしょうか」

「そうだね……」

女主は少し考えてから答えた。

「泉州の堺が良いね。坂東で蓄えたこの銭で、新しい見世を構えるとしようか」

船頭と番頭は「へいっ」と答えた。

船は江戸の内海に出た。房総から霞（かすみ）が流れてくる。江戸城の煙も、竹河屋の煙も、すぐに見えなくなった。


騎馬の一団が小田原の城下を越えて、箱根の坂を西に向かって上っていった。南には海が広がっている。沖には白い帆を上げた船影があったが、騎馬の大将はそれに気づくことはなかった。

一騎の馬が凄まじい勢いで駆けてきた。東海道は官道とはいえ、箱根の峠は道幅が狭い。走ってきた騎馬武者は、手綱を引き絞りながら名乗った。

「大道寺太郎にござるッ。殿に御注進！」

騎馬の一団を率いる大将――伊勢新九郎は、馬を止めて振り返った。

「太郎か。何事だ」

大道寺太郎は馬から下りると、新九郎の馬前に膝をついた。

「申し上げまする。静勝軒道灌殿、糟屋の扇谷館においてご落命！　両上杉様による上意討ちにございまする」

伊勢新九郎は険しく面相をしかめると、首を横に振った。

「無惨な……。静勝軒殿は虎から下りてしまわれたのか」

沈鬱な表情で考え込んでいたが、ふいにその顔を上げた。

「虎に騎乗したる者は虎の力で千里を走る。虎が睨めば諸人を震え上がらせ、鋭い牙で敵のすべてを噛み殺す。これを騎虎の勢いという。唐の説話じゃが、実は、この話には続きがある。太郎や。お前は知っておるか」

大道寺太郎は「いいえ」と答えた。

新九郎は話を続ける。

「騎虎の強さは、騎乗する人間の強さではない。虎の強さに他ならぬ。騎乗する者は、虎から下りればただの人だ。しかも虎から下りたその目の前には、今まで己が跨っていた虎がおる。虎はたちまちにして牙を剝き、騎虎の者を食い殺してしまう。これが騎虎の定めなのじゃ」

「虎とは、なんの謂いでございましょう」

「一言で申せば〝覇〟であろうな」

新九郎は目を坂東の平野に向けた。

「ひとたび覇権を手にした者は、決して手放すことを許されぬ。覇者として行き着く所まで行くしかない。道灌殿も覇権を手放すことなくば、扇谷家を倒し、山内家を倒し、古河公方を倒して坂東武者の棟梁となったであろう。そうするより他に生きる道はなかったのじゃ。ところが道灌殿は虎から下りてしまわれた。そしてたちまち食い殺された」

新九郎は憂悶に満ちた顔つきに戻った。

「道灌殿は、この説話の顚末を知らなんだのか……」

新九郎は「見よ」と、供の者たちに向かって叫んだ。

「我らの目の前に広がる坂東の天地をよく見るのじゃ。これが虎の正体じゃ。坂東の富と兵。道灌殿が治めるべく宿命づけられておったにもかかわらず、自ら手放した覇者の天地じゃ。源頼朝と足利尊氏を征夷大将軍に担ぎ上げた天地である。わしはいずれ、この虎を飼い馴らす。道灌殿が進みそこねた覇者への道を、騎虎の将となって突き進む！」

新九郎は、ニヤリと笑った。初めて見せた悪相であった。

「虎を飼い馴らす術は道灌殿が教えてくれた。道灌殿より学んだ者が、次代の覇者となるであろう」

新九郎は鞭を振り上げた。

「我らはこれより駿府に赴く！　道灌殿のいない上杉など恐れるに足らず。小鹿新五郎を討ち取り、龍王丸様を今川の当主とする。今川の兵でもって、我らは坂東に討ち入るのじゃ！」

猛将たちが「おう！」と答えて勇み立った。伊勢新九郎は箱根の長い坂道を駆け上っていった。

解　説

北上次郎

いやあ、面白い。読み始めたらやめられないほどの魅力がぎっしりとつまった小説だ。まず第一に、複雑な時代を平易に描いていること。室町時代は、日本史のなかで、南北朝時代に並んでわかりにくい時代である。いや、それは日本史に無知な私だけなのかもしれないが、本当の覇者が誰なのか、それが見えにくいからだろう。さらに、その争いの過程も複雑だから、余計に理解しにくい。そういう時代の本質が、ここではわかりやすく描かれているので、大変面白い。

たとえば、幕府の許しを受けた戦時の武家は、指定された荘園（公家や寺院の領地）から収められるべき年貢の半分を戦費として徴発できること（それを半済令という）。それは荘園を戦火から守るという建前のためで、戦争が続いているかぎりその状態が続くから、戦争を終わらせない動機にもなったこと。さらに京が戦乱に突入すると、年貢を運べなくなり、それが関東に溜まって資金となり、武士階級が今度は主役となって台頭することなど、時代の変遷が立体的に浮かび上がるのである。

いや、もっと基本的なことがある。中世の日本の農地は、ほとんどが荘園であり、その持ち主は帝、貴族、巨大な寺社であったことだ。各地の守護や大名は領主ではなく、治安を維持することを目的とした警察組織であったこと。武士は領主ではなく、各地の年貢を京に運ぶために生まれた階級であること。つまり、室町時代の武士は、辞令ひとつで異動する役人や警察官だったが、京の混乱によってその辞令が発給されなくなり、その結果、武士が土着化、在地領主化して戦国大名となっていったこと——などが物語を縫って語られるのである。

文化に関することもある。中世社会において、身分の違う者同士が同じ部屋に入ることはあり得ないこと。もちろん、言葉を交わすこともない。ただし、歌の世界だけは別で、歌の優劣に身分の上下は関係がないこと。帝が詠んだ歌と下級武士が詠んだ歌を同じ歌集に収めてしまうことがそれを表していること。本来なら言葉を交わすことのない本書の主人公太田資長が、将軍の歌会に推参するくだりが下巻の冒頭に出てくることに留意(ちなみに推参とは、主催者からの招待もないのに押しかけることだ)。これはそういう文化を背景にしたストーリー展開である。

第二に、そういう「情報」を幾つも積み重ねるだけでなく、その見せ方がうまい。たとえば、これは上巻の冒頭近くだが、六代将軍足利義教が幕府の権勢を拡大させるために次々に強圧的な手を打ち続けるというくだり。万人恐怖、と恐れられていた将軍で、その

義教の怒りを解くためには、

「いかにも、京都様（将軍のことをこう呼んでいた）のご寵愛（ちょうあい）を取り戻すことが大事と思料つかまつりまする」

ということになり、大和守（本書の主人公、太田資長の叔父）は次のように述懐（じゅっかい）する。

大和守は低頭し、同時に頭の中で、太田屋敷の金倉に納められた金銭の嵩を思い浮かべた。ここは太田家の倉を空っぽにするつもりで贈与攻勢を仕掛けねばならぬと覚悟した。

大変だなあ、というくだりである。で、ページをめくると、

しかし——である。大和守が京に向かって旅立つことは、ついになかった。

将軍義教が暗殺されたのである。

こう来るのだ。すごく細かなことではあるのだが、こういう見せ方がうまい。これは一つの例だが、こういう強調とその押し引きが随所にあるので、物語がダイナミックになり、躍動感が生まれてくる。さりげないことなので理解されにくいかもしれないが、小説を面白いものにしているのは、実にこの技巧にほかならない。

第三は、主人公太田資長（のちの道灌）の魅力が横溢していること。幼いころは「あやつが太田家の継嗣では、この先が思いやられる」と叔父の大和守に言われた悪童だが、長じると戦略の天才になり、何度も太田家の危機を救うのである。問題は、太田資長の属する上杉家があまりに弱いこと。本書は、関東管領山内上杉憲忠の暗殺（一四五五年）に始まり、二十八年にも及ぶ享徳の乱を描く長編なのだが、その間、敗戦の連続なのである。何度も敗れても敗戦を繕って形勢を挽回し、持久戦に持ち込むのが上杉勢のやり方で、負け戦の達人が揃っていたとも言えるが、戦略の天才がいても負け戦の連続であったのは、この男がリーダーではなかったからだ。彼が上杉家の当主なら、思ったように兵を動かすことも出来ただろうが、家宰にすぎなかったので、自由な戦闘が出来なかった。それがこの男の悲劇であったのだが、そのこともこの長編に奥行きをもたらしている。

最後はすこぶる個人的なことだが、関東を舞台にした小説なので、海老名に城があったのか、などという感慨を随所に感じるのも興味深かった。小机にも城があったとは知らなかった。いや、私の住まいの近くなので、感じ入っただけなんですが。

二〇二〇年十二月

この作品は二〇一八年一月徳間書店より上下巻で刊行されたものを文庫化した下巻です。

徳間文庫

騎虎の将　太田道灌〔下〕

2021年1月15日　初刷

著者　幡大介

発行者　小宮英行

発行所　株式会社徳間書店

東京都品川区上大崎三－一－一
目黒セントラルスクエア　〒141－8202

電話　編集〇三（五四〇三）四三四九
　　　販売〇四九（二九三）五五二一

振替　〇〇一四〇－〇－四四三九二

印刷
製本　大日本印刷株式会社

ISBN978-4-19-894619-7　（乱丁、落丁本はお取りかえいたします）